ハヤカワ・ミステリ

JOHAN THEORIN

赤く微笑む春

BLODLÄGE

ヨハン・テオリン
三角和代訳

TOKYO HAYAKAWA BOOKS

A HAYAKAWA
POCKET MYSTERY BOOK

装幀／水戸部 功

赤く微笑む春

おもな登場人物

ペール・メルネル……………………会社員
イェスペル、ニーラ…………………双子の兄妹。ペールとマリカの子
マリカ…………………………………ペールの元妻
イェオリ………………………………マリカの夫
ヴェンデラ・ラーション……………主婦
マックス………………………………作家、ヴェンデラの夫
イェルロフ・ダーヴィッドソン……元船長
レナ、ユリア…………………………姉妹。イェルロフと妻エラの娘
ヨン・ハーグマン……………………元船長
カリーナ・ヴァールベリ……………医師
クリステル・クルディン……………ペールの隣人
マリー…………………………………クリステルの妻
ジェリー・モーナー…………………ペールの父
ハンス・ブレメル……………………写真講師、ジェリーの仕事仲間
イングリッド…………………………ハンスの妹
トマス・ファル………………………ハンスの教え子
マルクス・ルーカス
レジーナ
イェシカ・ビョーク
ウルリカ・テーンマン
トビアス・イェスリン
ダニエル・ヴェルマン
（以上）……………モデル
ラーシュ・マルクルンド……………警部

1

三月のエーランド島北部。白い雪だまりが小さくなって薄汚れ、日光を反射してきらめき、マルネス高齢者ホームの庭でじわりと解けていた。駐車場では風にひるがえる二本の青い旗——黄色の十字が入ったスウェーデンのものと黄金の鹿のエーランド島の紋章が、どちらも半旗になっていた。

黒く長い車がホームへゆっくりと近づき、正面入り口前に駐まった。厚手の冬のコートを着た中年の男ふたりが降り、うしろへまわって、金属製のストレッチャーを引っぱりだした。高さを調整し、それを押しながら車椅子用のスロープをあがってガラス戸から入っていった。

男たちは葬儀屋だった。

元船長のイェルロフ・ダーヴィッドソンが、ホームの仲間たちと食事室でコーヒーを飲んでいると、男たちが現われた。ストレッチャーを押して廊下を進んでいく。上には黄色い毛布が置かれ、遺体を固定する幅広いストラップがついている。男たちは踏みしめるような足取りで口をひらかず食事室の前を通りすぎ、運搬用のエレベーターへむかっていった。それを使って霊安室へ降りるのだ。

老いた住民たちの会話のつぶやきは、ストレッチャーが通ると一時的にとまったが、またすぐに始まった。

あれは数年前のことだったと、イェルロフは思いかえしていた。葬儀屋がホームの裏手に車を駐め、目立たぬように通用口から入って故人を運びだしたほうがいいかどうか、入居者全員が投票するように言われた。

イェルロフも含めてほとんどの者が、この提案に反対の票を投じた。

ホームの老人たちは、亡くなった隣人の最期の旅を見送りたかった。別れを告げたかった。

この寒い日に連れていかれるのはトシュテン・アクセルソンで、彼はベッドで亡くなっていたのだった。ひとりぼっちの深夜の出来事で、死はそうやって訪れることもめずらしくない。日勤のスタッフが発見し、医師を呼んで死亡を確認してから、いちばんいいダークスーツを着せた。名前と個人識別番号の入ったビニールのリストバンドを手首に留め、最後に、死後硬直が始まっても口が開かないよう、顔に包帯を巻いた。

死後に自分がどうされるのか、トシュテンははっきり理解していた。隠居前に教区委員そして墓掘り人として働いた男だ。彼が埋葬した数多くの柩のなかにはニルス・カントという人殺しのものもあったが、多くは平凡な島民のものだった。

トシュテンは一年じゅう教会墓地で墓穴を掘っていたが、大雪だったり、氷点下が二桁になったりしたときは例外だった。春に掘るのはとくにむずかしいのだと、聞かされたことがある。エーランド島では霜がなかなか解けないからだ。けれど、体力的なつらさがいちばんこたえたわけではないとトシュテンはつけくわえていた。墓地へむかい、子どものための墓穴を掘らなければならないときは、寝床から起きだすのがことさらにきつかったという。

そんなトシュテンもいまや、自身の墓穴へまもなく埋葬されることになる。骨壺に入って——彼は火葬を望んだ。

「土の中で骨がバラバラになるより焼いてもらったほうがいいよ」そう話していた。

むかしは違った。若かった頃は身内が逝っても、実務を取り仕切る葬儀屋も葬祭係もいなかった。自宅のベッドで息を引き取り、それから身内の誰かが柩を作ってくれたものだった。

こんなことを考えていると、家族の古い逸話を思いだした。二十世紀の初め、ステンヴィークの改装したコテージで新婚生活を送ることになったイェルロフの父母は、その夜、屋根裏から聞こえる奇妙な物音で目を覚ました。父が積みあげていた余り物の板を誰かが放り投げているような音だった。けれども、何事かと屋根裏へあがってみると、静まりかえっていてなんのおかしなところもない。階下へもどって眠ろうとするとまた、崩れたりぶつかったりの音がする。父母は不気味な音に耳をそばだて、身動きひとつせずに暗闇で横たわっていたのだ。


イェルロフがコーヒーを飲み終えたとき、葬儀屋たちがストレッチャーを押してもどってきた。今度は遺体が載せられていた。毛布の下に隠され、革のストラップで留められている。男たちは無言ですばやく、玄関へむかった。

さらばだ、トシュテン。

玄関の扉が閉まると、イェルロフは椅子から腰を浮かせた。

「先に失礼するよ」住民たちにそう告げた。

杖を頼ってゆっくりと立ちあがった。脚のリウマチの痛みをこらえて歯を食いしばり、廊下に出ると、責任者のオフィスをめざした。

この数週間、イェルロフはあることをずっと考えてきた。もうほんの数年で八十五歳になると気づいた誕生日以来ずっとだ。時の過ぎるのはなんと早いことか――歳を取ってからの一年は、若い頃の一週間のようだ。今日トシュテンが亡くなって、イェルロフは決心した。

オフィスのドアをおずおずとノックし、ボエルの返事があると押し開けた。彼女はコンピュータの前に座り、報告書らしきものを作っていた。イェルロフは戸口に立ち、無言でいた。ついにボエルが顔をあげた。

「大丈夫ですか、イェルロフ?」

「ああ」

「どうされました? なにかこまったことでも?」

イェルロフは深呼吸をした。「わたしは、ここから出ていかねばならん」

ボエルは首を横に振りはじめた。「イェルロフ……」

「もう決めたんだよ」

「でも」彼はさえぎった。

「これから、ある物語を聞かせよう」ボエルがうんざりして天井へ視線をあげたのに気づいたが、それでも続けた。「親父とお袋は一九一〇年に所帯をもった。何年ものあいだ誰も住んでおらんかった古い農地を譲りうけた。最初の夜に休んでいると、屋根裏から奇妙な物音が聞こえた……親父が積みあげていた板を誰かが動かしているような音だった。どうにも説明のつかん音だったが、翌朝、近所の者が訪ねてきた」盛りあげようとそこで口をつぐんでから、話を続けた。「ゆうべ兄が農園で死んだとその隣人は言った。続いてこう頼んだんだよ。柩を作る板をわけてもらえんかと。親父は板を選ばせようと、隣人ひとりで屋根裏へあがらせた。そしてお袋と台所で腰を下ろし、上からの板が崩れたりぶつかったりする音を耳にして、気づいた……ゆうべ聞こえたのとまったく同じ音だと」

沈黙が部屋を満たした。

「それがどうしました?」ボエルが言った。

「それは、しるしだったんだよ。死が近づいているというしるしさ」

「なるほど、とてもおもしろい物語でした、イェルロフ……でも、それでなにが言いたいんですか?」

イェルロフはため息をついた。「言いたいのは」彼は続けた。「ここに留まれば、次に作られるのはわたしの柩になるってことさね。わたしはもう、板が動かされる音を聞いてるんだ。それに遺体を運びだすときの、ストレッチャーのガタガタいう音も」

ボエルは諦めたようだった。「だからと言って、どうするつもりですか？　どこへ行くんですか？」

「帰る」イェルロフは言った。「わたしのコテージへ帰るよ」

2

「死にかけてる？　死にかけてるなんて、誰に言われたの、父さん？」

「自分で言った」

「そんなことを言ったりして！　父さんにはまだ何年もこの先がある……たくさんの春を楽しみにできるのよ」ユリア・ダーヴィッドソンが言った。「それに、高齢者ホームから生きて出た――そんなことのできる人がそうそういる？」

イェルロフは黙っていたが、トシュテン・アクセルソンの遺体が載せられた金属製のストレッチャーのことを考えていた。口をつぐんだままの彼の隣で、娘は海沿いをめざして車を走らせ、ステンヴィークの村へ入った。

フロントガラス越しの日射しはまぶしく、蝶や鳥といった暖かな気候がもたらす全部のものが恋しくなった。心のなかで生への執着が眠たげな頭をもたげ、驚きながら瞬きしたから、ようやく口をひらくときには、暗い口調になるよう大変な努力をしなければならなかった。

「わたしにどれだけ先があるか、知ってるのは神だけだよ。それに神はあっという間に人生を終わらせるものだからね……だがせめて、死ぬときはこの村にいたい」

ユリアがため息を漏らした。誰もいない村道で車を駐め、エンジンを切った。「死亡記事の読みすぎよ」

「そのとおり。死亡記事があるから、新聞は続いてるんさね」

いまの言葉はなかば冗談のつもりだったが、ユリアは笑わなかった。車から降りるイェルロフに黙って手を貸すだけだった。ふたりでゆっくりと一家の夏のコテージの門へ進んだ。ステンヴィークの森のなか、海岸からほんの数百メートルの場所にある。

自分がほとんどの時間をひとりで過ごすことになるのはイェルロフも重々承知していたが、それは裏返せば高齢者ホームでのすべての体調不良を見ないでいられるということだ。薬を飲んだり、酸素吸入したり、どこが悪いかくどくど繰り返す住民たちが、かんに障りはじめていた。ガールフレンドだったマヤ・ニーマンはかなり具合が悪くなり、いまではほとんどの時間を自室のベッドで過ごしている。

ボエルやホームの経営陣を説得して、ステンヴィークの村へもどってもよいと同意させるには一カ月近くかかったが、結局はイェルロフが出ていけば、マルネス高齢者ホームに本気で入居したがっている者のための空きが出ると経営陣も気づいたのだった。もちろん、掃除、医療ケア、食事の準備で助けは必要だが、それは行政の看護師チームやホームケア・サービスに通ってもらえばやりくりできる。

身体をほとんど動かせないことがあっても、イェルロフの意識は完全にはっきりしていた。頭も歯もたいして悪くない――ただ、手足と身体の残りの部分は作り直してもらえればありがたいという気持ちだった。

三月の終わりのこの日、今年に入って初めて、生まれ育った海岸沿いの村へ帰ってきた。ダーヴィッドソン一族が何世紀にもわたって所有し、働いてきた土地へ、そして五十年ほど前に自分と女房のエラが建てたコテージへ帰ってきた。ステンヴィークは彼が海に出ていた頃にいつも帰ってきた場所だった。

雪は庭からあらかた消え、濡れそぼった芝生が見えていた。熊手でかかなければならない。

「去年の芝生に去年の葉っぱ」イェルロフは言った。「冬に隠されていたものが全部、また顔を出してるな」

しっかりとユリアの腕につかまり、ふたりして褪せた黄色の芝生を横切っていったが、入り口の石段の下でユリアが足をとめるとイェルロフは手を放し、クルミ材の杖を突きながらゆっくりと石段をあがってドアへむかった。

ひとりでも歩くこともできるが、娘に助けてもらえて嬉しかった。それにエラがもう生きていないことも嬉しかった。いまの自分は女房のお荷物にしかならなかっただろう。

鍵を取りだし、ドアの錠を開けた。

ガラス戸を開けると、こもった臭いがどっと押し寄せてきた。冷たく、かすかに湿り気のある空気だが、カビの臭いは少しもしない。屋根の瓦もまだしっかりした状態のようだ。室内へ足を踏みいれたところ、床板に小さな黒い落とし物もない。ハツカネズミやトガリネズミは床下で冬を過ごすことを好むのだが、室内には入っていなかった。

ユリアはこの週末に島を訪れ、ここへの引っ越しと新生活の準備を手伝ってくれていた。春の大掃除、娘はこれをそう呼んだ。ここはもちろんイェルロフのコテージだが、長いこと、ふたりの娘とその家族が休暇で過ごす家として使われている。夏が訪れたら、狭い部屋でなんとか肩を寄せあって暮らすしかないだろう。そのときになったら考えるさ。

身の回り品を運びこみ、電気のブレーカーを入れて、風を通すために窓を開けると、ふたりは芝生へもどった。

海辺で鳴いている数羽のカモメを勘定に入れなければ、この土曜日の朝の村はまったく無人のようだったのだが、村道のむこうからいきなりドーンと聞こえ、その音はハンマーを打ちつけたように大きくあたりにこだました。

ユリアがきょろきょろと見まわした。「誰かがいるのね」

「ああ」イェルロフが言った。「石切場の横になにか建ててるんだな」

驚かなかった。去年の夏に村を訪れたとき、石切場の広い敷地二軒ぶんの茂みや下生えがすべて刈りとられ、カタピラつきのトラクターがせっせと地面をならしていることに気づいていた。何者かが、一年の大半はからっぽになるコテージをまた建てようとしているのだろう。

「見にいってみる？」

「おまえがよければ」

ふたたび娘の腕を取り、門から外へ出してもらった。

一九五〇年代の初めにイェルロフがこの家を建てたとき、西には海を望み、東にはマルネス教会の尖塔さえ見えたもので、草をはむ牛や羊もたくさんいた。いまでは家畜はいなくなり、森がもどってきてコテージをもっさりと取りかこむ天蓋となっている。ユリアとふたりで村道を横切ると、氷で覆われたカルマル海峡が西にちらりと見えた。

ステンヴィークは歴史ある漁村だ。なだらかにカーブする岸辺に手こぎ舟や巻き網漁船がずらりと並び、海峡のさらに沖へと網を曳いていくときを待っていた時代を覚えていた。いまやそうした船もすべてなくなり、漁師たちの家は別荘に改築された。

村道を曲がり、石切場へ続く砂利道に入った。白くあたらしい標識に〈エルンストの道〉とある。

イェルロフはこの名の由来を知っていた。エルンストは石工であり、友人であり、六〇年代初めに閉鎖される前に石切場で働いていた最後の村人だった。いまでは、エルンストもいなくなった——彼の道が残されただけだ。こう考えた。いつの日か、なにかに自分の名がつけられることはあるだろうか。

森の奥にある石切場へ近づくと、エルンストの赤茶色のコテージはまだ石切場の坑《あな》の縁に建っていたが、扉も窓もふさがれていた。エルンストが死亡したとき、又従兄弟とその家族が相続したのだが、ほとんどここを訪れていなかった。

「驚いた」ユリアが言った。「ここにまで家を建てるなんて」

イェルロフはエルンストの家から視線を引きはがして、娘が話題にしている二軒のあたらしい家に目を留めた。石切場の東側に数百メートルの距離を置いて建っている。

「去年の夏に地面をならしたばかりなのに」ユリアが言った。「秋と冬のあいだに建てたということね」

イェルロフは首を振った。「誰もわたしに許可を求めんかった」

ユリアが笑った。「父さんが煩わしい思いをすることはないもの。だって、うちからは見えないでしょう。森のおかげで」

「見えはせんが、それでもな。ちょっと気を遣ってく二軒の家は木と石を使ったもので、日射しにきらめく見晴らし窓、白漆喰の煙突、黒いスレートのような屋根があった。一軒のほうにはまだ足場が残っていて、厚手のセーター姿の建具屋ふたりが木の板をせっせと釘で打ちつけている。もう一軒の表には、大きな白い浴槽がビニールに包まれたまま庭に置いてあった。比べてみると、この二軒の北にあるエルンストの家はちんまりした薪小屋のように見えた。

あたらしいほうはどちらも贅沢な家だ。そんなものは、これ以上この村に必要ないというのに。だが、こうして建てられ、そろそろ工事も終わろうとしている。

放置された石切場の坑は地面の傷のように横たわっている。幅五百メートルもの坑には、大小さまざまな屑石が転がっていた。文句のつけようのない石を望んで、さらに深く掘りさげるうちに割れたり、うち捨てられたりした石だ。

「もっと近くで見たい？」ユリアが尋ねた。「誰か家にいないか、行ってみてもいいけれど」

イェルロフは首を横に振った。「どんな連中かもうわかっている。金持ちでいいかげんな都会の者たちだよ」

「別荘を買って都会からやってくる人みんながみんな、そうじゃないわよ」

「いや、それはわかっているが……ここの者たちが金持ちでいいかげんなのは絶対さね」

3

「窓を開けようか？」ペール・メルネルは言った。

娘のニーラは背をむけたまま、うなずいた。

「外には鳥がいる？」

「たくさんね」ペールは答えた。

それは本当ではなかった。病院の外には一羽も見かけないからだ。けれども、駐車場には木があるから、あそこに少しは鳥がいるかもしれない。

「それなら、開けてもいいな」ニーラがそう言い、説明した。「今週の自然学習の宿題は、いろんな種類の鳥を挙げることだって」

ニーラは七年生で、教科書をすべて病室のベッド横のテーブルに置いていた。枕元にはお気に入りのぬいぐるみや幸運を呼ぶ石を並べ、それからベッドに立って、頭上の壁に〈ニルヴァーナ〉と書かれた大きな布をかけようとしていた。

ペールが窓を開けると、かすかなさえずりが聞こえてきたが、エンジンのうなりと混ざっていたし、どちらにしても鳥はすぐに黙ってしまうはずだった。もう夕方で、つや光りする車が駐車場からどんどん出ていく時間だ。医師や看護師たちが帰宅していく。ペールの茶色のサーブもそこに駐めているが、九年も乗っている車で、ちっとも光っていなかった。

「なに考えてるの？」ニーラが背後から声をかけた。

ペールは振り返った。「あててごらん」

「春のことを考えてるとか」

「あたりだよ」実際は自分の古い車のことを考えていたのだが、そう答えた。「どんどんうまくなってきたね」

読心術、それが娘の最新の関心事だった。その前には半年ほども、左手でも右と同じような字を書けるようになった。クリスマスにテレパシーの番組を見てから、双子の兄のイェスペルと父を相手に実験を始め、なにかを念じて送ったり、ふたりの考えを読みとったりしようとするようになった。毎晩八時に、ニーラあてに特別な思念を送るのがペールの務めだった。

彼は窓辺に立ち、傾きかけた日射しが車の窓を照らす様子を見ていた。まだ寒いが春のようだ。それに気づく暇がなかった。鳥が地中海からもどってきて、農家の人々は種まきを始めている。父のジェリーのことを考えた。本格的に仕事が始まる春をいつでも楽しみにしていたものだ。春は若さの季節だと言われているんじゃなかったか？　若さと愛のための。

だが、ペールは春について思い入れをもったことなどなかった。十五年前にマーケティング・セミナーで出会ったマリカと、五月の晴れた日に結婚したときでさえもそうだった。まるで、遅かれ早かれ、彼女が去っていくことを感じとっていたかのように。

「ママは何時頃に来るって言ってた？」振りむいて娘に尋ねた。

「うーん」ニーラは言った。「六時と七時のあいだって」

時刻はもうじき五時だ。

「ママが来るまで、イェスペルと一緒に待っていようか？」

ニーラは首を振った。「大丈夫」

それはペールが期待していた返事だった。マリカと会ってもべつに不都合はないが、彼女がやってくるのは娘の見舞いだけが目的であるし、あたらしい夫――イェオリを連れてくるかもしれない。莫大な収入があり、高価なプレゼントをもったイェオリ。ペールはマリカへの未練は断ち切っていたが、彼女が自分のことはもとより、双子のことも甘やかす男に出会ったことはどうも割り切れずにいた。

ニーラは個室に入って、じゅうぶんな待遇を受けているようだ。三十分前に若い男性医師がやってきて、これから数日にわたっておこなう予定の検査について、目的と手順を説明した。ニーラは目を伏せて聞いていた。なにも質問しなかった。時折、顔をあげて医師を見ることはあったが、ペールのほうは見なかった。

「じゃあ失礼するよ、ペルニーラ」医師はそう言い、去っていった。

ニーラはすでに検査と事前検診に満ちた長くつらい二日間を過ごしていて、ペールはなにも励ましの言葉をかけられないでいた。

娘は自分のものを並べつづけ、ペールも手伝った。病室を心地よく見せることなど、できないようだった――あまりにも剥きだしの感じがして、チューブやナースコールのボタンとかそんなものばかり――それでも、ふたりはがんばった。ニーラは自分のピンクの枕のほかに、CDプレーヤーとニルヴァーナのCDを何枚か、それに本を数冊、必要以上のパンツとトップスももちこんでいた。

この子はジーンズと黒いトップス姿だが、すぐにいつもの病院着に着替えることになる。検査のあいだ、簡単に折り返せる白いガウンだ。

「わかった」ペールは答えた。「じゃあ、パパたちは帰るが、ママがすぐに来てくれるから……イェスペルを呼んでこようか？」

「うん」

息子は待合室のソファに座っていた。棚には本や雑誌があったが、イェスペルはいつものように、背中を丸めてゲームボーイをやっていた。

「イェスペル？」ペールは大声で呼びかけた。

「なに？」

「ニーラがお別れを言いたいそうだよ」

イェスペルはゲームを中断した。ひとりで双子の妹の病室へ入り、ドアを閉めた。ペールは考えた。なにをしゃべっているんだろう。父親よりもニーラと話すほうが楽なんだろうか？　ニーラの病気のことは話すのか？　イェスペルは自分とはまず話をしない。

まだ幼くてほんの数歳だった頃、双子はほかの誰も理解できない、自分たちだけの言葉をもっていた。歌うような言葉で、ほとんど母音から成り立っていた。とくにニーラは、スウェーデン語をなかなかしゃべらなかった。イェスペルと共有するその秘密の言葉のほうを好んだのだ。マリカと手を尽くして問題を解決できる言語療法士を見つけるまで、たまにふたりのエイリアンの父になった気がしたものだ。

廊下の先のドアがひらいた。先ほどニーラと話をした医師が姿を見せ、ペールはそちらへ近づいた。医療のプロのことはいつも尊敬していた——父がどんな仕事をしているのか教えることを母がこばんだとき、ペールは父が海外で医師として働いているのだとひらめいて、それを何年も信じていた。

「お訊きしたいのですが」ペールは言った。「娘のニーラのことで」

医師が足をとめた。「どういったことでしょう？」

「少し、むくんでいるようですね」ペールは言った。「あれは正常なのでしょうか？」

「むくんでいる？　どこがですか？」

「顔です——頬と、目のまわりと。ここへ来る途中でそうなってきて。なにか病気と関係あるのでしょうか」

「おそらくそうですね」医師は答えた。「お嬢さんのことはしっかり検査しますので。心電図、超音波、CTスキャン、X線、血液検査……一式です！」

ペールはうなずいたが、ニーラはこの謎の痛みのため、すでにそれはたくさんの検査を受けていた。結果が出ても、またあらたな検査と、また待たされる日々につうじるだけのようだ。

病室のドアが開いて、イェスペルが現われた。ゲームボーイを手に待合室へむかおうとしたが、ペールは手を挙げて留めた。

「もう遊ぶのはやめて」彼は言った。「別荘へむかうからね」

十五分後にエーランド橋を車で渡り、たいらな島の北へ曲がると、黄色がかった茶色の田園が広がり、冬と春の境目のような風景となっていた。夕刻の日射しが道沿いの水路をきらめかせ、ヤブイチゲやフキタンポポが頭を出しているが、道の両端にはまだ輝く雪だまりがある。日射しで解けた雪は石灰岩平原《アルヴァーレット》で大きな水たまりを作り、春の小川となって、海への道を探っていた。

水の世界。人の姿などない。鷽《ウソ》やタゲリといった鳥の群れがいるだけだ。

ペールはエーランド島の空虚さとすっきりした地平線を愛していた。ボリヘルムを過ぎると一気に車が少なくなり、アクセルを踏みこめた。

サーブは軽快に音をたて、ひらけた風景のなかを北へ進んだ。森や風車の横を通った。ちょっとばかり、油絵のなかを運転しているような気分になる。春の油絵だ。緑と茶色の野原、透きとおった水晶のような天蓋、西に広がるカルマル海峡。海には灰色がかった白い氷がまだ張っていたが、薄くなっているようだったし、沖合には黒い亀裂もある。じきに、波が自由に立つようになるはずだ。

「きれいじゃないか？」ペールは言った。

隣に座っているイェスペルはゲームボーイから顔をあげた。「なにが？」

「ここのすべてだよ」ペールが言った。「ここのすべてだ、この島……なにもかも」

イェスペルはフロントガラスの先を見てうなずいたが、息子の瞳には、自分がこの島に感じているような炎は見えなかった。それはまだ幼いからだと、自分に言い聞かせようとした。子どもには自然というもののありがたみがわからないものだ。この風景の魂に関心をもつには、ある程度の成熟が、そして深い悲しみさえも必要なのだろう。

あるいは、イェスペルに問題があるのかもしれない。自分はむしろ健康で未来への希望に満ちたニーラに、隣にいてもらいたいのだろうか？　むしろイェスペルが検査を待っているほうだったらよかったのか？

そんな考えは押しやって、春に集中した。エーランド島に春が来た。

ペールが島を訪れるようになったのは小さい子どもだった一九五〇年代の終わり頃で、母のアニタと一緒だった。一九五八年の夏、離婚から二年後で、母には休暇に費す金がほとんどなかった。ジェリーは養育費を毎月払うことになっていたが、ごくたまに、しぶしぶ金を出すだけだった――ただ母によると、テラスハウスの前に大きく派手な車で乗りつけ、ドアに紙幣の束をいくつも放り投げて姿を消したこともあるとか。

資金不足はすなわち、カルマルから遠出せずに短く安くあげる休暇になることを意味した。アニタにはエルンスト・アドルフソンという従兄弟がいた。エーランド島の小さな村でひとり暮らしをしていた石工で、休暇にはいつでもフェリーに乗ってきていいし、好きなだけ滞在していいとアニタと息子を歓迎してくれた。

ペールはエルンストの家の下にある放置された石切場の坑で遊ぶのが大好きだった。九歳だったら、そこは冒険しないではいられない世界だ。

エルンストには子どもや兄弟がいなかったから、数年前に彼が亡くなるとペールがコテージを相続した。昨年の夏にきれいにして、これから半年のあいだ、ここで暮らすつもりだった――ひょっとしたら、一年じゅう滞在する可能性だってある。ふたつの家を維持する余裕はないから、九月の終わりまではカルマルのアパートメントを貸しに出した。

夏になればふたりの子どもが望むだけ、エーランド島で遊ぶ計画を立てていた。けれども、七年生になったときすでに疲れやすく活気のない子どもだったニーラは、秋が深まるにつれて、さらに倦怠感を増していった。学校医は第二次成長期か、成長痛だと言ったが、年が明けると、ニーラは身体の左側が痛いと訴えるようになっていた。冬のあいだに、症状はどんどん悪化していったが、医師は誰ひとりとして、原因を突きとめられないようだった。

夏の計画は突然、不確かなものになった。

「別荘に到着したら、ママに電話をしたいか？」息子はゲームから顔をあげなかった。「さあ」

「海岸へ行きたいかい？」

「さあ」イェスペルはまたそう答えた。

まるで、この子は軌道にのった衛星かと思うほど遠くにいるように感じられる。だが、最近の十三歳というのはこういうものなのだろう。ペールがこの年齢だったときには、いちばんの願いといったら父親が現われて話をしてくれることだったか。

ふいに、道端のガソリンスタンドの看板が目に留まり、スピードを落とした。「アイスクリーム、食べるか？　それとも、この季節じゃまだ早すぎるかな？」

イェスペルはゲームから顔をあげた。「お菓子のほうがいいよ」

「なにがあるか、たしかめよう」ペールはそう言い、駐車場へ入った。

ふたりとも車を降りた。日射しはあったが、凍りつくように寒かった。ペールはこの時期の島はもっと暖かいと思っていたが、海峡を覆う氷の層のせいで、たぶん空気が冷やされているのだろう。中綿ジャケットを着ていても風が通り、砂が少し舞いあがって口に入り、じゃりじゃりと歯に当たった。

足早に給油機の前を通りすぎ、売店の陰で風をよけた。表の窓に明かりは見えなかったが何度かノックした。しかしようやく、内側から貼られている日射しで色褪せたメモに気づいた。

〈夏のあいだはお立ち寄りくださり、ありがとうございました——六月一日にまたオープンします！〉

四月は早すぎた——島はまだ冬のまどろみから目覚めていなかったし、冬季に開いている店の数も、その需要に見合っただけだと思ってまちがいなさそうだ。ペールは十五年にわたって、市場調査の仕事に携わってきて、そうしたことは完璧に理解している。

イェスペルは駐車場の隣にある、〈砂〉と書かれた木箱に座っていた。またゲームボーイで遊んでいる。ペールが近づいていくと、遠くからエンジンの音が聞こえた。白いトラックがスピードをあげて北から近づいてくる。

ペールは車のキーを取りだし、イェスペルに大声で呼びかけた。「お菓子はなかったよ、ごめん。店は閉まっていた」

イェスペルはうなずくだけだった。ペールは話を続けた。「もっと北へ行けばまだ店がある。そこまで行ってもいい……」

そこで口をつぐんだ。急に、道路からくぐもったドスッという音、アスファルトに擦れるタイヤのキーッという音が聞こえたからだ。南を見ると、まぶしく日光を反射させる車が見えた。

アウディだった。運転手は車の制御ができなくなっているようだ。車道を横滑りして、迫ってくるトラックの前に出てしまった。

立ちつくして見ているしかなかった。車はすでになにかと衝突したに違いない。ボンネットに赤いものが飛び散り、フロントガラスは血まみれだった。

誰の血だ？

トラック運転手がホーンを鳴らした。血まみれのフロントガラスの奥には、男の姿が見える。ハンドルにしがみつき、なんとかいうことをきかせようとしている。

ペールが歩こうとしたまさにそのとき、トラックのホーンがやんだ。際どいところで、右へよけたのだ。アウディはわずかな間、走りを立て直したように見えたが、それからトラックと逆方向に曲がった。

車両同士がぶつかることはなかった。アウディはガソリンスタンドの駐車場へ突っこんできたからだ。タイヤがロックし、車は砂利の上を横滑りしていくが、スピードは衰えない。そのままアスファルトの上を横滑りして、砂の箱へまっすぐにむかっていく。

「イェスペル！」ペールは大声で叫んだ。

息子はまだ砂の箱に座り、ゲームボーイのボタンを両手の親指で押している。顔さえもあげない。

ペールは駆けだし、アスファルトの上を横切っていった。

「イェスペル！」

ようやく顔をあげた。横をむいて、口をあんぐりと開けた。

だが、アウディのスピードは速く、タイヤで砂利と砂を一面に巻きあげながら、イェスペルへまっすぐむかっていった。

4

ヴェンデラ・ラーションは事故が起きたとき、マックスの隣に座って瞑想していた。自分の内側へ消え、目を半開きにして、野原や湿原や長い石壁を、車の窓の外で巻きがほどけていくフィルムのようにとらえていた。見慣れた風景だが、同時に見慣れないものでもあった。マックスは家を建てる秋と冬のあいだに何度か訪れていたが、ヴェンデラが最後にここに来たのは、ずっと前のことだった。

三十年、それとも三十五年ぶり？　思いだせなかった。

頭のなかで計算を始めたとき、ドスッという音をたてて、なにかが車の前にぶつかった。

「くそっ！」マックスが叫び、ヴェンデラはふいにわれに返った。

短く引きずるような音がしたかと思うと、フロントガラスが赤く染まった。

車はもはやなめらかにスーッと走ってはいなかった。スキーの滑走コースを下るように、尻を振ってジグザグに走り、タイヤを軋ませて車道を大きく蛇行した——最初は左に、対向車のトラックのほうへまっすぐにむかっていった。だが、そこで急に右へそれ、がくんと揺れて幅の広い入口からどこかへ滑っていった。店とからっぽの駐車場のあるガソリンスタンドだった。

完全にからっぽではなかった。車が一台駐まっていたし、人も見えた。アスファルトを走っていく男、大きな箱に座っている少年。

「くそっ！」マックスがまた叫んだ。

ヴェンデラは犬のアリーが吠えるのを聞いた。自分も口を開けたが、声が出てこない。車と一緒に移動するしかなく、なにもできない。

マックスがハンドルを片側へ切った。ぶつかって軋む音がしてから、車はぴたりととまった。ヴェンデラの身体はがくりと前へ揺さぶられたが、シートベルトが支えてくれた。

エンジンがガガガガガといってから、静かになった。

「ちくしょう……」マックスが言った。座ったまま、まっすぐに前を見つめ、手が白くなるほどきつくハンドルを握りしめている。

ふたりは動かなかった。アウディの前面は箱の砂に衝突し、箱を粉々に砕いていた。

箱に座っていた少年の姿はない。どこにいるのだろう？

ヴェンデラはシートベルトを外し、身を乗りだして、フロントガラスに額を押しつけた。車の右に小さな手が突きでていた。

少年は箱の隣に横たわり、脚が車の下にあるようだった。先ほどの背の高い男は少年にたどり着いていた。アウディのボンネットに片手を置き、身をかがめている。

マックスが震える手でドアを探り、大きく開けた。よろめきながら外へ出た。顔は真っ赤だった。「わたしの車にさわるな！」

ショック反応だとヴェンデラにはわかった。マックスは完全に理性をうしない、自分がなにをしているか、わかっていない。二歩前に進むと、背の高い男に両手を振りあげた。

二秒後、マックスは地面に横たわっていた。車から数メートル離れたアスファルトにべたりと鼻をつける格好で。男にのされたのだ。

「落ち着け」男は歯を食いしばりながら、マックスにかがみこみ、拳を振りあげた。マックスのうなじに狙いをつけたように見えた。

心臓が。ヴェンデラはドアの取っ手をつかみ、なんとか開けた。強風のなかへ降りると、まず思い浮かんだことを叫んだ。「やめて！　その人は心臓が悪いの！」

男は顔をあげて彼女を見た。まだ怒っている。だが、その目に宿っていた怒りはすぐに消えた。息を吐きだし、肩の力を抜いて、マックスを見おろした。「落ち着いたか？」彼は静かに尋ねた。

マックスは答えなかった。歯を食いしばり、自由になろうともがいていたが、ついには緊張を解いたようだ。「ああ」彼はそう答えた。

ヴェンデラは身動きもせずに車の隣に立っていた。男はマックスを放し、身体を起こした。少年の上半身をそっと抱え、用心しながら車の下から引きだした。

「大丈夫か、イェスペル？」

少年は返事のようなものをした。小さすぎてヴェンデラには聞こえなかったが、ありがたいことに、怪我はしていないようだ。

「つま先を動かせるか？」男が訊いた。

「うん」

少年は起きあがろうとした。男が手を貸し、自分たちの車へ移動していった。ふたりは振り返らず、ヴェンデラはなんだかのけ者にされた気がした。

マックスはアウディのラジエーター・グリルをつかみ、身体を起こした。瞬きをして、ヴェンデラに気づいた。

「車へもどれ」彼は言った。「これはわたしが始末する」

「わかったわ」

ヴェンデラは深呼吸をして、車へもどった。腰を下ろして、血が流れるフロントガラスを見ると、きれいだと思いそうになった。いや、じつはきれいだと思ったことを認めよう。ワイパーがフロントガラスに血を広げ、筋が残っていた。淡いピンクと濃い赤の二本のささやかな虹のようだ。日射しを受けてネオンサインのように輝いていた。

海からのそよ風が、車にへばりついていた羽根を舞いあがらせてフロントガラスへ運んだ。羽根は茶色と汚れた白だった。

どうやら、キジかモリバトに衝突したらしい。どんな鳥だったにしても、それはふいに車の前に現われたようだった。大きな翼が羽ばたき、衝突のときは風船のように弾けた。ラジエーター・グリルに激しくぶつかった身体は跳ね返ってフロントガラスへ叩きつけられ、血まみれの爆発を引き起こして、屋根越しに消えていった。車の後方まで幅広い線が残っていた。

隣の床からクーンという声がする。

「うるさい、アリー！」マックスがどなった。

ヴェンデラは息を呑んだ。わたしにどなるだけでもひどいことなのに、犬にまで。

「大丈夫よ、アロイシアス」彼女は静かに言った。ドアを開けた。「大丈夫、マックス？」

彼はうなずいた。「これから車を拭く」それだけ言った。

息もつけずに真っ赤な顔をしているが、これはたぶん、かなり怒っているだけのことだろう。

去年の夏、マックスはヨーテボリのステージの上で突然、胸の痛みを訴えた。最新作の著書、『最高の自信《マックス》をつけるには』のトークイベント中だったが、それを途中でやめてステージを降りなければならず、パニックに襲われた声でヴェンデラを呼んだ。タクシーで救急病院へ駆けつけ、検査をして酸素吸入をした。

軽い心臓発作で、軽い、というところを医師は強調した。手術の必要はない――安静にするだけでよかった。それで、マックスは秋のあいだそれなりに安静にしていた。ただし、それはエーランド島の家の工事を見守り、次の本の計画を立てていないときの話だった。今度は違うタイプの本になる予定で、心理学の部分は控え目になり、正しい生活ときちんとした食事について語ることになった。マックス・ラーションの料理本。ヴェンデラは手伝うと約束していた。

グラヴ・コンパートメントにミネラル・ウォーターとティッシュがあったから、少し飲んでから、窓を開けた。

「これを飲んで、マックス」

彼は無言でボトルを受けとったが、飲まなかった。その水をフロントガラスにかけ、血を洗い流し、車体に赤い縞を走らせた。ボンネットに身を乗りだし、きつく歯を食いしばり、ガラスを拭いていった。

ヴェンデラは死んだ鳥のことを忘れたかった。右の汚れていない窓から、石灰岩平原を見やった。草と茂みと石のたいらな世界。そこへ行きたくて仕方がなかった。鳥がぶつかったことでマックスがいつまでも不機嫌を引きずらなければ、今夜にでも走りに行けるかもしれない。

ヴェンデラの父母はこの島の出身だ。彼女もステンヴィークのはずれの農場で育った。それもあって、マックスにここの土地を買うよう勧めた。

夫はもっとストックホルムに近い保養地のほうが気に入っていて、何度かそちらがいいと訴えもした。だが、ヴェンデラが海沿いにあるステンヴィークのあの土地を勧め、石切場にどんな家を建てるか彼に任せることにすると、むこうが折れた。ふたりの家は海辺で建築家の夢を形にしたもの。石とガラスのおとぎ話の城だった。

アロイシアスは相変わらずこわばった脚を引きずりながら、床で体勢をいろいろに変えていた。不安が伝わってきて、ヴェンデラは少し気分が悪くなってきた。

「アリー、伏せ……すぐに出発するからね」

灰色がかった白のプードルは吠えるのこそやめたが、クーンと鳴きつづけ、ヴェンデラの脚に身体をずっと押しつけている。大きな目で見あげている。白く濁って焦点のあっていない目だ。アロイシアスは十三歳だった――人間でいえば、八十歳以上。もはや、右の前脚を曲げることはできず、去年、視力も一気に悪くなった。秋にストックホルムの獣医からこう説明された。アリーはじきに、光と闇しか見分けられなくなり、一年のうちには、おそらく完全に失明すると。

そう言われて獣医を見つめた。

「でも、打つ手はないのですね？」

「そうですね……老齢の犬の場合は、打つ手はありますとも。必ずしも、痛みをともなうわけでもありませんし」

だが、獣医が犬をどうやって安らかに眠らせるか話を始めると、ヴェンデラはアリーを抱きかかえて逃げた。

車がどうにかきれいに見えるようにするには、ティッシュ二十枚が必要だった。マックスは水をかけては拭き、使用済みのティッシュを駐車場の隣の側溝へ次々と投げこんでいった。

ヴェンデラは、側溝へ放り投げられる赤い血の滴るティッシュを見つめた。春と夏のあいだ、枯葉のようにずっとそこにあり、島民はゴミを投げすてる観光客について陰口を叩くだろう。石灰岩平原の生き物たちもこのありさまを見ることになる。

マックスは最後のティッシュを捨ててしまい、身をかがめた。自分のスウェードのジャケットやジーンズに血がついていないか、確認しているようだ。それから、車へもどってきたが、目を合わせようとしなかった。

「大丈夫か？」彼は座ってしまうと声をかけてきた。

彼女はうなずいた。もちろんよ。たまに、いつもよりちょっとおかしくなる日もあるだけの話。

もうひとつの車を見やった。男と少年が座っているほうだ。「あの人たちに挨拶はするの？」

「なんのために？」マックスはそう言いながら、エンジンをスタートさせた。「誰も怪我はしていない」

鳥はべつだけれど。

タイヤを軋ませてマックスは砂箱からバックしていった。箱は片側が割れていた。細い砂の筋がアスファルトへ流れていく。アウディの前面もへこんでいるはずだ。

アロイシアスは低い声で鳴くのをやめて、ふたたび、伏せをした。

「よし」マックスはそう言い、首を横に振った。起こったことを、振りはらいたいかのようだった。「じゃあ、出発するぞ」

シフトをバックからローに切り替え、フロントガラスにウォッシャー液を噴きかけた。マックスはアクセルを踏みこんで、駐車場を出た。

ヴェンデラは道端にぐちゃぐちゃになった鳥の死骸がないかと振り返った。だが、道にはなかった。きっと側溝に横たわっているのだろう。

「どんな鳥だったのかしら」彼女は言った。「あなたには見えたの、マックス？　わたしには、キジだかライチョウだか、それとも――」

マックスは首を横に振った。「いいから、忘れろ」

「ツルじゃなかったわね、マックス？」

「鳥のことは忘れろ、ヴェンデラ。あたらしい家のことを考えろ」

このあたりでは道にまったく車が走っておらず、マックスはアクセルを踏みこんだ。早く家へたどり着いて料理本の続きを進めたいのだ。週明けにはカメラマンがやってきて、あたらしいキッチンで彼を撮影することになっている。もちろん、実際に料理を作るのはヴェンデラだ。

アウディはスピードをあげた。あっという間に、以前のように快調に飛ばしていた。衝突も喧嘩もなかったかのようだったが、アロイシアスはまだ震えていて、ヴェンデラの脚に身体を押しつけてくる。マックスが近くにいると、だいたいいつもこうやって震えていた。

アロイシアスがもっと若く健康だったら、一緒に石灰岩平原へのんびりと散歩に出かけられるのに。だが、家にいるしかないだろう。マックスは散歩やランニングを好まない。ヴェンデラは石灰岩平原へひとりで行かなくてはならない。

でも、完全にひとりというわけでもない。なぜなら、あそこにはエルフがいるのだから。

5

「大丈夫か？」ペールは六回目か七回目になる質問をした。

イェスペルはうなずいた。

「骨は折れていない？」

「どこも」

ふたりは車へもどっていた。十メートル先では、アウディが壊れた砂箱からバックしたところだ。スポイラーが割れ、右のヘッドライトも同じだった。

アウディは大きく方向転換して車道へ出た。運転手はまっすぐ前を見つめつづけていたが、隣の女とは走り去る前に、一瞬だけ目が合った。細くて緊張した顔をしていて、誰かを思いださせる。レジーナか？

ペールはまた息子を見やり、肩に腕をまわした。イェスペルは冷静に見えるが、うなじが震えている。

「どこも痛くないか？」

「アザになっただけだよ」イェスペルはそう言って、笑みを浮かべたが、それはすぐに消えた。「タイヤをよけて転がったんだ。でも、すっごく近かった」

「恐ろしいくらい近かったな……おまえがすばやく動けて、本当によかった」

ペールの笑みは張りつめていた。息子の肩から腕をどけると、ハンドルを握って、息を吐いた。いまでは怒りも消えていたが、ほんの数分前にはあの男を転ばせ、殴る構えまでした。正直に言えば、誰でもいいから痛い目に遭わせてやりたい気持ちだった。それでなにかが、ましになるかのように。

ふと、イェスペルが笑いかけてくれたことを意識した。最後がいつだったか、忘れるくらいひさしぶりの笑顔。これも春のしるしか？


アウディがスピードをあげた。ボンネットにまだ血の跡をきらめかせ、北へ飛ぶように走っていった。

大きなアウディは父が乗っていた何台もの派手な車を思いださせた——父のジェリーが合衆国から次々と輸入していた車を。七〇年代なかば、父はキャデラックを運転していて、ほぼ毎年新型に乗り換えていた。ジェリーが轟音をあげながら道を走ってくるとみんな振り返ったもので、父はそのすべてを存分に楽しんでいた。

「あの動きはなんだったの？」イェスペルが尋ねた。

「なんのことだい？」

「柔道の技？」

ペールは首を振り、イグニションのキーをまわした。柔道の練習をしたのは二年たらずで、橙帯までしか取れなかったのだが、それでもイェスペルは感心したようだ。

「さっきのは技じゃない……ただ、あの男を引き倒しただけだ。転ばせるようにして」ペールはそう言った。「練習を続けていれば、おまえもできただろうね」

イェスペルは返事をしなかった。

「でも、パパだって、やめちゃったくせに」しばらくしてから、そう言った。

「誰も練習相手がいなかったんだよ」ペールはそう答え、駐車場から車を出した。「かわりにランニングを始めようかと思ってる」

道のむこうのたいらな風景を見やった。地面に命の息吹はないように見えるが、地中ではたくさんのことが起こっている。

「どこを走るのさ、パパ?」イェスペルが尋ねた。

「どこだって走るさ」

6

あれは全部燃やしてね、イェルロフ——エラ・ダーヴィッドソンは骸骨のようになって病院で横たわっていたとき、そう話していた。燃やすと約束してちょうだい。

そして彼はうなずいた。けれども、故人となった妻の日記はいまここにある。この金曜日に見つかったのだった。

太陽がバルト海にもどってきた。復活祭までちょうど一週間。これで、欠けているのは暖かさだけになった。暖かくなれば一日じゅう、庭に座って過ごせる。ゆっくりして、考え事をして、ボトルシップを作って。周囲では茶色の葉に混じり、ほっそりした鋭い緑が顔を出すようになっていた。芝生は五月まで刈らなくていいだろう。

昼間の日射しが、蝶を誘いだすようになった。イェルロフにとって、それはなによりも大切な春のしるしだった。幼い少年だった頃でも、初めての蝶を見て、それが何色なのかたしかめる時を待ちわびた。八十三という年齢では、子どもの頃と同じ未来への希望に満たされることはむずかしかったが、それでも毎年初めての蝶を熱心に待っていた。

いまではコテージにひとりきりだ。引っ越してから、日常生活がまた始まった。小さな部屋から部屋へ、片手に杖、もう片方の手にコーヒー・カップをもって、のんびりと歩きまわった。車椅子は寝室で、シェーグレン症候群が引き起こすリウマチが悪化する日に備えてじっと待機している。いまの彼はなんの問題もなく石段の上がり下りができた。

先週、ユリアの車には載せきれなかった身の回り品が配達された。高齢者ホームの部屋から運びだしたかったちょっとしたもので、海で過ごした三十年の記念の品々だ。ボトルシップ。海図。船長を務めた船のネームプレート。ロープ使いの美しい見本は濃い茶色でまだタールの匂いがした。

イェルロフは思い出にかこまれていた。

キッチンで冷蔵庫の隣にある物入れを開け、航海日誌や海図を入れようとしたときに、日記を見つけた。

何冊か束にしてきっちりとまとめられ、エラの小さな宝石箱や、カール・マイとL・M・モンゴメリの古い本の奥にあった。どの日記にも表紙に黒いインクで通し番号が振られ、紐をほどいてひらいてみると、流麗な筆跡でびっしりと書きつけてあった。

エラの日記——全部で八冊。

少しだけためらった。エラとかわしたあの約束を思いだしていた。だが、いちばん上の日記を手にして、庭の木の椅子へむかった。恥ずかしいことをしているような気分だった。時折、妻が日記をつけているのを目にすることもあったが、書いた内容を見せられることはけっしてなく、日記のことにふれられたのは、あの一度きり、危篤になったときだけだった。

あれは全部燃やしてね、イェルロフ。

腰を下ろし、毛布で脚をくるみ、背後のテーブルに日記を置いた。一九七六年の秋にエラが肝臓癌で死んでから二十二年になるが、この庭にいると、妻がいなくなったようには思えず、彼女がいまキッチンでコーヒーを淹れているような錯覚にとらわれることもしばしばだった。

エラはいつも明確に境界線を引いた。たとえば、夫を絶対にキッチンへ入れようとせず、もちろん、イェルロフも考えを変えさせようとはしなかった。六〇年代の初めに十代になった娘のレナとユリアが父に家事を覚えさせようと決めたのだが、イェルロフは断った。

「わたしがそんなことをするには、もう手遅れだよ」

そう言ったのだ。

たいていの場合、キッチンに立つと不安に駆られて自信がなくなった。料理も洗濯も覚えたことがなく、ただ皿洗いだけはできた。近頃ではスウェーデンの男はなんでもこなせるようだ。そう、時代は変わった。

イェルロフは首を巡らせた。庭の奥にある背の高い草むらのあたりに、小さくはためく動きが見えた。今年最初の蝶だ。こちらへ飛んでくる。これまで何十年と毎年目にしてきた蝶と同じく、規則性のない動きで、あちらへ、そしてこちらへとひらひら舞って、目標らしきものがないらしい。

ヤマキチョウ。完璧な春のしるしだ。

鮮やかな黄色の蝶を見てほほえんでいると、蝶は芝生の上を目の前までやってきた——だが、イェルロフのほほえみは消えた。背の高い草むらにいるべつの蝶に気づいたのだ。こちらは黒と言ってよいほどの暗い色で、灰色と白の縞が入っていた。名前はうろ覚えの蝶だった。カンバーウェル美人《ビューティ》？　それとも、喪中の《モーニング・》外套《クローク》と呼ばれていたか？（どちらもキベリタテハのこと）こちらの蝶はまっすぐに飛んできて、ヤマキチョウとほぼ同じタイミングで芝生にやってきた。数秒ほどじゃれるように春の踊りを舞ってから、ひらひらと横を通りすぎて家の裏手へ消えていった。

黄色い蝶と濃い灰色の蝶には、どんな意味がある？　いつも最初の蝶を、この先の一年がどうなるかのしるしだと見なしてきた。鮮やかで希望のある年、または、暗く憂鬱な年と。だが、なんだか確信がなくなってきた。旗を掲揚しようとしたら、てっぺんまであがる前に、半旗の位置でつかえてしまったようなものだ。

日記をひらいたとき、車のエンジンの音が聞こえた。大きなきらめく車が村道をやってきて、石切場へ続く砂利道へ曲がった。

フロントシートに乗った中年の男女の姿がちらりと見えた。

きっと石切場に家を建てたあたらしい隣人だろう。夏の訪問者だ。明るく暖かい季節だけしか滞在しないことは、まちがいない。凍てつくように寒く、かつてイェルロフ自身の身内がやったように、海岸沿いの木を最後の一本まで切り倒して薪にしたくなる季節には、ここで暮らしたがるはずがない。

車のカップルには興味がなかった。日記を見おろし、読みはじめた。

一九五七年五月七日

今夜イェルロフが今年初の航海へ出て、ニュネスハムンへ石油を運ぶ。今日はカルマルで、なにか船の計測をしたらしい。船倉の保険を変えたからだ。レナとユリアもあの人と一緒に船に乗った。

今日は晴れていた。夕方六時にコテージに着いて、窓を開け、部屋に風を通した。少しカビ臭いと思ったからだ。新鮮な空気を入れようとしたのだけど、本当の原因は杜松《ジュニパー》の実のシロップ漬けの瓶《かめ》だった。発酵が始まって、瓶は爆発してバラバラに割れてしまっていた。床じゅうに広がってしまった嫌な臭いのするべとつく紫色の汁を掃除しなければならなくて、料理をこしらえるのもやっとだった（肉団子）。子どもたちとイェルロフは明後日には帰るだろう。

イェルロフはこれが休日の日記だと気づいた。自分が海に出たとき、エラがふたりの娘を連れて夏のコテージへむかうことが多かったのは知っていた。のちに、娘たちがもっと成長してイェルロフと一緒にストックホルムへ行きたがったり、ボリホルムの家に残りたがったりすると、エラはひとりでここへ来た。だから、日記をつけているところを見かけることが、あんなに少なかったのだろう。

日記を読み続けた。

一九五七年五月十五日

晴れているけれど、北東の風が少し冷たい。娘たちは午後、海沿いに自転車で遠出した。

あの子たちが留守のあいだに、おかしなことが起こった。ポーチでゼラニウムに水をやっていると——石切場からやってきた小鬼《トロール》を見かけた。

そうとしか考えられないでしょう？

それは、とにかく二本脚の生き物で、動くのがとても速く、わたしはびっくりしてしまった。影が見えて、牧場の小枝を折って、茂みをガサガサいわせただけで、いなくなった。わたしを笑いものにしたのだと思う。

〝牧場〟というのは、エラとイェルロフが、夏のコテージの外側にある草が伸び放題のあたりにつけた呼び名で、戦前は家畜が草をはんでいた場所だ。

だが、エラは見たものをどうしてトロールだと思ったのだろう？

ふいに、森の奥からまた車の音がした。エンジンの音がしなくなったと思うと、門がキーッと開いた。イェルロフは急いで毛布の下に日記を隠した。どうしてだか、わからない——たぶん、罪の意識というやつだろう。

背が低くてがっしりした身体つきの七十代の男が小径をやってきた。友人のヨン・ハーグマン。擦りきれた青い作業着とひさしのある薄い灰色の帽子といういでたちで、冬も夏もこの格好だ。かつてイェルロフがバルト海の貨物船の船長だったとき、彼が一等航海士だった。ここ何年かは、村の南端でキャンプ場を経営している。

重たげな足取りでやってくると、芝生でとまった。それでイェルロフはほほえみかけ、うなずいてみせたが、ヨンが笑いかえすことはなかった——陽気で楽しげな表情を浮かべるのは、ヨンの柄ではなかった。

「なるほど」彼は言った。「帰ってきたと聞いてな」

「ああ。おまえもな」

ヨンがうなずいた。この冬のあいだ、高齢者ホームに何度か訪ねてくれたが、それ以外はボリホルムで暮らす息子の狭いアパートメントにずっと滞在していた。どこか恥じているような表情で、冬のステンヴィークの村があまりにも寒く、さびしいと感じられるようになったと説明した。もはやひとりで耐えぬくことができなくなったのだ。それはイェルロフも完全に理解できた。

「村にはほかに誰か住んでるのか？」

ヨンが首を振った。「年明け以来、村には誰も住んどらんよ。ただ、週末に訪れる者がたまにおるだけで」

「アストリッド・リンデルは？」

「彼女も結局はやっぱり諦めて、コテージを閉めた。

たしか、一月にリヴィエラへ行ったんじゃないか」

「そうか」イェルロフは、アストリッドが隠居する前は医師だったことを思いだしていた。「きっと、かなり金を貯めこんでいたんだな」

ふたりは黙りこんだ。蝶はもう見あたらなかった。イェルロフは木立を吹きぬけるかすかな風音を聞いてから言った。「わたしはもう、それほど長くここにおらんと思うよ、ヨン」

「この村に？」

「いや、ここのことだ」そう言ってイェルロフは自分の胸を指さした。魂がそこにあって、それゆえに命の源があると考えている場所だ。

思ったほど感動的には響かなかったらしく、ヨンはうなずくだけでこう尋ねてきた。「じゃあ、病気なのか？」

「いつもの持病だけだ」イェルロフは言った。「だが、かなり疲れてる。なにか役立つことをやらねばならん、ちょっとした大工仕事だとか、家のペンキ塗りだとか、以前のように……だが、ここにじっと座ってるだけさ」

ヨンは視線をそらした。この会話が大変な作業であるかのようだ。「なにか、ちょっとしたことから始めるといい」そう提案した。「海辺へ行って、手こぎ舟を掃除したらどうだ」

イェルロフはため息をつけた。「あれは穴だらけだよ」

「ふたりで修理できる」ヨンが言った。「それに、あと二年で千世紀《ミレニアム》だ。あたらしい世紀も始まるぞ。それまで、粘っていたかろう？」

「そうだな……新世紀がどうなるか、見てみんといかんな」イェルロフは話題を変えたくて、フェンスのほうへあごをしゃくった。「お隣さんのことをどう思う？　道のむこうの」

ヨンは無言だった。

いいほどに見えた。

「知り合いにはなっていないのか?」

「まあ、見かけたことはある。だが、これまでのところ、めったにここへ来ないし、ほとんど知らないようなもんだ」

「わたしもだよ。だが、わたしには好奇心がある――おまえもじゃないのか?」

「あの連中は金持ちだ」ヨンが言った。「本土からやってきた金持ちさ」

「まちがいない」イェルロフが言った。「おまえが近所にいることを、知らせたほうがよかろう」

「なんのために?」

「キャンパーたちが訪れる前に、連中の仕事をできるようにだよ」

「そいつは名案だ」

イェルロフはうなずき、わずかに身を乗りだした。

「そして、たんまり賃金をはずんでもらえ」

「ますます名案だ」そう言ったヨンは、陽気と言って

7

「では、こちらに数週間は滞在されるのですね？」若い不動産業者がそう尋ねながら、鍵束と最終書類をヴェンデラ・ラーションに手渡した。「春の日射しを楽しまれますか」

「そうしたいと思っています」ヴェンデラは答えてから笑い声をあげた。

知らない人と話をすると、いつも緊張から笑ってしまう。けれどエーランド島に来たのだから、その癖がなくなってくれればと願っていた。たくさんのことが、いままでとはちがってくるだろう。

「それはいいですね、すばらしい」業者は言った。「つまり、あなたがたは観光シーズンを広げるお手伝いをなさることになるんですよ。真の開拓者のように……本土の人々に、夏のほんの数週間だけではなく、エーランド島の安らかな静けさだって楽しむことができると、教えることになります」

ヴェンデラはうなずいた。

安らかな静けさを楽しむ？　それは自分がリラックスできるかどうか、そしてもちろん、マックスが落ち着いて、料理本の執筆を終わらせられるかどうかに、かかっている。

いま彼は暖房の入ったガレージで、洗車しているところだ。血の一滴までも洗い落とさなければならない。この夏の別荘に到着してから、マックスは道中起こったことについて一言も口にしなかったが、酸っぱい臭いのように激怒が彼を取りまいていた。

ヴェンデラはひとりで業者の相手を任され、冷たい風に吹かれて震えないように努めていた。夕方の遅い時間だ。太陽はカルマル海峡に沈み、暖かさの痕跡をすべて連れていった。本当に室内へもどりたい。

業者は黄昏のなかであたりをながめ、隣の大きな家と、北へ数百メートルの小さなコテージを見やった。

「ここはすばらしい場所ですね」彼は言った。「まさしく第一級の土地です。隣家の位置も理想的じゃないですか。近すぎず、遠すぎない。それに、お宅と海岸のあいだにはまったく家がない……朝いちばんにひと泳ぎしたくなったら、石切場の横を歩いていくだけでいいんですから」

「もちろん、氷が解けたらですね」ヴェンデラは言った。

「もう、そう時間はかかりませんよ」業者は言った。「いまの時期まで凍っているのは、きわめてめずらしいことなのです……でも、今年の冬は寒さが厳しかったからですね。氷点下十五度になる夜もありましたよ」

青い作業着を着てがっしりした男が業者の隣に立っていた。地元の大工で、ヴェンデラに会釈してきた。

「なにかおこまりのことがあれば、連絡してください」彼が言った。

この夜、彼がヴェンデラにかけた最初の、そして最後の言葉だった。男たちは帰るそぶりを見せた。

「お隣の人たちと喧嘩をしてはいけませんよ」握手をかわすときに、業者が最後に与えた助言がそれだった。「家主の鉄則です」

「まだ、お隣には会っていないんですよ」ヴェンデラはまた笑いながらそう言った。

家のなかへもどると、小さなアロイシアスが、固まった脚で苦労してバスケットから身を乗りだし、吠えた。部屋に入ってきたのが、女主人だと気づかなかったようだ。おそらく、嗅覚も弱まっているのだろう。

「わたしよ、アリー」ヴェンデラは声をかけて、なでてやった。

風の吹きすさぶ庭では少し無防備になった気がして

いたが、ここでは誰も彼女に近づけない。あたらしい家はどこもかしこも清潔で、そこがよかった。すべてが無垢で、物入れや屋根裏部屋に隠れたがらくたもない。物を運びだして掃除しなければならない地下室もない。

業者が隣人について言ったことを思いだし、突然ひらめいた。マックスと自分は村の人を全員招待してパーティを催すべきだ。今週のうちがいい、早くお近づきになれるように。知らない人と緊張せずに話す練習にもなる。

パーティは絶対にいいアイデアだ。

本当に会いたいのは隣人ではなく、エルフだったけれど。

「むかしむかし、遠いむかしに、猟師が石灰岩平原へ行ったんだよ」——父がある夜ヴェンデラに語った。「その猟師は野ウサギとキジを追いかけたんだが、かわりに生涯愛する人に出会った。そして彼は二度ともとにはもどらなかった」

六歳か七歳のときに、父のヘンリが石灰岩平原のエルフの物語を話しはじめたのだった。ヴェンデラはその物語を忘れることがなかった。そのことを頻繁に考えて、長年にわたって、エルフのさまざまなことを学んできた。

彼女はヘンリの物語を覚えているとおり、正確に書き留めることにした。

〝猟師は石灰岩平原まで行ったが、その日は、鳥も、野生の小動物もいなかった。見かけたのは、遠くにいたほっそりした鹿だけだった。鹿は彼がもっと近づくのを待っているかのようにその場に留まり、それから振り返って地平線のほうへ走りだした。

猟師は草地を駆けて追い、銃を撃てるようにしておいた。鹿を何時間も追いかけたが、いっこうに獲物に近づけない。日が沈んで黄昏時が訪れると、徐々に猟師は鹿に近づいていった。銃を構えた。

そこでふいに、太陽がふたたびまぶしく輝きだして、自分が立っている石灰岩平原の草地が青々として、周囲では小川がさらさらと流れていることに気づいた。鹿は消えていて、いたはずの場所には、背が高くて純白の服を着た美しい女がいた。そして彼のほうへ近づいてくるところだった。

女はほほえみ、自分はエルフの女王だと告げた。石灰岩平原で猟師を何度も見かけたことがあり、彼に恋をしていた。それで、自分の領土へ誘いこんだのだった〟

ヴェンデラは顔をあげ、窓のむこうの広い海峡を見つめた。暗闇のなか、氷は灰色で濁って見える。

窓ガラスへさらに身を乗りだすと、隣の家が見え、ふたたびパーティのことが頭をよぎった。そうだ、絶対にパーティを企画しよう。

ふたたび椅子にもたれて、書きつづけた。

〝猟師は目の前に立つエルフの女王を見ると、銃をおろし、膝をついた。女王は銀の杯を取りだし、音をたてる小川へいれた。杯を縁まで満たすと立ちあがり、猟師に差しだした。猟師は白ワインの甘みを味わった。自由でしあわせな気分になった彼は、人間の世界へもどりたいと思わなかった。それで黄昏時も、そして朝になるまでそのままずっと女王のもとに留まり、彼女の腕のなかで眠った。

日が昇ると、猟師は目を覚ましたが、石灰岩平原の端にある小屋の自分のベッドにもどっていて、あの美しい女は消えていた。どれだけ平原を探しても、二度とエルフの王国へつうじる入り口を見つけることはできなかった〟

ヴェンデラは手を休めた。鈍いうなりが聞こえて、窓の外を見た。砂利道を車がゆっくりと近づいてくる。ヴェンデラはすぐさま、その車に気づいた。先ほどの駐車場のサーブ。

車はこの家の前を通りすぎ、石切場の北東にある古いコテージへむかった。ハンドルを握っているのは、マックスをのしたブロンドの男。十代の息子が隣に座っていた。

男の横顔を見て、誰に似ていると思ったのか、悟った。マルティン。最初の夫にどこかしら似ている男だった。

だから、マックスはこの男にあれほど怒ったのかもしれない。ヴェンデラは五年前にたまたまマルティンに出くわして、一緒にランチをとった。その話をマックスにするという愚かなことをしてしまった。マックスはいまだにこの件をもちだすことがある。

では、じつは隣人のうちふたりとは、もう会っていたわけだ。でも、本当にあの人たちをパーティへ招くべきだろうか？　マックスと相談しなければ。

ノートに身を乗りだし、最後の段落を書いた。物語の締めくくりだ。

〝猟師は石灰岩平原での出会いからその後、何年もコテージで暮らしたが、二度と恋をすることはなく、一度も結婚しなかった。人間の女にはエルフの女王にかなう者がいなかったからだ。猟師は女王を忘れたことがなかった〟

「これがエルフの物語だ」父はそう言い、ベッドの端から立ちあがったのだった。「もう寝る時間だぞ、ヴェンデラ」

ヘンリはその後も、何度かエルフの物語を聞かせてくれた。亡くなった妻のことはけっして話題にしなかったが、父は女王に惹かれているようだった。そしてこの物語はヴェンデラの脳裏に残った。猟師のやったことをしてみたいと夢見るようになった。エルフに会える場所へ行ってみたいと。

一九五六年、エーランド島

ヘンリ・フォシュが娘にエルフやトロールがいる証拠を見せるのは春、ヴェンデラが小学校へあがる前年だ。

まずふたりはエルフのもとへ行く。小さな家の裏手にある牧草地へむかい、乳搾りのために牛を連れ帰るときのこと。

ヘンリは三頭の牝牛を飼っているが、ヴェンデラでさえ、父が本当は酪農などやりたくないとわかる。これっぽっちも。たんに生活のためだけに、ささやかな農場を経営しているだけだ。

「ここで踊るんだ」ヘンリは牧草地に立つとそう言う。牛たちはいまにも破裂しそうな乳房を抱え、ふたりのほうへ勢いよくやってくる。

ヴェンデラは周囲を見まわす。高い石壁にかこまれた場所だ。壁のむこうから石灰岩平原の世界が始まっていて、草地とジュニパーの茂みが続いている。そちらで動く影はない。

「誰が？」

「エルフたちと女王だ。話は覚えているだろう？」

ヴェンデラはうなずく。その物語は覚えている。

「エルフが残した跡だって見えるんだぞ」ヘンリはそう言い、石を使った作業で乾燥してひび割れた右手で指さす。「ほら、あれがエルフの輪だ」

ヴェンデラが牧草地の奥を見ると、青々としたただなかに、直径三メートルほどの、色の薄い草の円が見える。まるで誰かが草を踏みつぶして、折ったようだ。輪のまんなかだけが、元気がよくて青い。

ヘンリは牛たちを集めながら、その輪を大きく避けて歩く。「エルフが踊った場所を横切ってはだめだ――悪運をもたらすから」続いて、手をあげて牛たちを優しく押して、家路を急がせる。

数日後にヘンリは娘を海岸へ連れて行く。石切場を見せるため。彼が本当にいたい場所はそこだ。

ヴェンデラは牧場から牛たちを連れ帰ることになっているが、ヘンリが今日一日、置いたままでも構わないと言う。

海へ行く途中、彼は低いバリトンの声でずっと歌っている。エーランド島の唄を歌うのが好きなのだ。

その声には哀しみと切なさがどちらも混じっていて、たぶん母のクリスティンがいないからだとヴェンデラは思う。

母はもうこの世にいない。何年も前のことだ。母が病気になり、家のなかの静かな音が大きくなり、壁がますます軋むようになっていき、ガサガサ、ピシピシという音がしていた。そして母が息を引き取ると、なにもかもが、また静まりかえった。

「肺病だよ」ヘンリは最後に病院から家へもどり、ヴェンデラにそう告げた。

それは、人がただ弱っていく状態を指した古い言いかたで、その人がすべてにうんざりして、もう生きる力がないことを意味していた。

肺病。何年ものあいだ、ヴェンデラはこの病気が家族に遺伝しているのだろうかと悩んでいたが、あるとき、叔母のマルギットからクリスティンは虫垂が破裂して死んだのだと聞かされた。

石切場へ到着すると、ヘンリは歌うのをやめる。坑の縁でぴたりと立ちどまる。地面にぽっかり空いた巨大な坑まで数メートル。ここは乾燥していて寒い。

「土を全部どけて、五百年のあいだ石を掘っている。宮殿や城や教会に使う石だ。それにもちろん、墓にも」

ヴェンデラは父の隣に立ち、粉々に砕かれて命あるものの姿がまったくない灰色の風景を見つめる。

「なにが見える？」

「石と砂利」ヴェンデラは言う。

ヘンリがうなずく。「ちょっと月みたいじゃないか？ ここを歩きまわると、父さんは宇宙飛行士の気分になる。あとはロケットさえあればいい……」

父は笑い声をあげる。宇宙が好きなのだ。

けれども採石現場へたどり着くと、彼の笑い声は消える。

「ほんの数年前まで、ここにはたくさんの石工がいた」彼は言う。「でも、仕事を諦めて、故郷へ帰っていったんだよ。ひとり、またひとりと……」

ヴェンデラはほかの石工たちのほうを見やる。全部で五人しかいない。坑の底で広がって立ち、その背中には疲れがにじみでて、服は石灰岩の粉にまみれている。

ヘンリが手を振って呼びかける。「おーい！ おーい！」

誰ひとりとして、手を振り返さない。ドリルとハンマーをもった手をだらりと垂らして、石切場にやってきた者たちを見つめている。

「あの人たち、どうして仕事をやめちゃったの？」ヴェンデラは囁く。

ヘンリは同僚たちを見やり、首を振る。彼らのことを見放しているような仕草だ。「あの人たちはあそこに突っ立って、どこかよそにいたいと願っている」彼は穏やかに言う。「アメリカへ渡るチャンスをどうしてつかまなかったのかと、自分に尋ねているのさ」

それから彼は、自分が作業をしている石切場の南端の縁へ娘を連れて行く。屑石が積みあがっているのは、間に合わせの風よけだ。

「これがケルピーだ！」父は叫ぶ。

なかに案内され、父娘は石の腰かけにそれぞれ座る。携帯用水筒にコーヒーを持参したヘンリが二杯飲む。

「下の者たち、注意しろ！」彼はそう言い、残ったコーヒーを傾けて石へこぼす。

地下のトロールに警告し、逃げる時間を与えているのだ。

石灰岩の粉が鼻をくすぐる。あたりを見まわすと、砕けた石がたくさんある。あたり一面だ。ヴェンデラはじっと見つめて、奥に誰か隠れていないか見つけようとする。

「なにを探しているんだ？」ヘンリが言う。「トロールか？」

ヴェンデラはうなずくが、彼は笑う。

「心配はいらない。トロールは昼間には出てこないから。日射しに耐えられない。太陽が沈んでからでないと、現われないんだよ」

周囲に視線を走らせてから話を続ける。「でも、人がやってくるまでは、ここはトロールの王国だった。この海辺に住んでいたんだ。それから、トロールの敵のエルフはずっと内陸のほうに暮らしていた。一度だけ、エルフがトロールに襲いかかったことがあった。この石切場で戦いが起こり、その日は血が流れたんだ。地面は真っ赤に染まった」

父は東の岩を指さす。「血はまだそこに残っている……ほら、見てみるか」

ヴェンデラを連れて坑へ下りていき、切り立った岩肌にむかって歩いていく。腰をかがめ、薄い石の色に赤みを帯びた層が走るところを指さす。地面のすぐ上の部分だ。

ヴェンデラがもっと近くでよく見ると、その層には濃い赤の塊がたくさん入っている。

「〝血の場所〟だ」ヘンリがそう言って、身体を起こす。「全部、トロールとエルフの戦いの形跡だよ……化石になった血だ」

ヴェンデラはトロールとの戦いではエルフの女王がエルフ軍を率いたはずだと気づくが、これ以上、血を見たくない。

「まだトロールたちは戦ってるの、パパ？」

「いや、いまは休戦だろう」ヘンリが言う。「トロールは〝血の場所〟の下の地中に留まり、エルフは石灰岩平原に留まることにしたんじゃないか——そうすれば、会わないですむ」

ヴェンデラは顔をあげ、坑の上を見やり、そこに宮殿を建てるべきだと感じる。高窓と、石の壁の宮殿。トロールの王国とエルフの王国、そのあいだに暮らしたい。

そこで彼女は父を見た。「どうして敵同士だったの、トロールとエルフは？　どうして戦わないとならなかったの？」

ヘンリは首を振っただけだった。「さあ……たぶん、おたがいのことを、ずいぶんと自分とは違う者だと思っていたからかな」

8

金曜日の夕方、ペールとイェスペルは食料を買える店を見つけるまで、数キロほど道なりに車を走らせなくてはならなかった。ようやくステンヴィークに着くと、まっ暗な村や封鎖された夏の別荘の前を走りぬけた。

石切場へむかう〈エルンストの道〉へ折れると、あたらしく建てられた二軒の豪邸にはかろうじて明かりが灯っていた。どちらの家にも、前に大きなつやつやした車が駐まっていた。突然、一台はあやうくイェスペルを轢くところだったアウディだと気づいた。車の壊れた部分がいまでもはっきりと見えるが、血はすべて洗い流されている。

では、あの駐車場で出会った男女はここに家を建てたのか。あたらしい隣人だとは。

「あたらしい車」ペールは言った。「考えてみてもいいな……わたしたちのためにも、環境のためにも」

イェスペルが振りむいた。「あたらしい車を買うの、パパ?」

「少し先にな。いますぐじゃない」

サーブの衝撃吸収の具合はいまひとつで、地面に穴のあるところや砂利道のくぼみを走ると、ギーギーと軋んだ。だが、エンジンはすこぶる調子がいいし、自分の車のことを恥じるつもりもない。

エルンストのコテージのことだってそうだ――夜に見ると、屋根は低いし窓も小さく暗く、放置されたプレハブ小屋を思わせるが。このコテージは日射しが照りつけても、風が吹きつけても、石切場の横で五十年近くちゃんと建っているのだし、古い塗装をはがして塗り替えてやる必要があるだけだ。だかそれも、今度の夏まで待っていい。

ペールがこのコテージの状態をたしかめようと島を前回訪れたのは三月の初めで、石灰岩平原は雪に覆われていた。いまではもう雪はあらかた解けているが、空気はまだそこまで暖かくない――少なくとも、日が落ちたあとは。

「エルンストを覚えてるか？　親戚の」イェスペルに尋ねながら、車を家の前へ寄せた。「ここに遊びにきたことを覚えてるかい？」

「なんとなく」イェスペルが答えた。

「どんなことを覚えてる？」

「石の仕事をしてた……石像を作ってた」

ペールはうなずき、暗闇のなか、コテージの南にある小屋を指さした。「石像はまだ彼の工房にある……一部だが。あとで見てみようか」

エルンストがいなくて寂しかった。おそらく、ジェリーと正反対だったからだ。エルンストは毎朝早起きをしてハンマーとノミを手に坑へ下りて仕事をした。働き者だった――石を砕く鉄の響く音はペールの子ども時代の思い出のひとつだった――けれども母と泊まりにくると、エルンストはいつもペールと遊ぶ時間を作ってくれた。

古いドアマットには〈ようこそ〉の言葉が入っていた。

このコテージの扉を開けると、かすかな石鹼とタールの匂いがした。もとのあるじの痕跡が完全には消えていなかった。明かりをつけると、すべてが冬にペールが去ったときのままに見えた。花柄の壁紙、茶色のコーヒーのしみがある端切れ布を編んだラグ、磨りへってつや光りする木の床。

リビングにはエルンストが作った船乗りの櫃があった。前面の彫刻は、馬に乗った騎士が、からかうように笑っているトロールを山の隠れ家へ追いかけている光景だ。騎士の背後の岩には、エルフの姫が座って泣きじゃくっている。

この櫃は置いておいてもいいが、金が貯まれば、家具の買い換えを始めるつもりだ。

「風を通そう」イェスペルにそう言った。「そして部屋に春を入れよう」

窓を開けると、部屋は風のざわめきで満たされた。すばらしい。ペールは相続したコテージに喜びを感じようとした。いまこのままの状態にも、そしていつの日か模様替えできた日の姿にも。

「海まではほんの数百メートルだ。石切場の先だよ」イェスペルにそう言いながら、荷物を小さな玄関に運んだ。「夏になれば、好きなだけ泳げるぞ。おまえとわたしとニーラと。きっと楽しい」

「水着なんかもってないよ」イェスペルが言った。

「調達すればいい」

双子はそれぞれキッチンの左に小さな寝室をもっていて、イェスペルはリュックサックをもって自分の部屋へ消えた。

ペールはキッチン裏の小部屋に行った。石切場の北、氷に覆われた海峡が見渡せる部屋だ。ここを夏のあいだ、自分の書斎にすればいい。

この先、二、三十年経っても、この家を手放すことなどない。そして、子どもたちは好きなだけ、ここで過ごせばいい。


寝室で衣類の荷ほどきをしていると、電話のベルが鳴った。数秒ほどは古い電話がどこにあったか思いだせなかったが、音はキッチンから聞こえるようだった。電話は調理台の隣のカウンターにあった。ベークライト樹脂製のダイアル式のものだ。ペールは受話器を取った。

「メルネルです」

マリカ、あるいはニーラについて報告する医師の声を予想したが、ガサガサいう音しか聞こえない。接続の悪い本土からの電話だ。

ようやく、誰かが咳をしてから、静かな、弱々しい声を出した——老いた男の声。

「ペッレ？」

「はい？」

「ペッレ……」

ペールは時間をかけてから答えた。母が死んでから、彼を愛称の〝ペッレ〟で呼ぶのはひとりしかいないし、父ジェリーのしゃがれた声だとわかった。何千本ものタバコと夜更かしが過ぎて、そんな声になった。それに去年の春に脳卒中をやってから、父の声はぼやけてうしなわれていた。それでも、人の名前や電話番号は覚えていた。週に一度はペールに電話をかけてきたが、語彙の大半は消え去っていた。

ペールはカルマルのアパートメントへの電話をこのコテージに転送するようにしていた。ジェリーが電話してくるリスクはあったが。

「調子はどうなんだ、ジェリー？」ついにペールはそう言った。

父はためらった。タバコを吸っている音がする。続いてまた咳きこみ、さらに声を低くした。

「ブレメル」父はそれしか言わなかった。

ペールはその名前のことは知っていた。ハンス・ブレメルは父の仕事仲間で右腕だ。会ったことはなかったが、自分よりもブレメルのほうが父とそりが合ったことはあきらかだった。

「今日は話せない」ペールは言った。「イェスペルがここにいる」

父は無言だった。言葉を探しているようだが、ペールは待たなかった。「だから、またすぐに連絡するよ。じゃあ」

答えを待たずに静かに受話器を降ろし、寝室へもどった。

二分後、ふたたび電話のベルの音がコテージに響いた。

ペールは驚かなかった。どうして自分は転送になんかしたんだろう？

受話器を取ると、やはり、しゃがれた声がした。

「ペッレ？　ペッレ？」

ペールはうんざりして目を閉じた。「どうしたんだ、ジェリー？　電話をかけてきた用件を言ったらどうだ？」

「マルクス・ルーカス」

「誰だって？」

ジェリーは咳払いをして〝あの野郎〟と聞こえる言葉を言ったようだが確実ではない。タバコを口にくわえたまま、しゃべっているような声だ。

「なんの話なんだ、ジェリー？」

返事がない。ペールはキッチンの窓を見やり、石切場のほうをながめた。まったく人影がない。

「ブレメル、助けなければ」父がいきなりそう言った。

「どうして？」

「マルクス・ルーカスの件、助けなければ」

そこで、電話のむこうは完全に沈黙した。ペールは窓の先の海と、細く黒々と見える本土をながめた。マルクス・ルーカスだって？　ずっとむかしに、聞いたことのあるような名だ。

「いまどこにいるんだ、ジェリー？」

「クリスチャンスタッド」

ジェリーはこの十五年というもの、本土南部のクリスチャンスタッドで、駅近くの狭苦しい三部屋のアパートメントに暮らしている。

「よかった」ペールは言った。「ずっとそこにいてくれ」

「いいや」ジェリーが言った。

「どうして？」

返事がない。

「じゃあ、どこへ行くつもりだ？」ペールは尋ねた。

「リード」

それはスモーランド地方の針葉樹林にある小さな村だ。ジェリーはそこに家をもっている。数年前にペールは父を車で送っていったことがある。

「車もないのに、どうやってあそこまで行くんだ？」

「バス」

ジェリーは十五年以上もハンス・ブレメルを頼ってきた。脳卒中を起こす前、単語だけではなく、しっかりと文をしゃべっていた頃に、この仕事仲間との関係をはっきりとペールに告げていた。〝ブレメルが全部面倒を見る、奴は仕事を愛しているんだ。ブレメルがすべてをまとめる〟

「そうか」ペールは言った。「じゃあ、数日むこうで過ごすといい。帰ってきたら、電話してくれ」

「ああ」

ジェリーはまた咳を始め、会話が途切れた。ペールは受話器を置いたが、窓辺に留まった。


親というものは子どもに寂しい想いをさせるべきではないが、ジェリーがやったのはまさにそれだった。ペールは家族も友人もないようで、寂しくて仕方がなかった。父が誰もかれも怯えさせて追いはらった。ペールの初めての恋さえもつぶした。相手はレジーナというつねに笑顔の少女だった。

ゆっくりと息を吐いて、そのまま動かずにいた。海岸沿いをランニングしようと思っていたが、もう暗くなりすぎた。

ジェリーの病的なほどのいたぶり癖は、ペールがどこまで記憶を遡っても、沸騰したスープのように頭のなかで音をたてている。父には人生への喜びあふれる欲望もあったが、脳卒中のあと、そうしたものは完全に消えうせた。過去には、人生の刺激とするために、本物か想像かにかかわらず、人との衝突がジェリーには必要なのだという印象をもっていた。それがあるから起業家として新鮮な活力を得られるのだと。だが、今日、電話で聞いた声は混乱して弱々しかった。

ペールが物心ついたときから、父は人に追いかけられていると妄想していた。相手はたいてい、スウェーデン政府だったり、税務署員だったりしたが、ときには銀行だったり、ライバルだったり、元従業員だったりもした。

いま父のためにしてやれることは、たいしてなかった。監視のようなものが必要なのかもしれないが、ペールにとって、ジェリーの息子であるより、ニーラの父であるほうが重要だった。

それにイェスペルの父としても。イェスペルを忘れるわけにはいかない。

息子の部屋の扉は閉まっているが、ペールはよき父であり、息子のことを思いやっている。ノックすると、扉からひょいと顔を突きだした。「やあ」

「やあ、パパ」イェスペルが静かに言った。

ベッドに腰かけ、ゲームボーイを手にしていた。そんなもので遊ぶにはだいぶ遅い時間だったが。

ペールはそれを無視することにした。かわりに、窓の外を見ながら思いついた計画をイェスペルに話した。海岸への近道を作ってみないか？　と。

「明日、少しやってみないか」ペールは尋ねた。「身体も鍛えられるし、やりがいがあるだろう？」

イェスペルは考えていた。それから、うなずいた。

ふたりは翌朝九時まで寝て、朝食を済ませてから階段を作りはじめた。

エルンストはコテージから石切場へつうじるガタのきたハシゴしか残していなかったから、ペールはもっと頑丈なものを作りたかった。自分と子どもたちが晴れた夏の日に下りていけるような階段だ。

メルネル家の岩場の土地の南端と石切場の底には数メートルの高低差があって、ペールはそこに階段を作ることにしたのだ。イェスペルとふたりで、エルンストの工具を坑の底の砂利へひとつずつ放っていった。金てこ、鋤、つるはし。続いて、崖から古い手押し車も下へ降ろし、自分たちも軍手をはめてハシゴを下りていった。

岩肌にかこまれた底は寒く、動物の姿はまったくなかった。植物もほとんどなく、雑草と、物好きな小ぶりの茂みが意地になったように砂利にしがみついていたり、岩の切れ目に伸びていたりするだけだ。カモメが何羽か石の少し積まれたてっぺんにとまり、固そうなくちばしを大きく開けて鋭く叫びあっている。

岩肌の膝高あたりで、濃い赤の塊が混じる変わった地層が淡い石灰岩の層のなかに走っていた。ペールは子どもの頃にも見たことを思いだした。〝血の場所〟とエルンストは呼んでいたが、理由を説明することはなかった。本物の血のはずがない。

「これからなにをするの、パパ？」イェスペルがあたりを見まわして言った。

「そうだな……まずは、石材を少し集めよう」ペールは石材が積まれたところを指さした。

「でも、あれをくすねてもいいの？」

「くすねるんじゃない」ペールはそう言ったが、石切場の所有者が誰なのか、さっぱりわからないことに気づいた。「使うだけだ。いいか、だって、石はここに転がっているだけなんだから、いいだろう？」

作業の時間だ。根を詰めすぎず、急ぎすぎず――ペールは腰のことを考えなければならなかった――だが、坑からあがる階段を数段完成させるくらいには根を詰めて。

一時間以上も、坑のまんなかで積まれた石の山と家の庭の真下の岩肌とを、手押し車を押して往復し、ゆっくりと、上へつうじる急な斜面を作った。

すでに十時半になって、身体も温まってきたところで、五十メートルほど離れた場所に、細長い石材を積んだものが目に留まった。

「今度はあれを運ぼうか？」

　ふたりは手押し車で石灰岩の石材を運びはじめた。とくに大型のものは避けたが、中型のものでもじゅうぶん重かった。手近の石材をつかみ、イェスペルにもう片方の端をもたせた。石材の表面は乾燥して滑りやすかった。

「かならず脚から踏ん張って抱えるんだぞ、イェスペル。絶対に腰だけで支えるな」

　ふたりで石材をもちあげ、手押し車で一度に三つを運んだ。

　これを岩肌に寄せて降ろし、段になるよう配置する頃には、ペールは肩で息をするようになっていた――これは重労働だ。エルンストはここで来る日も来る日も、そして何十年もよくやれていたものだ。

　十二時になる頃には、階段の下半分ほどができあがり、ペールの腰、首、腕はずきずきしていた。軍手をはめていたのに、指の皮膚はひどくすりむけて、水ぶくれができていた。それに、まだ上半分が残っていた。疲れた笑みを浮かべた。「あと半分だな」

「クレーンがあればいいのに」イェスペルが言った。

　ペールは首を横に振った。「それじゃ、ずるだ」

　ふたりは石切場の縁を乗り越え、エルンストの家へもどった。

　自分たちの家だ。どんな名前をつけようか。大邸《カーサ・グ》宅《ランデ》とか？

　いいや。カーサ・メルネル。それがいい。


　同じ日の夕方、風がエーランド島に激しく吹きはじめ、夕闇が降りた頃には、突風が屋根の上で吠えていた。

　ニーラがいる病棟の電話回線はずっと話し中だったが、八時には望まれたとおりに思念を送った。

　愛。ペールはそう念じ、カルマル海峡に沈む夕陽を心に描きながら送った。

娘からの返事が、彼の頭にひらめくことはなかった。完全にからっぽな気がした。本気でテレパシーを信じているわけではないが、やってみても、べつにうしなうものもない。

ベッドに横たわり、海峡の風の咆吼を聞きながら眠りについた。夢を見た。石切場で薄い色をした小さな木の人形を見つけた。それを布のバッグに入れ、なにか理由があって、コテージへもちかえった。人形は怒っていた。バッグが裂けたので、テープのようなもので修理し、人形の指が飛びでないようにする。人形がバッグのなかで暴れるから、ペールはテープで修理を続けていた。父に笑われる声が聞こえた。

いや、夢のなかでずっと響いていたのは、ジェリーのしゃがれた笑い声ではなく、地面を揺るがす鈍い轟音だった。

ペールはバッグに構うのをやめた。窓の外の石切場を見やると、信じられない光景が広がっていた。島と本土のあいだの海峡に、火山が突きでて形になろうとしていたのだ。海水が沸騰し、空に灰色の煙が充満し、幅百メートルの噴火口がどんどん盛りあがっていく。

溶岩が四方へ流れだし、石切場を埋めはじめた。

そこで、ペールは目が覚めた。ぼんやりして混乱して、ベッドのなかで無駄に人形を手探りした。

突風が激しく家に吹きつけていたが、鈍い轟音はとまっていた。ふたたび音がすることもなく、やがて彼はまた眠りについた。

日曜日の朝は晴れ、風にザザーと妙な音が混じっていた。七時半に起きて西の窓を見ると、すぐに違いに気づいた。カルマル海峡はもはや灰色がかった白ではなく、濃い青になっていた。

なにがあったか、気づいた。夜中にペールを起こしたあの轟音は強風で氷が割れる音だったのだ。いまでは残された浮氷が波間に漂うだけで、解けかけた灰色の氷が海辺の岩場にひょこひょこと浮き沈みしていた。ザザーという音は、ようやく解放された波のものだった。

氷は海峡を離れた——何百トンもの凍てついた海水が自由になり、耳をつんざくようなその音が聞こえる。迫力だ。

だが、ゆうべの夢は奇妙で不愉快なものだった。ペールはそのことを考えたくなかった。

9

マックスが料理本について考えているあいだ、ヴェンデラはあたらしい家の周囲を歩きながら、食べないことについて考えていた。この島ではふたつのことをやろうと決意していた。たくさん走って、あまり食べない。体重を減らすためではなく——浴室の体重計によると五十二キロだ——身体を浄化してもっと自然に近づくためだ。それで、あたらしい家での初めての朝は、食事としてグラス一杯の水を飲んだ。広くあたらしいキッチンでアロイシアスだけが一緒にいてくれた。

隣人たちを招待してパーティをひらくアイデアは、まだ頭の片隅にあった。見つけだせるかぎりの村の住民たちをみな呼ぼうと決めていた。灰の水曜日（復活祭にむけた四旬節の初日）に。普通はディナー・パーティをひらく日ではないだろうけれど。念のために、ドアを軽くノックしてから、夫にこの考えを知らせた。

マックスは書斎に――書斎のひとつにいた。

夫は前の週に自分でヴァンを運転して、このあたらしい家へ家具を運んでいた。彼は執筆のために机が三つも必要だった。考え事をする机、実際に執筆する机、そして推敲をする机。そして、それだけのスペースが必要だから、ひとりのためだけにつづきの二部屋を使わねばならなかった。

片方の部屋にはローイング・マシーン、ダンベル、縄跳びも置いてある。ランニング・マシーンはなかった。

ヴェンデラがノックすると、彼は考え事をする机にむかっていて、机の上にはなにも置かれていなかった。隣人たちをパーティに招待するアイデアをもちかけた。夫は耳を傾けてから、北のコテージのほうへあごをしゃくった。

「あいつらもか？」

誰のことかわかった――マックスがもう少しで轢くところだった息子と父親だ。

「あの人たちは外してもいいのよ」ヴェンデラはそう言ったが、マックスは首を振った。

「いや、彼らも招待しろ。手伝いが必要か？」

「大丈夫よ。ひとりで料理の準備はできるから。でも、お客様はあなたが迎えて」

マックスはため息をついた。「招待主の役割は演じるが、客にアドバイスしてやるつもりはないぞ」

「ええ、もちろん、そんなことはしないでいいの」

「人はいつも、あれこれと問題を打ちあけて、わたしに助言を求めてくる……だが、ここではそんなことから逃れたい」

マックスが目を閉じると、ヴェンデラは部屋をあとにした。

すぐ散歩に出るつもりだったが、まずは浴室へむかった。洗面用具入れの荷ほどきをまだしていない。トイレのタンクにポーチを置いて自分の錠剤類を取りだすと、薬棚に並べはじめた。ラテン語の名のアレルギー薬はいちばん下の棚へ。今朝の鼻と目はすこぶる調子がよかった。数箱持参したが、続いて、精神安定剤の箱を並べ、ヴィスタリルの小さな包みも置いた。これは数年前から夜に飲みはじめた抗アレルギー性緩和精神安定剤だが、ときには朝起きてまっさきに飲むこともあった。

けれども、それはストックホルムでの話だ。この島ではもっと注意するつもりだし、今日は二粒しか飲まないつもりだった。それも、あたらしい薬だ。フォランジルという名で、先週デンマークから郵送されてきた。ダイエット薬のようなもので、空腹感と不安感を抑える働きがあるらしいが、栄養素も含まれていた。カレンデュラの抽出成分に加えいくつかの大切なビタミンも含まれていると表示にある。これをグラスの水で流しこんだ。

さあ、散歩の時間。

あたらしい薬はことのほか強く、外へ一歩出たとたんに、かすかな目眩がした。太陽が輝き、肌寒い風が家に吹きつけていたが、暖かさも寒さもいまの彼女には影響しなかった。落ち着きを自分のものにしていた。なにもかもが、快調だった。

ここでは空がどこまでも広がっている。島に降りそそぐ日射しをさえぎるような山はひとつもない。だから、エルフはここではしあわせなのだ。

狭い道を横切るときも、この出舎はとても静かだった。車も通らなければ、人の声もしない。あちらでもこちらでも鳥が鳴いているだけで、ひらけた海峡から波が穏やかに寄せる音がする。

砂利道の奥に、さらに細い小道があった。中央に草の筋を挟んで二本の轍が走っている。どこかへはつうじているらしい。ヴェンデラは最初の数秒は目を閉じて、走りはじめた。

顔をあげると、古い石壁にもうけられた閉じた門が見えた。その奥には小さな庭があり、薄い黄色の芝生に人がいた。デッキチェアに座った男性だ。

さらにそっと近づくと、その男性はかなりの高齢で、皺だらけでほぼ禿げあがり、後頭部に白髪が少し残っているだけだった。あごの下で厚手のスカーフをしっかり結び、脚には毛布をかけ、膝に薄い本を載せている。目を閉じ、あごを胸に預けるようにして、完璧にくつろいでいるように見える。人生の仕事をここで終え、成し遂げたことすべてに満足している人のようだった。

ここに座っているのは父でもおかしくなかった――だが、もちろん、ヘンリは庭でじっと座っていられるような性分ではなかった。

眠っているのだろうと思ったが、門のところで立ちどまると、彼は顔をあげて、ヴェンデラを見た。

「おじゃましましたか?」彼女は声をかけた。

「ちっともそんなことはない」男性は返事をして、本を毛布の下へ押しこんだ。

静かだが力強い声で、かつて責任ある立場にいた者の声だった。少しマックスに似ている。

先ほど飲んだ薬のせいで、ヴェンデラはいつもより勇気を出せた。門を開け、なかに入ったのだ。

「ここに座って蝶を見てるんさね」近づいていくと、その男性は言った。「そして考え事を」

冗談ではなかったのだが、それでもヴェンデラは声をあげて笑った――そしてすぐに後悔した。

「ヴェンデラと言います」彼女は急いで言った。「ヴェンデラ・ラーションです」

「わたしはダーヴィッドソン。イェルロフ・ダーヴィッドソンだよ」

めずらしい名前だ。初めて耳にする名前のような気がした。

「イェルロフ……ドイツの名前ですか？」

「オランダだと思うよ。もともとは古い名字でね」

「こちらには、一年じゅうお住まいなんですか、イェルロフ？」

「いまはそうだ。足から先に運びだされるまでは（〝柩に入れられて〟の言いまわし）、ここにいるよ」

ヴェンデラはまた笑った。「でしたら、わたしたちはご近所ですね」彼女は自分が来た道を指さし、手が震えないようにした。「石切場の近くに越してきたばかりなんです。夫のマックスとふたりで。ここで暮らすつもりです」

「なるほど」イェルロフが言った。「だが、暖かいときだけだな。一年じゅうじゃない」

それは質問ではなかった。

「ええ、一年じゅうではありません……春と夏だけで」

最後に〝ありがたいことに〟とつけくわえようとして、思いとどまった。真冬のこの島は寒すぎるし、寂れすぎていると言うのは、とても礼儀にかなったこととは言えないだろう。でも、幼い頃にここでの真冬は経験しているから、もうたくさんだった。

どちらも口をひらかなかった。蝶は見あたらないが、鳥は茂みで鳴いている。ヴェンデラは目を閉じ、鳥たちの神経質なさえずりはなにかの警告なのかと訝った。

「もう新居には落ち着かれたかね？」イェルロフが尋ねた。

ヴェンデラは顔をあげ、熱心にうなずいた。「ええ、本当にすばらしいところで。だって……」彼女は正しい言葉を探した。「……海岸にとても近くて」

老人はしゃべらなかったので、ヴェンデラは深呼吸をして一気に言った。「わたしたち、村のみなさんをお呼びして、ちょっとした集まりをしたいと思っているんです。今度の水曜日、夜の七時に。いらしてくださったら、嬉しいのですが」

イェルロフは脚を見おろした。「動けたら伺うよ……日によって具合が変わるんでな」

「わかりました、ぜひ」

ヴェンデラはまた緊張して笑い声をあげ、門のほうへ引き返した。腹が減ってきて、あのあたらしい薬のせいで眠気を感じていた。だが、草のなかを移動するのは気分がよかった。風を切って真っ白な太陽をめざすエルフのように漂っていった。

「マックス？　どこにいるの？」

帰宅して声をかけると、声は石の床にこだました。返事はなかったが、イェルロフと出会って興奮していたからとにかく呼びかけを続けた。「男のひとに会ったのよ、村の老人で……いい人だったわ！　砂利道のむこうの小さなコテージで暮らしてるの。パーティに招待したから！」

数秒ほど静寂が続いてから、マックスが〝考え事の部屋〟のドアを開けた。数秒ほど妻をながめてからこう尋ねた。「なにを飲んだ？」

ヴェンデラは目を合わせて背筋を伸ばした。「なにも……ダイエット薬を二錠だけ」

「元気になるようなものは、なにも飲んでないか？」

「まさか！　春先で浮かれているだけ。それのどこが悪いの？」

背をむけて立ち去りたかったが、そのまま留まり、首を振った。身体を左右に揺らさずにまっすぐ立っていようとした。たとえ、足元の石床が少し動いていても。

「ヴェンデラ、ここへ来たら、そうした薬はやめるはずだったんじゃないのか。約束しただろう」

「わかってるわよ！　ランニングするつもりなんだから」

「いい考えだ」マックスは言った。「錠剤よりいい」

「本当にしあわせな気分なのよ」ヴェンデラはできるだけまじめな口調を保って話を続けた。「でも、錠剤は全然関係ないの。しあわせなのは、空気に春を感じられるから、すてきな老人に出会ったからで……」

「ああ、そうだな。おまえはいつも年寄り連中が好きだったな」マックスは目元をこすって背をむけ、考える部屋へもどっていった。「仕事の続きをやる」

10

石灰岩と海草、海と浜辺の匂い。波打ち際を渡る風、海峡を照らす太陽、冬と春が島の空で出会っている。日曜日の朝、ペールはほうきを手にパティオに立ち、春の日射しが身体の暗い片隅まで届いてくれたらと願っていた。エルンストは家の前後に、ふたつのパティオを作っていた。南東に面したものと、北西に面したもので、これは賢いことだった。朝から夕方まで、日射しを追うこともできれば、一日じゅう日陰に座っていることもできるからだ。

腰を伸ばして岩場の海岸線をながめた。こうして海の近くに立っているのだから、もっとしあわせな気分になっていいはずだった。穏やかさと静けさを感じたかったが、ニーラが心配でたまらなかった。医師たちがどんなことを見つけるか心配だ。

その件で自分にできることはたいしてなかった。いまのままの生活を続けていくしかない。

古いパティオには石灰岩を使ってあった。でこぼこしていて、石材と石材のあいだに雑草が生えていたが、頑丈な作りだ。枯葉を全部掃いてしまうと、端まで行って石切場を見おろした。動くものはなにもなく、昨日作った階段は岩肌のなかばまで、しっかりとそのまま残っている。次に南のあたらしい家を見やり、あたらしい隣人と彼らの金について考えた。

考える価値のあることだった。二軒ぶんの敷地と家は少なく見積もっても二百万はかかっているはずだ。諸経費をすべて入れると三百万ということだってある。あたらしい隣人は金にこまってはいない。彼らについて、たしかにわかっているのはそれだけだった。

そろそろ、エルンストのガーデン用のテーブルとチェアを運びだそう。籐製で、ジャングルのなかの大農園のベランダに置いてありそうなものだった。

ひとつ目のチェアを抱えて戸口に立っているとき、キッチンの電話が鳴りだした。

「イェスペル?」彼は叫んだ。「出てくれるか?」

息子がどこにいるか知らなかったが、返事はなかった。

電話がまた鳴った。四度目のベルが鳴ると、彼はチェアを置き、電話に出ることにした。

「ペール・メルネルです」

「もしもし?」ぼやけた声が言った。「ペッレ?」

また父だ、そうだった。ペールは疲れて目を閉じ、ジェリーならば隣人たちのような豪華なヴィラを建てることができたはずだったと思った。まあ、十年か十五年前だったら。だが、ペールは父の金を見たことは一度もないし、脳卒中からこっち、父の金のやりくりが安定していないことはわかっている。もう働けないのだから。

「ジェリー、どこから電話をしているんだ？　どこにいる？」

シューッという雑音がしてから、返事が聞こえた。

「リード」

「そうか、じゃあ、到着したんだ。スタジオへ行くつもりだったな？」

「ブレメルに会いに」ジェリーが言った。

「そうか。ブレメルと一緒なんだな」

だが、ジェリーはためらっているようだ。ペールは話を続けた。「ハンス・ブレメルには会ってないのか？　迎えにくることにはなってなかったのか？」

「ここにいない」

ペールはジェリーが酔って混乱しているのか、それとも混乱しているだけなのか、どちらだろうと考えた。

「じゃあ、帰れ、ジェリー」きっぱりした口調でそう言った。「バス停へ行って、次のバスでクリスチャンスタッドへ帰れ」

「できない」

「いや、できるよ、ジェリー。帰るんだ」

また沈黙が続いた。「迎え頼む、ペッレ」

ペールはためらった。「だめだ。無理だよ」

電話のむこうで沈黙が流れた。「ペッレ……ペッレ？」

ペールはさらにきつく受話器を握りしめた。「時間がないんだ、ジェリー」彼は言った。「ここにはイェスペルがいるし、もうじきニーラも帰ってくる……子どもたちの世話が先だ」

だが、父はすでに電話を切っていた。

リードの村の場所は知っていた。車で二時間――エーランド島からだとそのくらいかかる。実際、遠すぎた。だが、ジェリーとの会話で気持ちが落ち着かなくなった。

〝彼から目を離してはだめよ〟――母はかつてそう言

った。

アニタは元夫のことを、けっして名前では呼ばなかった。長年ジェリーと連絡を取りつづけ、様子を母に教えてきたのはペールだった。旅や会った女たちの話をした。自分から望みはしなかった責任を引き受けてきた。

母にはジェリーから目を離さないと約束した。だが、それはある条件のもとにかわされた約束で、そのひとつは、父とはかならずひとりで会うということだった。ペールは決意した。リードへ行こう。

イェスペルはここで待っていたらいい。あの子とニーラは祖父とは数えるほどしか会ったことがなく、それぞれ数時間程度のものだったし、留守番をさせておくのがいちばんいい。

子どもたちをジェリーとかかわらせないことは、ペールの最良の決断と言ってよかった。

11

ヴェンデラは村のあたらしい隣人たちへの関心が、おたがいさまではないとすぐに悟った。

パーティへ村人を招待することにして、村をまわり、人が住んでいるほかの家を探しはじめた。深い入り江に沿った海岸通りを歩いたが、誰も見かけなかった。窓に鎧戸を下ろした別荘の集落があるだけで、鎧戸の下りていない家のベルを押してみても、応える者はいない。ときには、誰かが本当は家にいるが、顔を出したくないらしいと思えることもあった。

村の南端までやってきて、売店の隣の小さな家のドアをノックすると、やっと返事をしてくれる人がいた。背の低い白髪の男で、煙突か船のエンジンをいじっていたみたいに、すすけた手をしていた。ヴェンデラは握手しないことにした。

「ハーグマン。ヨン・ハーグマンだよ」ヴェンデラが自己紹介すると、彼はそう言った。

パーティのことを話すと、あっさりうなずかれた。「よかろう」彼は言った。「じゃあ、あんたが石切場の横に住んどるんだな？」

「そうです、わたしたち――」

「庭の手伝いがいらんか？　掘ったり、引っこ抜いたり、ならしたりできる。たいていのことはできるぞ」

「それはいいですね」ヴェンデラは笑いながら言った。「きっとお願いすることになりそうです」

ハーグマンはうなずき、ドアを閉めた。

ヴェンデラは振り返り、ヨン・ハーグマンはまず自分の家の庭の手入れをするべきだと思った。荒れていた。

石切場に引き返そうと、ふたたび北に向かった。薬棚がかすかに恋しくなってきた。けれども、今日はその扉を開けるつもりなどなかった。

すぐ隣の家へむかった。こちらの家と同じぐらいの大きさだったが、薄い色の木造で、窓は高く、幅の狭いものだった。庭はより完成に近づいているようだ。芝生になるはずの区域にはあたらしい土が広げられてならされ、誰かが時間を見つけてもう種を蒔いたようだった。

オーナーたちは在宅だった。呼び鈴を鳴らすと、青いつなぎ姿のまだ若い女がドアを開けた。ブロンドのショートヘア。礼儀正しく挨拶されたか、ヨン・ハーグマンと同じく、来客があってもとくに嬉しそうではなかった。

名はクルディンだとわかった。マリー・クルディンだ。

「おじゃましてしまったでしょうか？」ヴェンデラは神経質に笑いながら言った。

「いいえ、でも、壁の作業をしているところでした」

「壁紙を貼ってらっしゃるんですか？」

「ペンキ塗りです」

ヴェンデラがパーティに来てくれないかと尋ねたとき、マリー・クルディンはうわの空のようだった。たぶん乾いていくペンキのことでも考えていたのだろう。

「わかりました」彼女は穏やかに言った。愛想のある口調でも、無愛想な口調でもなかった。「クリステルとわたし、それから小さなパウルで伺います。ワインをもっていきますので」

「すてき。楽しみにしています」

ヴェンデラは失敗したような気分になりながら背をむけた。いまの会話にはどこかいけないところも、とまどうところもなかったが、もっと歓迎されると期待していた。こんなときは、いつにもまして、石灰岩平原へ出かけたいと強く思う。とにかくあそこへ行きたい。エルフの石のところへ行きたい、あそこであんなことが起こったにしても。

けれども、どうにか自分をこの場に留まらせ、石切場の最後の家へ歩きつづけた。北の端の小さなコテージだ。サーブは表に駐まっていて、ヴェンデラは立ちどまり、本当にここのドアをノックすべきかどうか、考えた。結局、ノックした。

ドアはすぐにひらき、車を運転していた男が現われた。マックスをのした男だ。いまの彼はもっと親しげに見える。

「こんにちは」ヴェンデラは言った。

「こんにちは」男は言った。

ヴェンデラは手を差しだして名乗り、男がペール・メルネルということを知った。神経質に笑い声をあげた。「駐車場でのことを、説明させてください。夫は少々――」

「もう忘れてください」ペール・メルネルは言った。

「みんな、少しばかり興奮していたんですよ」

彼はそこで口をつぐんだので、ヴェンデラは話を続けた。「みなさんにご挨拶をしてまわっているところなんですよ」ふたたび笑い声をあげた。「だって、誰かが始めないとなりませんでしょう」

ペールはうなずくだけだった。

「それで思いついたことがありまして」ヴェンデラは言った。「ちょっとした集まりをひらこうと思うのです」

「そうですか……いつにされるつもりですか？」

「水曜日に」ヴェンデラは答えた。「あなたと奥さんのご都合はよろしいでしょうか」

「大丈夫です。ただ、わたしに妻はおりません。子どもがふたりいるだけで」

「まあ、そうでしたか……水曜日でよろしいのですね？」

ペールはうなずいた。「これから本土へ行きますが、日帰りです。息子のイェスペルはここに残ります。なにかもっていきましょうか？」

ヴェンデラは首を振った。「いいえ、うちで料理は準備しますので。ただ、飲み物は大歓迎です」

ペール・メルネルはうなずいたが、パーティを楽しみにしているようには見えなかった。

ひょっとしたら、口ではどう言っていても、マックスとの喧嘩が忘れられないのかもしれない。それとも、ほかに心配事があるのかもしれない。

ヴェンデラが帰宅すると、アロイシアスはふたたびバスケットに収まっていた。さっと背中をなでてやってからリビングへむかい、ノートへの書きつけを続けることにした。

マックスは家の裏手に出ていた。田舎風のツイードのスーツを着ている。この朝に、カルマルからカメラマンがやってきた。二日ほど滞在して料理本のため―

—いまでは『最高《マックス》になるための正しい料理』というタイトルがついていた——マックスの撮影をすることになっていて、ヴェンデラも夫の身繕いを手伝ったのだった。

書きつけを始める暇もなく、表のドアがいきなり大きく開いて、若いカメラマンが廊下を走ってきた。興奮した様子で、キッチンに置いていたカメラバッグへ近づいていく。ヴェンデラのことは通りすがりにちらりと見ただけだった。

「広角レンズが必要で」

「なんのために？」

「マックスが蛇を殺したんですよ！」

彼がキッチンから出ていくのを見つめ、数秒ほどアームチェアに座ったままでいてから、立ちあがった。背後ではアロイシアスがバスケットのなかで起きあがり、クーンと甘えて鳴いてきたが、いまは構っている時間がなかった。

ヴェンデラは寒い戸外へ出た。

太陽が庭の踏みつけられた土を照らしていた。マックスは古い石壁沿いに立ち、手にした鋤の上に横たわるなにかを見つめていた。

ヴェンデラはゆっくりと近づいていった。黒い菱形の模様のある蛇——クサリヘビだった。頭は見えなかった。ほっそりした身体が、大きく、だらりとした結び目にねじれていたからで、もっときつく締めようとしているようにも見えた。

「ここの日が照っているところにいたから、わたしは鋤をもって壁際にやってきたんだ」ヴェンデラが近寄ると、マックスが言った。「わたしを見ると、石の下へ這っていこうとしたが、仕留めてやったよ」

「マックス」ヴェンデラは低い声で言った。「クサリヘビが保護指定動物なのは知っているでしょう？」

「そうなのか？」彼はヴェンデラにほほえみかけた。「いや、知らなかった。蛇のほうだって、知らなかったんじゃないか？」

ヴェンデラは首を振るばかりだった。「まだ生きているわ。動いてる」

「筋肉の記憶だ」マックスが言った。「鋤で頭を叩きつぶした。身体がまだそれに気づいてないだけだ」

ヴェンデラは答えず、父のことを考えていた。幼い頃に、クサリヘビを殺さないよう警告してくれたことを。あの頃は保護指定されていなかったが、この蛇は魔法の生き物だった。とくに黒いもの——黒いクサリヘビを殺すことは、殺した人物が暴力的な死に見舞われることを意味した。

少なくとも、マックスが殺したのは灰色の蛇だった。

「埋めないと」ヴェンデラは言った。

「そんなことしないでいい」マックスは言った。「捨てておく。そうすれば、カモメが始末してくれる」

彼は鋤を突きだし、石切場のほうへ歩いていこうとした。

「写真を一枚だけ！」

カメラマンがカメラを構えた。シャッターを鳴らしはじめると、マックスも喜んでポーズを取り、にこやかにほほえみ、鋤に載せた獲物を見せた。

「すばらしい！」カメラマンが叫んだ。

マックスはクサリヘビをもって、家の表へまわった。石切場の端までやってくると鋤をひっくり返し、パンクした自転車のタイヤ・チューブのように蛇を放り投げた。

「これでいい！」

蛇は坑の地面に着地したが、石灰岩の粉にまみれて、もがき、のたうっているのが、ヴェンデラに見えた。父のことが思いだされた。いつも、服も帽子も、白い粉にまみれて石切場から帰宅したものだった。

カメラマンが石切場の端までやってきて、蛇の最期の写真を数枚撮影した。

ヴェンデラは彼を見やった。「それを料理本に使うの?」

「もちろんです」彼は言った。「うまく撮れれば」

「わたしは無理だと思うわ。蛇は食料じゃないもの」

ヴェンデラは石切場へは絶対に降りないことに決めた。とにかく、この春のあいだは。彼女の世界は石灰岩平原だった。

12

イェルロフには毎日、ふたりの客があった。どちらも在宅ケアサービスの者たちで、臨時のヘルパーが現われることもあったが、たいてい、十一時半に食事をもってきてくれるのはアグネスで、夜八時はマデレーンだった。後者の訪問は、その夜をイェルロフが生き延びる見込みがあるかどうか見極めるためだった。少なくともイェルロフは、彼女がやってくる理由はそれだと考えていた。

ふたりが訪ねてくるのを彼はとても楽しみにしていた。どちらもストレスが多いらしく、まちがった名前で呼びかけてくることがあってもだ。だが、一日かけて、村から村へ移動して訪ねてまわる老人たちみんなの名を覚えておくのは、むずかしいに違いない。ふたりの訪問はいつも短いものだった。時折、しばらく留まっておしゃべりすることもあったが、挨拶をする暇さえないほど慌ただしくキッチンに食事を置くだけで帰っていくこともあった。

そこまで規則正しくないが、第三の訪問者はカリーナ・ヴァールベリ医師だ。彼女は白衣の上に長く黒いコートを着て、庭にさっそうと現れた。イェルロフが室内にいたときのノックは、断固としていて有無を言わせなかった。

医師は木曜日に来ることもあれば、火曜日に来ることもあり、日曜日に来ることさえあった。イェルロフはヴァールベリ医師のスケジュールを把握できたことがないが、彼女に会えるといつも嬉しくなる。医師はきちんと薬を飲んでいるかたしかめ、血圧を計り、たまに尿の検査をやった。

「それで、八十歳を超えるのはどんな感じです、イェルロフ？」

「どんな感じ？　たくさんは動けなくなる。ここに座っているだけだよ。今日は教会へ行かねばならんかったが……行けなかった」

「詳しくはどんな感じですか。純粋に身体的な意味では？」

「自分でやってみるといい」イェルロフは片手を側頭部にあてた。「耳に綿でも入れてみて、ひどい底の靴を履いて、分厚いゴムの手袋をはめて……眼鏡をワセリンで曇らせるといい。それで八十三歳がどんなふうだか、わかる」

「なるほど、想像つきました」医師は言った。「ところで、ヴィルヘルム・ペッテションを覚えてますか？今日、こちらへ伺う話をしたら、よろしく伝えるように言われました」

「漁師の？」イェルロフはうなずき、メッレルムの村のヴィルを思いだしていた。「ヴィルヘルムは戦時中、機雷に吹き飛ばされたんだ。漁船の舳先に立っているとき、舳先が機雷にあたって、船は空へ三十メートルも飛んだ。生き残ったのはヴィルただひとりで……最近じゃ、どんな具合だね？」

「お元気ですよ、ただ、少し耳が遠くなりました」

「それはきっと、思いがけず空へ飛んだからさね」

戦時中、エーランド島沖にあった機雷原のことは思いだしたくもなかったが、思いだしてしまったものは仕方ない。あれで多くの船が沈んだものだ。当時、機雷原を抜ける貨物船の水先案内人として働いたから、いまだに機雷にぶちあたる悪夢を見る。いまでも海の底深くに沈んでいるものがある。藻に覆われ、錆びついて……

医師がまた質問をした。

「なんだって？」イェルロフは尋ねた。

「こう言ったんですよ、最近、耳のほうはどうですかと」

「そう悪くはないよ」イェルロフはあわてて言った。「ほとんどの音は聞きとれる。たまに、耳のなかでごうごうと音がするが、たぶんあれは風の音だろう」

「そのうち、確認しましょう」ヴァールベリ医師が言った。「耳に綿を詰めたような感じだと言われましたね……ひょっとしたら、補聴器が必要では？」

「なくていいよ」イェルロフはそう答えた。これ以上、細かな装置に煩わされたくない。

「そのほかは、おかげんいかがです？」

「元気だよ」

イェルロフが進んで言いたい返事はそれしかなかった——自分はもう長く生きられないと思うだなどと医師に告げれば、すぐに高齢者ホームへ送り返されてしまう。かわりに彼はこう言った。「もちろん、将来がないというのは、ちょっとばかし、妙だがね」

「将来がない？」

イェルロフはうなずいた。「もっと若ければたぶん船を買っただろうが、この歳では、あまりたくさんの計画はたてたくないからな」

ヴァールベリ医師が少し心配そうな表情を浮かべた気がした。彼女が口をひらこうとしたので、イェルロフは急いで話を続けた。「だが、そんなことは構わない。まったく逆で、自由になった気分だよ」

「あなたにはたくさんの思い出がありますしね」医師はほほえみながら言った。

「そのとおりさね」そう答えたが、イェルロフのほうも笑顔になることはなかった。「わたしは思い出とともに、長い時間を過ごしてる」

医師が帰ると、少し椅子に座ったままでいた。それから立ちあがってキッチンの物入れへむかい、エラの日記を一冊、手にした。

〝わたしは思い出とともに、長い時間を過ごしてる〟

——彼はヴァールベリ医師にそう言ったが、それは読むべきではない日記を読んでいるという事実を都合よく表現したにすぎなかった。読んでいると自分が恥ずかしくなったが、やめることはむずかしかった。エラが本当に隠したいことがあったのならば、癌に連れて行かれる前に自分で燃やしたはずじゃないか？　妻はイェルロフにこれを残してくれたようなものだ。

あたらしいページをひらいて、読みはじめた。

一九五七年六月三日
今朝はマルネスに市が立った。天気もよくて、たくさんの人がいた。残念なことに、今年最初のスズメバチも。
イェルロフはゆうべボリホルムへむかい、ストックホルム行きの三十トンの石灰岩を船積みした。明日出航の予定で、夏休みの娘たちも、同行することになっている。
イェルロフと娘たちがいないと、ここはとてもがらんとしているように思える。娘たちが小さかった頃は一緒に自転車で市場へ行ったけれど、あの子たちも大きくなった。今日はちょっと寂しく思った。泣いたりはしない。そんなことをしたら情けなくなるから。でも、イェルロフがこんな調子で十一月までバルト海に出ていることを考えると、ナイフで刺されるようにつらい。

でも、わたしは本当のひとりきりではない。小さな取りかえっ子、わたしの小さなトロールがいる。

彼は石壁のあたりでがさごそやって、這いまわり、牛乳とビスケットがほしくてジュニパーの茂みからそっと出てくる。でもそれは、わたしが昼間にひとりきりで、近くに人がいないときだけだ。きっと、姿を現わすにはそれがいちばん安全だと感じているのだろう。

13

日が昇ってから、ペールは父を探しにエーランド島を出発した。日曜の朝、ジェリーの自宅と携帯とに何度も電話をかけたが、つながらなかった。この沈黙で不安は膨らんだ。

早めのランチをイェスペルと食べているときに、ペールは穏やかに説明した。「おまえのお祖父さんを見に行ったほうがよさそうなんだよ……電話をかけてきたとき混乱した様子だったから、無事にしているかどうか、行ってたしかめなければ」

「いつもどるの？」イェスペルが尋ねた。

「今夜だよ。遅くなるかもしれないが、もどってくる」

最後に、電話の転送先をコテージから自分の携帯に切り替え、もしジェリーからまた電話があっても、イェスペルが相手をしないでいいようにした。

家を出るとき息子はテレビの前でゲームをしていたが、おざなりでも廊下のほうへ手を振ってきた。ペールも振り返した。

イェスペルは大丈夫だ。冷蔵庫にミートボールもあるし、石切場周辺ではあの子を轢くような車も走らない。ペールは無責任な父親ではなかったが、ステンヴィークをあとにして南へむかうときは、心配などしていなかった。

太陽が輝いて、春が到来していた。アクセルを踏みこむこともできた。今日はほとんど車が走っていなかった。

一時頃にボリホルムを通りすぎ、三十分後には本土につうじるエーランド橋を走っていた。カルマルを走りぬけながら、病院のベッドにいるニーラのことを思った。帰りに寄ってみよう。

ニブロを過ぎると幹線道路も森にかこまれ、ときたま木々が途切れて牧草地や湖が見えた。樅の木を見て、またレジーナのことを思いだした。美しい春の日に彼女と一緒に車で森に行ったことがあった。

なんにしても、父と会うのだと考えると、まったく嬉しくなかった。リードまでは二時間、それからクリスチャンスタッドまで送っていくのにさらに二時間。ジェリーと一緒に四時間から五時間過ごす、それだけだ——なのに、想像しただけで果てしなく長く感じられる。

森を二時間走ってリードへ到着する頃には、太陽は厚い雲の奥へ隠れていた。春はいきなり秋になったように感じられた。

リードは大きな町ではなく、歩道に人の姿はなかった。バス停に車を寄せて、ジェリーを探したが、無駄だった。すでにバスに乗って南へむかったのか、それともひとりでどこかをさまよっているのか。

携帯を取りだし、父の番号にまたかけた。呼び出し音が三回鳴ったところで、応答ボタンが押された。けれど、誰もしゃべらない。ペールに聞こえたのは、ごうごうという音、それに続く二回のドサッという音だけだった。

それから静寂が訪れた。

ペールは電話を見つめた。その後、新聞のスタンドに立ち寄り、ジェリーのことを尋ねた。

「お年寄りですか？」カウンターの若い女性が言った。

ペールはうなずいた。「七十三歳です。肩幅は広いが、くたびれて小柄に見える」

「一時間ぐらい前に、表で待っていたお年寄りがいましたけど……かなり長いこと、そこに立っていましたよ」

「どこへ行ったか、心当たりはありませんか」

「すみませんけど」

「バスに乗ったのでしょうか？」

「それは見ていないですね」

「誰かの車に乗ったのでしょうか？」

「たぶん……気づくと、姿を消していたので」

ペールは諦めた。車にもどり、ジェリーの家まで――スタジオまで運転していくことにした。リードの西へほんの数キロのところ、ストリフルトという村の近くにある。ジェリーは七〇年代なかば、金がどんどん入るようになった頃に、そこを買って設備を整えた。まだ自分で運転していた頃は何年というもの、クリスチャンスタッドから毎週ここへ通って、映画を撮影した。最初はさまざまなフリーランスの技師と、それからハンス・ブレメルと。

ペールが訪れたのは一度だけだった。三、四年前にジェリーを送ったことがある。そのとき、父はまだ健康で、リードへ映画の編集へむかったのだった。カルマルへ帰る途中だったペールは、スタジオの前でジェリーを降ろしただけで、室内へ入ることは断った。

ストリフルトは民家が数軒、ガソリンスタンドが一軒に食料雑貨店が一軒あるだけだった。村を走りぬけるとき、ひとりの姿も見かけなかった。

村を過ぎると、道はさらに狭くなり、森は厚くなる。さらに一キロ走ると、右を指す看板が見えた。白い矢印と〈モーナー・アート社〉の文字。これがジェリーの会社のひとつだった。

目的地に近づくと、ハンドルを握る手に少し力が入った。ジェリーは少なくとも週に一度は電話をかけてくるが、十二月以来、会っていなかった。訪ねていって、父のアパートメントで数時間ほど過ごしたときのことだ。ジェリーはクリスマスをひとりきりで祝ったのだ。

一軒の家も見かけずに森を五百メートル走ると、突然、分厚い糸杉の生け垣に行きあたった。到着したのだ。

入り口には赤い標識が訪問者に警告していた。〈猛犬注意!〉だが、ジェリーは犬など飼ったことはなかった。

道を折れて私道を進み、大きな木造の家の隣のガレージの前に出て、広々としてなにもない砂利敷きの部分に車を駐めた。エンジンを切ってドアを開けると、家を見た。堂々とした大きな建物でL字形の二階建てだった。ジェリーとブレメルと俳優たちは仕事中はここに滞在したから、おそらく、細かく区切った住居部分と、もっと広い仕事場とにわかれているのだろう。

自分が歓迎されるとは思わなかったが、それでもノックはするつもりだった。父がいなくても、ハンス・ブレメルはいるだろう。

ペールはブレメルに会ったことはなかったが、そろそろ話をしなければならない――将来についてだ。ジェリーは会社を経営できる状態にない。〈モーナー・アート社〉を廃業して、この場所を売る頃合いだった。

ブレメルはあたらしい仕事を探さないとならないだろうが、きっとそのあたりはもうわかっているだろう。

幅広いコンクリートの階段の先が扉で、両側にはカーテンの下りた窓がきらめいていた。

ペールは車を降りて、時計を見た。四時二十分。日没まであと二時間はあるが、空はどんよりしていて、庭の奥にそびえる樅の木立が日光をさえぎっていた。砂利でギュッギュッと足音を立てながら、階段へむかった。

玄関の扉は重厚感があり、オークかマホガニー製だった。階段をあがりだしてから初めて、扉が開いていることに気づいた。細い隙間だったが、なかの廊下はまっ暗だった。

重たい扉を押し開け、覗きこんだ。

「すみません」

なんの音もしなかった。手を伸ばして、スイッチを見つけた。パチンと押したが、明かりは灯らなかった。

さっと振り返って家の前に人がいないことを確認してから、室内へ足を踏みいれた。

幽霊のような人影がふたつ、廊下の左で彼を待ちかまえていた。ペールは身体を固くした。だが、それは帽子掛けから垂れさがった二着の黒いレインコートだと気づいた。

その下の棚にはスリッパやゴム長、それに傘が並んでいた。暗くなった片隅に黒檀の彫刻があった。高さ一メートル近くもある虎で、いまにも飛びかかってきそうに見える。

ペールは廊下を数歩進んだ。四つのドアがあるが、すべて閉まっている。

なぜだか、こもった、あるいは酸っぱい臭いがしそうだと予想していたのだが、古いタバコの煙と酒のかすかな臭いに気づいただけだった。誰かがここでパーティでもひらいたのだろうか。

ラグになにかが落ちていた。黒い携帯電話。拾いあげたが、電源が切ってあった。

これはジェリーのだろうか？　震える指でも押しやすい大きなボタンがついていて、まちがいなく父のものであるように思えた。携帯をポケットにしまうと、呼びかけた。「誰か？　ジェリー？」

返事はない。それでも、何者かが家にいて、物音を聞かれないように用心しながら歩いているような気がしていた。

左のドアへ近づき、おずおずと取っ手を押してみた。その奥は広いキッチンだった。いくつかの細長い窓から入る灰色の光が、がっしりしたダイニング・テーブル、複数のシンク、大型のオーブン二台をぼんやり照らしている。レストランの厨房を思わせた。からになったワインボトルが何本もあり、カウンターには洗われていない皿が積みあがっていた。

ペールは振り返った。音がしたように思ったからだ。家のなかで、叫び声がしなかったか？

キッチンのドアの内側でぴたりと足をとめていると、飛びあがった。突然、ベルが鳴りだしたのだ。電話だ。キッチンの奥の壁、それにどこかの部屋からと、両方聞こえてくる。

〝誰か出てくれないか？〟と叫びたくなったが、黙っていた。

電話が三回、四回、五回と鳴り響く。

誰も電話に出る者はいなかったが、ペールがついにキッチンの電話に腕を伸ばしたところで、鳴りやんだ。

ゆっくりと引き返し、キッチンをあとにした。廊下をもどっていき、あたりを見まわした。まだ酒の臭いがする。むしろ、強くなったようにも思ったし、黒い虎はまだ暗がりに潜んで彼を待ちかまえていた。虎の前を通りすぎ、廊下の向かい側のドアを開けてみた。

この部屋はまっ暗だった。足を踏みいれてみると、窓が目張りされていたが、横も縦も大きな部屋のようで、ビニール床材に、可動式の壁、天井にスポットライトがあるのがぼんやりと見えた。ここがジェリーとブレメルのスタジオに違いない。

ドアの隣に照明のスイッチが見えたので押したが、なにも起こらなかった。家じゅうの電源が落ちていると考えてよさそうだ。あるいは、何者かが故意にそうしたのか。部屋をやみくもに手探りしても意味がないから引き返そうとしたとき、暗闇でかすかな音がした。

ため息、それともうめき声だったか？　そうだ、誰かがこの部屋でうめいている。男のようだ。

ペールは暗闇のなかを前進した。床にあった大きくて固いものにぶつかった。大きな革張りのソファだ。ゆっくりとそれを避けて進んだ。

酒の臭いが強くなってきた。それとも、これは別のなにかなのか？

そこで、ソファのむこう、数メートル先で動くものに気づき、さらに一歩進んだ。それは人影で、腕を突きだし、顔をあげていた。

「ペッレ？」暗闇で声が言った。

低くしゃがれていて、ペールには誰の声かわかった。

「ジェリー」彼は答えた。「なにがあった？」

人影が身じろぎした。床に横たわっていたが、こちらへ顔をむけている。動くのがむずかしいような、ゆっくりした動き。ペールはそちらに身をかがめた。脂ぎって束になった白髪の頭、よれよれのコートに包まれた身体。

「見つけるのに苦労したぞ、ジェリー。大丈夫か？」

父の黄ばんだ白目が暗闇できらりとした。こちらを見て瞬きをしているが、ジェリーは息子に会っても驚いているようではなかった。

「ブレメル？」父は咳きこんで言った。

ペールは首を振った。誰かがこっそり忍び寄っているかのように、小声で言った。

「ブレメルがどこにいるか知らない……この家にいるのか？」

父がうなずくのが感じられた。

「立てるか？」

手を伸ばしたが、ジェリーの胸にある冷たく重いものにふれた。ランプスタンドか金属の用具のようなものが、父の上に落ちていた。ペールはそれをもちあげた――その瞬間、天井でドサッという大きな音がして、顔をあげた。

誰かが二階にいると気づいた。

「起こすからね」彼は静かにジェリーに声をかけ、スタンドをどけた。「ほら……」

父をまず膝立ちにさせてから、完全に立たせた。ジェリーはうめいて、床に転がっているなにかに手を伸ばしているようだった。

それは父の古い革のブリーフケースだった。ペールは好きなようにさせた。「行こう」

父の身体はがっしりして重く、長時間のだらだらした食事と大量のワインを証言していた。ジェリーは息子にもたれながらゆっくりと歩いた。

「ペッレ」ジェリーがまたそう言った。

父からは汗、ニコチン、洗っていない衣類の混ざった臭いが漂ってきた。これほど近くにいるとは、妙な気分だ。幼い少年だった頃は、一度もこんな経験はなかった。ジェリーには、安心させるようになでてもらったことも、抱きしめてもらったこともない。

どうにかドアまであと半分というところで、暗闇で短くカチッという音がした。それから、シュッという音。

ペールは振りむいた。部屋の奥の床に光が見え、小さな炎が燃えあがった。

細く弱々しかったが、すぐに大きくなり、炎は床を走って、壁際のおかしな装置を照らしだした。ワイヤーのついた車のバッテリーのようなもので、隣にプラスチックの箱がある。

漂っていた臭いはアルコールではなかったとペール

は気づいた。ガソリンだった。

箱は大きな緑の容器で、何者かが横手にいくつも、小さな穴を開けていた。ガソリンはすでに流れだして、床に水たまりを作っている。

ペールは炎を見つめ、それが大きくなって容器に近づくのを見て、危険を悟った。

「ここから逃げないと」

彼はジェリーを引っ張るように移動した。

ようやく部屋から出ると、すぐにドアを閉めた。ほぼ間髪入れずにガソリンに引火して、部屋のなかから、鈍く、吸いこむような轟音が聞こえ、ドアが揺れた。

ジェリーが顔をあげると、額に赤いこぶができているることにペールは気づいた。

「ペッレ?」

「行こう、ジェリー」

父に腕をまわし、廊下をよろけながら進んだ。背後のドアの奥から、くぐもった弾けるような音が聞こえてくる。火が広がっているのだ。

日射しの下へ出るとペールは瞬きをして、ジェリーを支えて階段を下り、サーブへむかった。

車へたどり着くと父を離し、携帯を取りだして、急いで電話をかけた。二回の呼び出し音のあとで、女性の声が答えた。

「消防署です」

ペールは咳払いした。「火事です」

「場所はどこですか?」

あたりを見まわした。「リード郊外の家です。放火で……一階が燃えています」

「住所をお願いできますか」

電話のむこうの女性は落ち着き払っているようだった。ペールも同じように落ち着いて、考えようとした。

「通りの名はわかりません。リードの西、ストリフルトの近くで、モーナー・アート社という看板があります」

「全員、家の外にいますか？」

「えっ？」

「全員、家から逃げられましたか？」

「さあ……ここにやってきたばかりなので」

「お名前は？」

　ペールはためらった。言う必要があるのだろうか？　偽名を使うか？

　なにも隠し事はない。ジェリーはあるかもしれないが、自分にはない。「名前はペール・メルネルです」そう言って、エーランド島の住所と電話番号を伝えた。そして、電話を切った。

　ジェリーは車にもたれていた。灰色の日射しのなかで、父がこの数年ほど毎日着ているよれよれの茶色のコート姿であることに気づいた。縫い目がほころびてきて、いくつものボタンが取れていた。

　ジェリーはため息をつき、歯を食いしばった。「痛い」

　ペールは父とむきあった。「痛いのか？」

　ジェリーがうなずいた。そしてコートの前をひらいた。ペールはふいに、父のみぞおちのあたりのシャツが濡れて、破れていることに気づいた。

「誰がこんなことを？　いったい、なにが……？」父のシャツをめくると、ペールは黙りこんだ。

　へその数センチ上、ジェリーの太鼓腹に血だらけの傷が走っていた。血は固まりかけている。薄暗がりでは黒に見えた。

　ペールはシャツを下ろした。「誰がやったんだ、ジェリー？」

　ジェリーはたったいま気づいたかのように、血のにじんだ自分の腹を見おろした。「ブレメル」そう言った。

「ブレメル？」ペールは言った。「ハンス・ブレメルと喧嘩をしたのか？　どうして？」

　続けざまに質問して、父の脳をとめさせてしまった。

息子を見つめて瞬きするばかりで、なにも言わない。

ペールは駐車スペースの奥の大きな家を見やった。玄関がまだ開いていて、細く煙が出てきたような気がする。

「それで、ブレメルはいまどこにいるんだ？　まだあの家に？」

ジェリーは黙ったまま、苦労しながらサーブの助手席へ乗りこんだ。

「ここで待っていてくれ」ペールはそう言い、ドアを閉めた。

走って家へもどった。玄関前の階段を駆けあがり、廊下へ踏みこむ。危険がないわけではなかった。閉じたスタジオのドアの奥で、火がめらめらと燃えあがり、弾ける音がしている。室内の空気も温まったように感じられる。熱せられたオーブンのように。あまり時間がない。

それに武器が必要だった。家のなかで何者かがナイフを手にしているかもしれない。玄関ホールで傘をつかんだ。先端を前へむけて突きだしながら、中央のドアを開けると、下へつうじる急な階段があった。

地下室。まっ暗で、そこへ降りたくはなかった。

第四の、開けていなかった最後のドアの奥は、やはり階段で、今度は上へ行くものだった。

ペールは階段をあがっていった。白い絨毯がぴっちりと敷いてあり、足音は完全にかき消された。登りきると、二階の先まで廊下が伸び、どちら側にもドアがあった。まるでホテルに降りたったようだった。

歩きだし、傘を剣のように構えた。

「ブレメル？」彼は叫んだ。「ペール・メルネルだ！」

ガソリンだか、燃焼促進剤だかの鼻をつく臭いがかなり強まり、くぐもったパチパチいう音が突然聞こえた。炎はまったく見えないが、二階にまで迫っているのだ。周囲の廊下で灰色の霧のような煙が立ちのぼってきて、急速に厚みを増し、喉を乾燥させた。

だが、炎はどこにある？

ペールは急いでいちばん近いドアを開けたが、掃除用具でいっぱいの物入れがあるだけだった。隣のドアを開けると小さな寝室で、むきだしの壁と、整えられたベッドがあった。

左側の三番目のドアには鍵がかかっていたが、床に接した細い隙間から煙が渦巻いて立ちのぼっていた。

「ブレメル？　いるのか？　ハンス・ブレメル？」

返事はない。それとも物音がしたか？　小さな泣き声のような音が？

ペールはドアを蹴破ったことはなく、映画で見たことがあるだけだった。簡単なんだろうか？　二歩下がった。残念なことに、助走をつけるのにそれ以上の余裕はなく、うしろの壁に背中がついた。そこで、勢いよく前に出て強く蹴りだした。

ドアはガタガタと揺れたが、マツ材でできていて、ひらかなかった。

ペールはあたりを見まわした。むかいのドアのひとつに鍵がささったままになっていたから、それを引き抜いた。閉じたドアに試してみると、鍵は合って、まわせた。

ドアがスムーズに開くと、白い煙がもうもうとあがっていた。それが廊下に出てきて、ペールを直撃した。瞬きをしたが、涙があふれてきた。煙は秋の霧のように厚かったが、なんとか室内へ入ると、ふいに煙の奥でことさらに臭うものに気づいた。燃える肉の臭いだ。

部屋は狭く暗かった。瞬きをして、手探りしたが、照明のスイッチは見あたらない。空気が少しでも新鮮な部分を求めて、床までしゃがまねばならなかった。

部屋へ二歩、入った。右では炎が壁紙を駆けあがっていた。乱れたベッドに毛布が重なっていて、そこが激しく燃えていた。さらに一歩近づいたが、熱さでその場に立ちつくした。

煙のなかで瞬きして、前を見ようとした。毛布の下に燃える身体があるのか？　ペールは想像した。だらりと伸びた腕、パンツに包まれた脚、焦げた頭……

涙があふれてとまらなくなり、肺が痛くてうずいた。そのとき、背後から悲鳴が聞こえた。

言葉はなく、長く引っ張るような叫びだけだ。女の声のようで、怯えているようだった。

ペールは傘を捨て、振り返った。目がよく見えない。廊下へもどった。悲鳴はこの二階のどこからか聞こえたが、くぐもっていて、まるで壁のなかから響いたかのようだった。

やはりどのドアも閉まっていたが、廊下のつきあたりに、あらたなものが見えた。まばゆい炎が絨毯からあがっていた。二階全体が燃えているのだと気づいた。自分は火にかこまれている。

「おーい！」彼は叫んだ。


さらにくぐもっていたが、反応する女の悲鳴が聞こえた。

どうするか決めかねて立ちすくんでいたが、とにかく閉じられたドアへむかっていった。どれも鍵がかかっているが、ドンドンと叩いていった。

いくらやっても返事はない。

「おーい？　どこにいる？」

ドアを蹴破って、女を見つけたかった。だが、周囲の煙がみるみる間に厚くなってきた。廊下が暗闇に包まれてきた。炎が二方向から燃えあがり、弾けながら迫ってくる。空気はサウナのようだ。この頃には一階全体も炎に包まれていると気づいた。階段を使うことができない。

壁が迫ってくるように思えた。空気がない。

時間がない。

引き返すしかなかった。煙のなかを手探りしていると、燃えるベッドの部屋へもどっていた。きょろきょろろしていると、顔にあたる涼しい風を感じ、窓のひとつがなかば開いて、光が射していると気づいた。カーテンはひらいていて、窓辺に木の椅子が寄せてある。

空気が少しは冷たい部屋の左側を進めば、あの窓へ行ける。だが、ベッドの炎がちろちろと舐めるように床へ降り、煙がさらに厚くなってきた。

もう息もできなくなりつつあった。急いで脱出しなければ。

三歩で窓辺へ行き、椅子にあがって外を見た。野原と、鬱蒼とした森が広がっている。そして二、三メートル下に、ガレージがあった。防水布張りの屋根だ。

胸元と顔には、涼しい夕方の空気を感じているのに、背後には炎の熱気が迫り、彼を部屋から追いやろうとしていた。火葬場の炉に背をむけて立っているようだった。もうこの場に留まっていられず、ついに空へ足を踏みだし、飛んだ。

派手な音をたて、ガレージの屋根に着地した。屋根板は足元で揺れたが、破れることはなかった。

ガレージから、下の砂利へと飛び降りた。三メートルの、短いけれど目眩のするような落下で、灰色の砂利がどんどん迫ってきて、靴が地面にあたった。ぐらりと膝が緩んだ。

咳きこみ、立ちあがって、冷たく新鮮な空気を吸った。そこは家の裏手で、目の前に低いフェンスが見えた。そのむこうには荒れた黄色い野原が続き、それから樅の森だった。

森に続く道、たぶん二百メートルほど離れた場所に、何者かが立って家を見つめていた。黒い服を着た男のように思ったが、はっきりと観察する暇もなく、その人影は振り返って森に消えた。

炎が頭上で激しい音をたてていたが、車のエンジンの音が響いたと思った。エンジンは回転数をあげ、森のなかにすばやく消えていった。

14

スタジオの窓ガラスが炎の熱で砕け、氷のかけらのように降ってきたとき、ペールは私道の奥の安全な場所にいたにもかかわらず、ふいに吐き気に襲われた。深呼吸を繰り返して、煙を吸ったために痛いほど乾燥していた肺に冷たい空気を入れた。ひりひりする目をこすり、まっすぐ立ちあがろうとした。

黒い煙が割れた窓から燃えあがり、分厚い経帷子のように家を取りまいた。もうあそこから生きて脱出できる者はいないだろう。

自分とほかの世界とのあいだに幕が下りたように感じていたが、遠くからサイレンの音が聞こえてきた。涙でうるむ目で見えたものは、本当はなんだったんだろう？　ベッドの死体や、森へ逃げていく何者か？　思いだそうとすればするほど、そうしたイメージはぼやけていった。

サイレンが近づいてきた。消防車二台が青いライトを点滅させ、私道へやってくると、家の前で駐まった。消防士たちが飛び降りた。黒い保護スーツを着ている。ペールは砂利道を後ずさりした。なにか固いものにぶつかって振り返ると、自分のサーブだった。薄汚れた白い灰が屋根に積もっていっている。

燃えるベッド、煙に包まれた死体。それに女性の怯えた悲鳴。

あたりを見まわした。

ジェリーは？　ジェリーはどこにいる？

よし、ちゃんと車のなかに座っている。

ペールは家を振り返った。いまや、一階と二階、どちらの窓からも炎が噴きでている。

消防士たちが緊急車両の付近を動きまわり、太いホースを引っぱりだし、つないでいた。そのうちのひとり、赤いジャケット姿の男が力強く近づいてきて、炎の轟音に負けず声が聞こえるよう、ペールに顔を寄せた。「お名前は？」

「ペール・メルネルです」

「このお宅の所有者ですか、ペールさん？」

ペールは首を振った。深呼吸をして、事情を説明しようとしたが、喉が乾いた熱でだめになったように感じられた。

「大丈夫ですか？」

「ええ。ただ少し……」

「救急車もこちらにむかっています」消防士が言った。「出火場所はおわかりですか？」

ペールは喉をごくりといわせた。「あらゆる場所です」彼は囁いた。それからまた深呼吸をして、納得させられそうな返事を伝えようとした。「炎は二階にも一階にも出ていました……それから、誰かがまだなかにいるかもしれません。もしかすると二人以上」

「なんですって？」

「家のなかで人の姿を見たように思います。それに悲鳴が聞こえました」

声が出るようになっていて、だいぶましに聞こえるようになっていた。消防士は瞬きをして、彼を見つめた。「それは正確にどの場所ですか？」

「二階です、二階の部屋です。部屋のなかまで燃えていて、わたしもなんとか……」

「わかりました、こちらで捜索してみます。室内にプロパンガスのボンベがありませんか？」

ペールは首を振った。「ないと思いますが。ここは……映画スタジオでした」

「危険な液体は置いてありませんか？」

「ありません」ペールが答えた。「わたしの知るかぎりは」

消防士はうなずき、消防車へもどった。彼の三人の同僚たちが、消防服を着込み、背中に酸素の装置をかついでいた。特別捜索隊だ。ほかの二人がタンクから水を出し、割れた窓の方向へ、勢いよく水をむけた。

捜索隊がゆっくりと玄関へむかうのと同時に、〈緊急レスキュー隊〉と横手に書かれた赤い車が私道に入ってきた。黄色いジャケットの男が小型無線機を手に降りてきた。スイッチを入れ、誰かに報告を始めている。

ペールは咳きこみ、さらに肺へ空気を入れた。それから車へもどり、ドアを開けた。父は助手席で力なく座り、膝にブリーフケースを載せていた。

ペールは廊下で拾った携帯電話を父に見せた。「これはあんたのか？」

ジェリーはそれを見てうなずいた。ペールは携帯を父に返した。「具合はどうだ？」

返事は咳ひとつのみだった。この日初めて、父のことをはっきりと見たが、哀れな様子だった――疲れきり、よれよれのコート姿で顔色も相当悪い。ペールがまだ幼かった頃、自分とアニタのもとへ訪ねてきた父の髪はまっ黒できれいになでつけられていた。冬には高価な毛皮のコート、夏にはイタリアン・スーツをいつも着ていたものだ。大金を稼いでいて、それを見せびらかすことを好んでいた。

ペールが十五歳のとき、突然父は名前をイェルハルド・メルネルから、ジェリーへ、そして名字も英語風のモーナーに変えた。たぶんもっと世界につうじる名前に見せるためだろう。

「おまえ臭い」ジェリーがふいに言った。「臭い、ペッレ」

「あんたもだよ、ジェリー……ふたりとも煙臭い」

ペールは燃える家を見やった。酸素ボンベを背負った男たちが玄関前の階段をあがっていくところだ。大きくひらいたドアから、厚い煙のなかへひとりがまっすぐに入っていき、姿を消した。残りのふたりは外で待機している。

　三十秒が過ぎてから、突然最初の男が戸口にふたたび姿を現わし、ほかのふたりに首を振ってみせた。男は片手をあげた。

　三人は階段を下りてくる。

　家にいた者が助かる望みはなくなったのだとペールは気づいた。

「行くか、ペッレ？」ジェリーが言った。

　そそられる考えだった。あっさりと車を出して、エーランド島へむけて出発するのは。だが、もちろん、そんなことは無理だ。

「だめだ」ペールは言った。「ここで待たないと」

　遠くから、さらにサイレンが聞こえてきた。救急車がさっと曲がってきて、消防車とサーブのあいだに駐まった。サイレンが消え、救急隊員がふたり降りてきた。腕組みをして燃える家を見ている。彼らにできることは、ほとんどなかった。

「一緒にきてくれ」ペールはそう言い、父に手を貸して車から降ろした。救急車へ近づき、ペールはジェリーを指さした。「父が腹を怪我しています。それに、頭にこぶのようなものが……診てもらえるでしょうか」

　救急隊員たちはなんの質問もせず、うなずいた。救急車のうしろのドアを開け、ジェリーに手を貸して乗せた。

　ペール自身は少しだけ具合がましになってきた。必要なのはたっぷりの新鮮な空気だけだったのだ。救急車にジェリーを残し、家の片側にあるフェンスへ近づいた。しばらくたたずみ、考えこんで、森を見やった。続いて、フェンスを乗り越えた。

　ずっと燃える家を見つめていたから、日が沈んでいると気づいていなかった。もう夜と言ってよい暗さで、野原を横切りながら腕時計をちらりと見ると、六時五十分だった。

ジェリーのことを考えた。働いている頃は二個の腕時計をはめていた。ステンレスのものと、ゴールドのものと。

森が前方にそびえたっていた。樅の森のあいだに入る道がないか探すと、数分で見つかった。この森の道は寂れているが、雑草が伸びてはいなかった。中央に草の筋が伸び、両端に広い轍がある。腰をかがめた。地面は石のように固かったが、ところどころに、濡れた泥の部分があって、薄れゆく光のなかで、まあたらしいタイヤの跡が見えたと思った。

立ちあがってこの道の先を見ると、森のなかをカーブし、曲がり角のむこうに消えていた。どこへつうじる道だろう？　たぶん、リードの北の道へつうじていそうだ。

いい逃げ道だ。

十分後に家へもどった。消防士たちには近づかないようにしたが、救急車には立ち寄った。

救急隊員たちはジェリーの傷口をきれいにしていた。血が拭きとられてみると、長く赤い切り傷が、青白く脂肪のついた腹をくっきりと横切っていた。

「ナイフ傷のようです」救急隊員のひとりが包帯を巻きながら言った。「ごく浅い傷です――ナイフが滑ったのでしょう」

「滑ったと言われると？」ペールは尋ねた。

「皮膚を滑ったのです……お父さんは運がよかった。一週間ほどで治るはずです。そうしたら、クリニックへ行かれて包帯を外してもらってもいいし、ご自分でなさっても結構です」

ペールはジェリーに手を貸して車へもどっていった。フロントシートで隣りあって座り、家を見つめた。

おもむろにペールは沈黙を破った。「二階のベッドに死体があった」彼は言った。「少なくともわたしは、あれが死体だったと思うよ。でも、煙があれでは、はっきりとは見えなかったから……それに、悲鳴が聞こえた」

ため息をつき、シートにもたれ、あのひらいていた窓を思いだした。誰が開けた？

父が隣でなにかをつぶやいた。また脳がとまったらしい。

ペールはあらたな質問をしてみた。「あんたとブレメルはなにを話していた？」そう尋ねた。「ブレメルが電話をかけて、ここで会いたいと言ったとき、用件はなんだって言ってた？」

「思いだせない」ジェリーは言った。

「でも、どうして喧嘩をしたんだ？」

ジェリーは咳をしただけで、シートにもたれた。ペールはため息をつき、ハンドルに手を置いて、暗い灰色の空をにらんだ。「わたしはそろそろ帰らないと」彼は言った。「ニーラが、娘がいま……」

そこでしゃべるのをやめた。白いボルボが私道にやってきたからだ。ゆっくりと走って消防車のところでむきを変えると、ペールの車のむかいに駐めた。そして男女が降りてきた。ふたりとも普通の服を着ていたが、ペールは何者かわかったように思った。

男は救急車に近づき、女はペールの車へやってきた。ペールはドアを開けた。

「こんばんは」

「こんばんは」女はそう言い、身分証明書を見せた。ベクショーの警察本部の者だった。「緊急番号に通報したのは、あなたですか？」

「ええ」ペールは答えた。

名前と住所を尋ねられたので、教えた。

「それで、あなたはどなたですか？」彼女がジェリーに尋ねると、父はむっつりとにらみかえした。

ペールは父が警察を好ましく思ったことがないのを知っていた。警官と駐車違反の取締官は父の二大天敵だった。

「わたしの父、ジェリー・モーナーです」ペールが答えた。「この家の持ち主です」

「なるほど」警官はそう言い、炎をちらりと見た。「では、保険をかけられていることを願いましょう。かけてらっしゃいますか、ジェリー？」

返事はない。

「父は脳卒中をやって」ペールが説明した。「会話に少し問題があるのです」

警官はうなずいた。「それで、火災の前からおふたりともこちらにいらしたのですね？」

「そんなところです」ペールは言った。「ジェリーはここにいて……わたしは直後に到着しました」

「目撃されたことを、お聞かせ願えますか」

なにも隠し事はない。ペールはふたたびそう考えた。それで、家へ入って、ジェリーとガソリン・タンクを見つけ、父を連れだしてから、またなかへもどったことをしゃべった。

警官は手帳を取りだし、メモを始めた。「では、二階で誰かを見たのですね？　そして助けを求める悲鳴を聞かれた？」

「そう思います」

「家のなかや近辺で、ほかの人物の姿を見かけませんでしたか？」

ペールは黙りこみ、目撃したものについてじっくり考えた。森へ逃げる人影？　タイヤの跡？

「なにもはっきりとは見えなくて……ただ、誰かが父を殴り倒し、ナイフで斬りつけています」

「そうなのですか？」

「ブレメル」ペールの背後で声があがった。

「ブレメル？」警官が言った。「それはどなたですか？」

「ハンス・ブレメル。父の仕事仲間です」ペールが答えた。「家にいた人物かもしれません」

三人とも無言で炎を見つめた。いまだに消防士たちの努力を打ち負かしている。空に火花が飛び散り、熱が私道を伝わってくるようだった。

「わかりました」警官はそう言い、振り返った。「同僚とわたしで、このエリアに非常線を張ります」

「では、ここを犯罪現場として扱われるのですか？」ペールは言った。

「そうなるかもしれません」彼女は立ち去ろうとした。

「もう帰ってもいいでしょうか？」ペールはその背中に声をかけた。「わたしたちがここに残っていても、もうできることはなさそうですが」

彼女は首を振った。「ここの調べはすぐ終わりますから」肩越しにそう言った。「それから、わたしたちに続いて車でベクショーまでお越しいただければ」

「なんのためにです？」

「署でしっかりと、お話を伺いたいのです。お時間も長くは取らせませんので」

ペールはため息をついた。暗くなっていく空を見あげ、時計を見おろした。七時四十五分。

くたびれ果てていた。ジェリーをクリスチャンスタッドのアパートメントまで送っていくつもりだったが、今夜エーランド島へもどる時間がなくなってしまう。そうなると、イェスペルはあのコテージでひとり、夜を過ごさねばならなくなる。

ペールは振り返った。「ジェリー、今夜は送っていく時間はない。一緒にエーランド島へ来てもらうしかない」

父はペールを見つめた。「エーランド島？」

ためらっているようだったが、ペールのほうにもためらいはあった。なんと言っても、ニーラとイェスペルにはジェリーを近づけないと自分に誓ったのだ。

「そう……まあ、あんたはわたしの父親なんだから、結局は。家族の一員だ」

「家族？」ジェリーはその言葉が理解できないようだった。

「わたしの家族だよ」ペールは言った。「だからうちの夏のコテージへ来て、イースターをわたし、ニーラ、イェスペルと一緒に祝おう――ただし、条件がひとつ」

続きを待つジェリーに、ペールは言った。「黙っていること」

「黙って?」

ペールはうなずいた。まともな文章も作れない者に黙っていろと頼むのは、実際、かなり滑稽なことだったが、笑う気分にはなれなかった。

「黙っていてほしい、ジェリー。あんたとブレメルがここでなにをしていたか、孫たちには言わないでくれ」

15

ヴェンデラは白いキャップをかぶり防風の赤いトラックスーツを着て、廊下の犬のバスケットに腰をかがめ、アロイシアスの頭のてっぺんにキスをした。それから玄関へむかった。「走ってくるわ!」そう呼びかけた。「一時間ぐらいでもどるから!」

マックスからの返事はなく、アロイシアスのクーンという声だけがした。落ち着かない様子だ。パーティがあるのを察知しているのかもしれない。視力をうしなってから、周囲で聞き慣れない声を耳にすると、アリーはとてもストレスを感じるようになっていた。

水曜日の集まりは十名ほどの会になりそうだ。自分とマックス、クルディィン夫妻と赤ん坊、ペール・メルネルと十代の子どもがふたり、それに道のむかいに住んでいるお年寄りのイェルロフ・ダーヴィッドソン、その友人のヨン。大量の料理は用意しないでよさそうだが、どれだけ必要か見極めるのはもちろん重要だ。明日はボリホルムまで行って、材料を車いっぱいに買いこもう。ドッグフードも。

そのあとで水曜日の準備をなにもかもしなければならないが、マックスの手伝いは期待できない。でも、いまは考えずに、走りに行こう。

十年前からランニングを始めた。じつはマックスと結婚してから始めたのだが、彼には走る習慣もなく、どうして走りたがるのか、理解されなかった。このあいだの冬はランニング・マシーンで走って体力を維持したが、自然と、屋外へ出る機会が恋しくて仕方なかった。

表の石段で数分ほどストレッチをして、北へむかった。石切場の縁沿いに大きな半円を描いて走った。

ヴェンデラは石切場の北に、変わった入り口のようなものがあるのに目を留めた。数メートル間隔を空けて、しっかりと立つハシバミの茂みがふたつ。そのあいだを走りぬけた。ハシバミはいつも特別だった。魔法の杖にも占い棒にも使われてきた木だ。

いまや、あたらしい世界に飛びこんだ気がしていた。目標はほぼ四十年ぶりに子ども時代の家へもどることだった――道がわかれば。あれからかなり変化があった。家も増えたし、アスファルトの道路も登場し、牧草地と野原は雑草だらけになった。

スピードをあげ、浜辺の上の海岸通りを走った。午後遅く、太陽は空の低い位置にある。十月と同じ位置だが、春の日射しはもっと鋭かった。雪が細長い筋になって草地にまだ残っているが、側溝の雪は急速に解けていた。

岩がちの風景に音もなく、動くものもなかった。動いているのはヴェンデラだけで、手足を前後に勢いよく振っていた。徐々に、自分なりのリズムがわかってきて、リラックスしはじめた。海岸通りの分かれ道まで来ると、右の内陸へむかった。吸いこむ空気は、新鮮でひんやりしている。アレルギーの出る気配はなかった。

二十分ほど走ると、子ども時代が始まり、そして終わった場所へやってきた。迷うこともなく、まっすぐにここへ駆けてきたようなものだった。まず、広いアスファルトの道に沿ってから、見覚えのある、もっと狭い砂利道へ入り、彼女が島を去ったあとに背が高くなり密集したらしいトネリコの木立を通りすぎた。木立のまんなかにある短く狭い路に曲がった。この頃には暑くなって汗をかいていて、期待で緊張していた。

さらに五十メートルほど走ると、路の行き止まりにたどり着いた。農場があった。息を吐きだし、気持ちを落ち着かせようとした。

石灰岩平原からは少し外れていて、ステンヴィークの北二キロの位置だ。白いペンキの塗られたあたらしい鉄製の両開き門があり、その先が庭へつうじる石畳の道だった。誰の姿もなかったから、門を開けた。

太陽が西の空のさらに低いところへ沈んでいて、庭は影のなかに横たわっている。けれども、日射しは家をまだ照らし、窓ガラスが反射してまぶしかった。住民もおらず荒れ果てて、窓も割れて、ドアは蝶番から外れかけていたらどうしようかと不安だったが、家はしっかりと手入れされており、黄色に塗られてまもないようだった。時間とお金のある人がここを買ったのだ。

家の前には芝生があり、左のほうの地面がわずかに盛りあがっていた。大きな長方形だ。四十年前、そこには小さな納屋があったが、もうなくなっていた。草と苔が土台をすっぽりと包んでいる。

体裁があるので家へ歩いていきキッチンのドアをノックしたが、返事はなかった。この農家は、ほかの多くの家と同じように夏の別荘になっていたのだ。芝生は伸びて、ブラインドが下りている。どうやら秋から春はこの家は閉ざされるらしい。

まもなくここへやってきて、冬の痕跡をあっという間に消すだろう家族のことを考えた。到着したその日のうちに、慌ただしく枯葉を掃いて芝生の手入れをするだろう。若くて、なんの心配も抱えていない人たち。子どももいるかもしれない。けれど、この家に存在した不幸の名残は感じとれるのだろうか？

ヴェンデラは庭を歩いた。いちばん奥には解けかけた雪がまだ残り、土は濡れて湿地のようだった。灌木のむこうの古い小屋に目を留めた。暗がりに建っていて、休日の田園生活のためにしっかり手入れされたほかの部分とは不釣り合いだった。みすぼらしく、ペンキも塗られていないし、かすかに傾いて、地面へ沈んでいく途中であるかのようだ。小屋は物陰に隠れていて忘れられたように見えたが、父がここを工具置き場として使っていたことをふいに思いだした。一日の終わりに石切場からもどってくると、一部の工具はここにしまったが、残りは家にもちかえって、大事に保管していた。

小屋に近づき、がたのきたドアを引っ張ってみると、蝶番が固くなっていたが、なんとか開いた。不快な臭いはしなかった。土のかすかな芳香がするだけだ。暗かった。暗く、おまけに狭苦しかった。古い工具と袋が雑に積み重ねられている。ドアに近い片隅に、クリの枝からできた樹皮をむかれた細い棒があった。それがなにか見てすぐにわかった。ためらったが、手に取った。

牛追い棒。

これは彼女のものだった。牛の番をすることになったとき、父がくれたものだ。棒はしっかり使いこまれてつや光りしていた。

一九五七年、エーランド島

蠅が春の日射しで目覚め、気怠く眠たげに小径の上をブーンと飛んでいく。風が木立を揺らし、ヴェンデラは牛追い棒を振りあげ、三頭の牛を何度も打つ。

「進め！　歩け！」

彼女は白いワンピースに裸足で小径を歩いていき、力のかぎりに牛を打つ。一度に三回。距離を測り、横っ腹の、後ろ脚のすぐ上あたりを狙って棒を振りあげる。棒があたると、ピシャリ！　と音がする。もっと前のほうを打つと音は鈍くなって、ビタン！　という。

棒の音は長く、リズミカルに続いて、牧草地と農場のあいだの小径に響く。農場には彼女とヘンリと〈病人〉が暮らしている。

「進め、進め、進め！」

先頭の牛の首輪についた鈴も、リズミカルにカランカランと鳴る。ヴェンデラはわずか九歳で、棒は重い。彼女は汗をかいている。ワンピースは腋のところが汗で身体にへばりついていて、髪は目を覆うように垂れ、青蠅が彼女と牛のまわりをぐるぐると飛ぶ。ヴェンデラは適当な草で洟をかみ、また棒を振りあげる。「歩け！」

八歳になったとき、ヴェンデラは農場と牧草地のあいだで牛を往復させる責任を与えられた。これは立派な仕事だったが、ヘンリが駄賃を払うという話はもちだされなかった。数年前に農場まで電線が引かれたのだが、父は電気代を払う金さえもないのだ。ヴェンデラがただひとつ報酬として手にしたのは牛に名前をつける権利だけで、彼女は薔薇《ロッサ》、薔薇《ロッサ》、薔薇《ロッサ》と名づけた。

これは父を笑わせた。「三頭を数字で呼んでもいいくらいだな」

牛の名前は父にはなんの意味もない。耳にくっきりと切り込みを入れ、石灰岩平原で誰が見かけても、三頭は父のものだとわかるようにしている。だが、この名づけはじつに楽しかったらしい。名前はそのまま残ったからだ。

ロッサ、ロッサ、ロッサ。

ヴェンデラはちっとも笑えるとは思わない。牛がどう呼ばれたって関係ない。三頭の違いが全然わからないからだ。彼女にとっては、ただ茶色と白の生き物で、牧草地と納屋を行ったり来たりさせなければならないもの、というだけだ。四月、春の農作業の始まりと日射しの到来にともなって始まる日々の義務。このときヘンリは伝統に従って、納屋からその年に初めて外へ出すときの食事として、それぞれの牛へタールに浸したニシンを与える。それから、春の草地へと送りだし、娘に世話をするように言いつけるのだ。

牛追い棒はなめらかで美しく、ほっそりして、しなる。ヘンリは樹皮をすべてむいてから、娘に与えた。「牛を導くのにこれを使いなさい」――彼はそう言った。「牛のうしろを歩き、たまに横っ腹をつついて、正しい方向へ行くようにさせるんだ」

牛は巨大な岩の塊ほども大きく、ヴェンデラは牛追いを始めた頃にはおずおずと棒でつついたものだった。最初の数日は仕返しされないかと心配だったけれど、牛はまったく反応しなかった。それでどんどん強くつつくようになり、ひと月もすると、打つようになった。最後には棒で殴りつけるようになった。

いまでは、手近な牛をできるだけ強くぶつのが習慣になっている。ロッサ、ロッサ、ロッサはなめした革のように固い茶色と白の皮に包まれているが、彼女は棒が皮を貫いて、血が流れるのを見たくてたまらない。なによりも、牛たちを怖がらせたい。だが、ヴェンデラの棒がさっと空へ振りあげられるあいだも、ロッサたちはとぼとぼと歩き続け、大きな頭を左右に振るだけだ。たまに、叩くと砂利道の上で小さく一、二歩、足並みが乱れることがある。カウベルのリズムは乱れるが、牛たちはいつもの重々しい足取りにもどる。とぼとぼ歩き、頭を振り、茶色の目は無表情――ヴェンデラはこれをみな、日々の苦労の一部と見なしている。ロッサ、ロッサ、ロッサは彼女が取るに足りない者だと思い知らせようとしているが、こいつらはまちがっている。

去年の夏、ヘンリからニワトリ小屋の仕事も任されて、彼女は雌鶏や雄鶏のこともぶつか、あるいはせめて足元でじゃまになったら蹴飛ばしてやろうと思った。けれども、そうしてやろうとすると、若い雄鶏が大騒ぎした。威嚇の声をあげ、翼をはためかせ、ヴェンデラをくちばしでつつき、ニワトリ小屋の外まで、農場のなかばまでも追いかけてきた。

ヴェンデラは泣きじゃくり、助けを求めて悲鳴をあげたが、自分で自分の面倒を見るしかなかった。ヘンリは石切場だし、〈病人〉は彼の部屋にいて、もちろん、母のクリスティンは死んでいる。

逝ってしまった妻のことをヘンリが話すことはもうなく、ヴェンデラはほとんど母を覚えていない。顔も思いだせないし、香りさえも思いだせない。残っているのはマルネスの教会墓地の墓石、それにキッチンの壁にかけられている卵形の写真、ヘンリの寝室にある宝石箱だけだ。

ヴェンデラの身体のなかにも痛みがあるが、これはたぶん、棒をいつも振りあげているからだろう。

母が死んでからというもの、ヘンリは心も、身体も、消えかかっているようだ。朝になれば歌いながら玄関前の石段を下りていき、石切場へ出かける。夜になっても、立ちすくんで星を見あげていることが少なくない。

父は農場のほとんどの仕事をヴェンデラに任せてい

る。彼女は掃除をしなければならないし、学校で牛の臭いがしないように自分の服も洗濯しなければならない。地下貯蔵庫からキッチンへ食料を運ぶ必要もある。電気を使ったり、冷蔵庫を買ったりする余裕がないからだ。ヴェンデラはジャガイモ、インゲン豆、甜菜を育てている。それにロッサたちの乳搾りもやって、砂利道を行き来させる。

一日も欠かさず、牛のうしろを歩いて、ステンヴィークの村の学校での授業の前とあとに、移動させる。だが、その前にもうひとつ仕事がある。二階へあがり、〈病人〉に食事を出すのだ。

それが最悪の仕事だ。

〈病人〉がいつ家へやってきたか、はっきりとは覚えていない。秋が深まった頃のある日の夜だったことしか、記憶にない。六歳か七歳の頃で、ヘンリが車を使う余裕があった頃の話だ。午後じゅうずっと父はキッチンを歩きまわっていたが、突然外へ出て、なんの説明もなく、車で出ていった。ヴェンデラはキッチンの奥にある自分の狭い部屋へ行き、横になった。

数時間ほどして、車のもどってきた音がした。暗闇のなかで玄関前の石段までやってきて、駐まった。車のドアがまずひとつ開いて、次に別のドアも開いた。父が誰かを手伝って車から運びだし、重たげな足取りで表の階段にブーツの音を響かせ、玄関のドアを開け、ドシドシいわせながら階段をあがっていく音をベッドに横になったまま聞いた。なにか重いものを抱えているのだ。

父はしばらくそこにいて、誰かに静かな声で話しかけていた。そして、誰かが声をあげて笑っていた。

それから父は降りてきて、また車へもどった。苦労しながらトランクから大きなものを引っぱりだしている。重い機械のようなもので、軋む音がした。

ヴェンデラはベッドを降りて、ドアを開けて覗いてみた。父はキッチンで車椅子を押していた。腕には毛布をかけ、車椅子にはトランジスタ・ラジオが載っていた。

父は車椅子を引きずりながら、階段をあがった。数歩進むと立ちどまって休憩し、ヴェンデラの視線に気づいた。

悪いことをしていて捕まったかのように、とまどった様子でなにかをつぶやいた。

ヴェンデラは父に一歩近づいた。「なんて言ったの、父さん?」

父はヴェンデラを見て、ため息をついた。「彼をあそこへ置いておくわけにはいかなかった」父はそう言った。「革のストラップで縛られていたから」

父がした説明はそれだけだった。農場へ連れてきたこの人物が何者なのか、告げようとしない。

ヴェンデラのほうも、敢えて尋ねない。どうでもいいことだ。これ以降、ヘンリは二階の住人のことを〈病人〉としか呼ばないから。たいていは、その言葉さえも言わず、天井にむけてあごをあげたり、天を仰いだりするだけだ。けれども、この最初の夜、二階から聞こえるくぐもった笑い声にヴェンデラが天井を見あげ、怯えた表情を浮かべると、父はキッチンテーブルのむこうからこう尋ねた。「二階へあがって挨拶するか?」

ヴェンデラは急いで首を横に振った。

あたらしい義務はすぐに型どおりの仕事となる。細かく説明する必要もない。ヴェンデラは〈病人〉の世話をしなければならない。牛の世話をするのと同じだが、違いは〈病人〉がけっして姿を見せないことだ。二階の部屋の扉は閉じられたままだが、ラジオから流れる音楽やニュースが朝から晩まで聞こえてくる。ヴェンデラは〈病人〉が自分から閉じこもっているのかどうか気になることもあるが、自分からそれをたしかめるほどの勇気はない。

毎朝学校へ行く前にやるのは、彼の朝食の盆を手にゆっくりと暗い階段をあがり、ドアの外の小さなコーヒー・テーブルに置くことだけだ。

〝食事を運んだらかならずノックしなさい〟――ヘンリに言われた。

ヴェンデラはノックするが、返事を待つことはない。急いで階段を下りていく。

ドアがひらくまでは時間がかかる。二階で蝶番が軋みはじめる頃には、ヴェンデラはもう外靴を履いてしまっていることも多い。ときにはポーチに立ったまま、息を殺すこともある。ドアがひらいて、部屋から〈病人〉が現われたことを示す重い息遣いが聞こえる。それから、盆が手に取られて、磁器のカチャカチャする音が続く。

その瞬間、なにか悪いことが起こるのではないかとヴェンデラはいつも不安になる。盆が床に落ちる音が聞こえはしないかと。そのときは、二階へあがって助けなければならない。

落ちる音が聞こえることはないが、〈病人〉がやってきた最初の数カ月は一日が終わるたびに、いつか彼の部屋の扉が開けられることにならないか、どんどん不安になっていく。広く開いたままに。

だが、そうなりはしない。毎日午後に、牛たちを連れ帰ってから家へ入ると、テーブルにからっぽの盆が置いてある。たいてい、おまるも置いてある。これもヴェンデラが始末しなければならない。

二階の扉の奥から、静かな笑い声が聞こえる。

ヘンリに友人はほとんどなく、毎年農場を決まって訪ねてくるのはふたりだけだ。クリスマスの二日前に、カルマルのマルギット叔母さんとスヴェン叔父さんが大きな車で、トランクには食べ物と贈り物をいっぱいに積んでやってくる。ヴェンデラとヘンリは掃除をしてキッチンを磨き、テーブルに洗いたての布を広げるが、家事といったらせいぜいそれだけだ。ヘンリはコーヒーを淹れ、世間話をしようと試みてから、〈病人〉に会うために姉と二階へあがる。叔母さんは包装した小さな包みをいくつも運ぶ。

ヴェンデラはキッチンテーブルに残り、叔母たちが彼の部屋のドアを開け、閉めるのを聞く。マルギット叔母さんの声がさらに甲高くなって、元気がよくなって、〈病人〉に話しかけ、よいクリスマスをと願っている。

ヴェンデラには返事が聞こえない。

扉は一度だけ開く。〈病人〉が越してきて数ヵ月、ヴェンデラが通りかかると、開いたままになっている。歩みを遅くして、立ちどまり、首を巡らせてなかを覗く。酸っぱくこもった臭い。暗いが、ベッドと小さなテーブルのある狭苦しい部屋が見える。床に古ぼけた毛布。

その毛布にしゃがむ者がいる。痩せて、縮みあがった人で、とかしていないごま塩頭か白髪かがあらゆる方向へはねている。かがむようにしていて、動かない。急にその人影が背筋を伸ばす。彼女のほうへ顔をむけ、口をひらく。くすくす笑いが始まる。

ヴェンデラは、〈病人〉が存在しないかのように、部屋の前を急いで通りすぎる。階段を駆けおり、まっすぐに芝生めざしていく。

〈病人〉がドアをいつも閉じている理由を、ヴェンデラは理解する。もちろん、自分があんなに歳を取って、あんなに具合が悪かったら、姿を見られたくないだろう。それでも。ずっと二階の部屋で過ごして、日射しの下へ出ようとしないなんて？　それがどんなものか、想像できない。

冬が過ぎて三月になり、石灰岩平原の雪が解けていく。数週間で黄色い草地に大きな水たまりができる。

春の湖。学校が終わって牛を納屋へもどすと、ヴェンデラは探検に出かけることがある。どこまでもひらけた広大な空にある雲が、水たまりに映っている。農場から遠く離れると自由になった気分だ。

ある晴れた日の午後、石灰岩平原で、地平線のジュニパーの茂みのあいだに、見慣れない大きなものに気づく。石の塊だ。祭壇に似ていて、かすかに傾き、農場からだいたい二、三キロの距離。高さも幅もあって、かなり離れた場所からでも見える。この石をかこみ、少し距離を置いてジュニパーの茂みが並んでいる。

ヴェンデラは実際にはそこまで行かない。石灰岩平原のこれほど奥までやってきたのは初めてで、春の湖が点在するなかで迷わないかと不安だからだ。振り返って、家へ走っていく。

春が過ぎ去り、学校の一年が終わっても、石灰岩平原にぽつんとあったあの石へはもどらない。だが、ある夏の日の夕方に、父にそのことを話し、見たことがあるかと尋ねる。

「エルフの石か？」ヘンリはキッチンテーブルで丸いランプスタンドを磨いている。石灰岩から彫りだしたもので、父はその表面に布やすりをかけ、つや光を放つ大理石のように輝かせる。「マルネスへ行く途中にある石か？　そのことか？」

ヴェンデラはうなずく。

エルフの石。なんと呼ばれているかわかった。

「氷河時代のものだ」ヘンリが言う。「ずっとあそこにある。そしてみんなあそこへむかい、捧げ物を残してきた」

「誰に捧げるの？」

「エルフに」ヘンリが言う。「あれは、エルフの粉挽き小屋と呼ばれてる。むかしは、あの石のくぼみはエルフが麦を粉にするときにできたものだと信じられていたよ。だが、最近では、みんなあそこへは願い事のために行く……エルフに贈り物をして、願を掛ける」

「どんなお願い？」

「なんでも好きなことさ。なにかなくしたなら、見つける手伝いをしてくれとエルフに頼んでもいい……」ヘンリはそう言いながら、窓の外の納屋のほうをちらりと見た。「……あるいは、もっと恵まれた人生にしてくれと頼んでもいい」

「したことがある？」

「なにを？」

「エルフに贈り物をあげたことがある？」

ヘンリは首を振り、ランプスタンドを磨き続ける。

「身の丈以上のことを願うもんじゃない」

16

ヴェンデラは牛追い棒の重みを手でたしかめた。本当に同じものだろうか？　子どもの頃よりも短く思えるが、それでもやはり、いやになるほど長かった。遠くでカウベルの音がかすかに鳴ったように思った。

進め！　進め！　進め！

四十年が過ぎてもまだ、棒を振るう音が思いだせるが、どうして自分はあれほど強く牛を打ったのだろう。残酷な子どもだったのだろうか？

牛追い棒を小屋へもどし、からっぽの庭を歩いて、家の隣の木立へ行った。

狭い小径がひらけた空間につうじていた。夏に牛が草をはんでいた牧草地に彼女は立っていたが、もはやそこは牧場ではなかった。雑草が伸び放題で、もつれた茂みがあった。草地には牛糞もない。ここではもう何年も牛が草をはんでいないのだ。

ロッサ、ロッサ、ロッサ、ロッサ。ヴェンデラはそう考えて、走りはじめた。

石灰岩平原は牧草地の奥の石壁のむこうから始まっていた。ヴェンデラが幼い頃は、木立や茂みといったものは、ほぼなかったのだが、いまでは生長の遅いシラカバや、ひょろりとしたサンザシが目の前に見える。茂みが邪魔だったが、できるだけ直線を保ちながらたいらな地面を進んでいった。

背後にはもう、農場は見えなかった。まっすぐ前方にある茂みだけに集中し、走りつづけ、スピードもあげていった。もう日があるのもあと二時間程度、暗闇のなかで石灰岩平原にいたくもなかった。

十分後には荒野に出ていた。子どもの頃より、距離は短かく感じられた。二百メートルほど前方にジュニパーの濃くて大きな茂みが固まっているのが見え、歩調を緩めた。脚が震えていた。冷たい空気を吸って、集中した。それから茂みのあいだを抜け、内側の小さな空き地に出た。どんな訪問者も、ここでは完全に姿を隠せる。

石はまだあった。

ごつごつして、磨かれてはおらず、子どもの頃の記憶にあるままだった。

正しい時に正しい場所にいるのが肝心だ。

長方形の石へゆっくりと近づいた。がっしりしていて、地面へしっかりとめりこんでいる。

エルフの粉挽き小屋。黄昏時にかつてエルフたちが麦を挽いた場所。彼らの王国への入り口。

石は前よりも小さく見える。もしかしたらこの四十年のあいだに、さらに地面へ沈んだのかもしれない。いや、おそらく、ヴェンデラが大きくなっただけだろう。

くぼみになにかある。

いや、なにかというより、お金だ。古い硬貨。青銅か黄金でできたものだろうか？　手にとってもっとよく見る勇気はなかったが、ほかの島民もエルフの力を信じていることがわかった。

石から数メートル離れたまま、耳を澄ませた。風が木立を揺らし、遠くからかすかに、幹線道路を走る車の音が聞こえる。

だが、ガサガサいう音はしない。足音も。

ヴェンデラは歩いていき、石に手を置いた。日が照っているのに、記憶にあるとおりに冷たい。

エルフの石の後ろに腰を下ろした。風があたらない場所だった。地面は冷たかったが、湿ってはいなくて、彼女は目をつむった。大きな石の隣。それはどっしりとしていて、守ってくれているような穏やかな空気を発していた。

ヴェンデラは三十歳のとき、アイスランドへ旅をしたが、あそこの人々はまだエルフを信じていた。見たことがあると言う年配の人々にも会ったし、スナイフェルスヨークトルへむかう観光客のツアーに参加したことさえある。レイキャビクの北にある氷河で、時折エルフが現われるとされる場所だ。ひどく寒い夜に氷河のそばの洞窟に座って、じっと待ったが、エルフが姿を見せることはなかった。

五年前に雑誌の広告で、ゴットランド島での講座というのを見かけた。エルフと会って話をする方法を学ぶという内容だった。ヴェンデラはひそかに予約を入れ、五月初めの晴れた金曜日にヴィスビューの町へ飛んだ。マックスには陶芸教室へ通うと言っておいた。

講師は三十歳くらいで、長い茶色の髪をひとつに結んでいた。彼の名前はアダム・ルフトといい、ヴィスビュー南西の小さな農家のコテージで暮らしていた。そのあたりはたいらな土地だったが、木がたくさんあり、エルフの通り道がいくつもまじわっていた。アダムは家の周囲の草を刈らなかった。できるだけ自然をそのままにしておくことが大事なのだと語っていた。

「エルフの通り道は、サンザシやジュニパーの茂みのあいだにつうじていることが少なくないんです」彼はそう言った。「そこでエルフの世界への入り口が見つかるんですよ」

アダムはあぐらをかいて座り、エルフについて何時間も語りつづけた。とくにエルフの私生活に関心があって、それは彼によると、自由でオープンなのだという。ヴェンデラはその点についてはそこまで確信できず、彼がエルフと人間とのセックスについての話をたまにまじえると、それはアダムの個人的な願望にすぎないんじゃないかと感じることもあった——だが、その話題を離れると、まともなこともたくさんしゃべっていた。こんなふうにだ。「あたらしい考えかたを受けいれることは大事なんですよ。中世にヨーロッパ人がふわふわした白い綿に初めて出会ったとき、それがどんな種類の物質なのか、どこからやってきたものなのか、理解できませんでした。綿は木に巣を作る小さな空飛ぶ羊が落としたものだと推測したんですよ」

アダムはそこで口をつぐみ、生徒たちが笑い終えるまで待った。

「それで、今日の科学者たちは人がエルフに会ったと言えば」彼は両手を広げて話を進めた。「どう考えるでしょう？　この情報をどう解釈します？　ほかの大半の人々と同じように、説明のつかないことにむきあうと、科学者もどうしようもないんです」

アダムはエルフのことをたっぷり語った。ヴェンデラにとって、あの週末の講座はなにものにも代えがたい経験だった。少人数のグループで春の田舎をいつまでも散歩し、日が沈むときには腰を下ろし、エルフのために歌った。しばらくすると、参加者の何人かが、エルフが見えると言いはじめた。ストックホルムからやってきた、とくに若い二十歳の女性は霊媒師としても働いていて、それは頻繁にしかもはっきりとエルフが見えたので見分けがつくほどになり、それぞれに美しい名前を与えていた。ガラドリエルだとか、ダンセイニだとか。

ヴェンデラは少しねたましかった。エルフが見えたことなどなかったからだが、それでもあの講座はすばらしかった。ゴットランド島の風景は時を超越しているようで静謐そのもの。アイスランドのようだった。彼女はエルフについてあらためて信念を深め、彼らをエーランド島で、子ども時代を過ごした島で見つけたいという強い願望を抱いて帰宅した。こうしていま、エルフの石の隣に座っている。誰も、彼女の居場所は知らない。ここでは世界のことなど、どうでもよくなった。

アダム・ルフトはこう話していた。エルフのことを信じなければいけないが、あまり期待しすぎないほうが見えやすいと。そうなれば、きっとエルフに会える。視界の端にちらりと姿が見えるだけかもしれない。エルフは正面から見つめられるのを好まないからだ。アダムによると、エルフは人間の詮索するような視線に耐えられないのだ。

のどかな田園風景が彼女の周囲でふいに静まりかえった。石のまわりにあるジュニパーの茂みでも、枝のひとつも動かない。ゆっくりと目を開けると、石灰岩平原の春らしい黄色い草は古い写真のように色褪せ、凍てついて見えた。いま時計を見たら、きっと針がとまっている。

エルフの王国。

ふいにうしろの茂みでガサガサと音がした。誰かが羽根のように軽く動いているような音だ。なにかと思って立ちあがったが、誰も見えない。それでも誰かに茂みから見られている気がした。

トラックスーツは湿っていて、ヴェンデラはぶるぶると震えた。突然、不安感に追いやられすべての気力がなくなった。できればあの鬱蒼とした茂みまで歩き、石向こう側を覗いて、誰かいないか尋ねたかったが、石のそばに立ったままでいた。

こっそり近づいてきたのね。エルフ……それとも、トロール？

近づいて見てみる勇気はなかった。脚が反対方向へ自分を連れて行く。エルフの石の反対側へ後ずさり、くぐもった物音とのあいだに石を挟む格好になった。

そのとき急に、すべての音がぴたりとやんだ。ガサガサという音はしなくなった。

風が吹きはじめ、ヴェンデラは息を吐きだした。身体が固くなって寒気を感じたが、あとひとつ、やり残したことがある。上着のポケットを探ると、輝くあたらしい十クローナ硬貨を、石のからっぽのくぼみのひとつに置いた。

ここで願い事をするのは危険だった。それは誰よりもよくわかっている。けれども、彼女には助けが必要だった。

ひとつだけ、願いをかけるつもりだった。

どうかアロイシアスから完全に視力を奪わないでください。あと数年、健康に過ごさせてください……わたしがお願いしたいのはそれだけです。

念じるように硬貨を石に押しつけ、そこから離れた。

ジュニパーの茂みにかこまれた空き地を離れると、時間がまた動きだした気がした。時計がカチカチと動き、いまは夕方だった。西の太陽はすでに黄色の光をうしない、地平線の下へ沈みかけている。日射しは赤い縞になって、周囲の春の湖に反射していた。

17

「ペッレ?」ジェリーが目を覚まし、混乱して言った。

「ペッレ?」

　警察の事情聴取が終わってベクショーを発つと、父は眠りに落ちた。深い眠りについて、聞きとれない寝言をつぶやいていたが、通りを歩く者もいないカルマルへやってきたときに起きた。ペッレは病院のエントランス横に車を駐めた。

「ペッレ?」

「なにも心配ない、ジェリー。ここはカルマルだ」

　車のドアを開けた。新鮮な夜の空気が車に流れこみ、肺を癒してくれる。咳をしてから、振り返った。「ここにいてくれ……少しニーラを見舞ってくる。娘を。覚えてるだろう?」

　父は病院の看板を見つめているから、話を続けた。

「あの子は検査のために入院しているだけだ。すぐにもどるから、いてくれ」

　十時三十分で、病院の窓はすべて夜空を背景に明かりが灯っていた。車を降りると、ペールの脚はこわばっていた。ほぼ一日じゅう、同じ姿勢で運転していたのだ。

　エントランスにまだ鍵はかかっておらず、ガラス戸は音もなく開いた。誰にも会うことなく、エレベーターでニーラの病棟へあがった。

　廊下にも人影はなく、病棟への扉は閉まっていた。ベルを鳴らすと夜勤の看護師がやってきた。笑いかけられることはなかったが、きっと疲れているだけだろう。ニーラの容態が悪くなったとはかぎらない。

　病室のドアは少しひらいていて、なかからふたりの声がした。ニーラが母親としゃべっている。

ペールは最後に一度咳をした。マリカがいなければいいと願っていた。もちろん、元妻が毎晩ニーラと過ごしていることはわかっていたが、少し運がよければちょうどどこかへ行ってくれているのではないかと。数秒ほどはこのまま帰ろうかと思ったが、ドアを大きく押し開けた。

ニーラは枕を背もたれにしてベッドに座っていた。白い病院着を着て、点滴が腕につながっていた。最後に会ったときのままに見えた。ひょっとしたら、少し顔色が悪いかもしれない。

マリカはベッド隣の椅子に座っていた。部屋の片隅のテレビがついたままになっていて、男女がキッチンで激しく身振りしながらどなりあっている様子が映しだされているが、音は消してあった。

「やあ、ふたりとも」ペールはそう言い、母と娘にほほえみかけた。

彼が入っていくと、会話はぴたりとやんだ。マリカがちょうどニーラにジョークを言っていたらしい。にこにこと笑いかけていたからだ。けれども、笑みはペールを目にすると、たちどころに消えていった。まるで仮面が滑り落ちたようで、かなり疲れて見える。

「ハイ、パパ」そこでニーラは鼻をひくつかせ、驚いた表情を浮かべた。「煙の臭いがするよ！」

「わたしが？　そうかい？」

ペールは緊張した笑みを浮かべ、また咳きこまないよう気をつけた。もっともらしい言い訳ができそうにない。

「なにがあったの、ペール？」マリカが言った。「怪我はしてない？」

「いや、大丈夫だ……スモーランドで火事の家があってね。車から見かけて、通報した。消防隊がやってきて、消したよ」

「その家には誰かいたの？」ニーラが言った。

「そこには誰も住んでいなかった」ペールはそう言い、

すばやく続けた。「それで、ふたりの調子はどうだい?」

「夜の巡回を待ってるとこ」ニーラが言った。「テレビを見ながら」

「そうか」

マリカが立ちあがった。「わたしは外にいるから、ふたりでおしゃべりして」

「気を遣うことはない」ペールは言った。「ちょっと寄っただけだから……」

「いいのよ。出ていくわ」

彼女は目を伏せて彼の横を通りすぎ、廊下へ消えた。

父と娘は見つめあい、ペールは煙の臭いが染みこんだ服などではなく、なにかもって来るべきだったと気づいた。チョコレートとか、CDとか。

「ママはずっとここにいてくれたのか?」

「いつもいてくれるよ。寝てないときは」ニーラはペールを見やった。「すぐにうちへ帰れるんだよね? そうだよね?」

ペールはうなずいた。「水曜日に迎えにくるよ」彼は答えた。「そうしたら、エーランド島でイースターを祝おう。卵をたくさん使って。ゆで卵やチョコレートの卵で」

ニーラは嬉しそうな表情になった。「チョコレートの卵がいいな」

ペールは近づいて娘を抱きしめ、頬を額に押し当てた。熱はない。「またね」

病室をあとにすると、自分のほほえみがいかにこわばっていたか、気づいた。

そっとドアを閉めると、マリカは少し先の廊下に立っていた。そちらに歩いていくと、彼女は両腕を組んだ。ペールは三歩手前で足を止めた。

「あの子はずいぶん具合がいいようだな」

マリカはうなずいた。「イェスペルはまだエーランド島にいるの?」

「ああ」

ペールは今日の昼間にしていたことや、父を助けて連れ帰ってきたことを、話すつもりはなかった。とくに後者については。マリカは元の義父が好きではなかった。

「水曜日にまた来るよ」彼はそれだけ言った。「医師の話があるのは何時だい？」

「さあ……昼食の前だと思うけれど」

「じゃあ、その頃に来る」

「イェオリも来るから」マリカが静かに言った。「構わない？」

「もちろんさ」ペールはそう言い、嘘をつけ足した。「嬉しいよ。イェオリは好きだ」

駐車場へもどると、ジェリーは車を降りていた。ブリーフケースを抱えて立ち、右手にタバコをもっていた。なんだって、こんな夜に煙を吸えるんだ？

「それに火はつけないでくれ」ペールは言った。「もう行くよ」

ドアを開けて車に乗った。そうなると、ジェリーもタバコをしまって隣に乗りこむしかなかった。咳きこんでいる。

ジェリーは普通の呼吸ではなく、ぜいぜい言っていた。火事のためにいつもよりひどかったが、咳が出てこうなるのは、いつものことだ。傷んだ肺とタバコの吸いすぎでますます、空気の漏れた風船のような音をたてるようになっていた。

父は生涯にわたって自分の身体を痛めつけてきたのだと、ペールは病院から車を出しながら考えた。だが、病気になったのはニーラだった。

ペールがコテージの前に車を駐めたのは、日曜夜の十一時三十分だった。カーサ・メルネルはほぼ暗闇と言ってよかった。イェスペルが灯していたのは、玄関とキッチンの明かりだけだった。

「家？」ジェリーがあたりを見まわしながら言った。

「そう、いまではここが家だ」ペールは答え、コテージを見やった。「アニタとわたしが夏に訪れていた家がここだよ、ジェリー。あんたが去ってから。母さんはあれから何年も、まともな休暇の旅に出る余裕がなかった。それは知ってるはずだな？」

ジェリーは首を横に振ったが、目つきが訝るようになっている。少なくとも、元妻の名前はわかったのだ。

ペールはエンジンを切り、暗闇のなかで静かにため息をついた。疲れきっていたが、今夜はあとひとつ、紹介を済まさなければならない。ジェリーの古いブリーフケースをコテージへ運び、そのうしろに父がゆっくりと続いた。

「おーい？」ペールは廊下を歩いていきながら叫んだ。

「イェスペル？」

息子の部屋のドアは開いていた。イェスペルはベッドに座り、ゲームボーイに夢中になっていた。

「なに？」

「それはもう消しなさい。こっちに出てきて、お祖父さんに挨拶しなさい」

ペールは煙のことを気にした。服はまだ臭いがするだろうか？

イェスペルはなにも気づいた様子を見せなかった。ただベッドを降りて、ゆっくりと廊下に出てきた。そのためらいは理解できた。ジェリーとは十年近く会っていなかったのだ。彼は孫たちに会うことへ関心を示したためしがなく、ペールもそうした場を作ろうともしなかった。

「やあ、お祖父ちゃん」イェスペルはそう言い、手を差しだした。

ジェリーはかすかにためらったようだが、少年と握手した。「イェスペル」静かにそう言った。孫の手を放し、室内を見まわした。

「なにか飲むか？」ペールは言った。

ジェリーが急いでうなずいたから、ペールはキッチンへむかい、牛乳をグラスに注いだ。

テレビの前のアームチェアにジェリーを座らせると、最後にもう一度、肺に清潔な空気を入れようと外へ出た。石切場の坑の縁へ近づき——ぴたりと立ちどまった。

海峡の上で輝くのは半月で、坑はまったくの影になっていたが、それでも、自分とイェスペルで作った階段がおかしなことになっているのが見えた。上のほうの石材が何段かなくなっている。

懐中電灯を取ってくると、階段を照らした。

思ったとおりだった——幅広い石材は崩れていた。二段が落ちて、べつのブロックにぶつかり、粉々に砕かれている。

だが、昨日の時点では階段は完璧に安定したと思っていた。誰が壊した？

18

復活祭の週の火曜日、イェルロフのもとにあらたにふたりの訪問者があった。たがいに好ましく思っていないらしい、父と息子だ。

昼食を温めて済ませてから、庭の椅子に陣取り、新聞を読んで鳥のさえずりに耳を傾け、日が暮れるのを穏やかに待っていた。

そのとき、よれよれのコート姿で銀髪の男が、口の端にタバコをくわえて道を歩いてくるのが見えた。若い男——少なくともイェルロフに比べれば——だが、七十は超えているだろう。そして見えなかった。

男は道に迷っているようだった。まずは門のところにしばらくたたずみ、それから門を開けて入ってきた。芝生に立ってきょろきょろした。自分がどうしてそこにいるのか、わからないようだ。左手は肩からまっすぐに垂れている。麻痺しているらしい。

イェルロフはその場にじっとして、なにも声をかけなかった。今日は在宅ケアサービスの者たちさえ来ればよく、ほかの客を熱心に迎えたい気分ではなかった。

だが、男はついに家の前の芝生を歩いてきた。どこか妙な様子であたりを見まわしていたが、そこで激しく咳きこみ、芝生でタバコを踏みつぶした。続いてまっすぐにイェルロフのほうを見て、口をひらいた。

「ジェリー・モーナー」

声はしゃがれてガラガラ、スコーネ地方のアクセントだった。強面で経験を積んだ声に聞こえる。

「そうか」イェルロフは言った。

男は二歩近づき、空いている椅子にどさりと腰を下ろした。

「ジェリー」そう繰り返した。

「そうか、わたしはイェルロフだ」

ジェリーはあたらしいタバコを取りだしたが、手にもったそれをじっと見つめるだけだった。イェルロフは、この男がおかしなことに左の手首に時計をふたつはめていると気づいた。ひとつはゴールド、もうひとつはステンレスだ。片方だけが、スウェーデン時間を示している。

「大丈夫かね？」イェルロフは尋ねた。

男は口をぽかんと開けてイェルロフを見つめた。いまの質問は複雑すぎたようだった。

「ジェリー」ようやく彼は言った。

「なるほど」

イェルロフは目の前の男がひとつどころではない、いくつもの意味で道に迷っているのだと悟り、それ以上の質問はしなかった。庭に沈黙が降りたが、ジェリーは椅子に座って満ち足りた様子だった。

「あんたには仕事があるのか？」イェルロフは尋ねた。

返事はなかったから、話を続けた。「わたしは年金暮らしだよ。もう引退した」

「ジェリーとブレメル」ジェリーが言った。

イェルロフはなんの話やらさっぱりわからなかったが、ジェリーは嬉しそうにほほえみ、アメリカ国旗の絵柄がついたライターでタバコに火をつけた。

「ジェリーとブレメル？」イェルロフは言った。

男はふたたび咳をして、イェルロフの質問には答えなかった。「ペッレ」そう言った。

「ペッレ？」

ジェリーはうなずいた。

「そうか」イェルロフは言った。

沈黙。

「ジェリー！」

道から叫び声がした。まだ若い男がそこに立っていた。石切場の家のひとつに住む男だ。

これが息子なのか？　彼はイェルロフの庭の門を開け、入ってきた。「ジェリー……探したぞ」

最初、ジェリーは動かなかった。自分にどなったこの男が見分けられなかったかのようだ。そこで、背筋を伸ばした。「ペッレ」またそう言った。

「出かけるときは行き先を言ってくれ、ジェリー」若いほうの男が言った。

「ブレメル」ジェリーは立ちあがりながら言った。不安そうな表情だ。「ブレメルとマルクス・ルーカス」

彼は門のほうへ歩きはじめた。若いほうの男はその場で待って、イェルロフに会釈した。イェルロフはふいに、彼に会ったことがあると気づいた。何十年も前だ。

「あんたは、エルンスト・アドルフソンの身内だな？」彼は言った。「ペール……？」

「ペール・メルネルです」

「それだよ、思いだした」イェルロフは言った。「小さかった頃、ときどきエルンストの家に泊まっていたな」

「わたしと母で」男は言った。「よく泊まったものですよ。エルンストとあなたは友だちだったんですか？」

「そうともさ。わたしの名前はイェルロフだ」そしてジェリーのほうへ、あごをしゃくった。「こちらはあんたのお父さんかね？」

「ジェリーですか？　ええ」

「あまりしゃべらんね」

「そうです、言葉に問題があって。去年、脳卒中をやったんですよ」

「なるほど。お父さんはなんでまた片手に時計をふたつはめているのかね？」

「尋ねたくなりますよね」ペールは視線をそらした。「ひとつはアメリカの時間なんです。ジェリーはむかしから、アメリカびいきで」

「それで、ブレメルというのと、マルクス・ルーカスというのは誰なのかね？」

「ふたりの話が出たんですか？」ペールはちらりと父を見やって、続けた。「ハンス・ブレメルは仕事のパートナーです。それからマルクス・ルーカスは……わたしもよく知らなくて」そこで話をやめた。「そろそろ連れて帰ったほうがよさそうです」

彼は去っていこうとしたが、イェルロフが質問を投げると立ちどまった。「それで、あんたはここで暮らしていくのかね？」

ペールはうなずいた。「ええ、とにかくわたしはそうするつもりです。子どもたちと一緒に。去年エルンストのコテージを相続したんです」

「そうか。家の手入れをがんばってくれ」

ペールはまたうなずき、門のところでとまっていた父に追いついた。「行こう、ジェリー」

イェルロフはふたりが石壁のむこうに消えるのを見

守った。あの親子がおたがいに少しうんざりしているのはあきらかだ。

親と子の仲というのはおかしなものだ。近い存在であるのに、その関係は緊張していることも少なくない。

父親のほうは、マルネス高齢者ホームのだいぶもうろくした住民たちを思いださせた。コーヒーを飲みながら世間話をすることも不可能で、ひどく酔った者と同じようなものだった。あの人たちは、たいていは自分の記憶のなかで生きて、現実世界は駆け足で訪れるだけだ。だが、ときには予想もしないことをする。なにか思いついたり、逸話を話したり、恥知らずの告白をすることもある。

片手に高価な時計をふたつ——ジェリー・モーナーはなにをして金を稼いだのか。

19

幼い頃カルマル海峡に沈む夕陽をながめているのが好きだったペールは、火曜日の夕方、窓辺にしばらく立っていた。ジェリーはテレビの前に座らせてあって、すぐに迎えにいく時間の打ち合わせでニーラに電話をかけるつもりでいたが、まずは夕陽が見たかった。

ちょうど八時を過ぎたところだ。太陽からはしばらく前に熱が消えていたが、西の水平線すれすれに浮かぶいまでも、目が眩むほどまばゆい黄金色だった。水平線にそっと沈んでから初めて輝きをうしなっていき、本土の上に点在する雲を血で満たされた動脈のような暗い赤に染めていった。

それからいきなり太陽は消えうせた。西の空は水平線の下で激しく炎が燃えているかのように輝きつづけていたが、暗闇があっという間に岸辺や石切場を呑みこんでいく。

ペールは窓に身を乗りだし、濃い影を見つめた。壊された階段のことを考えた。きっと想像でしかないのだろうが、なにかの影が屑石のあたりをひそかにうろつきまわっているように思った。

警察は最初に事情聴取してからは連絡を寄こしてこなかったし、ペールからも連絡しなかった。水曜日の朝にカルマルへ車を走らせ、ニーラを迎えにいった。病院のカフェテリアで前日の夕刊を見かけた。さっとめくって、短い記事を見つけた。

火災で男性が行方不明

日曜日の夕方、ベクショーの南六十キロに位置するリード村郊外にある森の大きな家屋から出火し、男性が行方不明となっている。

警察と消防が通報を受けて駆けつけたのは、夕方六時頃のことで、家屋はすでに激しく燃えあがっていた。消防隊は火の手が広がらないよう、懸命の消火作業を真夜中まで続けた。

家屋は全焼し、現時点では、この火災で死者が出たかどうかは不明である。家の所有者はかろうじて避難し、警察も事情を聞いているが、火災の原因はわかっていない。

目撃者の証言によると、この家の内部で少なくとも一名の姿があったとのこと。所有者の従業員で、この家をオフィス兼宿泊所として使用していた人物がいまだ行方不明である。警察は火災に巻きこまれたのではないかと安否の確認を急いでいる。

取り残された人がいなかったか、そして火災の

原因を突きとめるため、科学捜査班が早急に焼け跡を調べることになっている。

ペールは新聞を閉じた。〝家の所有者〟が父で、〝行方不明の従業員〟がハンス・ブレメルに違いない。ペールは〝目撃者〟としか書かれておらず、いくらかましな気分だった。この家の所有者がジェリー・モーナーだとマスコミにばれたら、もっと書きたてられてしまうだろう。

まだどうなるかわからないが、きっとマスコミはやってくる。

彼はエレベーターへむかった。

ニーラは普通の服に着替えていて、談話室で彼を待っていた。髪をとかしていて、彼を見るとほほえみかけてきたが、前よりも痩せ細ったように見える。抱きしめると、肩の肉が落ちて骨ばっていた。

「もう帰っても大丈夫かい？」

彼女はうなずいた。「もう検査は終わりだって。今朝、ママが帰る前にお医者さんと話をしていった」

「わかった、ママに電話しておくよ。さあ、行こうか？　イェスペルがコテージで待ってる。それにジェリーも」

「ジェリー？」

「そうだ、ジェリーだよ……お祖父さんの」

ニーラが瞬きをした。「なんで？」

「一緒にイースターを祝うんだ」

ニーラはうなずき、それ以上質問はしなかった。

「あれをもっていかなくちゃいけないんだけど」彼女は言った。「車に載せられるかな？」折りたたみ式の車椅子が廊下のつきあたりの壁にたてかけてある。

ペールはそちらを見た。車椅子とは、身体が凍りそうになった——どうしてニーラにこれが必要なんだ？誰かに尋ねたかったが、医師の姿はない。

「もちろんさ」彼は行った。「トランクにちょうど入

「ひとりで歩けるよ」彼女はそう言ったが、廊下に入るときにはペールの手にしがみつき、そのまま、小さな寝室へむかった。

「ここがおまえの部屋だ」ペールは言った。「きれいにしてあるからね。換気もしておいた」

ニーラがそっとベッドに腰を下ろすと、ペールは娘の荷物と車椅子を取りにいった。


イェスペルは自分の部屋でコンピュータにむかっていたが、ジェリーが見つからなかった。

日射しの降りそそぐパティオへ出た。父は椅子にだらりと座り、帽子が額へずり下がった格好で目をつぶっている。ブリーフケースは茶色い老犬のように足元にある。

「やあ、ジェリー」ペールは前に座り、病院からもってきた新聞を膝に置いた。「これを読んでくれ」

だが、ジェリーは新聞を見ようとせず、ペールの背るよ」

一時間後に、ふたりは石切場へ到着した。

「このコテージを覚えてるかい?」ペールは車を駐めると訊いた。

ニーラはうなずいた。「去年の夏に、ペンキを塗り替えるって言ったよね……やったの?」

「手がまわらなかった」

「修理はどうするの?」

「時間ができたらね」ペールは急いで言った。「それに、石の階段も作るよ。でも今夜はパーティへ行こう」

「どんなパーティ?」

「近所の集まりさ」

ペールは車を降り、それ以上の質問を避けた。続いて、ニーラに手を貸して砂利の上へ降ろしてやり、玄関へ歩いた。

後のなにかを肩越しに見ていた。

ペールが振り返ると、ニーラが戸口に立っていた。疲れたように両手をだらりと下げているが、ジェリーにほほえみかけていた。「ハイ、お祖父ちゃん」そう言った。「元気？」

ジェリーはうなずくだけだった。ゆっくりと孫のほうへ片手をあげ、咳払いした。「おう」

ペールは息を押し殺した。とっさに娘をジェリーからどうにかして守ろうと思ったのだが、そんな必要などない。

「お祖父ちゃんはあまりしゃべれないんだ」彼はニーラに告げた。「すぐにそっちへ行くから……なにか食べよう」

ニーラはうなずき、自分の部屋へもどっていった。

ペールは身を乗りだし、新聞記事を指さした。「ジェリー、ハンス・ブレメルがあの家にいたようだ。でも、行方不明のままだよ。警察によると」

父は話を聞いているが、まったく反応しなかった。

「ブレメル」そう言うだけだった。それからシャツをめくりあげ、腹に残った大きな絆創膏を見せつけた。

そんなことをされなくてもわかっているペールは、首を振っただけだった。「ジェリー、ブレメルはどうしてあんたに危害を加えようとしたんだ？」

ジェリーの口が動いて、言葉を見つけようともがいたが、結局こう言った。「不安だった」

ペールはうなずいた。父をひとり置いておきたくないが、近所のパーティに連れて行くのはいい考えだろうか。

20

パーティの時間。よそでは隣人同士でいがみあっていたりするかもしれないが、石切場付近の家族たちは集まってパーティをひらくことになっている。ヴェンデラ・ラーションのおかげだ。感謝される必要はないけれど、ヴェンデラがいなければ、パーティなどひらかれなかっただろう。

六時になって、ベランダに長テーブルを出してグラスや皿を並べた。西のカルマル海峡では太陽が赤と黄金に輝いた。まるで消える前の炎のようだった。二時間もすれば日は沈む。そうなればベランダは肌寒くなるとわかっていたから、ヴェンデラはみんなが暖まれるように毛布を出しておくことにした。それにもちろん、ハロゲン・ヒーターをつけてもいい。

マックスがその日の仕事を終えて書斎から現われ、部屋着姿でサウナへむかった。リビングの石床を裸足で急いで横切っていったが、戸口で立ちどまった。

「仕事はどうだった？」ヴェンデラは尋ねた。

「とてもうまく進んだ」マックスは答えた。「序文をもうじき書き終える。少ししたら見てもいい」

「いつでもいいのよ」そう答えた。序文のあらましを書いて、ゆうべ彼に手渡したのは彼女だ。

「それが終われば、あとは大部分がレシピと写真だ」マックスが言う。「ふたりできっと書きあげられる」

机にむかって数時間を過ごすことができたあとのほうが、彼はいつも扱いやすい。その後、サウナに入ることができればなおさらだ。

「熱くしすぎないのよ、マックス」サウナへむかう夫にそう声をかけた。「心臓のことを考えて！」

ヴェンデラはこの日のほとんどをキッチンで過ごし

た。オーブンではさまざまなキッシュが温まっており、テーブルの準備もできた。

六時三十分にはすべての用意が完了した。マックスはサウナから出てきて着替えており、彼に椅子をあるだけベランダへ出させ、テーブルのランタンやキャンドルにも火をつけさせた。それから、道のむかいの老船長を呼びにいかせた。

十五分後に夫はイェルロフ・ダーヴィッドソンを車椅子に乗せてもどってきた。イェルロフはスモーキング・ジャケットを着ていた――布地はてかっていて、少なくとも五十年は前のものに見える。隣を歩くヨン・ハーグマンは、ブラック・スーツ姿で肘のところには茶色のパッチがあてられていた。

マックスが玄関につうじる小径でも車椅子を押してきたが、ヴェンデラがドアを開けると、イェルロフはゆっくりと立ちあがり、背筋を伸ばして自分の脚で入ってきた。立ちあがった彼はマックスより頭ひとつほども背が高かった。

「歩けるよ。たまにはな」イェルロフが言った。それから、ヴェンデラに小さな包みを差しだした。「あんたにだ。今朝自分で作ったんだよ」

「まあ、ありがとうございます！」

ヴェンデラは包みを開け、タールの鼻を突く臭いにぎょっとした。なかに入っていたのは、茶色のロープを編んだもので、凝った結びかたで小さな敷物の形になっていた。

「トルコ人の頭《タークス・ヘッド》という結びかただ」イェルロフが言った。「家内安全と幸運をもたらすんだよ」

タールの臭いでヴェンデラはかすかに目眩がして、強い薬でも飲んだような気分だったが、イェルロフにほほえみかけた。

ほかの隣人たちも時間にきわめて正確だった。クルディン夫妻は魅力的なカップルで、ベビーカーのなかでぐっすり眠る赤ん坊とともに最初に到着した。クリステルがヴェンデラに笑いかけ、すてきなお宅ですねと言った。ダークグレイの麻のワンピースを着た背が高くとても冷ややかな妻よりも、少し愛想がいいようだった。マリー・クルディンは招待主夫妻に軽く会釈しただけで、あごを高く上げて部屋へ入ってきた。

メルネル一家が五分後にやってきた。父親のペールと、十代の双子だ。ニーラは兄のイェスペルの腕を握っている。彼女は小柄で青ざめていて、歩幅がとても狭い。ヴェンデラはほほえんだが、心配だった。この女の子は拒食症なのかしら？

ペール・メルネルがマックスに手を差しだすと、夫が身体を固くしたのがわかった。金曜日の駐車場の一件以来、ふたりは顔を合わせていなかった。どちらの男も笑顔にならない。

「入っても？」ペールが言った。

「もちろんだ」マックスはそう答えてさっと握手をすると、息子にもうなずいてみせ、すべて問題ないと示してみせた。

メルネル一家は第四の人物を連れていた。ヴェンデラが見かけたことのない男だ。年配で猫背、銀髪をなでつけている。敷居をまたぐときによろめき、ペール・メルネルが急いでつかんだ。そこで、招待主たちにうなずいてみせた。「こちらは父のジェリー・モーナーです」

ジェリーの疲れた目は、握手をしながらヴェンデラの身体をぼんやりと見つめた。一言もしゃべらないし、どこか遠いところにでもいるようだった。もう一方の腕では、古ぼけたブリーフケースを抱えている。

続いて彼は足をひきずりながらまっすぐに廊下を、そして掃除をしたばかりの部屋の床へ、靴もコートも脱がずに歩いていった。ヴェンデラはぐっと口を結び、なにも言わないでいた。最後のキッシュを取りだそうと、急いでキッチンへむかった。

マックスは見晴らし窓の前のドリンク用テーブルへ

むかうと、客たちにウイスキーやドライ・マティーニやフルーツ・ジュースをふるまった。

招待主と客たちとの会話は、ゆっくりと、だが着実に盛り上がっていった。内容の大半はさまざまな家の比較だった。しゃべるのはおもに男たちで、とくにマックスとクリステル・クルディンが主導権を握り、あたらしく建てた自宅を熱心に比べていた。どちらも自論の正しさを主張していて、ヴェンデラにもふたりのやりとりが聞こえてきた。

「まあ、そうだね、お宅ではたくさんのガラスを使ってあるね。だが、うちの石壁のほうが、夏は涼しいと思うが……」

「地下室ですか？　ああ、もちろん、それがあれば延べ床面積は増えますが……」

「フォーマイカは終わりだよ。もう廃れたもので……」

「調和のとれた均衡こそが大切です。デザインだけではなく……」

十分から十五分ほどしてヴェンデラが最後の料理を運ぶと、マックスが客たち全員にベランダへ出るように勧めた。西では、太陽が黒い水平線のすぐ上に漂っていて、赤と黄色の絵画のようだった。海は濃い青に輝いている。

マックスがハロゲン・ヒーターのスイッチを入れると、ベランダの周囲に取りつけてある金属管がかすかに明るくなってきた。冷たい夕方の空気が、ほぼすぐに夏のように暖かくなった。

「みなさん、いるかな？」マックスがこの場を見まわして言った。

「そう思うわ」ヴェンデラが言った。

マックスがうなずき、ワイングラスをコツンとやって、声を張りあげた。「みなさん、腰を下ろしてください！　どこでもお好きな席に！」

会話のつぶやきが静まり、マックスはテーブルへむから客たちに笑いかけた。

夫がパーティの主催者の役割を、本物の芸能人のようにこなしているのを、ヴェンデラは見てとった。彼はこの役割を愛していた。かつて彼に惹かれたのは、注目の的になったときのこの自信があったからだ。

「ようこそ、みなさん」マックスはグラスを掲げ、話を続けた。「愛する妻とわたしで、一日じゅうキッチンで過ごしました。多くのレシピはわたしのあたらしい料理本に載せるものです……ですから、料理を楽しんでいただけるよう願っております！」

21

イェルロフはあたらしい隣人たちとは距離を置こうと決めていたが、ウイスキーを二杯も飲むと、この家の大きな木造のベランダがかなり心地よくなってきた。

夫妻は大きな革張りの肘掛け椅子を運びだし、テーブルの片端に置いて、彼を家長のように座らせた。小柄な女あるじのヴェンデラ・ラーションは膝に毛布をかけてくれたし、自分でなにかに手を伸ばす必要がいっさいなかった——みんなが料理や飲み物を取り分けてくれた。油を引いたウッドデッキで、イェルロフはヨンの隣の椅子にくつろいでもたれていた。

ウイスキーを大きなグラスで二杯は実際飲みすぎで、誰かが車椅子を押していこうと申しでてくれないか——

――それもできれば遅くなりすぎないうちにと願った。八時三十分すぎには、酒のせいでもう眠くなってきたが、誰も急いで食事を終えようとはしていないようだった。まだプディングにも行き着いていなかった。

「それで、イェルロフ……あなたとヨンはこの石切場で働いていたんですか？」ペール・メルネルが暗い石切場のほうを見やって言った。

「子どもの頃、夏のあいだだけな」イェルロフは答えた。

「おれたちが海へ出る前の話だよ」ヨンが言いたした。

イェルロフは首を振った。「わたしたちは、ここで働けるほど強くなかった」

「そうですか？　それでは、きつい仕事だったと？」

イェルロフはなにも言わなかった。こう考えていたのだ。本土からやってきたここにいる家族たちは、石切場がむかしは作業場だったと気がついているのか、それともただ彼らの楽しみのために海岸の上に建てられたしゃれた作り物で、ここかしこに美しく石が積みあげられ、水浴びできそうな小さな水たまりがある、ぐらいに思っているのか。

彼らには、岩肌と闘って、来る日も来る日も、ノミとハンマーと金てこだけで石灰岩を切りだすために石切場での厳しい労働が必要だったことが、けっして理解できはしないだろう。友人のエルンストはかつて、石切場で過ごした四十年のあいだにバルト海をかこむすべての町の階段、道路、歩道のために、五万メートル以上の石を切りだしたはずだと語ったことがある。

それに墓石もある。もちろん墓石はいつでも需要がある。どんなに困難な時代でさえも。

「ああ、わたしたちは石工にはなったことがない」イェルロフはヨンを見ながら言った。「だが、わたしたちは使い走りの小僧としては働き者だったよ、覚えてるか？　工具を運んできたり、クルピーの小屋を掃除したりな」

「ケルピーの小屋とは？」ペールが言った。

「作業員たちが休憩する場所を、そう呼んでおったんだよ」

イェルロフは、その呼び名を覚えている村人は自分とヨンで最後になりそうだと気づいてハッとした。結局、石工たちはいなくなってしまったのだ。

ウイスキーに口をつけて、話を進めた。「むかしは、石切場の下にトロールが住んでると信じられていてな。だが、子どもの頃にわたしは全然違う生き物に出くわして……」

彼はヨンの肩ががっくりと下がったのに気づいた。この話は数え切れないほど聞いているのだ。それでも、とにかくイェルロフは話を続けた。

「八歳か九歳の頃だったか、石切場でツルを見つけたんだよ。石工たちはみんな帰ったある日の夕方だ。まだ雛で、砂利に横たわっていた。どこから来たのかわからんが、小さすぎて飛べんし、親鳥の姿もない。たぶん、狐にやられたんだろう……それで、うちの離れへ運び、干し草に寝かせて、古いジャガイモを食べさせるようにしたんだよ。そいつがじゅうぶん大きくなると、放してやろうとした——だが、そいつは飛び去ろうとせんかった。わたしにべったりなついていたからさ」イェルロフは思わずほほえんだ。「夏のあいだじゅう、わたしについてまわった。二本脚の犬のようにな。わたしがそれにうんざりして、そっと離れようとすると、そいつは空へ舞いあがり、村を旋回して、またわたしを見つける。それで夏のあいだはずっとペットのツルがいたようなものだった。秋になると、そいつはほかのツルたちと南へ飛んでいったよ」

テーブルをかこむ全員がその話を聞いてほほえんだ。

「それで、海に出られたときは」ペールは言った。「フルタイムの仕事だったんですか？」

「いいや。冬には、港で貨物船が凍りついてしまうからな。そうなると、働けんかった」イェルロフは答えた。「十二月には陸にあがり、数カ月はのんびり過ごしたよ。海が氷に覆われてるあいだは。船を修理したり、エンジンを確認したり、帆を繕ったりした。それをやっとらんときは、ほかの船長たちと集まって春を待った」彼はからっぽの石切場のほうを見やった。「だが、もちろん、石工たちは冬のあいだもずっと石灰岩を切りだしつづけた。港の近くに積みあげた。何千トンも。それから春が訪れて太陽が顔を出して、海峡の氷を解かすと、またわたしが海に出る時が訪れたんさ」

「春の風に吹かれて海に出るなんて」マリー・クルディンが言った。「きっとすてきな気分だったことでしょうね」

イェルロフは首を振った。「そんなにロマンチックなもんじゃなかった」

「事故はたくさんありましたか？」ペールが尋ねた。「船が座礁したなど、そういったことは？」

「おれたちの船にはそんなことはなかった」ヨンが答えた。「一度も座礁せんかった」

「ああ、三十年間、一度もなかった」イェルロフが言った。「わたしたちの船のひとつが、火事で沈んだことはあったが、座礁はなかった……だが、海に出るというのはきつい仕事だったよ。きつくて孤独で。夏の休暇のあいだは、女房や娘たちを連れていくこともあったが、たいていはヨンとふたりきりで、くる日もくる日も、船に乗っていた。家族はうちにおらねばならんかった」

イェルロフは石切場を横目で見て、死んだ妻のことを考えた。もちろん、トロールの存在を信じてはいなかった。だが、自分が海に出ているあいだに、エラが見かけた訪問者は何者だったのだろう？

22

ヴェンデラはワインをグラスに二杯飲み、ようやく自分自身のひらいたパーティでリラックスできるようになってきた。そこでふいに、テーブルのむかいから大きな声が聞こえた。どうやらその声も、大量に飲んだワインの影響を受けていることが、はっきりわかる口調だった。

「いや、わたしはスウェーデンでは税金を払わない」マックスが言った。「会社はこの国で登録されていないからな、ここの税金は高すぎる……それに、スウェーデンの税制を信用していない。あれじゃ人々を押さえつけているだけだね」

マックスはテーブルを見やって笑いかけているが、ヴェンデラはこの状況を収めなければと強く感じた。

「もちろん税金はちゃんと払ってるじゃないの、マックス」

彼は妻を見て、笑みを消した。「どうしても必要があればな。だが、可能なかぎり少なくだ」

そしてマックスは、テーブルをかこむ誰もが同じ経済状況にあるかのようにグラスを掲げたが、彼に負けないくらい大きな声が割りこんだ。「ぼくは喜んで税金を払いますよ」

クリステル・クルディンだった。

「ほう？」マックスが言った。「それで、きみはどんなお仕事を？」

「インターネット・セキュリティです」クルディンは簡潔に答えた。

彼もかなりの量のワインを飲んでいた。皿の隣にはほぼからになったボルドーの白があり、マックスを見ているのだがなかなか目の焦点を合わせられないようだった。

「あなたのような連中には吐き気がする」彼はそう続けた。

「なんだって？」マックスが言った。

「税金を払うまいとするあなたのような連中ですよ。そういうのには吐き気がするし、そんな戯言にもうんざりだ」

マックスがグラスを置いた。「わたしは戯言など……」

「つまりですね、あなたはスウェーデンの道で運転するでしょう」クリステル・クルディンは最後まで言わせなかった。

「なんだと？」

「あなたはここへ来るのに、エーランド橋を渡ったんじゃないですかね？」

マックスは顔をしかめた。「なにが言いたいんだ？」

「あのですね、税金であの橋ができたんですよ」クリステルは言った。「それに道も。それに、みんなが使うものも全部。学校。病院。年金」

「年金だと？」マックスが言った。「わたしに言わせれば、この国の年金など笑い事でしかないな。それに医療も」

「医療は笑い事じゃない」テーブルの離れたところから声がした。「医療従事者の仕事ぶりはすばらしい」

ヴェンデラが見ると、それはペール・メルネルだった。

「そのとおりだ、ぼくたちは良質のサービスを受けている。自分の払った税金で」クリステルが言った。マックスを見て、続けた。「とにかくですよ、スウェーデンのすべてがそこまでひどいと思っているのならば、どうして他の国に行かないんです？」

マックスは無言で隣人を見つめた。この島で自分がつきあうことになったのがどんな人々なのか、正確に見極めようとしているかのようだ。「夏はいるだけの価値があるからな」彼はそう言い、ワインを飲み干した。

「どなたか、ワインのお代わりはいかがですか？」ヴェンデラは言った。

誰も答えない。誰も彼女の声が聞こえなかったようだった。それで、ヴェンデラは自分が少しお代わりを飲んで、会話のうなりに耳を傾けた。目を閉じれば、まるで音楽のように聞こえただろう。ソリストがテーブルのまわりで次々に歌っているように。

一瞬、石灰岩平原からおかしな臭いがすると思った。ゴムか硫黄が燃えているような。だが、きっと想像でしかない。外はもう暗くなっていた。どこもかしこも、暗かった。この家のベランダだけに、明かりが煌々と灯っている。

こんな夜に石切場を見おろしながら腰を下ろしていると、まっ暗な噴火口の縁に座っているようだ。活動をとめている火山の。

ふいに、テーブルのむかいから男の大声が響いた。

「あたらしい住民のなかで、エーランド島北部について知っている人はいますか？　前にもここで暮らしたことのある人は？」

またあの若い隣人だ。クリステル・クルディィンはワイングラスを片手に、テーブルをきょろきょろと見て、自分の質問にはなんの害もないような顔をしている。もちろん、彼は害を与えるつもりなどなく、ただ好奇心から言っているだけだ。

「ヴェンデラがこのあたりの出身だ」マックスがそっけなく言った。

すべての会話がやんだわけではないが、何人もの顔が彼女のほうへむけられた。彼女にできるのは、うなずくことだけだった。「子どもの頃に、ここに住んでいました」

「この村に？」マリー・クルディィンが言った。

「村の北東に。小さな農場があって」

「それはすてきですね。牛やガチョウや猫を飼われて？」

「ニワトリと……牛を数頭」ヴェンデラは言った。

「わたしが世話をしていたのよ」

「なんてすてき」マリー・クルディンが繰り返した。

「現代の子どもたちも、田舎で動物の世話をする機会をもつべきですね」

ヴェンデラはうなずいた。三頭のロッサのことは、考えたくなかった。あれだけのいらだち、あれだけの逃避への憧れ。あんなもの、どこから生まれていたんだろう？

ロッサ、ロッサ、ロッサはもうずっとずっと前に死んだ。この島で知っていた者はみんな死んだ。

彼女はまたワインをあおった。

イェルロフ・ダーヴィッドソンが、彼女の斜めむかいでじっと座っていた。彼はほほえみ、しあわせそうだった。ヴェンデラは少し身を乗りだし、低い声で言った。「わたしの父はここの石工でした。名前はヘンリ。彼をご存じでしたか、イェルロフ？」

彼女のほうにむけた表情は穏やかだったが、話の内容は聞こえていないようだった。ヴェンデラは声を張りあげた。「ヘンリ・フォシュをご存じでしたか、イェルロフ？」

今度は聞こえた。ただ、その名前を耳にして、笑顔は消えた。

「ヘンリ・フォシュのことはたしかに知っていた。石切場で働いた最後の石工たちのひとりだった。石を磨くのがとてもうまかったよ。あんたは身内なのか？」

「娘です」

イェルロフは重苦しい、あるいは痛ましげな表情になった。「そうか。気の毒に……」

ヴェンデラは彼の言いたいことがわかり、目を伏せた。「ずっと前のことです」

「朝になると、ヘンリが通ってくるのを見ていたもんだよ」イェルロフが言った。「ときにはそれは大声で歌うから、石灰岩平原じゅうに響いていることもあってな」

ヴェンデラはうなずいた。「自宅でも歌ってました」

「ヘンリはかなり早くに独り身になったんだったね？」

彼女はまたうなずいた。「母はわたしが生まれてほんの数年で亡くなって。覚えてないんです。でも、父のほうは生涯、母を恋しがっていたと思います」

「お父さんと石切場へ行ったことはあるかね？」

「一度だけ。父はあそこが危険だと言って——女や子どもは坑に降りてはいけない、不運をもたらすって」

「石工たちは少しばかり迷信深かった」イェルロフが言った。「石にいろんなしるしを見いだしたもんだよ。幽霊やトロールを信じて。とくにトロールは石工たちにあれこれ、厄介ごとを引き起こしたもんさ。ハンマーを盗んでそれを地面に埋めたり、消したり。だがもちろん、同僚より伝説の生き物のせいにするほうが、たやすかったわけだな」

「盗みは仲間内で起こっていたとおっしゃりたいんですか？」

「いやいや」イェルロフはほほえみかけた。「トロールだったに決まってるよ」

「トロール」背後から声がした。それはテーブルについていた、もうひとりの老人、ペール・メルネルの父親だった。ヴェンデラは名前が思いだせなかった。ビリーかバリーかジェリー？　彼は黄色くなった指先にタバコをもって自分の考えに没頭していたが、いまは顔をあげてあたりを見つめ、不安でいっぱいの表情を浮かべていた。

「マルクス・ルーカス」彼は言った。「マルクス・ルーカスは病気」

23

十時三十分すぎ、ペールは隣人宅のベランダに腰を下ろして、父のつらそうな息遣いに耳を傾けていた。今夜はいつもよりひどい呼吸だった。父はもう長生きはできないが、最後まで楽しいことをやるつもりでいる男のようだった。

ジェリーは実際、このパーティではとてもしあわせそうだった。自分の殻に閉じこもって、麻痺した腕を見つめることもあった。次にはわれに返って、グラスを掲げた。怯えたように見えることもあれば、思いだし笑いをしていることもあった。仕事のパートナーのハンス・ブレメルが行方不明になったことや、撮影スタジオまるごと——それどころか、モーナー・アート社そのものが——三日前に煙のなかに消えたことなど、すでに忘れているようだ。

父のしゃっくりのような咳はディナーのあいだ、ずっとテーブルで聞こえていたが、口に入れるワインの量に比例してほほえみの回数も増えた。腰を下ろして食事を始めてから、もう四、五杯は飲んでいるに違いない。酔っぱらっているのだが、それは問題にはならないだろう。ジェリーはいつもレストランで酔っぱらっている。

この頃にはベランダの先はまっ暗になっていて、厚い雲が夜空を埋めつくしていた。ペールは頬に冷たいものがふれたのを感じ、霧雨になったのだと気づいた。すぐに家のなかへ入る時間になる。みんな帰る時間だ。

ニーラはすでに自宅で眠っていることだろう。頭を巡らせると、自宅のリビングにだけ明かりが灯っているのが見えた。テーブルについて一時間ほどで、娘を車椅子に乗せて家へ送っていた。ニーラはペールの耳元でもう座っていられないと囁いたのだ。娘は少しでも食べたのだろうか？　確信はなかった。

イェスペルはさらに一時間ほど留まってから、カーサ・メルネルへもどっていった。早く寝たいのならいが。ペールもそろそろジェリーを連れて帰るつもりだった。もう隣人とは近づきになった。まともでちゃんとした人々のようだが、友人づきあいをしたいとは少しも思わなかった。自分の小屋のような家と、新築の贅沢な家々とを比べて、自分とはいかに違っているか思い知るばかりだった。

ふいに、テーブルのむこうから質問が飛んできた。

「それで、あなたはどんなお仕事をなさってるんですかな、ジェリー？」

マックス・ラーションだ。

ジェリーはグラスを置いて、首を振った。ふたつの言葉しか見つけだせなかった。「仕事、ない」

「なるほど、では、ここに腰を下ろしていないときは、なにを？」

ジェリーは混乱した表情で息子を見やった。ペールは身を乗りだした。「ジェリーはもう仕事は辞めてい て。長年自分で商売をしていたんだが、最近では縮小していたんだ」

マックスはうなずいたが、そこで諦めなかった。

「どんな商売だったのかね？　ジェリー・モーナー……ずっと考えていたんだ。たしかに、聞き覚えのある名前だ」

「メディア関連だ」ペールは急いで言った。「ジェリーはメディア関連の仕事をしている。わたしも」

「ほう」マックスは急に関心を膨らませて言った。

「では、テレビの仕事を？」

「いや。市場調査の仕事を」

「なるほど」マックスは失望したようだった。

「プライベートではかなりランニングを」ペールはテーブルを見まわして言った。「趣味の範囲を超えるほどに。どなたか、ランニングをしている人は？」

「わたしも走るわ」暗闇から声がした。「何年も走っていますよ」女あるじのヴェンデラだった。彼女は大きく美しい目をしている。

「嬉しいですね」ペールは彼女にほほえみかけた。もうおひらきにして招待の礼を伝え、この広々とした家から帰りたかった。だが、その瞬間にジェリーが立ちあがり、マックス・ラーションを見た。目つきは突然、完全に澄んだものとなって焦点が合った。「映画！」彼は言った。

マックスがそちらをむいた。「なんでしょう？」

「映画と雑誌」

マックスはどこかとまどったように笑い声をあげた。ジェリーにからかわれているのではないかと思っているようだ。だが、まともに受けとられなかったことで、ジェリーが怒った。声を張りあげて、話を続けた。

「おれとブレメルとマルクス・ルーカス……映画と雑誌。娘っこ！」

こうしてテーブルは完全なる沈黙に包まれた。最後の言葉で全員がしゃべるのをやめて、ジェリーを見つめたのだ。ペールだけがうつむいたままだった。

ジェリー自身は注目を浴びてそれは楽しそうで、自慢げなほどであり、テーブルのむかいをしっかりと指さしてきた。ペールはもう逃げられないとわかった。

「ペッレに訊け！」

ペールは遠くへ視線を漂わせ、聞いていなかったふりをしようとした。ジェリーの話など聞く価値はないと印象づけようとした。しばらくして父に視線をもどしたが、そのときにはもう手遅れだった。

ジェリーはすでに古いブリーフケースを拾いあげていたのだ。どうしても持ってきたがった。ストラップをすばやく外し、なにかを取りだした。それは派手な色遣いの雑誌で、厚くつやのある紙でできたものだった。

父はこれをテーブルの中央へ放り、誇らしげにほほえんだ。

表紙のタイトルは赤で書かれていた。《バビロン》——その下には、裸の女がソファに寝そべり、脚を大きく広げていた。

ペールは立ちあがった。身を乗りだして拾いあげるまで、雑誌は永遠に置かれているような気がした。だがもちろん、ペールがそうする頃には全員が雑誌を見ていた。ヴェンデラ・ラーションが写真を見ようと身を乗りだし、びっくりして目を丸くしていた。

同時に父の声がベランダ全体に響き渡った。「娘っこ！　裸の娘っこ！」

24

パーティの翌朝、ペールは目を覚ましたくもなかったが、それでも目は覚めた。八時四十五分。横たわったまま天井を見て瞬きした。

聖木曜日だった。もうじきイースターの週末だ。それとも、もうイースターになっているのか？　どうやって祝ったらいいのか。今の状況で。

ニーラに約束したように、できるだけそれらしく祝うべきだろう。卵を使ってだ。生の卵とチョコレートの卵と。

そのとき、ペールは父がこの家にいることや、ゆうべのパーティでなにが起こったかを思いだした。

ジェリーのしゃがれた大笑い。ヴェンデラ・ラーションがそわそわと招待客たちにむけたほほえみ。そしてテーブルの中央に置かれたポルノ雑誌。

コテージは静かだったが、ペールの頭のなかでは声や叫び声が響くように思えた。昨日は赤ワインを飲みすぎた。こんなことには慣れていなかった。

「マルクス・ルーカス」ジェリーは何度もそう言っていた。

その名前とヴェンデラのほほえみの記憶が引き金になって、レジーナを思いだした。何年も前、ある暖かく晴れた春の日に出会った少女。少しそわそわとしたかすかな笑みを浮かべ、茶色のショートヘアに縁取られた大きな青い目をもち、高い頬骨にそばかすが散らばっていた少女。

レジーナが人生で初めて本気で恋した相手だったのか？　学校時代の少女たちに比べると、はるかにおもしろそうに見えたことはたしかだ。年上で、世慣れていた。ある日、何時間も車のなかで隣に座った。ペールが十三歳のときだった。

きれいな女の子と春に車で出かけるのはしごくまともなことのはずだが、ペールにとってはそうではなかった。ジェリーと友人がペールを迎えにキャデラックに乗ってアニタの家に現われたとき、レジーナはバックシートに座って化粧をしていた。このときばかりは、ジェリーは時間を守った。父と息子でイースターの週末をまるまる一緒に過ごすことになっていた。

あのとき、レジーナは何歳だったのだろう？　ペールより数歳年上、たぶん、十六か十七歳だ。レザーシートで彼女の隣に座ると、彼女は声をあげて笑って頭をなでてきた。こちらがまだ幼い子どものような扱いだった。

あれはジェリーのせいだった。車に乗るなり、ペールのことを〝おれのせがれ〟と呼びはじめたのだ。「レジーナ」ジェリーはタバコの煙を吐きながら、大きな黒いサングラスをかけたままバックシートを振り返り、少女の頬にふれた。「こいつはおれのせがれの……ペッレだ」

ペールもその少女の頬にふれたかった。父と同じように、自信に満ちた態度で。

「名前はペールだよ」彼は主張した。

レジーナは笑い、ほっそりした白い手でペールの頭をくしゃくしゃにした。「何歳なの、ペール?」

「十五歳」彼は嘘をついた。

ジェリーの車に座るとかなり大人になった気がしたし、実際に身体つきもどんどんたくましくなっていた頃だった。勇気を出してレジーナにほほえみかけ、これまで出会った誰よりもかわいい少女だと気づいた。ちらりと浮かぶ笑みは美しく、ペールはますます虜になった。始終ちらちらと彼女を盗み見て、ミニスカートに消える日焼けした脚、革のジャケットから突きでたほっそりした手に見とれた。彼女の指は、ジェリーや運転席の男としゃべりながら、元気のいい蝶のようにはためいた。ペールからその男は後頭部しか見えなかった。広い肩に豊かな黒い髪、顔は見えないが、ジェリーの友だちに決まっていた。父には友だちが大勢いる。

車が走りだした。ペールはレジーナの隣に座り、脚も背中も伸びたような気分になった。アニタが手を振っているかどうか、それとも家へ入っているか、たしかめようと振り返らなかった。もう母のことなど忘れていた。レジーナと並んで腰を下ろし、ほほえみあっていたのだ。

車はタバコの臭いがした。ジェリーの車はいつもそうだった。

田舎を走っていくが、どこへむかっているのか見当もつかなかった。とにかくどこまでも走っていくように思え、ようやく砂利道にたどり着いた。あたりは鬱蒼とした樅の森。スウェーデン南部の森だ。

「ここでいいか?」運転していた男が尋ねた。

「いいとも」ジェリーが咳きこみながら言った。「すばらしいぞ、マルクス」

車は森のなかで駐まった。

「ペッレ」みんなが車を降りると、ジェリーが言った。「レジーナとマルクス・ルーカスとおれは、しばらく森の奥へ行く」彼はしっかりとペールの肩をつかみ、真剣な表情になった。「だが、おまえには車を見張るという重要な仕事を任せたい。しっかり番をしてくれよ、カネも払おう。そこが仕事のなによりも重要なことなんだ――カネをもらえるというのが」

ペールはうなずいた。これは彼の初めての仕事だった。「誰か来たら、どうするの？」

ジェリーはあたらしいタバコに火をつけた。うしろへまわってトランクを開けた。「軍事訓練中だと言え」にやりと笑ってそう告げた。「撃ち合いをやっているから、誰も入ることは許されないと」

ペールがうなずくと、ジェリーとマルクス・ルーカスはいくつもバッグを肩に背負い、レジーナを連れて森へ入っていった。父が手を振った。「すぐもどる。そうしたら、ピクニックの時間だ」

突然、ペールは車の隣でひとりぼっちになった。春の日射しが赤い車体をきらめかせ、草地では蠅がブーンとうなっている。

砂利道を数歩進んで、あたりを見まわした。誰の姿もないし、物音ひとつしない。じっと耳を澄ませると、遠くでレジーナの笑い声が聞こえた。一度だけ。それとも、悲鳴だったか？

時間の流れがどんどん遅くなっていった。まわりの森は暗くてびっしり茂っているように思えた。何度か、レジーナの叫び声が聞こえたように思った。

やがてペールは車の場所から離れた。実際に彼らのむかったのがどこか知らないまま、ジェリーたちの消えた方向へ進んだ。

細い小道が森のなかをくねりながら続いていた。急な坂までやってきた。少し盛りあがった苔に覆われた岩を乗り越え、短い坂を下った。歩く速度をあげ、さらに数歩行ったところで、男たちの声とレジーナの叫び声が聞こえた。彼女は森の奥で悲鳴をあげていた。長引く大きな悲鳴だ。

ペールは走りだした。

木がまばらになってきて、日の射す空き地へやってきた。

太陽はスポットライトのように空き地の中央に降りそそいでいた。レジーナは草地に敷いた毛布に裸で横たわっていた。長いブロンドのかつらをつけている。日焼けしているが、胸は真っ白だとペールは気づいた。

車を運転していたマルクス・ルーカスも裸だった。レジーナの上に乗っていた。

そしてジェリーは隣に立って、大きなカメラをもっていて、やはり一糸まとわぬ姿だった。ずっとシャッターを切っている。パシャ、パシャ、パシャ。

ペールが叫ぶと、レジーナがハッとした。ペールの姿を見て、急いで顔をそむけた。

ジェリーがカメラを降ろして、ペールをにらんだ。

「ペッレ、ここでなにをしてる?」彼はどなった。「もどって、番をしていろ――おれの与えた仕事をやれ!」

ペールは背を向け、逃げるように森を駆けていった。

二十分後に、三人は車へもどってきた。服を着ていた。レジーナはかつらをとっていた。

ジェリーは帰り道ずっと、息子のことを笑い者にした。

「こいつ、おれたちがおまえを殺すと思ったんだぞ」ジェリーがバックシートを振り返った。「レジーナ、こいつは、おれたちが森でおまえを殺してると思ったんだ! おまえを助けに駆けつけたんだぜ!」

ペールは笑わなかった。

彼はレジーナを見たが、彼女は目を合わせようとしなかった。

　レジーナとマルクス・ルーカス。

　いまでもそのふたつの名前は覚えている。頭のなかはむかしの思い出でいっぱいになり、それが今朝はとても重く感じられた。ペールは顔をあげ、寝室の窓の外にある二軒のあたらしい家を見やった。人の動きはなにも見えないが、ラーション家のベランダはからっぽに見えた。パーティの名残はなにもない。

　ジェリーが雑誌をテーブルに投げだしてからあっという間に、パーティは終わった。クルディン夫妻は赤ん坊を連れて帰宅し、イェルロフ・ダーヴィッドソンとヨン・ハーグマンも帰り、ヴェンデラ・ラーションは残った料理を片づけはじめた。これは想像かもしれないが、隣人たちはペールとジェリーの後ろ姿をできるだけ早く見たがっているようだった。

　これからどうなるのか、だいたいのところはわかっていた。昨日は、パーティの礼を述べてもなにも言われなかったが、いずれ詳しいことを訊かれる。

　好奇心。たえまない好奇心。それに意味ありげな笑み。あたらしい知人に、悪名高いジェリー・モーナーの息子だと知られるたびに。

〝じゃあ、きみもポルノ映画に出たことがあるのか、ペール？〟

〝ない〟

〝一度も？〟

〝ジェリーの行動には、いっさいかかわったことはない〟

〝たったの一度も？〟

〝ない。一度も〟

　大人になると対処にも慣れてきて、父とは距離を置き、自分はまったく違うと悪態をついた。だが、どうしてジェリーとずっと連絡を取っているんだ？　それにあいつをエーランド島に連れてくるようなバカなことをなぜやった?

ベッドにこもっていたほうがよかったが、とにかく起きあがった。今朝はこれほど日射しが輝いていなければよかったのだが。ペールはもうレジーナのことを考えたくなかった。

それに、隣人たちのことも考えたくなかった。

コテージではまだ誰も起きていないようだった。双子の部屋のドアは両方とも閉まっているし、キッチンに入ると、予備室から父の長々とした寝息が聞こえた。鼾とぜいぜいいう音がまじっていた。

六〇年代なかば、ジェリーがマルメで借りていた狭いアパートメントを訪れるたびに、この同じ音を聞いていた。大金が転がりこむようになる前の話だ。

この音はジェリーが女たちを連れこむと、とくに顕著になった。テレビの前のマットレスに横たわり、隣の部屋でジェリーがぜいぜいいう声を聞いたものだ。女たちが規則的にうめいたり、不規則に悲鳴をあげたり、ひとしきり泣きじゃくったりする声が合間に挟まった。ジェリーが写真を撮影するか、映画を撮るかしている夜は眠れなかったが、起きあがってドアをノックしようとはしなかった。父のじゃまをすれば、森でのあの日のように、どなられるに決まっていた。

外で働くにはあまりにも寒くなる秋と冬は、寝室がジェリーの仕事場だった。そこで撮影をしたし、オフィスとしても使っていた。部屋の半分ほども占めるウォーターベッドを買ってくると、会社のカネを入れた分厚い封筒をその下に隠した。ベッドは彼のオフィスでもあり、遊び場でもあった。隣に電話をふたつ置き、さらにファシット社の計算機、ドリンクのキャビネット、白い壁に映画を映しだせるプロジェクターを置いていた。

若者文化華やかな六〇年代《スウィンギング・シクスティーズ》。それももう、終わった。

予備室のドアをノックした。「ジェリー?」

鼾がとまったが、咳に変わっただけだった。

「起きる時間だ、ジェリー。朝食だぞ」

ペールは振り返って、廊下のテーブルに置いてある黒い携帯電話を見た。ジェリーのものだ。電源が入っていて、誰かから今朝の七時頃に電話があったという履歴が表示されていた。もちろん、まだみんな寝ていた。

電話を手にして、誰からの電話か確認しようとしたが、非通知とだけ表示されていた。


十五分後、ジェリーがよろよろとパティオへやってきた。ペールが貸している白いガウン姿だ。双子はまだ寝ているが、それは構わない。とくにニーラは休息が必要だ。それに、ペールは子どもたちに聞かれずに父と話をしたかった。

ふたりは日射しを浴びて、たがいに会釈した。

「ペッレ?」ジェリーが目の前のグラスを見て言った。「今日は、酒はだめだ」ペールは言った。「オレンジ・ジュースだ」

父が腰を下ろすと、腹に巻いた白い包帯が目に留まった。トーストにバターを塗るのを手伝うと、ジェリーは大きく一口齧った。

ペールは父を見た。「昨日はもう少し冷静になるべきだったな、ジェリー」

父は瞬きをした。

「自分がどんな仕事をしていたか、隣人たちに話すべきじゃなかった。雑誌を見せるべきじゃなかった」

ジェリーは肩をすくめた。

父がなにも恥じていないことは、知っていた。ジェリーはそんなことはしない、やりたいことをなんでもやるだけだ。生涯ずっと仕事を愛し、楽しくやってきた男だ。

ペールはテーブルに身を乗りだした。「ジェリー、レジーナという女の子を覚えているか?」

「レジーナ？」

「レジーナ。六〇年代に、あんたが仕事をしていた。ブロンドのかつらをつけていた」

ジェリーは自分の薄くなりつつある髪を指さし、首を振った。

「そう、あんたが女の子たちをみんなブロンドにしていたのは知ってる。でも、レジーナのことを覚えてないか？」

ジェリーは考えこんでいるように、そっぽをむいた。

「彼女はあれからどうなった？ 覚えてるか？」

ジェリーは無言だ。

「たぶん、老けた」やがてジェリーはそう言い、咳をしはじめた。

ペールは咳が終わるまで待ち、それから父の携帯電話を手にして、不在着信の表示を見せた。

「誰かが、あんたに連絡を取ろうとしているぞ、ジェリー」

25

ヴェンデラは聖木曜日の八時頃に目を覚ました。口が乾燥して鼻が詰まっていた。気のせいかもしれないが、ブラインドを開けると外は飛びかう花粉で黄色くなっているように思った。

アロイシアスはベッドの足元で眠っていて、マックスはダブルベッドの反対側で羽毛布団にしっかりくるまっていた。顔はそむけているが、口を開けて大きな鼾をかいていた。もちろん、ワインのせいだ。ゆうべは次々に赤ワインを空けていた。心臓のことを考えて、アルコールを控えねばならないといつも語っているのに。

起きれば、頭痛で熊のように荒れるだろうから、まだしばらく寝かせておくことにした。

今日はカメラマンが島を訪れる最後の日だから、午前中の撮影の前にヴェンデラは料理を作ってパンを焼いておかねばならない。

上掛けをめくり、できるだけ静かに洟をかんでから、起きだした。


一時間後に、マックスが重い足取りでよれよれのガウンを着て寝室から現われたとき、ヴェンデラは抗ヒスタミンの錠剤を飲んで効果が出るのを待っていた。すでに異なる種類の手作りパンの生地が発酵中、またべつのパン生地として溶かしバターとライ麦粉を合わせているところだった。アリーはチキン風味のドッグフードを食べ終え、キッチンテーブルの下に寝そべっていた。

「おはよう！」彼女はマックスに言った。

「うん、ああ」

彼は自分でコーヒーを注ぎ、ヴェンデラの作業をながめた。

彼は言った。「パンを作りはじめるのが早すぎるだろう」

「焼き立てでないとならないのに。わたしがカットするとき、湯気が出るように」

「わかっているけれど、パンはすぐに冷めてしまうのが問題よ」ヴェンデラは額の汗を拭いながら言った。「ここにあるパンは背景でデコレーションに使おうと思って……カメラマンが到着したら、もっとパンを作るから」

「いいだろう。朝食はとったのか？」

彼女は力強くうなずいた。「バナナ、パン三切れにチーズ、そしてヨーグルトを」

それは罪のない嘘だった。朝食はレモンティー一杯のみだったから。

「それならいい」マックスはそう言い、浴室に入って鍵をかけた。

ヴェンデラは玄関のほうを見て、石灰岩平原へ行ってエルフの石に置いた硬貨がなくなったかどうかたしかめたいと心から願った。パン作りで残ったバターを丸く整えはじめた。

黄金色のバターは写真映えするだろうが、どんなにおいしくても、バターについては嫌な思い出しかない。まだ幼い少女だった頃、バターを攪拌させられた。ヘンリが樺の木の枝でかき混ぜ棒を準備し、クリームからバターを作る方法を娘に教えた。桶いっぱいのバターを作るのに八リットルのクリームが必要で、これが控え目に言っても、本当に大変な仕事だった。ヴェンデラの両手に水ぶくれができた。

一時間後、カルマルからあの若いカメラマンがやってきた。玄関前の石段で、ヴェンデラが選んだ、灰色、茶色、青の典型的な田舎の服装でほほえむマックスに出迎えられた。男たちは写真の構成やさまざまなカメラのアングルを話しあうため、キッチンへ消えた。ヴェンデラは日射しのなかに出ると村道を歩いて新聞を取りにいった。夏の別荘群の郵便受けは、郵便配達人に便宜を図ってずらりと一列に並んでいる。

近づいていくと、緑色の中綿ジャケットを着た背の高い男が、新聞を小脇に抱えてこちらにむかって歩いてきた。ペール・メルネルだった。

ヴェンデラはとっさに背筋を伸ばし、ほほえんだ。ジェリー・モーナーが雑誌を取りだしたとき、パーティではみんな仰天して一瞬沈黙が流れたが、その時間はすぐに過ぎ去った。

あのとき、さまざまなインタビューやテレビのドキュメンタリーで、彼を見たことがあったと思いだした。七〇年代のジェリー・モーナーは目立つ人物で、ナイトクラブや高級バーでしょっちゅう姿を目撃されたものだった。スウェーデンの罪深いイメージを世界へ紹介し、アメリカやヨーロッパの人々に、スウェーデンはすべての女性がいつもセックスを望んでいる夢の国だと思わせたポルノ映画監督のひとりだった。

それ以前のヴェンデラが若い頃は、ポルノは禁止されて販売することができなかった。その後、合法となったけれど、猥褻なものであることは変わらない。最近では道徳についてのガイドラインなどなくなったようだ。ある日の新聞が性産業の恐怖について記事を載せたかと思えば、次の日には、エロティックな映画ベスト10のリストを載せたりする。

ヴェンデラはペール・メルネルに会釈してすれちがおうとしたが、彼が立ちどまったので、こちらも同じにするしかなかった。

「ゆうべはありがとうございました」彼が言った。

「どういたしまして」ヴェンデラは急いで言い、こうつけ足した。「これでみんな、少しおたがいのことがわかるようになったわ」

「ええ……そのとおりだ」

沈黙が続いたところで、ペールが切りだした。「父の話していたビジネスだが……」

ヴェンデラは神経質に笑い声をあげた。「まあ、少なくともお父様は正直だったわね」

「ええ、それに父のやっていた仕事にやましいところはまったくなかった」ペールは言った。「でも、いまではもうすべて辞めているんだ」

「そうなのね」

彼がそう言いきれる理由を尋ねようとしたところで、キッチンの窓がぱっとひらいてマックスが叫んだ。

「ヴェンデラ、準備できたぞ！　パンの写真を撮るから、早くしろ」

「すぐ行くわ！」彼女は叫びかえした。

マックスは妻とペール・メルネルをさっと見て、なにも言わずに短く会釈し、キッチンの窓を閉めた。

ヴェンデラは夫が自分について判定をくだし、おこないについて落第点をつけたように感じたが、隣人とおしゃべりしているだけではないか。

いきなり反抗心が生まれて、彼女はペールにむきなおった。「あなたもランニングされるのよね？」

彼はうなずいた。「たまに。もっと走りたいものだが」

「夕方、一緒に走りません？」

ペールはかすかに警戒して彼女を見た。「いいですよ」彼は言った。「あなたさえよければ」

「よかった」

ヴェンデラは別れを告げ、家へ引き返した。いまのはよかった。社交性を発揮して完全に正常に振る舞えた。それにランニング仲間ができた。

もちろん、ペール・メルネルとエルフの石へは走らない。あそこは彼女の場所、彼女だけのものだった。

一九五七年、エーランド島

ヴェンデラがふたたびエルフの石を目にするのは、村の学校を卒業し、島の反対側のマルネスにあるもっと大きな学校に通いはじめるときだ。あたらしい学校は四キロ近く離れている。

週に六日通うには、少なくとも九歳の子には遠い道のりだったが、ヘンリは一度として、娘と一緒に行こうとはしない。

彼がやるのは牧草地の端まで娘を連れて行くだけだ。牛がひらけた空の下で草をはんでいる場所だ。彼はそこで東を指さす。木のない地平線のほうだ。

「エルフの石へむかい、たどり着いたら、マルネスの教会が見える」父はそう言った。「学校は教会を通りすぎてすぐだ。その道がいちばん近い……だが、冬に雪が多くなれば、幹線道路を行くしかないだろう」

父は昼休み用に、サンドイッチの包みを手渡してくれる。それから、石切場へ出かけていく。なにかのメロディーをハミングしている。

ヴェンデラは反対方向へ歩きはじめ、乾燥した茶色の草地をまっすぐ横切っていく。夏が終わっても乾燥したままで、彼女は枯れた花や葉っぱを靴で砕きながら、教会の塔へまっすぐに歩いていく。クサリヘビが怖いけれど、学校の行き帰りで出会うのはいい動物だけだ。野ウサギ、狐、鹿。

そのまさに初日、ひさしぶりにエルフの石を見る。変わらず草地に存在し、世間とは隔離されて、どっしりとしている。ヴェンデラは横を通り、マルネス教会の塔へむかって歩きつづける。

学校の始業は八時三十分で、子どもたちを出迎えるのは黒板の前に立った厳格な表情のエリクソン校長、それから髪を団子にまとめた担任のヤンソン夫人だ。担任は校長より厳しく見える。彼女は出席を取り、大きくとげとげしい声で生徒たちの名をひとりずつ呼んでいく。それから足踏みオルガンの前に腰を下ろし、賛美歌で朝の祈りを先導してから、授業を始める。

一時半に学校初日が終わる。うまくいったとヴェンデラは思う。寂しかったし、最初はヤンソン先生が少し怖かったけれど、クラスのみんなは牛の群れのようだと、ほかのみんなも不安なのだと思った。それでだいぶ気分はよくなった。それに、昼休みのあとには刺繍をしたし、毎時には机の前で歌に合わせて体操をした。友だちさえ作れたら、きっと学校で楽しく過ごせるだろう。

帰り道にふたたび大きく平たいエルフの石に差しかかり、立ちどまる。今度は近づいていく。

つま先立ちになると、石のてっぺんに小さなくぼみが開いてるのが見える。十個以上はある。故意に穴を作って磨いたようで、小さな丸い石のボウルに見える。

あたりを見まわすが、誰もいない。ヘンリからエルフへの贈り物について聞いたことを思いだし、もっとここに留まっていたいと思うが、ついには石から遠ざかり、家へ、牛たちのもとへもどっていく。

それからというもの、学校からの帰り道に誰かがエルフの石に贈り物を残していないかどうか、立ちどまってたしかめない日は一日もない。誰かが訪れる姿は一度も見ないのだが、くぼみには贈り物が置かれていることがある。硬貨、ネクタイピン、宝石と。

石の周囲にはおかしな雰囲気が漂っている。なにもかもが、静まりかえっているのだ。それでもヴェンデラが目を閉じ、頭をからっぽにして、さらに目をぎゅっと閉じ、目蓋越しに入る光が濃い青になるほどにすると、頭のなかに見えてくる。青白く、ほっそりした姿の一団が石の向こう側に立っているところが。目を閉じていればいるほど、その姿はだんだんはっきりしてきて、いちばん目立つのは黒い瞳の美しい女だ。ヴェンデラはそれがエルフの女王だとわかっている。かつて猟師と恋に落ちたエルフだ。

女王はしゃべらない。黙ってヴェンデラを見つめるだけ。愛する者をうしなったかのように、悲しげに見える。ヴェンデラは目を閉じたままだが、遠くでチリンチリンと鳴る鐘の音が聞こえると思う。足元の草地が消える感じがして、地面は固くそしてなめらかになる。冷えた泉から新鮮な水が噴きだしている。

エルフの王国だ。

けれども目を開けると、なにもかもが消えている。

農場へ帰り、二階の中央の窓を見あげる。そんなこと本当はしたくないのに。〈病人〉の部屋。いつものように窓は暗く、誰の姿もない。

ヴェンデラはポーチへ行き、そのままキッチンからヘンリの寝室へ入る。そこには洗濯していない服や、業者からの請求書や役所からの手紙がいたるところに散らばっている。エルフに捧げるお金はないけれど、父のベッドの隣にある濃い茶色の物入れに、母の宝石箱がある。

ヘンリはあと何時間も石切場から帰ってこないし、もちろん、〈病人〉がじゃまをすることもできない。だから、物入れの前に膝立ちになって、扉を開ける。

いちばん下の棚に白い宝石箱がある。緑の布が内側に張ってあり、ブローチ、ネックレス、イヤリング、タイピンが入っている。たぶん、合わせて二十から三十個あって、どれも古く、親から受け継いだものや、戦後に買ったものなどで、母と家族が長年かけて集め、残したものだ。

親指と人差し指で、ヴェンデラはそっと銀色のブローチをつまむ。磨かれた赤い石がついている。この暗闇のなかでも、その石はまるでルビーのようにきらめいている。

パリのルビーなのよ、とヴェンデラは考える。耳を澄ますが、家のなかでは物音はしない。ブローチを握って、服のなかに押しこむ。

翌日、学校からの帰り道にエルフの石に近づくと、コートのポケットからブローチを取りだす。ブローチを見て、続いてからっぽのくぼみを見つめる。

おかしなことだが、願い事をなにも思いつかない。もうじき十歳でお願いすべきことがたくさんあるはずなのに、頭は完全にからっぽだ。

パリへの旅とか？

欲張りになってはだめだ。結局、本土へ旅をさせてくださいとお願いするだけにする。カルマルへ。もう二年近く行っていない。

くぼみにブローチを置き、走って家へ帰る。

土曜日。今日は学校が休みだ。教室にあたらしいストーブが設置されるからだ。

「今朝は牛の仕事を急ぎなさい」朝食のときに父が言う。「帰ってきたら、着替えて」

「どうして?」

「列車でカルマルへ行くからだよ。そして叔母さんのところに今夜は泊まる」

偶然? いいえ、エルフのおかげだ。

けれども、この時点で願い事はやめるべきだった。

26

ペールは火災のことで警察に電話をかけようとしたが、家族を養っていくには仕事もしなければならない。そこで、朝食が終わって父をパティオに座らせてから、電話番号と質問事項の記されたリストをもってキッチンに閉じこもった。リストを指でたどり、最初の番号に電話をかけた。

三回の呼び出し音に続いて、男の声が名乗った。その名前はペールのリストにあるものと一致していたから、気力を声に込めるため、背筋を伸ばして深呼吸をした。

「おはようございます、インテレコ社のペール・メルネルと申します。市場調査をおこなっている会社です。

お時間があれば、いくつか質問にお答えいただけませんでしょうか。ほんの数分で終わりますが」

実際は十分程度かかりそうだった。

「どういった件で？」男が尋ねた。

「あるブランドの石鹼についてのご質問です。お宅では石鹼をお使いでしょうか？」

男は笑った。「ああ、そうだね……」

「でしたら」ペールは言った。「これから申し上げます石鹼を最後にご覧になったのはいつか、お答え願えるでしょうか」

ペールはその石鹼の名をゆっくり、はっきりと言った。

「それは知ってる」男が言った。「町なかの広告で見たよ」

「ありがとうございます」ペールは言った。「広告をご覧になって感じられた印象を、三つの言葉で表現していただけますか」


うまく進んでいた。去年マリカに、電話で人にインタビューをする仕事だと話したら、彼女はおもしろがって——あるいは蔑んで——いたように見えた。出会ったときはふたりともマーケティングの仕事をしていたが、マリカがチームのリーダーになる一方で、ペールは離婚後に仕事を辞める決意をした。徐々にたどり着いた結論で、原因の一部はジェリーだった。父はカネと成功に貪欲だった。同じ道をたどりたくなかった。

だが、インタビューの仕事はどこにいても電話があればできる。特定の商品のイメージを調べるだけ。その商品に対する人々の夢や希望を探りだし、将来の営業やマーケティング・キャンペーンをそうした情報にもとづいて組み立てられるようにするためのものだ。

十時をまわる頃にはすでにリストの一十五人に電話をかけ、そのうち十四人から回答をもらっていた。十四人目のインタビューが終わって受話器を置いたとたんに、ベルが鳴った。

「メルネルです」

　声は聞こえてこず、おかしな音がこだまするだけだった。誰かが電話口から数メートル離れたところでどなっているようだったが、音は金属的だった。録音された音だ。

「もしもし？」

　返事はない。叫び声は続いている。

　かけまちがいだ——あるいは、これも電話インタビューなのか。ペールは電話を切った。

　リストの残りに電話をかけ続けたが、十一時になると休憩して、郵便受けまでカルマルの新聞を取りにいった。朝刊なのだが、ステンヴィークではかなり遅れて配達される。

　コテージへもどりながらぱらぱらとめくっていたが、ある見出しが目に留まると、ぴたりと立ちどまった。

火災現場跡から複数の遺体発見

ベクショー南のリード郊外の家屋で発生した火災の現場から、水曜になって三十代女性と六十代男性の遺体が発見された。

この家屋は日曜夜の火災で全焼し、従業員と思われる人物が行方不明となっていた。警察は現場を捜索し、遺体を発見、この男性であることが確認された。また、家の別の部分からほかの遺体も見つかっている。こちらは三十代女性で、損傷が激しく、身元は確認されていない。

出火原因はまだ不明だが、目撃者から話を聞いた警察は放火によるものと考えている。放火についての予備調査も始まっている。


　ペールは新聞をたたみ、コテージへ入った。では、燃える家のなかで聞こえたのは、本当に女性の悲鳴だったのだ。そして警察がすぐにでも連絡をとってくるのはまちがいない。キッチンで腰を下ろし、自分から電話した。

ベクショーの警察の番号にかけて、火災後に話をした女性につないでくれるよう頼んだが、彼女は休みで、応対したのはラーシュ・マルクルンドという名の警部だった。この警部はジェリーとペールの個人識別番号を強い調子で聞きだすまでなにも口にしようとしなかったし、そのあとでさえも、とくにおしゃべりにはならなかった。

「これは二名が死亡した放火事件で、予備調査が進められている。わたしに話せるのは、それだけですよ」

「ひとりは女性だったのですよね。新聞によると」ペールは言った。「身元はもうわかりましたか？」

「そちらこそ、わかっているのでは？」警部が尋ねた。

「そんなことはありません」ペールは急いで答えた。

警部がなにも言わないので、話を続けた。「容疑者はいるのですか？」

「その件ではなにも言えません」

「わたしにお手伝いできることはありませんか？」

「ありますよ」警部は言った。「現場について話してください」

「現場。あの家のことですか？」

「ええ。うちの科学捜査班の技師たちが、あの家は実際なんに使用されていたのかとまどっていましてね。二階に小さな寝室がいくつかあり、一階の一部は教室やバーのような作りになっているし、まるで牢獄のような部屋まであって」

「映画スタジオです」ペールは言った。「二階の客室はあそこへ仕事にくる俳優たちが寝泊まりしました。ほかの部屋はさまざまなシーンを撮影できるようにセットを組んであるんですよ。わたしがかかわったことはありませんが、父によるとありとあらゆる設定を使ったそうです」

「なるほど、映画の撮影ですか」警部が言った。「わたしたちでも知っていそうな作品がありますか？」

ペールは聞こえないようにため息をついて、返事をした。「ありませんね。作っていたのはビデオ用の映画なんですよ。短時間で撮ってしまう映画で」

「ミステリですか？」

「いえ。作っていたのは……エロティックな映画です」

まるで流れ作業のように。ハンス・ブレメルは監督としての仕事が速かった。ジェリーの話では、映画まるまる一本を二日で作ることもあったらしい。

「エロティックな映画……つまりポルノ？」

「そのとおりです。男女の俳優をあそこへ連れてきて、ポルノ映画を撮っていたんですよ」

マルクルンドは間を置いた。

「なるほど」しばらくして彼は言った。「まあ、それは違法とはかぎりませんしね。未成年者がかかわっていなければ。それとも、関係していましたか？」

「いいえ」ペールは慌てて言った。けれども、自信はなかった。あのとき、実際、レジーナは何歳だったのだろう？

「お詳しいですね。あなたはこの……仕事に参加してらしたんですね？」

「いいえ、まったく。ですが、父からかなりのことを聞かされましたので」

「仕事仲間がスタジオで焼死した理由をなにか聞いていませんかね？」警部が尋ねた。「あるいは、なぜ彼がそんなことをしたのか、あなた、お心当たりは？」

その質問で、警察がどう考えているのかがあきらかになった。ブレメルが放火したと思っているのだ。

「いいえ」ペールは答えた。「でも、この数年、商売のほうはうまくいってなかったと思います。父が病気になりましたし、たぶん、海外との競争も激しくなったでしょうし……とくにこの業界は。でも、それは自殺する理由にはならないでしょう？」

「そうとは言いきれませんよ」マルクルンドは言った。

ペールは森の端で見かけた人影について話をすべきかどうか逡巡したが、黙っておくことにした。事情聴取のときにもう話している。あれでじゅうぶんだろう。

窓の外のパティオを見やると、長椅子で日光浴をしながらジェリーがぐっすりと眠っていた。「父と話をされるつもりですか?」

「復活祭の前にはやめておきます」マルクルンドが言った。「けれども、ご連絡しますよ」

ペールは受話器を置いた。それで終わりだった。

かりにジェリーが火事の前には仕事から完全に引退してはいなかったとしても、いまではもう選択肢がない――仕事場がなくなってしまったのだから。復活祭が終わればアパートメントまで送っていく。ジェリーはそこで平穏に暮らせる。テレビの前に座って、年金で暮らす。父に年金というものがあるならば。

パティオへ出た。「警察と話をしたよ、ジェリー。あんたの家でふたりの遺体を見つけたそうだ……ハンス・ブレメルと女性だ。あそこで、女性の姿を見たか?」

ジェリーは顔をあげて、首を振った。

ペールはむかいに座った。「警察はブレメルが火をつけたと思っているらしい」彼は言った。「それがもっともな説明じゃないか?」

だが、ジェリーはまだ首を振っていた。ゆっくりと、その口はひとつの言葉を告げる形になった。「いや」

「はい、だよ、ジェリー。ブレメルがスタジオを燃やしたがったんだと考えられている」

父はしゃべろうとする努力を放棄したようだ。身をかがめてブリーフケースを拾いあげ、擦りきれたストラップを外した。紙をガサガサやって、一冊の雑誌を引っぱりだした。それは父がパーティで取りだしたのと同じ古い《バビロン》だった。

「それは見たくない」ペールはそっけなく言った。

だが、ジェリーはそれでもページをめくりだした。なにか探してでもいるようだ。そのとき、めあての見ひらきページを見つけ、ペールに掲げてみせた。「マルクス・ルーカス」

ペールはため息をついた。見たくなかった。それでも身を乗りだした。

ジェリーが掲げている写真は、体格のいい男と若いブロンドの女が絡みあっているありがちなものに過ぎず、父が長年にわたって雑誌に延々と掲載しつづけたのと同じ設定だった。女のモデルが男の下に横たわっているが、顔は男のほうではなく、カメラマンをむいていて、ふたりはできるだけ接触しないように努力しているように見えた。愛や優しさの気配すらなかった。

「マルクス・ルーカス」ジェリーが男を指さして言った。

「そうだ、マルクス・ルーカス。それはあんたの男性モデルの名前だったんだな？」

ジェリーがうなずいた。

ペールは筋肉質で広い肩をもつ、三十代ぐらいの裸の男をじっと見た。豊かでカールした黒髪の持ち主で、後頭部が見えるのは一枚の写真だけだった。ほとんどの写真で、彼は腰から下しか写っていなかった。

あの春の日、バックシートにレジーナと乗った車を運転していた男のことを考えた。ジェリーがあの男を〝マルクス・ルーカス〟と呼んでいた。あのときと同じ男だろうか？

「顔が見えないな」ペールは言った。

ジェリーはうなずいたが、ふたたび男を指さした。こわばった口を動かしている。「彼……おこ――」

「怒る？　彼は怒っているのか？」ペールは尋ねた。

ジェリーがうなずいた。

「彼は誰に怒っているんだ？　あんたとハンス・ブレメルにか？」

ジェリーは視線をそらした。「騙したと」

「そう聞いても驚かない……あんたとブレメルは彼からカネを騙しとったのか？」

ジェリーは首を振ったが、もうなにも言わない。

ペールは雑誌を手にして、めくった。さまざまな少女たちの写真がたくさんある。クローズアップや全身の写真が何ページも続くが、彼女たちとからんでいる男性モデルのほうは、身体の一部しか写っていない。カメラは女性にフォーカスしている。男たちは完全に匿名状態だ。

「マルクス・ルーカスの顔の写真はまったくないのか？」

ジェリーは首を振った。

ペールはため息をついたが、驚きはしなかった。男の顔を写す必要はない、身体の小さなパーツひとつだけが重要なのだから。

「それでマルクス・ルーカスはいま、なにをしてるんだ？　どこに住んでいるか知ってるか？」

やはり首を横に振られるだけだ。

「でも、もうポルノにはかかわってないんだろう？」

ジェリーはなにも言わない。ペールは理由がわかると思った。ある意味ではジェリーもはやポルノ業界では働いていない。もちろん、それはみずから決意したのではなかったが。

「それから、マルクス・ルーカスというのは本名じゃなさそうだな？」ペールは話を続けた。「きっと偽名だ。あんたが女たちに与えた名前と同じように」

ジェリーがうなずいた。

「それで、彼の本名は？」

ジェリーの視線は虚ろだった。

「マルクス・ルーカスの本名は思いだせないのか？」

父はさっとかぶりを振った。

「書類」ジェリーが言った。

「なるほど。雇用契約書を作ったんだな。彼の本名がそれに書かれている？」

ジェリーはうなずき、海のむこうを指さした。本土のほうを。「うち」

「そうか、本土のうちに置いているのか」ペールは言った。雑誌の裸の男を見おろした。

「怒った」ジェリーが言った。

ペールは最後にもう一度、雑誌を見た。レジーナと出会ったあと、父が森へ女たちを連れて行って撮影する理由をようやく理解した年を思いだした。《バビロン》という雑誌を刊行してカネを稼ぐためだった。ペールはカルマルの街の反対側にある売店まで自転車を飛ばし、こっそりと一冊買った。

《バビロン》――表紙に暗赤色の字でそう書かれた下には、レジーナに似たほほえむ少女の写真があった。

それを上着に押しこみ、自分の部屋へもちかえって、マットレスの下に隠した。その夜更けにアニタが眠ると、ランプの明かりでページをめくっていった。ほほえむ裸の少女たちばかりで、白い肌が日光かスタジオのライトの下で輝いていた。みんなブロンドだが、なかにはかつらをかぶっているように見える子もいた。

そのうちの一枚に、左から細いタバコの煙が漂っているのに気づいた。ジェリーがそこに立って、ほんの数メートルのところでタバコを吸っていたのだ。頭のなかで、ジェリーが咳きこみ、モデルにもっと背中を弓なりにして、できるだけ見えるようにしろと指示するのが聞こえるようだ。その声が聞こえてくる。

〝なあ、ダーリン。そんなに照れ屋じゃないだろう?〟

写真の少女はレジーナを思わせ、こんな写真を見たら身体が熱くなるのが普通だとわかっていたが、なにも起こらなかった。タバコの煙のことしか、考えられなかった。

ペールは春の風に吹かれてぶるりと震え、現在の石切場へ引きもどされた。

「じゃあ、マルクス・ルーカスについて、ひとつだけたしかなことがある」雑誌を閉じながら言った。「筋肉がたくましいってことだ」

親指と人差し指で雑誌をつまみ、そちらを見ようとはせず、父に手渡した。

「さあ、隠しておくか、捨てるかしてくれ。双子を起こすから」

27

木曜の夕方六時になってようやく、ヴェンデラは着替えて石灰岩平原へふたたび走りに行くことができた。エルフの石やくぼみに置いた硬貨のことを考えたが、その前にまず、子ども時代の家を訪れた。

走りはじめると、鼻と喉のアレルギーは少し楽になり、数百メートルで心地よい走りのリズムも見つけた。北東の古い農場までは十五分かかった。

庭へ入ったところで、立ちどまった。

家の前の草地に赤い車がある。ルーフラックつきの大きなボルボだ。トランクとドアふたつが開いて、家のドアも開いている。

ここを所有している家族がエーランド島で復活祭を

過ごそうとやってきたらしい。けれど、ヴェンデラは自分を抑えられず、さらに近づいてしまった。ガラス張りのベランダのひらいたドアへ歩いていった。

突然、戸口に女が現われた。日射しのなかへ出たところで、ヴェンデラの姿を認めた。

「あら」女は言った。

おそらくヴェンデラより十歳ほど年下らしく、怯えているようだった。

「どうも」ヴェンデラはそう言って、ひきつった笑い声をあげた。「ちょっとここで休ませてもらっているんです。ランニングしていて、それに……」

「なんでしょう?」

「……わたしはここで育ったんです。むかし、ここはうちの家族のものでした」

「では、ここで暮らしてらしたんですね?」女はぐっと親しげになった。「どうぞ、よろしければお入りになってご覧ください。かなり変わったんじゃないかと思いますよ!」

ヴェンデラはうなずき、なにも言わずにベランダへ足を踏みいれた。ポーチを抜けて、キッチンへ入った。面影はあったが、子どもだった頃に比べて縮んだようだった。壁は塗り替えられ、流行のベンチ式の椅子とタイル張りのストーブがある。香りも違っていた。父とその洗っていない服の臭いがなくなっていた。

キッチンから二階への階段が伸びていた。そちらへ近づき、立ちどまる。「二階を拝見してもいいでしょうか?」

「もちろんです、でもたいして見るところはないですよ」

ヴェンデラは階段をあがり、女性もあとをついてきた。「二階の手入れをしようと決意するまで四年かかりました」彼女は疲れた声で笑った。「でもいまの状態には、本当に満足していますよ」

ヴェンデラはうなずいた。口をひらくことも、ほほえむこともできなかった。言葉が見つからなかった。これはつらかった。むかしとはまるきり変わっていた。それでも最後の階段をあがって、二階の廊下に立った。いまでは、明るく清潔だ。子どもだった頃は、泥が染みこんで茶色になり、あらゆる場所に埃があった。

そして右手に、つや光りするドアがあった。小さな寝室に通じるドア。かつてドアの横には小さなテーブルが置いてあり、ヴェンデラは毎朝学校へ行く前に食事のトレイを置いたものだった。

いま、そのドアは半びらきになっている。床におもちゃやレゴのピースが見えた。小さな男の子が笑っている声が聞こえた。

振り返って、女にむきなおった。「ここには長く滞在されますか?」

「いいえ、イースターだけです。月曜には帰ります」

「わたしはこの島に五月なかばまでいます」ヴェンデラはそう言い、冷静な声で話そうとした。「よろしければ、この家に注意していますよ。どちらにしても、ランニングのときに、ときどき、ここを通りますから……」

「そうしてくださいます?」女が言った。「それはご親切に。エーランド島では空き巣がとても多いんですよね」

ヴェンデラはあたりを見まわした。「ここで暮らして、しあわせですか?」

「あらまあ、もちろんです。ここを愛しています」女は言った。「本当に居心地がよくて」

ヴェンデラはそれはどうかと疑った。農場はエルフのじゃまになっている。いまならそうだとわかる。ここに暮らせば不運しかもたらさない。

残り雪がとくに厚い茂みの下にはまだ隠れていて、氷や雪が解けてできた湖が石灰岩平原でいままでになく大きくなっていたが、日射しで蒸発が始まっていた。

五月が訪れる頃には、雪や湖はなくなっているだろう。いまではさらにたやすく道がみつかるようになり、十五分走るとエルフの石にたどり着いた。エルフたちがここにやってきたと、すぐさまわかった。古い硬貨はまだくぼみにあったが、アロイシアスのために捧げ物とした十クローナはなくなっていた。

驚きはしなかった。これだけ何年も過ぎてもまだ、この石にエルフたちが集まるのがひたすら嬉しい。

石の東側の草地に腰かけ、石にもたれて息を吐きだした。疑う気持ちもあったのだが、こここそ自分のいたい場所だとわかった。これまで訪れた土地や行きたいと願った場所は、地平線のむこうへ消えうせた。この石のそばでは、誰も要求してこない。マックスをはじめとする世界に絶えず見張られているヴェンデラ・ラーションは、ここには存在しなかった。

目を閉じたが、頭のなかで光景を見続けていた。石灰岩平原から海への道は全部見えた。石切場と、その隣に立つ自分の家までも見える気がする。マックスが机のひとつにむかって、『最高《マックス》になるための正しい料理』の最後から二番目の章を仕上げている。日々の生活を綴りながら、家庭での料理の大半は自分がしていると述べている。それは〝人生最大の喜びは、自分自身のしあわせをほかの人間とわけあうことにある〟からだ。だから、朝になればしあわせな顔を見るため、マックスは妻を起こし――〝愛するV〟と彼はこの本で彼女のことを呼んでいた――〝焼き立てのパン、果物、作りたてのジュースを載せた、ため息ものの朝食のトレイ〟を運ぶのだ。

書いている瞬間、マックスはそれこそ現実だと確信している。朝食を作るのはほぼいつもヴェンデラでも。彼がベッドまで朝食を運んでくれたり、夕食を作ってくれたりすることはたまにはあるし、うまく褒めてもっとたびたびキッチンでの家事を手伝ってくれるようにしむけたいとは思っていた。けれども、料理がマックスの日常の一部になることはなかった。

いまはそんなことはどうでもよかった。この石灰岩平原では。

北にある隣人の家が見えた。ヘンリの仕事仲間のひとりが建てた古い家で、いまそこに暮らす一家も見えた。ペール・メルネルは年配の父親とパティオに座っていた。子どももたちもいる。すべてがとても安らかな祝日に見えるが、上っ面に見えるとおりではないとわかっている。

ペールはストレスを受けている痛ましい人だ。石灰岩平原を走れたら、きっと彼のためになる。

そこで、ヴェンデラは遠くを見やるのをやめ、いま自分が座っている場所へ注意をもどした。この石へ、そしてジュニパーの茂みにかこまれた狭い空き地へだ。一瞬にして、すべてがまばゆく晴れわたったが、急に頭のなかで背の高い男のイメージが見えた。白いローブを着ている。彼はまったく動かずに立ち、見られていても気にしていなかった。彼はほほえみかけてくる。

エルフの王？　いや、彼は使者だと感じた。エルフたちがヴェンデラの存在に気づいていると知らせるための使いだ。この男はもっと身分の低い者。実のところ、どこかマックスを思いださせる。

彼はヴェンデラの頭のなかに留まっていて、まだほほえみかけている。こう言いたげに。最初の一歩を踏みだすのはきみだ、わたしではない、と。

けれども、ヴェンデラにはその一歩を踏みだす準備ができていなかった。まだ。

目を開け、あたりを見まわした。空き地には誰もいなかったが、茂みを揺する音がした。

身体に震えが走った。エルフの世界から引きもどされると、いつもこうなる。立ちあがってポケットから三枚の硬貨を取りだした。石の上に並べて置いた。それぞれ、くぼみに収まった。

一枚の硬貨はマックスと彼女自身のために。もう一枚はアロイシアスの健康のために、そしてもう一枚は石切場の隣人たちのために。ペール・メルネルとほかの人たちのためだ。

そこで石に背をむけ、石灰岩平原を引き返していった。きらめく湖のあいだをゆっくりと駆けていった。夕方の太陽が西で輝いている。海岸へむかう彼女を導いてくれる温かな灯台。

帰宅するとまだ七時だった。時間の過ぎるのが遅かった。エルフの世界ではいつもそうだ。

28

イェルロフは庭に座っていた。聖金曜日、イエスが磔になって息絶えた日だ。幼い子どもだった頃から、この日はなにもしないように叩きこまれていた。遊ぶことも、ラジオを聴くことも、大きな声で話すことも。とりわけ、笑うことが許されていなかった。そうしたことをするなと言われたらもう、椅子でじっと座っているしかない。老人となった彼にとって、この日らしいおこないは多かれ少なかれ日常と同じだったが、それでも心地よく安らかに感じられた。

本土の西海岸から子どもたちや孫たちがやってくるのを待っていた。その気になればやるべきこともある。イェルロフの作るボトルシップには顧客がついていて、これがいい稼ぎになった。だが、今日はやはり祝日であるし、どちらにしても、エラの古い日記の束ばかりが気になってしまう。

もともと読むべきではなかった。

ついに立ちあがり、一九五七年の日記を取ってきた。椅子に座ると、日記のまんなかあたりをひらき、きれいな手書きの文字を読みはじめた。

一九五七年六月十六日
ゆうべは嵐で、子どもたちとわたしは起きていて稲妻を見ていた。海峡に三回も落ちた。海がひび割れる音も聞こえた。イェルロフはそれでもずっと眠っていた。大きな音には海で慣れているのだろう。

昨日、イェルロフは自転車でロングヴィークまで行き、あたらしい漁の網を買い、もどってきて網を張り、今朝は五時に起きだして網を見に行った。ヒラメが二十五匹とスズキが六匹かかっていた。だから今日はホワイトソースで魚を食べた。おいしかった。

今朝、レナとユリアは森に続く道路を横切る若い鹿を見た。

今日は、村の北に住むかわいそうなやもめのヘンリ・フォシュが、最後の仔牛二頭を肉にするために売った。カルマルから荷馬車が二時に仔牛を迎えにきたから、これで三頭の乳牛だけになった。娘のヴェンデラに世話を手伝わせている。悲しいことだが、彼にはお金が必要なのだろう。


エラはヴェンデラ・ラーションの父親について正しかったとイェルロフは思った。彼は暮らしに余裕のあったことがなかった。瑞々しいとは言えない牧草を食べる痩せた牛が数頭に、小さな村の石切場でやっている彼の仕事では、大きな会社とはもはや競争できなかった。楽ではなかった。

イェルロフはページをめくって次に進んだ。

一九五七年六月二十七日
しばらく日記の間が空いた。時間が過ぎるのはあっという間で、やることはたくさんあって、毎日は飛ぶように消えてなくなる。それに、どうせ書きたい気持ちがいつもあるわけでもない。

暑くて晴れている。夏が来たのだ。

イェルロフは船の計測でカルマルへ行った。昨日出発して、娘たちも連れていった。学校は夏休みだ。でも、わたしはひとりでこの村に残ってとても満足している。ボリホルムで縫い物のグループの会があるけれど、休んでも全然寂しくない。たいてい、その夜に姿を見せなかった人の話や噂になるから、今頃はわたしの噂でもちきりだろう。

この夕方はそこらじゅうに、雄のキジがいる。農場にいる雌のキジに引きつけられているらしい。雌の飼い主たちには、一緒にしてやるつもりなんか全然ないのに！

〝牧場〟のあの小さな取りかえっ子が、また今日、そっとコテージへやってきた。わたしはオーツケーキとレモネードを少しやった。元気いっぱいでけっしてじっとしていないが、ほとんどしゃべらないし、何者なのか、どこから来たのか、言おうとしない。

あの子はお風呂に入れなければ。髪がそれは長くてもつれている。あんなのは見たことがない。

ふいにイェルロフは車のエンジンの音を聞き、椅子から飛びあがりかけた。車が村道を近づいてくる。スピードを落として曲がってきた。

急いで日記を閉じ、毛布の下に隠した。椅子に穏やかにそして静かに座っていると、門が開いてボルボがゆっくりと小径をやってきた。ふたりの娘たちと一家を乗せた車だ。車のドアがぱっとひらいた。

「こんにちは、お祖父ちゃん！　来たよ！」

「よく来たな！」イェルロフは叫び、陽気に手を振った。「復活祭、おめでとう！」

みんな降りてきた。レナといちばん下の娘、それからユリアと下ふたりの義理の息子たち、それに、めいめいのスーツケースとリュックサック。

家族が到着、これで彼の平和と静けさは終わりだ。孫たちはイェルロフをさっと抱きしめると、コテージに駆けこみ、テレビだかラジオだかをつけた。どちらにしても、音量が上げられ、うるさい音楽が窓から流れてきた。

イェルロフは芝生の椅子に座ったまま、子ども時代の聖金曜日がどんなだったかを振り返っていた。

「具合はどうなの、父さん？　問題なく静かに暮らせてる？」

ユリアだった。頬にキスしてくれた。

「コテージは問題なく静かだ」イェルロフは言った。「村もとても静かで……ただ、石切場に人が越してきたさね」

「どんな人たちなの？」

「とてもいい人たちだ」先日の夜、ジェリー・モーナーが突然テーブルに放りだした雑誌のことを考えた。「少し妙なのもいるがな」

「わたしたちも、挨拶してきましょうか？」

「大丈夫。水曜にあそこの家でパーティーがあった。あれだけでじゅうぶんだ」

「じゃあ、復活祭はわたしたちだけ？」

イェルロフはうなずいた。マルネスに若い身内がいることはいる。兄の孫娘のティルダだが、去年の秋にあたらしい男に出会い、あたらしい生活に専念していた。

「それで、ほかにはどんなことをして過ごしているの?」

「だいたいここに座って考えているよ」

「どんなことについて?」

「とくになにも」

　ユリアは両手を差しだした。「立ちあがる?」

　イェルロフはほほえみ、すばやく首を振った。いまは立ちあがりたくなかった。「ここで大丈夫だ」

　遅かれ早かれ、エラの日記について娘たちと話をして、訪問者について知っていたのか探りださなければ。

29

　ニーラがくずおれてテーブルに吐血するまでは、メルネル家のイースターのランチはとてもなごやかなものだった。

　ペールは自分を騙していて、娘の具合がどれほど悪いか気づいていなかった。けれども、前兆を感じるべきだった。土曜の朝のニーラはとても疲れた様子だったからだ。朝食を済ませてから、野菜の準備を手伝ってくれたのだが、はかどりは遅く、ときにはまな板を見つめて立っている時間もあった。

「疲れたのかい?」ペールは尋ねた。

「ちょっとね……ゆうべ、よく眠れなかったんだ」

「また休んだらどうだい?」

「いいの。大丈夫」

「そうか。あとで少し外に出るといい」ペールは言った。「海岸沿いを散歩するんだよ――イェスペルを誘ってみなさい」

「そう、だね」ニーラは静かに答え、ゆっくりとトマトを刻みつづけた。

ペールは娘に目をむけたまま、緊張を解こうとした。


火曜日に階段の下の部分を修復した。それ以来、毎朝毎晩、階段が壊されていないかどうか石切場の縁までたしかめに行くのが習慣になっていた。イースターの土曜日の朝も同じで、石の階段に変わったことはなかった。段が石切場につながるよう、すぐに作業を再開するつもりだった。

石切場の底の水たまりは蒸発を始めていた。夏になって、砂利が完全に乾けば、イェスペルと下へ降りて楽しいことができるだろう。サッカーとか。

もちろん、ニーラも一緒に。

石切場に背をむけて家へもどっていき、外にあるエルンストの工房に立ち寄った。高さ二メートルの四角い木箱のような建物で、風雨にさらされた板壁には、赤茶色《ファルーレッド》のペンキの跡が見受けられる。短いほうの壁に汚れた小さな窓と、黒いクレオソート防腐剤を塗ったドアがある。

ドアからは壁に取りつけられたリングへどっしりした鎖が渡されているが、それを留めているのは錆びついた大きな釘だけだった。ペールは釘を引き抜き、ドアを開けた。

空気は乾燥していた。床を覆っている石灰岩の粉があるからだ。ここへは三年前に入ったことがある。エルンストの親戚で、工房にあるもので手元に置いておきたいものがないかどうか、回収に来たときのことだ。ドアの近くに置いてあった完成済みの彫刻の数々はあの日にもちだされた。日時計、鳥の水飲み盆、ランプスタンドなどだ。ここに残っているのは未完成の彫刻か、いったいなんに使うのか、誰にもわからない奇妙な形のものだけだった。

そうした彫刻は工房の奥にまとめて置いてあった。石の塊で、頭のない膨らんだ身体や、眼窩が深く開いて口を大きく広げた頭部のようなものが作られていた。なかには、ちっとも人間に見えないものもある。

ペールは近づいてよく見ることはしなかった。あっさりドアを閉め、新聞を取りに行った。

「あんたの父親はあの有名なジェリー・モーナーなんだな」マックスが言った。「知り合いじゃないが、名前は覚えているとも」

ペールはパーティ以来、マックス・ラーションとしゃべっていなかったが、郵便受けのところで鉢合わせしたのだ。

「そうか」

ペールは新聞をもって郵便受けから数歩引き返したのだが、マックスはそのほのめかしに気づかなかった。隣人同士らしくほほえむだけだった。「そうとも。ジェリー・モーナー。七〇年代にちょっとしたセレブだったからな。インタビューに答えたり、テレビでポルノについて派手に議論を戦わせたりして……当然、兵役についていた期間は、みんなして彼の雑誌を読んでいたよ」マックスはペールに片目をつぶってみせた。「まあ、読むといっても、もちろん、ほとんどは写真だったがね」

「ああ」

「雑誌には《バビロン》というのがあったな」マックスが言う。「それから、もうひとつはなんといったかな? 《ソドム》?」

「《ゴモラ》」

「それだ。《バビロン》と《ゴモラ》。じつに高級感があった……だが、売店では頼んで裏から出してもらわないとだめだったな。ディスプレイされることは、なかったから」彼は咳払いをして、つけくわえた。「もちろん、最近では読まないぞ。まだ刊行されているのかね？」

「いや、もう出まわってない」

「ビデオが主流になったんだろう。それにいまでは、インターネットもある」マックスが言った。「時代は変わる」

ペールは返事をしなかった。

「それで、あんたの父親はどうやってモデルを見つけてきたんだ？」マックスはまだ話を続けた。

ペールは首を振った。「わたしはかかわったことがないから」

「あんなことを進んでやるなんて、どんな女たちなんだろうかと思うね」マックスが言った。

「想像もつかない」ペールはそう言ったが、頭のなかではレジーナのほほえみが甦っていた。

「はっきり顔の見える女もいて、なかにはとにかく美しいのもいたのにな」

ペールは肩をすくめ、石切場のほうへ歩きはじめた。もう失礼にならないだけの相手はした。

「きっとモデル料は高かっただろう」マックスが背後からしつこく話しかけてきた。「それに、いい思いのできた体験だったに違いないし」

ペールは立ちどまり、振り返った。〝子どもテスト〟をやることにした。これまで何度かやったことがある。

「子どもはいるのか？」そう尋ねた。

「子ども？」マックスはうろたえたようだったが、返事をした。「ああ。最初の結婚で三人」

「娘さんは？」

マックスはうなずいた。「ひとり。名前はアニカ」

「マックス」ペールは声を落として言った。「もしもアニカが、うちの父と仕事をしたとわかったら、なんと言う?」

「あの子はそんなことはしていない」マックスが急いで言った。

「どうしてわかる? やれば娘さんがそう教えてくれるとでも?」

マックスは無言だった。ペールは沈黙をそのままにして、ふたたび歩きはじめた。数メートルほど行ったところで、マックスが背後で低く鋭い声で言った。

「嫌な奴だな!」

ペールは歩きつづけた。ジェリーのモデルを人として認識させようと努力したときのこんな反応には慣れていた。

だがもちろん、石切場の隣人とのいい関係はまたもや壊れてしまったということになる。

嫌な奴だな。

その言い草はイースターのランチを準備しているあいだも、ペールの頭に残った。

ジェリー、ペール、ニーラ、イェスペル、一緒に復活祭を祝う三世代。パティオに座るには寒すぎたから、リビングでエルンストの木製の櫃の前にテーブルを置いた。皿を並べながら、櫃に彫られた絵を見つめた。

洞窟へ逃げこむトロールはどうして笑っているのか。姫はどうして泣いているのか。騎士は姫の貞節を守るのに間に合わなかったのか。

「ペッレ?」背後から声がした。父がリビングにやってきた。

「すぐに食事にするよ、ジェリー。座っていてもいい。イースター・エッグは好きだろう?」

ジェリーはうなずいて、腰を下ろした。

「好きなだけ食べていい」ペールはそう言い、テーブルのセッティングを続けた。

子どもたちを連れてくる前に、ジェリーを振り返ってつけ足した。「でも、テーブルに雑誌は置かないでくれ、頼む」

　ジェリーは食事のあいだじゅう、黙っていた。双子たちもたいしてしゃべらなかった。みんな卵を食べ、めいめいの世界のなかで腰を下ろしていた。

「今日は外へ出たかい？」ペールは尋ねた。

　ニーラがゆっくりとうなずいた。青白く疲れているようで、声は静かだった。「ふたりで石切場の坑まで降りたんだ。そしたら、イェスペルが骸骨を見つけたよ」

　だが、イェスペルは首を振った。「あれはただの小さな骨さ……たぶん、指の一部だ」

「指だって？」ペールはそう言い、イェスペルを見やった。「人間の指か？」

「だと思うよ」

「どこで見つけた？」

「石が積んであるところの下。ぼくの部屋にあるけど」

「きっと動物のものだよ。あとで、見てみよう」ペールはそういい、卵の殻をむいた。「だが、骨を見つけても拾ってきてはだめだな。細菌が付着しているかもしれないし――」

　だが、イェスペルは聞いている様子ではなかった。視線はペールを通りすぎており、恐怖に満ちた目つきだ。「パパ！」そして叫んだ。「ニーラ！」

　ペールがすぐ右を見ると、ニーラが卵を落とし、テーブルに寄りかかっていた。頭がだらりとなって、横に転びおちかけている。

　テーブルクロスには赤く血しぶきが残っていた。ニーラが咳きこむと、さらにテーブルクロスが染まった。

　ペールはすばやく動いた。「ニーラ！」倒れる寸前に娘を抱きかかえた。

　ニーラはペールを見やったが、目蓋が重そうだった。

「なに？　これってどうしたの？」寝言のように娘は

そう言った。「わたし……」

そこで黙りこみ、ペールにだらりともたれた。

ペールはしっかりとニーラを支えた。「大丈夫」彼は静かに言った。「なにもかも大丈夫だよ」

だが、大丈夫ではなかった。娘の顔は急に真っ赤になった。その腕が脈打っているのを感じたところで、ふいに、細い身体から力がすべて抜け、ぐにゃりとなった。気絶してしまった。

イースターの食事は完全に停止した。ジェリーはテーブルのむこうに座り、卵を手にして、テーブルの赤い点々をぼんやり見つめている。イェスペルは立ちあがり、目を見開いて妹を見ている。

ペールはソファへニーラを運んだ。横向きに寝かせると、彼女は咳きこんで目を開けた。

「寒い」

ペールはカルマルの医師が、あたらしい投薬で感染しやすくなるかもしれないと話していたことを思いだした。イェスペルを見やった。「ニーラはきっとよくなる」彼は言った。「だが、病院へ連れて行かないと。ここでお祖父ちゃんと待ってるね？」

イェスペルはうなずいた。

「それから、ママに電話してくれないか？」

復活祭の土曜日は静まりかえって誰もいなかったが、もちろん、救急救命室は開いていた。ニーラはストレッチャーに乗せられて廊下を運ばれた。ペールにできることは、ニーラが先日まで入院していた病棟へ行き、待つことだけだった。

廊下の椅子に座った。結局、待つことには慣れているのだ。ひたすら待った。

一時間近くが過ぎてから、ドアがひらいてマリカといまの夫がやってきた。イェオリは日焼けしてダークスーツ姿、以前に二回会ったときと同じような服装だった。

「先生に会いにきたわ」マリカが言った。

今夜の当直医は初めて会う人だった。名前はステーンハンマルで、前のニーラの担当医より若かったが、表情は重々しい。ペールたちをオフィスへ案内して、デスクについた。

「ええと、いい知らせと悪い知らせがあります」

誰も口をひらかなかったので、医師は先を続けた。

「いい知らせは、お嬢さんの熱をなんとか下げることができたことです。ペルニーラはすぐに集中治療室からもどることができるでしょう」

「今夜あの子を家へ連れ帰ることはできますか？」今週はペールの週末にもかかわらず、マリカが言った。

ステーンハンマル医師は首を振った。「それが悪い知らせです」彼はそう言った。「家へは帰れません……ここに留まる必要があります」

「どのくらいでしょう？」マリカが尋ねた。

医師は数秒ほどしゃべらなかった。それから、ニーラを徹底的に検査してわかった事柄を細々と語りだした。延々としゃべり、長ったらしい言葉を多用した。

「類上皮……なんと言われました？」ペールは言った。

「通常はＥＨＥと略されるものです」ステーンハンマル医師が言った。「そして、これはたいへんめずらしく、非常にまれなタイプのもので、通常は軟組織にできます。ご両親の慰めにはならないことはわかっていますが、医師としてわたしは――」

「つまり、ニーラはどうなるということですか？」マリカがさえぎった。

医師がまたしゃべり始めた。あとになってペールに思いだせたのは、この言葉だけだった。癌。

「……ですから、手術まで入院されたままでいるのが最良です」ステーンハンマルはデスクの上で手を組んで言った。

手術。ペールは足元の床が揺れている気がした。

「では、あの子は手術を受けるのですね？」

医師がうなずいた。「どうしても必要です。放射線治療だけでは残念なことに不十分です……救命適用の手続き中です」

最後のがどんな意味なのか尋ねなかったが、いいことのようには聞こえなかった。

「いつですか」マリカが静かに尋ねた。

「すぐに。一刻も早く」医師が間を置いた。「残念ながら、簡単な手術ではありません」

「あの子が回復する見込みは？」ペールは尋ねた。ひどい質問だ——自分でも取り消したくなった。だが、ステーンハンマル医師は首を振るだけだった。

「楽観はできません」

ペールたちは無言で廊下へ出た。イェオリはコーヒーを買いに行った。ペールは元妻と話すことなどなかったが、マリカがふいに振りむいた。

「イェスペルはどこにいるの？」

「コテージだ」

「ひとりで？」

「いや、父と一緒だよ」

「ジェリーと？」

マリカの声はからっぽの廊下に高らかに響いた。ペールのほうは声を落とした。「そう、イェルハルドだよ。数日前にやってきて……」

「どうして？」

「病気だからだよ」ペールは答えた。「脳——」

「あの人はいつも病気だったでしょ？」

「……それに父はこまっていて」ペールは話を続けた。「だが、そろそろ父の家へ送っていくよ」

「そう、ここへは連れてこないで」マリカはぴしゃりと言った。「あのいやらしいじじいにまた会うことになるのはごめんよ」

「いやらしいじじい？　まあ、そうかもしれないが」ペールは静かに言った。「わたしの覚えているかぎりでは、最初に出会ったとき、ジェリーとその仕事に興味津々だったじゃないか。きみは面白いと思っていた。少なくともそう言っていたじゃないか」

「あのときは、あなたのことが面白いと思っていた」

マリカが言った。「すぐにそうは思わなくなったけれど」

「よかった」ペールは言った。「これで問題がひとつ減った」

「問題があるのはわたしじゃないのよ、ペール。あなたのほうに問題があるの」

ペールは深呼吸をした。「ニーラにおやすみを言う」

マリカを廊下に残し、ペールは家に帰る前にニーラと会った。白いシーツの下でベッドに横たわり、もちろん、また腕に点滴をしていた。彼は身をかがめ、頬と頬をふれあわせた。「やあ」

「ハイ」

まだ青ざめていて、呼吸が浅く胸が震えていた。

「具合はどうだい？　肺はどんなだい？」

「まあまあよ……」

「元気そうだよ」

ニーラは首を振った。「黒い石が見つからないんだけど、パパ」

「どんな黒い石？」

「アイスランドの溶岩……ママが買ってくれたの。わたしの幸運の石なんだ。ポケットに入れたと思っていたのに、入ってない」

ペールは思いだした。なめらかで、まっ黒な石。ニーラがもたせてくれたことがある。ぴったりと手のひらに収まったっけ。

「きっと家のどこかにある」そう言った。「見つけるよ」

三十分後に帰宅すると、ジェリーとイェスペルがすでに料理を片づけて、しみのついたテーブルクロスをはがしていた。だが、皿はキッチンに積みあがっていたから、ペールはその片づけをしなければならなかった。

　ペールの父と息子はリビングでソファに座り、アメリカのホームドラマを見ていた。ジェリーは夢中になっているようだが、イェスペルは父が帰ってくると首を巡らせた。

「どうだったの、パパ？」

　ペールは目元をこすった。「うん、ニーラは今夜、カルマルにいないとだめなんだが、もうだいぶよくなった」

　イェスペルはうなずき、テレビに視線をもどした。あとで。ペールはそう考えた。この子にはあとで癌のことを話そう。

　ペールは背をむけた。

「パパはこれからなにをするの？」イェスペルが尋ねた。

「石を探すよ。幸運の石を」

　そのとき、あることを思いだして振り返った。「ところで、おまえが見つけたものだが。骨のかけらとか、言ってなかったか？」

「うん。部屋にあるよ。本棚」

　ペールは息子の部屋に入った。散らかっているのは無視しようとしたが、窓は開けて少し空気を入れ換えた。それから本棚を見た。

　イェスペルの本やゲームにまじって置かれていた骨のかけらは、とても小さくて、長さはほんの四、五センチだった。灰色がかった白で、さわるとざらざらして、まるであの雨ざらしの場所に長年放置され、乾燥しもろくなったようだった。

　イェスペルとニーラは正しかったとわかった。この骨のかけらは本当に人間の折れた指に似ている。

30

どちらも両親は亡くなっていて、ふたりのあいだの子どもはなかったから、マックスとヴェンデラはあたらしい夏の家で復活祭をふたりだけで祝うつもりだった。どうでもいいことだと、ヴェンデラは感じていた。復活祭はそんなに大切ではない。

彼女の成人した娘のカロリーンがドバイから電話をかけてきて、復活祭のお祝いを言ってくれた。マックスには最初の妻とのあいだに三人の子どもがいるが、数年前、前妻についてマックスの言ったことが原因で娘とは仲違いした。それから娘はふたりの弟を味方につけたから、もういまでは誰ひとりとして、父に連絡を取ってくる者はいなかった。

それにもちろん、子どもたちが父の後妻であるヴェンデラにはとくに敵意を抱いているのはわかっていた。物事はいつでも同じだ。

ヴェンデラは古い農場から樺の木の枝をもちかえっていた。アレルギーを引き起こす原因になるのだが、復活祭のデコレーションとして使うため家に運んだのだ。祝日の雰囲気を作りだすために、これほどふさわしいものはない。

こうして夕食の時間になった。ヴェンデラは料理にあきあきしていた。冷蔵庫も冷凍庫もパーティの余り物でいっぱいだったが、それでも復活祭らしい料理を作らねばならなかった。卵にニシンにジャガイモ、ワインを少し用意して。ボルドーだ。すでに栓は抜いてグラス一杯を飲んでいた。

マックスの書斎のドアは閉まっている。一日じゅう彼は考えるための机にむかっていて、じゃまされることを望まなかった。復活祭のあとで予定されている短いブック・ツアーの前に充電しているのでもあり、『最高になるための正しい料理』冒頭百ページのゲラが出版社から届いたばかりでもある。昨日、最後のレシピを編集者に送ったから、このプロジェクトはほぼ終わったことになる。遅かれ早かれ、マックスが出てきて彼女に校閲を頼むことはまちがいない。

換気扇がブーンとまわり、卵とジャガイモがゆだっていた。マックスの子どもたちのことを考えた。彼に復活祭おめでとうの電話さえかけてこなかった。

キッチン・タイマーが背後で鳴りはじめ、卵ができあがった。ぐつぐついう鍋をコンロから降ろし、卵を流水に浸けた。

固ゆで卵は十二個できたが、ひとつも食べるつもりはなかった。エーランド島に来てから空腹との闘いに勝利していた。たくさん卵をゆでておけば、ヴェンデラが食べたか食べていないか、マックスにもわかるはずがない。

視界の端でなにかが動くのが見えて、そちらをむいた。「あら、アリー」

アロイシアスがキッチンに来ていた。よくやるのだが、今回はドア枠に鼻をぶつけることもなく、すり足でヴェンデラのところまでやってきた。ゆっくりとだったが、まっすぐに。

「どうしたの、いい子ちゃん」ヴェンデラはほほえみながら言った。「復活祭おめでとう、かわいい子」

プードルはゆっくりと腰を下ろし、こわばった前脚を横へ伸ばした。

「今夜はごちそうがあるわよ。きっと気に入るわ」

犬は鼻を舐め、ヴェンデラを見あげた。

信じられないことだが、ほとんど盲目のアロイシアスが実際に彼女を見つめているようだった。その視線は定まっていて、ヴェンデラだと見分けているようだ。彼女が急いで横へ一歩ずれてみると、視線がその動きをたどってきた。

ヴェンデラはペンを置いて、くるりとまわった。マックスの部屋へ駆けていき、ドアがまだ閉まっていることは無視した。

「マックス、あの子の目がよくなったの！」彼女はそう叫び、ドアを激しくノックした。「アリーの目がよくなったのよ、マックス。出てきて、見てちょうだい！」

31

孫たちは復活祭の土曜日をずっと、固ゆで卵に絵を描いて過ごした。黄色い卵に青のストライプ、赤い卵に緑の水玉のがあった。だが、そのほとんどはあまりにも色を重ねられて、最後には黒になっていた。

イェルロフは卵を二個、たっぷり塩を利かせ、魚の卵を添えて食べたが、スライスしたニシンとジャガイモを載せたクリスプブレッドのほうが好みだった。海岸で摘んできたヨモギで風味をつけたシュナップスも飲んだが、テーブルではほかに誰も酒を飲んでいないことに気づいた。よかった。何年ものあいだ時折、下の娘のユリアのことを心配したものだか、この夜は牛乳しか飲んでいなかった。

卵とシュナップスを腹に入れると、イェルロフはとても気分がよくなって、むかしは島での生活がいかにみじめだったか語りはじめた。

「〝土曜日のごった煮〟とはなにか知ってるか？」

孫たちは首を振った。

「本当に特別な料理で」イェルロフは言った。「作りかたは簡単……一週間ぶんの余り物を全部、木のボウルに入れて、塩をたっぷり混ぜ、そのままゆでて、食べる。家族全員で！」

ユリアは首を振った。「土曜日のごった煮は食べたことがないでしょ、父さん。そこまで貧乏じゃなかったもの！」

イェルロフはユリアを見て顔をしかめた。「祖父の話をしてるんさね。子どもの頃は食べていたそうだ。わたしが子どもの頃だって、いまみたいに便利じゃなかった……水道がなかったから、庭の井戸からバケツに水を汲むしかなかった」

「井戸は覚えてるわ」レナが言った。「六〇年代にはまだあったわね……それに井戸の水のほうが、水道水よりおいしかったことを覚えてる」

「まあそうだよ」イェルロフが言った。「だが、水が茶色になることもあって、そうなると、また透明になるまで水を汲みあげるしかなかった。それに、もちろん、ちゃんとしたトイレもなく、屋外便所として大きなバケツが置いてあるだけ。いっぱいになったら、穴に流さんといかんかった。気をつけんと、足にみんな飛び散ってしまい、足を滑らそうもんなら――」

レナがフォークを置いた。「まだ食事中よ、父さん」

「はい、はい」イェルロフは孫たちにウインクした。「だが、春になると、逆になった。水があまりに多すぎた。石灰岩平原にでっかい湖ができることもあったな……ときどき、そこで泳いだのを思いだすよ。兄のラグナルとふたりで、古い錫のバスタブを見つけたこともあったから、シーツで帆を作って、春の雪どけ水に出航したもんさ」イェルロフは笑い声をあげた。

「かなりスピードが出たが、ひっくり返った――あれがわたしの初めての難破さね！」

「その頃って車もあったの？」孫たちのひとりが尋ねた。

「ああ」イェルロフが言った。「物心ついた頃から、車はあったね。かなり早い段階で島にやってきた。電気が通るより前のことさね。第一次世界大戦の前から車はあったが、農場によっちゃあ、四〇年代になってようやく電気が通るところもあった。そしてなかには、電気を通すことを望まん者もいた。高すぎると言って。できるだけ長く灯油ランプを使っておった」

「灯油ランプを使えば停電の心配はなかったものね」ユリアが言った。

「そうだ。電気を引いてる者は雷雨になるとみんな怖がったものだ。収まるまで誰かの家へ身を寄せたり、車で待機したり……電気というものに慣れてなかったから」

卵をあらかた食べ尽くすと、孫たちはテーブルを離れた。ぐっと静かになって、イェルロフは娘たちと残った。

話したいことがあった。罪の告白のように感じられることを。「おまえたちの母さんの日記を読みはじめたよ」

「屋根裏部屋にあったのね？」ユリアが言った。

「いや、物入れの奥にあった。おまえたちも読みたいかね？」

「やめておく」ユリアが言った。

レナが首を振った。「物入れにあるのは知っていたけれど、ふれたことはなかったの……とても個人的なものだと思ったから。母さんは燃やすつもりじゃなかった？　たしかそうだと――」

「燃やす？　それは知らなかった」イェルロフは口を

挟んだ。すでに罪悪感を抱いているから、これ以上その想いを強めたくなくて、最高にきっぱりとした船長らしい声で話を続けた。「まあ、とにかく、わたしは読んでる。人の日記を読んでもべつに法律違反じゃない」

テーブルは沈黙に包まれた。イェルロフは最後に残る黒く塗られた卵を手にして殻をむきはじめ、もっと穏やかな声でつけ足した。「母さんは家の近くでおかしな者を見かけてたんだが、知ってたか？　母さんは日記にそう書いてる」

娘たちがイェルロフのほうを見た。

「つまり、母さんがゴブリンを見たということ？」ユリアが言った。「お祖母さんが見たことなら知ってるけれど」

「いや、ゴブリンじゃない。エラは〝取りかえっ子〟がときどきこのコテージにやってきたと書いてるんだ。ここにひとりでいるときに。最初は、わたしが海に出ているあいだに村の誰かが言いよってきたのかと思ったが」

「ありえない」ユリアが言った。

「わたしもそう思うよ」イェルロフは考えにふけりながら窓の外の、庭の先にある草地や茂みを見やった。「だが、実際に母さんが見たのはなんだったんだろうと不思議なんだよ。わたしにはその話をしたことがなかった。おまえたちはなにか、聞いてなかったか？」

ユリアは首を振った。食べかけの最後のゆで卵を手にして言った。「母さんは少し秘密主義だった。黙っておくのが得意だったものね」

「たぶん、石切場からやってきたトロールだったんでしょ」レナがほほえんで言った。「エルンストもトロールの話をしていたから」

イェルロフは笑いかえさなかった。「あそこにはトロールなどおらんよ」

テーブルを立とうとした。娘たちはふたりとも手を貸そうと急いで近づいてきたが、イェルロフは手を振って断わった。「大丈夫だよ、ありがとう。そろそろ休むよ。明日の朝、復活祭のミサに行くのを忘れんようにな?」

「父さんを教会へ連れて行くわ、心配しないで」レナが言った。

「ああ」

イェルロフは身内が集まったいまでも、ひとりで寝室を使っていた。ドアを閉めるとパジャマに着替えた。まだ九時だったが。家族たちがずっとテレビを見ていても、ぐっすり眠れることはわかっていた。笑い声や大声を聞きながら、目を閉じた。

孫たちが朝から晩までにぎやかにしていることに、彼は疲れ気味だった。夏の休暇が始まったらどうなるだろう? 春のあいだに静けさを楽しんでおいたほうがよさそうだ。静けさが続くあいだに。

32

「アリー?」マックスが呼びかけた。「アリー、わたしを見なさい」

マックスはリビングのアームチェアに座って身を乗りだしていた。小型プードルは部屋のむかいで、ヴェンデラの膝に座り、声のしたほうに鼻をむけた。

「アロイシアス? わたしが見えるか?」

ヴェンデラは耳元で囁いた。「アリー、パパが見える?」

犬は弱々しくクーンといい、匂いを嗅いでいるようだったが、部屋じゅうのあちらこちらをむいていた。

マックスはため息をついた。「見えてないぞ、ヴェンデラ。耳は聞こえて、匂いも嗅げるが、なにも見えてない」

ヴェンデラは犬の背中をなでた。「見えてるわ。以前に比べてずっとよくなった……もう家具にぶつからないのよ」首のうしろをかいてやった。「それに、この子にはわたしが見えるの。本当に見えるのよ。そうでしょ、ワンちゃん?」

アリーは身体を伸ばして、ヴェンデラの喉を舐めた。

マックスは首を振った。「目は勝手に治りはしない。そんな話、聞いたこともない。視力が回復するなんてことはないだろう……」

「いいえ、回復するの」ヴェンデラは言った。「ここでなら。このエーランド島でなら」

「ほう?」

ヴェンデラはプードルを石床に降ろした。「ここは健康にいいのよ」そう言った。「水と土がいいんでしょうね……土には石灰岩が豊富に含まれていて」

「そうだな」マックスはそう言って立ちあがり、玄関へむかった。「車を夏タイヤに交換しにいく。弁当を作ってくれないか——パスタ・サラダでも」

ヴェンデラはキッチンへ行き、パスタをゆでる鍋を火にかけた。数時間はこの家にひとりでいられる。楽しみで仕方がない。

そうは言っても、復活祭の週末は快適に過ごせた。おいしい料理を食べ、料理本のゲラをみるマックスを手伝った。日曜の夕方になったいま、マックスはスウェーデン南部への五日間のプロモーション・ツアーに出る準備をしている。金曜までは留守だ。彼は既刊のセルフヘルプ本について語るだろうし、もちろん、近刊の『最高になるための正しい料理』の宣伝もできるかぎりしてくるはずだ。

「期待だよ」彼は言った。「読者の期待を作りださねばならないのさ」

マックスは足音も荒々しく、家じゅうを歩きまわっていた。あるときはりきっていたかと思えば、次の瞬間にはいらだっていたが、ツアーに出て読者に会う前はいつもこうなるのだった。悪いことが山ほど起こるかもしれない。ひょっとしたら、誰も現われなかったり、マイクの調子が悪かったり、主催者が彼の本の注文を忘れていたり、会場の手配を忘れていたり。ツアーが終わって帰宅すると、いつも肩の力が抜けているものだった。

最初の頃はヴェンデラも同行して、さまざまな都市のホテルで親密なディナーを楽しんだものだったが、いまでは、ふたりとも口には出さないが、ヴェンデラは留守番だという合意があった。

パスタが沸騰を始めるとすぐに、リビングへもどり、そこでぴたりと立ちどまった。黒っぽい石床に乳白色の水たまりがある。なにが起こったかすぐに気づき、マックスに見られる前にキッチンペーパーを取りに引き返したが、手遅れだった。

シンクの前に立ったところで、呼びかける声が響いた。「ヴェンデラ！」

彼女は素知らぬ顔で引き返した。「どうしたの、あなた？」

「やつが床になにをしたか見たか？　きみの犬が」

アロイシアスは彼女の犬になったわけだ。

「ええ、見たわ」両手でキッチンペーパーをもって急いでリビングへ入った。「ちょっとお腹の調子が悪かっただけよ」

ヴェンデラは膝をついた。マックスは背後に立ち、ふんぞり返って、粗相を片づける彼女を見つめた。

「これが初めてじゃない」

「そうね。でも、あの子はたまに卓を食べるから、きっとそのせいよ」ヴェンデラは言った。「でも、先週はずいぶんと体調がよくなったでしょ」

マックスはなにも言わず、背をむけただけだった。

ヴェンデラは最後の汚れを拭きとり、立ちあがった。

「これで全部きれいになったわ！」

玄関のドアがばたんと閉まった。マックスは出かけていった。アリーはキッチンテーブルの下へこっそり入っていて、前脚で鼻を覆うように寝そべっている。まるで自分を恥じているような格好だ。ヴェンデラはかがんだ。「もうしちゃだめよ、ワンちゃん」

マックスは何年もアリーと過ごす時間を楽しみ、長い散歩へ連れて行ったり、棒きれやボールを投げて取ってこさせる遊びをしたりしたものだ。それなのに、こうしてアリーの具合がかなり悪くなってくると、あきらかに価値のないものになったと見なしている。

今日の夕方にでもエルフの石へ出かけて、また硬貨を置いてこよう。しばらくあそこで祈ろう——アロイシアスの回復だけではなく、マックスがむかしのようにこの子を好きになるように。若くても年寄りでも、かわいらしくても醜くても、健康でも病気でも。この子はふたりのアリーなのだから。

「わたしたちはまだ終わりじゃないからね、ワンちゃん」彼女はそう言い、水切りにパスタをあけた。「それをマックスに見せつけてやりましょう!」

一九五七年、エーランド島

冬の嵐がやってくると、あたらしい雪だまりが石灰岩平原に高さ一メートルの凍てつく波を作りだす。ヴェンデラはもはやそれを歩いて越えることはできないから、数カ月は学校へ行くために遠回りしなければならない。

三月の終わりに日射しがもどってくると、父が彼女に長靴をくれる。村の年老いた靴職人、靴屋のポールソンが作ったものだ。縫い目が雑で水が染みこむが、これで解けかけの雪だまりのあいだを縫って、ふたたび石灰岩平原を歩いて通える。

エルフの石へ行ける。

この春、ヴェンデラは母の宝石をひとつずつもちだし、学校へ行く途中にそれぞれエルフへの捧げ物として置いていく。父は宝石が消えていることに気づいていないようだ。石切場で働いていないときも、星の輝く空を見たり人工衛星の軌跡を追ったりで忙しいから。農場は荒れ果てて、〈病人〉のことも忘れてしまったようだが、父はどちらも気にしていない。

ヴェンデラが石のくぼみに宝石を置くと、どれもなくなっていく。ときには数日ほどそのままになっていることもあるが、遅かれ早かれ、姿を消す。二度と見かけることはない。

願い事をすると、たいていは叶う。ときには、想像もしていなかった形で。

ヴェンデラはクラスに親友ができますようにとお願いする。彼女だけのものになってくれて、ヴェンデラが漂わせている農家の香りを気にしない子を。二日後に、ダグマル・グランが放課後にうちに遊びにこないかと誘ってくる。ダグマルの家は金持ちだ。教会の近くに大きな農場をもっていて、トラクターが何台もあって、四十頭以上の牛を飼っている。あんまり多いので、名前ではなく番号で呼んでいる。ヴェンデラはダグマルのうちへは行けない。ロッサ、ロッサ、ロッサの世話があるから。でも、近いうちに行っていいかと尋ねる。ダグマルはそれでいいと言う。

翌週、ヴェンデラはゆでたウナギ以外のものを夕食に出してほしいとエルフにお願いする。ヘンリが東海岸で安いウナギを見つけたので、このときすでにウナギ料理が十日連続になっている。

「今夜はチキンだ」ヘンリがまさにその日の夕方に言う。「一羽、しめたよ」

ダグマル・グランと親友になるとすぐに、ヴェンデラはダグマルの隣の空いた席へ移っていいかと尋ねるが、ヤンソン先生は生徒がどこに座るか決めるのは先生であり、ヴェンデラが座るのは窓辺のトシュテン・ヘルマンの隣だと言う。彼がヴェンデラを見習って静かになればいいと先生は考えているのだ。

それで翌日、ヴェンデラはエルフの石へ立ち寄り、くぼみのひとつに上等な金の鎖を置く。そして、あたらしい先生が来ますようにと祈る。ヤンソン先生より優しくて親切な人を。

三日後にヤンソン先生は風邪を引いて学校を休む。そして風邪をこじらせて胸を悪くし、命が危ぶまれるほどになって、本土の静養所へ入らねばならなくなる。かわりに、若い女性のエルンスタム先生が赴任する。カルマルからやってきた代用教員だ。

生徒たちは道端の春の花を摘み、ヤンソン先生の夫である学校の用務員に渡す。ヴェンデラは特別に深くお辞儀をして、ヤンソン先生が早くよくなるようお祈りしますと静かに言う。

その日は帰宅するとき、エルフの石のほうを見ようともしない。

33

ジェリー・モーナーの腹は大きく白く、筋肉質とはほど遠かった。何十年もワインとチーズとコニャックを消費してきたことで膨らんでいた。そして先週は、大きなガーゼがあててあったが、ペールが復活祭の日曜の朝に外した。思い切り、一気にはがした。

ジェリーはキッチンの椅子でうめいたが、動いたりはしなかった。

「よしと」ペールはガーゼをたたんで言った。「これで楽になったか?」

ジェリーはまたうめくが、腹の傷は治っているようだ。縫った跡は、ピンク色の線だけになっていた。

「なにが起こったか、覚えてるのか?」ペールは尋ねた。

長い間があってから、ジェリーは答える。「ブレメル」

「ブレメルがナイフをもっていたのか? 彼があんたを刺して、殴った?」

ジェリーはうなずく。「ブレメル」

「そうか。だが、あんたたちは友だちだったんじゃないか……どうして彼がそんなことをしたか、知ってるのか?」

ジェリーは首を振る。父は頑としてこの話を貫きとおしているから、ひょっとしたら信じていいのかもしれないが、やはりあまりに妙な話だった。なぜハンス・ブレメルが仕事仲間をナイフで襲い、どこかの女とあの家に閉じこもって火をつけねばならなかった?

警察があの映画スタジオを調べ、すぐにでもなにか答えを見つけて、教えてくれることを願うだけだった。解決しなければならない謎がいくつかある。ゆうべも今朝もニーラの幸運の石を探したが、家にはなかった。車も探したが、見つからない。父にはできるだけ姿を見られないようにしていた。見つかるたびに、しゃがれた声で呼ばれるからだ。「ペッレ？　ペッレ！」

　ジェリーの包帯を外すと、ペールは身体を起こした。

「さあ、もうよくなったから、そろそろ家へ帰る頃合いだ。夕方、クリスチャンスタッドへ送っていくよ。その件でなにか言いたいことはあるか？」

　父は無言だった。

「よし、じゃあ、決まりだ。ここに座って休んでいてくれ。すぐに食事を用意する」

　ランチを終えて一時間ほどしてから、ペールはランニングに出かけた。頭をすっきりさせるためであり、しばらくジェリーから離れるためでもあった。

　復活祭の日曜は肌寒いが日射しはまぶしく、本土のほうにたなびく雲が少し見えるだけだった。海岸沿いを北へ走り、海峡のほうに黒いドームのような小島、青い乙女《ブロー・ユングフルン》が見えると足をとめ、景色をながめた。岩、太陽、海。数秒だけほかのすべてを忘れることができた。それから背をむけ、引き返した。

　家がすぐそこというところまで来たときに、ランニング中の別の人物に目が留まった。白いキャップ、赤いトラックスーツ。彼あるいは彼女は東から、内陸へ続く曲がりくねった道をやってくる。ほっそりした姿が急速に近づいてきた。ヴェンデラ・ラーションだった。

　ペールは石切場まで数百メートルのところで立ちどまり、彼女が追いつくまで待った。ほほえみかけた。

「どうも――どこまで？」

　妙なことだったが、ペールに会った彼女はわずかに動揺しているようだった。まるでなにかしているところを見つかったかのようだ。

「どこまで？　どこまで走ったかという意味？」彼女は考えこんでいるようだ。「たいした距離じゃなくて……石灰岩平原を走って、もどってきたの。それがいつものコースで」

「なるほど。わたしはいつも海岸沿いを走る。北へ二キロ。それから引き返してくるんだよ」

ヴェンデラがほほえんだ。「夕方はほぼ毎日、走っているの。先日、一緒に走りましょうと話をしたけれど……明日はいかが？」

「もちろん」ペールは言った。ヴェンデラはほかになにも言わないので、ペールはコテージにむかって走りはじめた。ヴェンデラも並んで、こう尋ねてきた。

「お子さんたちはお元気？」

ペールは横目で彼女を見た。どこまで知っているのだろう？　ニーラがどのくらい悪いのか知っているのか？　これからすっかり話を聞かせる気力はなかった。

「いろいろあって」彼は答えた。「イェスペルは元気だが、ニーラは……幸運の石をなくしてしまって」

「まあ、かわいそうに。お嬢さんは気分がふさいでいるの？」ヴェンデラが尋ねた。「パーティのとき、少し顔色が悪いようだったから。まるで――」

「少し」ペールは口を挟んだ。「少し気分がふさいでいるようで」

ヴェンデラはコテージを見やった。「おうちのなかで、なくされたの？」

「あの子はそう思っているらしい」

ヴェンデラは急にぴたりと立ちどまり、数秒ほど目を閉じた。

ペールは彼女を見やった。「大丈夫かい？」

彼女は目を開け、うなずいた。ふたたび小走りを始めて自分の家へむかった。肩越しに振り返り、ごく当たり前のように短くこう言った。「石は見つかるわ――たぶん、お嬢さんの部屋で」

そのとおりだった。

ニーラがイースターのあいだ眠っていた小さな部屋を調べると、ベッドにあった。磨かれた丸い小さな溶岩が、はっきりと白い布団の上に見えた。

だが、すでにここは探したはずなのに？　ニーラの幸運の石がないか、くまなく探したじゃないか？

34

「パーティ、いた」ジェリーが言った。

彼はコテージの表に立ち、震える人差し指で南を指していた。

「なんの話だ？」ペールはジェリーのスーツケースを車に積みながら言った。

「女、撮った」ジェリーが言った。

「誰を？」

「女！」

ジェリーはまだ指さしている。ペールは隣人の家を見た。私道を動く人影がふたつ。

「マリー・クルディンのことかい？　パーティで会った女性？」

ジェリーがうなずいた。

「彼女があんたの映画に？」

ジェリーがふたたびうなずいた。「ヤリマン」

ペールは歯を食いしばった。ジェリーがこの言葉を使うのを前にも聞いたことがあった。「その言葉は二度と使わないように」

「でも、新鮮」ジェリーはゆっくりと、その言葉が気に入っているように言った。「しししし新鮮なヤリマン」

「やめろ」ペールは言った。「興味ない」

だが、ペールはその家を見ないではいられなかった。マリー・クルディンが家の表に立ち、十数個のスーツケース、おむつがえシート、おもちゃ入りのバッグを家族むけの車に積みこんでいる。復活祭の休暇は終わり、クルディン一家はあきらかに家へ帰るところだ。

彼女は何歳だろう？　たぶん、三十歳ぐらいだ。背が高く、ほっそりとした、赤ん坊のいる母親。精力的にスーツケースを車に押しこみながら、家にいる夫へなにか呼びかけている。勘違いでは？　マリー・クルディンがジェリーの映画に出演していたなんてことが、あるだろうか？　ふいに頭のなかで、求めてもいないイメージが見えた。ほかの女たちと同じに、マリー・クルディンがベッドに横たわり、マルクス・ルーカスが馬乗りになって、ジェリーが少し横に立ってタバコを吸っている……

やめろ。ペールは首を振り、父を見やった。「妄想だよ」

出発する前に、ペールはヴェンデラ・ラーションの家へ寄って、ニーラの幸運の石を見つける助言をしてくれた礼を言おうとした――それに、どうして石がそこにあるとわかったのか、訊きたかった。

ドアをノックしたが、返事がなかった。メモに走り書きをした。

石の件では、本当にありがとう！
ペール

そしてメモをたたむと、ドア枠の隙間に差しこんだ。

今度は車に三人で乗った。イェスペルも一緒に、島を離れてエーランド橋を渡った。復活祭の休暇が終わり、息子は母親のもとで学校にもどる。

マリカはカルマル北部に暮らしていて、ペールは家の表で息子を降ろした。マリカとジェリーを会わせる危険をおかしたくなかった。

「家がどこかはわかるね？」イェスペルが車を降りると、ペールは尋ねた。

イェスペルはうなずくだけでこのジョークににこりとも笑わなかったが、身を乗りだして、ペールをすばやく抱きしめた。

「学校、がんばれよ」ペールはそう言った。「ママによろしく伝えてくれ」

イェスペルが家へ入ると、ペールはジェリーにむきなおった。「いまのハグを見たか、ジェリー？　ハグしてもらえる父親もいるんだ」

ジェリーは無言だったので、ペールは続けた。「よし、家へ送るよ」

「家」ジェリーが言った。

数時間後にクリスチャンスタッドの中心へ車でやってきたが、この頃にはジェリーは眠っていた。シートにもたれて眠り、顔は天井をむいて、こけた頬のあいだでぽっかりと口を開けている。エンジンの音に負けないほどの鼾をかいていた。ペールがラジオをつけると、センチメンタルな古い歌が流れてきた。

幼い少女がやつれて横たわる
病院の狭いベッド

希望を求めて医師を見あげても
暗い表情で首を振られるだけ

ペールはすぐにラジオを消した。

この地域にはなじみがなかったが、やがて道がわかって、父のアパートメントのドアから十メートルのところに駐車した。ドアは閉まっていた。エンジンを切ると、ジェリーはびくりとして目を覚ました。瞬きをして混乱した様子だ。「ペッレ？」

「帰ってきたよ」

「クリスチャンスタッド？」ジェリーは咳きこみ、通りを見やった。首をゆっくりと振った。「いやだ」

父はまた考えを変えたのだ。ペールはため息をついた。「いやじゃないぞ、ジェリー。ここなら暴力沙汰に巻きこまれることはないだろう」

ジェリーはまた首を振った。震える手をあげて、どこかを指した。

「どうした？」ペールはアパートメントのほうをまだ見ていた。「ここで待っていてくれ」そう言い残し、車を降りた。「部屋の様子を確認してから、またもどってくるよ。キーはあるか？」

ジェリーはポケットを探り、キーを差しだした。

「プリンス」

父はタバコをほしがっていたが、ペールが見せた反応は車のドアを閉めることだけだった。

ゆっくりとアパートメントへむかった。町のどまんなかにあるのだが、クリスチャンスタッドでは最高級の住宅地ではなかった。一九〇〇年代初めの石造りの建物で、改築が必要だった。金属張りの屋根のすぐ下、四階上で、小さな彫刻の頭がペールを見おろしている。デフォルメしたフクロウに見えた。

表のドアの鍵を開け暗闇のなかに足を踏みいれた。

一週間前にジェリーのスタジオに入ったときのことを思いかえした。一階からあがってきた煙と炎のことを考えた。燃えるベッドにいたブレメルや、助けを求めて悲鳴をあげていた女のことも。

少なくともここでは煙の臭いはしなかった。階段には静寂のこだまが響くだけ。石の階段は螺旋を描き、円柱型のエレベーター・シャフトをかこむように上へ伸びているが、エレベーターは少なくとも八十年は前のものに見えたし、あまりにも狭かった。ここに乗れば、鉄の檻のように圧迫感を感じることだろう。

ペールはジェリーの部屋まで、三階ぶんを歩いてあがるほうを選んだ。閉じられたドアの前を歩いて二階まであがり、そのまま三階をめざした。階段をあがりきる前に、足をとめた。

ジェリーの部屋のドアが少しひらいている。

最初は勘違いかと思い、階数を確認しなおしたが、やはりあっている。

部屋の内側の廊下がちらりと見えるが、暗く、物音はしない。内部で動くものもない。

その場でじっとしていた。ひらいたドアまではほんの数歩だ。また耳を澄ました。音はしない。たまに車が表を通りすぎるだけだ。

ジェリーのスタジオの玄関も半びらきになっていたことを思いだした。

どうしてこのドアも開いているんだ？　こんなはずがないのに。〝ここなら暴力沙汰に巻きこまれることはないだろう〟――ジェリーにそう言ったが、いまではそれも怪しい。

怖いのか？

そうだ、怖かった。少しだけ。

深呼吸をして、柔道の稽古を思いだし、足をあげながら身体の内側のバランスを見つけるようにした。ふたたび、ゆっくりと階段をあがっていった。何者かがジェリー宅の廊下に立っている気がしてきた。自分を待ちかまえて。何者かが息を殺し、彼がもっと近づくのを待っているのだ。ペールがどんなにゆっくりと動こうとも、どんなに鼓動が静かでも。

警戒して、ひらいたドアへ近づいた。

最後の三歩は、ひとつの断固とした動きだった。取っ手をつかみ、ドアを大きく引きあけた。

タバコの臭いがさっと襲いかかってきたが、これはたぶんジェリーが残した古い臭いだ。

廊下は暗かった。手を伸ばして照明のスイッチを押した。それから、なかを覗きこんだ。

最初はすべて普通に見えた。普通だと？　三年以上もジェリーのアパートメントには来ていなかったし、前回も三十分しか留まらなかった。だが、廊下にはいまでもたくさんの服がかけてある。スウェードのジャケット、黄色いジャケット、床にはジェリーが何年も履いていないらしい黒いエナメル靴。

ペールはさらに二歩、奥へ進み、聞き耳を立てた。

静寂。

広いリビングには上質のペルシャ絨毯があり、その端に大きなスーツケースが蓋を開けたまま置いてある。

からっぽだが、そのうしろにさらに何個かバッグがある。モロッコ・キリム素材のバッグ、ビニールバッグ、安手のブリーフケースが、床のあちらこちらに転がっている。どれも、なにかを探していた人物に開けられたような形跡がある。衣類や書類が床全体に散乱していたからだ。

この頃には怖くて仕方がなかったが、二歩前進し、リビングのなかを覗いた。

人の姿もなく、物音ひとつしない。

ペールはそこへ入っていった。

どれだけ乱雑かと思っていたが、予想したほどではなかった。部屋の四隅には綿埃があり、ガラス・テーブルには干からびたオレンジの皮があったが、油彩はいまでも壁を飾っていた。ペールは長年のうちに父へ本を数冊贈っていたが、それらが手つかずのまま、きれいに書棚に並べてあった。父は読書の時間を取ったためしがなかった。

　戸口の左にはつや出し仕上げをしたマホガニー化粧板張りの整理ダンスがある。イェオリ・ハウプト（王室御用達でもあった十八世紀の家具職人）作品のレプリカなのだがこれも無事ではなかった。ペールは子どもの頃に見た状態を思いだしていた。いつも鍵のかかっている抽斗が三つあった――それがいまは全部開いている。

　こじあけられている。何者かがねじまわしかノミを使い、黒い鍵穴の周囲の木を割って、壊していた。ジェリーが抽斗に入れておいた書類が引っぱりだされ、床にぶちまけられている。

　リビングの先は寝室だ。ブラインドは閉まっていた。暗く静か。ほかの部分と同じだ。巨大な胸を垂れ下げた裸の女の絵が、ウォーターベッドの上にかけられている。

　ペールは戸口へ三歩むかった。そしてまた耳を澄ました。ベッドが乱れ、布団や枕が山になっているのは見えた。だが、そこには誰もいなかった。

　アパートメントは無人だ。

　ペールは背をむけ、ゆっくりと下へむかった。

　通りに降りたつと車やバスが行きかっていて、年配の男女が腕を組み少し先を歩いていた。人生はいつもどおり続いている。ペールは落ち着こうとした。車に近づいて助手席のドアを開けた。父が彼を見た。「プリンス、ペッレ？」

　ペールは首を振った。車の横に立ち、アパートメントの入り口を見つめた。人の出入りはない。

「ジェリー、先週リードへ出かけたとき、部屋の玄関は閉めていったか？」

　父は咳きこみ、うなずいた。

「閉めて鍵をかけた――絶対だね？」

　ジェリーはきっぱりとうなずいたが、これまでにも、いろいろと忘れたことがある。脳卒中以来、前日の言動を完全に忘れてしまうことが常だと言ってもよかった。

「部屋のドアが開いていて、タンスの抽斗が壊されていた。空き巣に入られたらしい。あんたが自分でやったのでなければだが？」

ジェリーは無言で、頭を垂れている。

ペールはどうするか結論を出さなければならなかった。「いいだろう……一緒にもどって、盗まれたものがないか、たしかめよう。それから、警察に連絡したほうがよさそうだ」

腰をかがめ、手を貸して父を車から降ろした。「ジェリー」彼は言った。「ほかに誰か、鍵をもっているか？」

ジェリーはよろけそうになりながら立つと、質問について考えてから、一言、返した。「ブレメル」

35

ペールはクリスチャンスタッドの警察に空き巣の通報をした。ただ、ジェリーは抽斗から盗まれたものがあるかどうか、判断できなかった。

「ジェリー、なにがなくなってる？」何度もそう尋ねた。「盗まれたのはなんだ？」

だが、父は突っ立って書類の山を見つめるだけ、なにを収納していたか、もはや思いだせないようだった。残っている書類をペールがめくってみると、ほとんどは古い請求書や銀行口座の取引詳細のようだった。

では、ほかのものはどこに？　ジェリーとブレメルが撮影に使ってきたモデルたちとの契約書が何十年ぶんもあるはずだが？　若い女たちが若すぎないことを

証明する契約書、彼女たちが自由意志でおこなってい
るのだと認めた書類は？
その手のものはいっさい見つからず、父に問いかけ
た。「ここになにをしまっていたか、覚えてるか？
なにか重要なものだった？」
「紙」
「重要な紙か？」
「けい――」ジェリーはそこで口をつぐんだ。この言
葉はむずかしすぎた。
「契約書？　モーナー・アート社の？」
「モーナー・アート社？」ジェリーは自分の会社の名
も忘れてしまったようだ。
ペールは通報しても、空き巣についてあいまいな情
報を知らせることしかできなかった。警察は記録は残
したが、捜査にはやってこなかった。
「祝日ですからね」そう言われた。「緊急な件を優先
しなければなりません。ですが、通報をありがとうご
ざいます。警察は油断せずに見張っておきますよ」
九時頃に、ペールは病院のニーラへ電話をかけてお
やすみの挨拶をした。
「具合はどうだい？」
「まあまあ」娘の声は静かだが、聞きとれるものだっ
た。「昨日より、少しいいんだ……まだ点滴はつけて
いて、注射をたくさんしたけど」
「それはよかった」ペールは口早に言った。「それか
ら、幸運の石を見つけたからね」
「そうなの？　どこにあった？」
「おまえのベッドにあったよ」ペールはそう言って、
詳しくは語らなかった。「次回、会いにくるときにも
ってくるよ。今日はあたらしいことがあったかい？」
「べつに……ただ、同じ病棟に何人かあたらしい患者
が入ってきたよ」ニーラが言った。「エミールってい
う男の子がいるんだ」

娘の声はその子の名前を口にするとき、にわかに元気になったから、ペールは尋ねた。「同じくらいの歳かい？」

「だいたいね。十五歳」

「いいね。ルードー（ボードゲームの一種）で遊ぼうって誘ってごらん」

ニーラは声をあげて笑い、話題を変えた。「今夜のテレパシー、受けとった？ 八時の」

「受けとれたと思うよ……とにかく、頭のなかにたくさんの絵が浮かんだ」

「じゃあ、わたしはなにを考えていたと思う？ なにが見えた？」

ペールは町の上空を見やり、賭けてみた。「雲？」

「違うよ」

「夕焼け？」

「ちがーう」

「友だちのことを考えていた？」

「ううん、コウモリのことを考えてたんだ」

「コウモリかい？ どうして？」

「夕方にね、病院の外を飛びまわってるから。黒い布みたいに、空でパタパタしてる」

「もう鳥は観察しないのか？」

「してるよ、昼間に。でも、夜になって眠れないと、コウモリを見てる」

ペールは明日また行くと約束して、おやすみを告げた。

この頃には帰宅するには少々遅い時間になっていたし、エーランド島で待つ人もいない。だから、ジェリーのアパートメントに泊まることにした。

休む前に、玄関の防犯チェーンをしっかりかけた。

クリスチャンスタッドのこの部屋に泊まるとは妙な感じだったが、十代の頃、ジェリーがマルメに住んでいたころは、同じ革張りのソファで眠ってたものだ。ここでソファに落ち着くと、あの頃の記憶がどっと甦ってきた。

母は、ジェリーのところへ泊まりに行く前にうるさく言ったものだ。「あいつがどこかの女を連れこんできたら、泊まっちゃだめだからね。帰ってきなさい……でなければ、わたしが迎えに行くから。あんなことに我慢することはないよ」

「我慢なんかしないよ、母さん」

だが、もちろん、父はたまに女を泊まらせた。正確には何度も。ペールはよく想像したものだ。スウェーデン南部のどこかに腹違いのきょうだいがいるかもしれないと。そうであっても、驚きはしなかっただろう。

あの頃、ジェリーの寝室のドアは閉まっていたが、もちろん、父と女の声はソファに横たわるペールに聞こえた。十代になっていたし、レジーナと出会った頃よりは、うぶでもなくなっていたから、ジェリーがなにをしているか知っていたが、そうした夜はやはり拷問のようだった。

関係ないさ――ペールはそんなふうに思っていた。愛なんか重要じゃないんだ、と。

いまはどうだろう？　ニーラとイェスペルのことが思いだされた。そしてほんの一瞬、目の前の暗闇にヴェンデラ・ラーションの大きな瞳が見えた気がした。

そこで彼は眠りに落ちた。

目覚めると月曜の朝だった。復活祭の月曜日だ。

ジェリーのキッチンは悲惨なものだった。テーブルは茶色の油染みだらけ。汚れたカップや皿が水切り板の上に積みあがり、朝食になるのはコーヒーとクリスプブレッドしかなかった。それに、もちろん、タバコと。

ペールは父のコーヒー・カップを満たして言った。

「もう帰るよ、ジェリー。イェスペルとニーラのところへもどらないと」

ジェリーが視線をあげた。

「でも、あんたは帰らない」ペールは言った。「ここに残るんだ。大丈夫だろ?」

気持ちを強くもとうとしたが、うまくいかなかった。汚れたキッチンを見まわし、父をどうしたらいいか、決めかねていた。

さっさと帰れ――そう思いながらキッチンの窓に映った自分の顔を見た。おまえのほうが年寄りで病気だとしたら、あいつはこれっぽっちも気にしなかったさ。

だが、ペールにはそんなことはできなかった。母との約束があったからでも、ジェリーがまともに食事しないからでも、自分の面倒が見られないからでも、助けが必要だからでもなかった。合い鍵のことが気になるからだ。放火や、泥棒の件があるからだ。

ジェリーがここに残るならば、警察にこのアパートメントを警戒してもらわないとだめだ。そうでなければ、安全だと確信できない。

ハンス・ブレメルがここの鍵をもっていたならば、何者かが彼からそれを盗み、復活祭のあいだにここへ入ってなにかをもちだしたのならば、その人物がもうもどってこないという保証はない。

結局、あらゆる葛藤はあったが、ジェリーをエーランド島へ連れ帰った。清潔な服を荷造りして、たしかに玄関の鍵をかけてから、父と息子は車へもどり、バルト海方面をめざした。

ペールはカルマルに寄ってニーラを訪ねる約束を守ったが、娘はぐっすりと眠っていた。そのまどろみは安らかで深いものだった。枕元にしばらく無言で座り、青ざめた顔を見つめ、自分をふたつに切り裂きたい衝動にあらがった。ひとりはこの場に留まって一日じゅう娘を見つめている自分。もうひとりは逃げだして、もう二度ともどってきたくない自分だ。娘を愛していたが、病室でこんな姿になっているのを見るのは耐えがたかった。とにかく、車へもどりたかった。

ジェリーを助けるほうが自分は役に立てると言い聞かせることもできる。だがペールはたいして人の力にはなれない――それが真実だ。娘の苦しみにむきあえないただの臆病者だ。

その後、ペールとジェリーはエーランド島へむかった。少なくとも今度は、考慮しなければならない子はいない。それに、たいして隣人もいない。三時頃に石切場へ帰ってくると、クルディン家は完全に戸締まりされていた。

どうやらもう一軒のラーション家はまだ残っているようだ。今日の夕方にヴェンデラとランニングする約束をしていて、それをなんと楽しみにしている自分に気づいた。

ジェリーに手を貸してコテージへ連れて行き、こう尋ねた。「それで、モーナー・アート社はどうなっているんだ？　あんたとブレメルが共同で経営していた会社は？」

「ブレメル」ジェリーはそう言って首を振った。

父は理解しているようだ。「そうだ、ハンス・ブレメルは亡くなった。だから、あんたも、もう会社をたたむんだろう。これっきりで？」

父はうなずいた。

「マルクス・ルーカスがあんたと連絡を取ろうとしたときに、望んでいたのはそういうことだったのか？」ペールは尋ねた。「あんたに映画製作をやめさせたかった？」

ジェリーは混乱した様子で、返事をしなかった。

「モーナー・アートを終わりにする手伝いはできる」ペールは言った。「実務に手を貸すよ。役所や銀行との連絡なんかを」

ジェリーはやはり無言だが、あごが少し動いて、賛成を表明したと思えた。ペールはそうしてくれることを願っていた。本気で願っていた。これでジェリーの仕事が終わりになることを。

もう雑誌はない、もう映画はない。
もう森への旅もない。

36

マックスが短いプロモーション・ツアーに出かけると、ヴェンデラは初めてこの家でひとりになった。そして突然、以前より広くなったようにも感じた。広すぎる――高い天井と太い梁のリビングはヘンリの納屋を思いださせた。石床を歩くと、足音が虚ろに響いた。けれどもキッチンのドアにはイェルロフからもらった味のあるタークス・ヘッドの結び目を下げていて、それを見るたびにほんのり笑顔になった。

アロイシアスももちろんいて、いい仲間だった。それに、あの子の体調はとてもいい！　本当にすばらしいことだ。マックスがいなくなると、アリーはバスケットから出てきて、家具にまったくぶつかることなく一階を何度も歩きまわった。それにヴェンデラのことをずっと目で追っているらしく、呼びかける必要もなかった。べつに驚かなかった。このとおりのことを願ったのだから。

それに、これからペール・メルネルと海岸沿いを走ることになっていた。

「どうも」ヴェンデラがドアを開けると、ペールが言った。

「どうも」彼女も返事をした。

「準備はいいですか？」

「完璧に」

ふたりは隣りあって石切場を出発し、じきにたがいの走るリズムに慣れ、走りながらともに呼吸し、沈んでいく夕陽と肩を並べた。

海から冷気が漂ってきて、岸辺や岩場に広がっていた。太陽は空を暗い赤に染めた。ふたりは砂利道に出るとスピードをあげたが、ヴェンデラは体力が湧いてくるように感じ、ペールと同じ速いペースを保った。彼の深くて安定した呼吸が聞こえ、長身の彼が近くにいることが、あらたな力を与えてくれた。近隣のロングヴィークの村までも走っていけるように感じた。

けれども、三、四キロ走ると、ペールが振りむいて尋ねた。「ここで引き返しても？」

彼の疲れが見てとれた。「もちろん。かなり遠くまで来ましたね」

ふたりは足をとめ、一分ほど岸辺で休憩し、深い青の海峡を見やった。一隻も船は見えない。口はきかなかったが、ほぼ同じ瞬間に深呼吸をした。それから南をめざして走りだし、安定したペースを保った。

話しはじめたのは石切場に帰ってきてからだった。

「訊きたいことがあるんだ」ペールが呼吸を整えながら言った。「石の件で……娘がアイスランドで買ってもらった幸運の石。どうやって、あんなことを？」

「わたしが？」ヴェンデラは息を長く吐きだして言った。「わたしはなにもしていないわ」

「だが、あなたはどこにあるか知っていた……娘のベッドの上にあったんだ」

ヴェンデラはうなずいた。「ときには、とにかくそんな予感がすることもあるのよ」話題を変えたくてこう尋ねた。「それで、ご家族はみなさん帰られたの？」

「父はまだいるんだ。子どもたちはカルマルへ帰ったが」

「わたしもそう……その、夫も出かけたのよ。犬のアロイシアスとわたしは残っているけれど。水曜日のパーティのあいだはおじゃましないようにさせていたけれど、いまは歩きまわっているの。あの子に会ってみたくありません？」

「ぜひ」

ペールはヴェンデラと一緒に彼女の家へむかった。


ヴェンデラが扉を開け、最後に一度、あたりを見まわした。東の石灰岩平原、西の海辺を。

「わたしたちはトロールとエルフのあいだに住んでいるのよ」彼女は言った。

「へえ？」ペールが言った。

「父がいつも話を聞かせてくれたの。石切場にはトロールが暮らしていて、石灰岩平原にはエルフが住んでいたと。出会えば、血が流れるまで戦ったらしいわ」

「そんなことが？」

「ええ、石切場には彼らの戦いの跡がまだ残ってる。血の跡が」

「〝血の場所〟ということかな？」ペールは言った。

「信じているんですか？」

ペールに問いかけるように見られて、ヴェンデラは大きな声をあげて笑った。「そうかもしれないわ……でも、トロールのことは信じてないけれど」

ペールはこの頃にはほほえんでいた。ふたりでジョークを言いあっているかのようだ。「では、エルフについてはどうです？」

「信じているの」ヴェンデラは急にほほえむのをやめて言った。「たぶん、存在はしているはず。でも彼らは親しみやすい生き物で――わたしたち人間を手伝ってくれるのよ」

「そうかな？」

「そうよ」そしてヴェンデラは深く考えることもなく、こう続けた。「お嬢さんの幸運の石を見つける手伝いをしてくれたのが、エルフ」

「本当に？」

「探すようにわたしが頼んだら、どこにあるか風景で見せてくれたの」

ペールは無言だったが、横目で見られていることがわかった。エルフのことなど口走るべきではなかったが、もう言ってしまったものは仕方がない。

沈黙が少し長くなりすぎて気詰まりになってきたの

で、ヴェンデラは振り返った。「アリー！」

数秒でパタパタと走ってくる足音が聞こえ、灰色がかった白いプードルが用心しながら玄関にやってきた。

「やあ」ペールが言った。

アリーは頭をあげたが、客人に焦点を合わせることができなかった。ペールがなんにも気づかないよう、ヴェンデラは腰をかがめ、アリーの首のうしろをかいてやった。

「一緒に走ってくれてありがとう」ペールが背後から言った。

ヴェンデラは振り返った。「こちらこそ。明日も一緒に走りません？」

単刀直入な質問で、彼女は神経質に笑うことすらなかった。

ペールは少しためらったようだが、うなずいた。

ヴェンデラがドアを閉めると、キッチンの電話が鳴りはじめた。玄関ホールにアリーとじっとしていた。誰が電話をしてきたのか見当がついたし、自分が電話に出たいかどうかわからなかった。

空を切り裂くようなベルが、二回、三回、四回と鳴り響き——五回目の頃には、カウンターへ近づいて受話器を手にしていた。

「もしもし?」

「どこにいた?」男の声だ。「三度も電話したんだぞ」

もちろん、マックスだった。

「とくに外出はしてないわ」ヴェンデラは急いで言った。「石灰岩平原にいただけ」

「ランニングで?」

「そうよ」

「ひとりでか? 隣人と一緒に走ると言っていなかったか?」

ヴェンデラはその話をしたかどうかさえ思いだせなかったが、マックスは覚えていたらしい。もちろん、彼はその話をもちださずにはいられなかったのだ。夫がなにかにつけて支配権をにぎりたがることは理解できなかった。数秒待ってから、真実とはほど遠い答えを告げた。「ひとりで行ったわ」

「ほかに、村に残っている者はいるのか?」

「さあ。何人か残っているんじゃないかしら。わたしはたいてい、うちにいるから」

「そうか……まあ、とにかく電話はしてみた」

沈黙。パタパタいう音が聞こえ、ヴェンデラが指を鳴らすと、アリーがキッチンへやってきた。ヴェンデラは指を鳴らすと、アリーは懸命に耳をそばだてて、どちらへ行けばいいか方向を見つけようとした。

「ツアーはどう?」

「悪くはないな」

「たくさん集まってる?」

「いくらかは。だが、本はあまり売れない」

「きっと、これからもっと売れるようになるわよ」

「ほかにはどうだ？」マックスは静かに言った。

「たとえば、どんな？」

「今日はなにか薬を飲んだか？」

「二錠だけよ」ヴェンデラは答えた。「今朝一錠、昼食後に一錠」

「じゃあいい」マックスは言った。「もう切るぞ。主催者と夕食だ」

「わかったわ。おやすみなさい」

受話器を置いて、どうして自分は錠剤のことで嘘を言いつづけるのか悩んだ。もう何日も一錠だって飲んでいなかった。ランニングのほうが、ずっと大切になっていた。

37

復活祭が終わると、イェルロフの小さな庭ではなにもかもが、もとどおりになった。子どもと孫たちが帰ったらすぐに。

最後の枯葉が庭を取りかこむハシバミの木から落ちると、枝と枝のあいだを飛びまわる小柄で忙しい影を見ることができた。南から渡ってきたばかりの鷽《ウソ》だ。夏のあいだじゅうこの村に留まるのか、あるいは数日だけ残って、このままバルト海を越え、フィンランドやロシアへむかうのか。鳴き声も聞こえた——鷽の合唱はチリンと鳴る鈴の音のようだった。

気温も何度かあがった。そよ風しか吹いていないから、芝生の上でボトルシップを組み立てる作業ができた。ヨン・ハーグマンから、古くしてしっかり乾燥させたマホガニーの木片をもらったから、全装帆の船の製作に使うつもりだった。そうした帆船が世界の海で栄光の日々を送ったのは、イェルロフが船長となるはるか前のことだが、彼はむかしから帆船を愛していた。

エラの日記をこっそり読むのも続けていた。時折、客人についてふれてある部分を見つけた。

一九五七年八月五日

今週はたくさん魚がとれた。先週の木曜には、イェルロフが岸の岩場で銛を使って仕留めたカワマスを切り身にして炒めたし、今朝は大工のアンデションからスズキをもらった。

先週の土曜の夜にはザリガニのパーティをやった。でも、イェルロフは会合があってボリホルムにいたから、娘たちとわたしだけのパーティだった。

取りかえっ子は、うちに誰もいないときがわかっているようだ。二週間ほど姿を見せなかったが、今日、外へ出ると石壁のところに立っていた。それで、牛乳とビスケットをもっていってやった。彼は臭いが嗅げるほど近くにやってきた。あんなひどい臭いは嗅いだことがないけれど、たぶんこの暑さのせいだ。お風呂に入らなければだめだ。そう、彼がお風呂に入ってはだめな理由がある？　でも、取りかえっ子はにこにこしているから、わたしはすべてが問題ないふりをした。

いつものように、彼はなにもしゃべらず、ビスケットを食べ、牛乳を飲むだけだ。それから、また北へむかっていく。ありがとうさえも言わない。

彼はとても臆病で、どんなに小さな音にでも飛びあがるから、本当はここにいちゃだめなのだろうと思う。誰にも見られずに、ここへやってきて、そしてまた去っていきたいのだ。だから、わたしは彼のことを、誰にも言わない。

イェルロフは読むのをやめた。北の村道を見やり、エラの客人がいつもそちらからやってきたことをじっくり考えた。

北にはなにがある？　五〇年代、そこには数軒の農場とボートハウスしかなかった。そのほかには、草地と茂みばかりだ。それにもちろん、石切場。道のむこうでは、そこがいちばん近い。

また日記を読もうとしたが、門のところの呼び鈴が客の到着を高らかに告げた。今度は在宅ケアサービスではなく、ペール・メルネルだった。彼が手を振り、イェルロフも手を振り返した。先週のパーティ以来だ。

「もどりましたよ」ペールは芝生を歩きながら言った。

「あんたが出かけていたのも、知らんかったよ」イェルロフが言った。「お父さんを本土へ送っていったのかね？」

「そのつもりでした」ペールは静かに言った。「ですが、途中でなんだかんだありまして……父はまだここにいます。わたしは父の世話をしているんですよ」

ペールは目を伏せて話をした。

「そうか、いいんじゃないかね」イェルロフは言った。「しばらく一緒に過ごせるじゃないか」

「ええ」ペールはその見込みについて、たいして嬉しくなさそうだった。

短い沈黙が流れたが、急にペールが尋ねた。「ところで、石切場の血について、なにかご存じじゃありませんか？」

「血痕かね？」イェルロフは言った。「見たことがないよ」

「血痕ではありません」ペールが言った。「岩のなかに、赤い層が混じったようなもので……エルンストが、〝血の場所〟についてよく話したものなんですよ」

「ああ、あれか？」イェルロフは笑った。「ああ、たしかに石工たちがそう呼んでおったよ。だが、あれは血じゃない。酸化鉄だ。エーランド島が海中にあった頃に形づくられたもので、石切場は海底の一部だったんだ。太陽がバルト海を照らし、海底が酸化した。その後、海底は海面へせりあがって島になり、酸化鉄は岩の層を作っていった……もちろん、いくらなんでもわたしが生まれる前のことさね、本で読んだ」

「でも、石工たちは血だと信じていたんですか？」

「いや、いや。だが、彼らは岩のなかに異なる地層があれば、あれこれ名前をつけたものさ」イェルロフは手をあげ、指で数えた。「てっぺんには固い層。傷だらけで、石工たちはあっさり砕いてから、シャベルでどかす。続いて、ねっとりとした層。割りづらくて、切りだすのがむずかしい。それからようやく、おめあての層にたどり着く。ここで最高級の石灰岩が見つかる。あいつらが切りだして売りさばくのはその石だ。その下のある部分には、〝血の場所〟があった」

「そのあたりの石は上質なものだったんですか？」

「いいや、まったく逆だよ」イェルロフが言った。「〝血の場所〟に出くわすと、深く掘りすぎたということさ」

ペールはうなずき、こう言った。「これでわかりました。物事にはいつも単純な説明がつくものですよね」

イェルロフはテーブルの上にあるエラの日記をちらりと見やった。「まあ、たいていは」

38

ペールは火曜日に仕事を再開した。

「おはようございます。わたしはインテレコ社のペール・メルネルと言います。市場調査の会社です。ほんの少し、質問にお答えくださる時間はありませんでしょうか」

この質問で回答者を釣りあげる間も、ほかのことを考えていた。ヴェンデラ・ラーションと彼女が話していたトロールやエルフのことを少し考えた。少し変わり者だが、頭から彼女のことを締めだせなかった。

十時にキッチンテーブルの電話が鳴った。ちょうど石鹸についての十二回目の通話が終わったところだった。復活祭のあとに匿名でかかってきたおかしな電話のことを思いだしてためらい、しばらく受話器の前で手を留めたが、結局は電話に出た。

力強い男の声が言った。「ペール・メルネルさん？」

「わたしですが」

「ベクショー警察のラーシュ・マルクルンドです。以前にお話を……」

「覚えていますよ」

「それはよかった。もちろん、リードで火災が起きた家の話なのですがね。あの夜のことについて、どうしてもさらにお話を伺えないかと思いまして」

「わたしと話をされたいと？」

「それにお父さんとも」マルクルンドが書類をめくっているような音がした。「イェルハルド・メルネル。いつでしたら、ご都合いいですかね？」

「父からはたいして話は聞けないと思いますが」ペールは言った。

「ご病気で?」

「去年、脳卒中をやったんですよ。言葉のほうに後遺症が。きれぎれの言葉しか思いだせなくなったんです」

「それでも、いくつか質問をさせてもらいたい。お父さんはご自宅のほうに?」

「いいえ。このエーランド島にいます」

「なるほど。また連絡しますよ」

「どんな質問ですか?」ペールは尋ねた。「どんなことを知りたいんです?」

「なに、ちょっとしたことですよ。火災調査官の仕事はもう終わりました」彼は言葉をいったん切ってから、こうつけ足した。「それから検死もおこなわれましてね」

「どんなことがわかったんです?」

だが、マルクルンドはすでに電話を切っていた。


ジェリーはまだ眠っていたか、少なくともまだベッドにいた。ペールはなんとか父を起こし、着替えるように説得した。日を追うごとに、時間がかかるようになっている。左腕に力がまったく残っておらず、手を貸してシャツを着せるしかなかった。

「朝食の時間だ」ペールは言った。

「疲れた」ジェリーが言った。

ペールはキッチンテーブルにコーヒーとサンドイッチを置いて父を残し、日射しと冷たい空気のなかに出ると、エルンストの工房をふたたび覗いた。

ドアを広く開け、日射しが室内の彫刻にあたるようにした。妙な集団だった――大きなトロール一家のようなものだった。周囲には壁にずらりとエルンストの道具がかけてある。ノミ、ハンマー、斧、ドリル。工具がひとそろいだ。

以前の人生ではさまざまに興味の対象があったとし

ても、ジェリーはいまでは睡眠にしか興味がなかった。朝になってもベッドを離れたがらず、遅い朝食をとると、そのままベッドへもどりたがった。だが、ペールにそうさせるつもりはなかった。父にコートと靴で身支度させると、石切場の端へ連れていった。

「ほら」彼は指さした。「イェスペルとわたしで階段を作っている……注意すれば、もう使えるよ」

しっかりとジェリーの手を握り、狭く急な階段を下りていった。かろうじてふたりが並べる程度の幅しかないが、足元の石のなかにはいけないと思うほどどぐらつくものもあった。しかし、石材はそのまま残っていた。

「なかなかだろう？」ペールはいちばん下へたどり着くと言った。

ジェリーの反応は咳だけだった。父は広大な坑の空間を見まわした。「からっぽ」

ペールは父から目を離さず、階段作りを再開した。手押し車をまだ置いていたから、砂利を積みあげ岩肌へと押していった。砂利を使って鋤で階段をもっと安定させるためだ。

手押し車五回ぶんの砂利を降ろすと、振り返って父の様子を窺った。「なにをしているんだ、ジェリー？」

手近の砂利山に近づいて、こちらに背をむけて立っていた。うつむいて、ただそこに立っているだけで、最初ペールは父がなにをしているのかわからなかった──そこで、ズボンのジッパーをいじっていることに気づいた。

「だめだ、ジェリー！」ペールは叫んだ。

父が振り返った。「なに？」

「そこでやっちゃだめだ……家へもどらないと！」

だが、手遅れだった。ペールは立ちつくして、ジェリーが用を足してジッパーをあげる様子を見ているしかなかった。

あんなものをまき散らしたら、トロールが快く思わない。ペールは父に近づき、腕をとった。「トイレは家にある、ジェリー。頼むから今度はそこを使ってくれ」

ジェリーは解せない顔つきでペールを見ていたが、突然身を固くして、ペールの背後の海のほうを見やった。瞬きをしている。「ブレメルの車」

「えっ？」

ジェリーはいいほうの腕をあげ、石切場と海のあいだを曲がりくねる海岸通りのほうを指した。

ペールが振り返ると、車が駐まっている。暗い赤の車で、石切場のどこからでもはっきり見える距離にあった。この車がやってくるのは気づかなかった。ジェリーと階段を下りたときに海岸通りに車の影などなかったことは、断言できる。

ほぼ逆光で、目を細めるようにして車をにらんだ。

「どうしてそう思うんだ。どうしてブレメルの車だと思う？」

ジェリーは答えず、車を見つめつづけるだけだ。

「わかったよ。わたしがちょっと話しかけてこよう」ペールは言った。

砂利敷きの坑を勢いよく横切っていった。車は動かず、ペールが近づくにつれて、ハンドルにもたれるようにして、こちらを見ている男の姿がはっきりしてきた。ぴくりとも動かない身体は野球帽のようなものをかぶっているようだ。

海岸通りまであと百メートルほどになったところで、エンジンの音が響いた。

「おーい！」ペールは叫んで手を振ったが、自分が手を振っている相手が何者かさっぱりわかっていなかった。そして歩く速度をあげた。「待ってくれ！」彼は叫んだ。

けれども、暗い赤の車は走りはじめた。バックしてさっと方向を変えてから、威勢よく南へ去っていき、遠すぎてナンバー・プレートを確認することも、車種を見分けることさえもできなかった。

エンジンの音が消えると、ペールはもどっていくしかなかった。石切場の東端へたどり着く頃には、息切れしていた。

ジェリーは問いかけるように見つめてきた。「ブレメル？」

「いいや」

「マルクス・ルーカス？」

ペールは首を振り、肩で息をした。ジェリーの世界の者は誰も、ここに来ることは許されない。ペールが、それにイェスペルやニーラもここで暮らしているのだ。

「きっと観光客だ」彼は言った。「階段を試してみようか？」

ラーシュ・マルクルンドは三時頃、コテージへもどったときに、ふたたび電話をかけてきた。

「スケジュール帳を見たんですがね」彼は言った。「おたがいに途中まで足を延ばして待ち合わせできないものかと……今週の終わりに、お父さんとカルマルの警察署にお越し願えませんか？」

「いいですよ」

「では、金曜日の二時ではどうでしょう？」

「構いません。ただ、ちょっといまはバタバタしているもので、ひょっとしたら……病院へ行くことになるかもしれなくて」

「では、お父さんの具合がかなり悪いのですか？」

「いえ、父じゃありません。娘です」

「なるほど。まあ、とにかく、金曜日ということにしておいて、問題があれば連絡いただければ」

「わかりました」ペールは言った。「でも、どうしてわたしたちに話を聞きたいのか、教えてもらえませんか？　あの家でなにか見つかったんでしょうか？」

「ひとつ、ふたつ、わかったことがあります」

「二階の遺体はハンス・ブレメルでしたか？」

マルクルンドはためらった。「遺体の身元は判明しました」

「男性と女性がひとりずつだったそうですね。新聞によると」ペールは言った。「そして放火だったんでしょう？」マルクルンドから返事はなく、話を続けた。「言われるまでもありません――スタジオで漏れているガソリン・タンクを見ましたから。それに、あそこは一面、ガソリンの臭いがしていた」

沈黙が続いたが、ようやくマルクルンドが口をひらいた。「申しあげたように、お父さんにあと二、三の質問をしたくてですね。あの家に到着したとき、なにを見かけたのか……それにあなたがあの家でなにを見たか」

「わたしたちは、なにか疑われているんですか？」

「いいえ。とにかく、あなたは違います。あなたには放火する時間がなかった」

「では、父が疑われているんですか？　それともブレメルを？」

マルクルンドはふたたび沈黙したが、やがてため息をついた。「わたしたちはハンス・ブレメルを疑ってはいません。彼にはあなたのお父さんを襲うことも、火をつけることもできませんでした」

「どうしてです？」

マルクルンドはまたもやためらったが、やがてこう言った。「ブレメルは後ろ手に縛られていたのですよ。それに女性のほうも」

39

「行ってくるわね、アリー。すぐに帰るから！」

ヴェンデラはドアを閉め、砂利道を歩いていった。空へ手を挙げ、背筋を伸ばして、ずっと高いところにたなびく雲をつかもうとした。続いて、メルネル家のコテージへ走っていくと、ペールの父親がパティオの日光浴用の長椅子に寝そべっているのが見えた。

彼女はノックした。一分ほどしてペールが少しだけドアを開けた。まるで、訪れたのが誰か不確かであるかのようだった。彼はどこか落ち着きがないようで、不安に見えるほどだった。

「もう支度できたかしら？」彼女は言った。

ペールに見つめられた。「今日も走りにいく約束だったかな？」

ヴェンデラはすばやくうなずいた。「昨日、そういう話を。気が変わった？」

彼は約束を思いだしたようだった。「いや、行きますよ。ジェリーを家に入れるので、五分だけ待って」

まるでペットの話をしているようだと、ヴェンデラは思った。

十分後に、ペールは父を起こして室内のソファに座らせることができた。ヴェンデラが見ていると、ジェリーはまだ寝ぼけているようだった。息子に毛布をかけられると、またうたた寝を始めた。

ペールがトラックスーツとランニングシューズに着替えてきて、ふたりは出発した。

「同じルートで？」

「いいわ」ヴェンデラは答えた。

今日はそれほど速く走らずに、話しやすい着実なペースを保った。

「今日はお父さんに日光浴をさせたかったんじゃないの?」ヴェンデラは尋ねた。

「そうなんだが、留守のときは家に入れておきたくて」ペールが答えた。「ジェリーからは目が離せなくて……ふらりと出ていく癖があるもので」

ふたりは走りつづけた。着実な足取りで呼吸も乱れなかった。前回と同じように気分のよいものだった。家からだいぶ離れた頃に、ヴェンデラはペールのほうを見てこう言った。「あなたは一度も〝パパ〟という言葉を使わないのね」

ペールが声をあげて笑った。あるいは、息が上がったのかもしれない。「ないね。そういうのはもうやめたので」彼は深呼吸をして尋ねた。「そちらはどうなんだい……いつも〝パパ〟と呼んでいた?」

「ヘンリに? ええ、でも〝お父さん〟と呼ぶこともあったわ」

「でも、お父さんに愛情をもっていたのでは?」

「さあ」ヴェンデラは石切場のほうを見やった。「父は毎朝あそこへ降りて、夜になると家へ帰ってきたの。農場にいるより、ここにいるほうがずっとしあわせだったようで……石を切りだして、真っ赤な石灰岩を扱うのが楽しかったのね」

「それは〝血の場所〟の石のこと?」ペールが言った。

「あの石の正体なら、わかった」

「正体?」

「どうやって、あんな石になったか」彼は深呼吸をして話を続けた。「イェルロフ・ダーヴィッドソンと話をしたら、あの石は地形が——」

ヴェンデラがさえぎった。「知りたくない」

「どうして?」

「失われてしまうから……魔法が失われてしまうからよ」

ふたりはしばらく口をきかなかった。靴が地面を踏みしめる音、ペールの深い息遣いしか聞こえなかった。

ヴェンデラは衝動的にいきなり東へそれ、幹線道路とつながった細めの砂利道のひとつに入った。

ペールもついてきた。「どこへ行くんだい?」

彼女はペールを従えて子ども時代の家へ続く道を行き、門のところでとまった。一週間ぶりだった。草はさらに緑が濃くなり、さらに豊かになっていたが、家はからっぽだった。表にボルボは駐まっていない。ここで暮らしていた、あのしあわせな家族は都会へ帰っていった。

ペールも立ちどまった。何度か深呼吸をしてあたりを見まわした。「ここはどこなんだい?」

ヴェンデラは門を開けて言った。「ここの木立からは、わたしの子ども時代のため息が聞こえる」

「というと?」

「ここはわたしが育った家」ヴェンデラはそう言い、庭へ歩いた。

ペールはためらうようにしてから、あとに続いた。

「ここでの生活はどうだった? いい子ども時代だったのかな?」

ヴェンデラは一瞬、返事をしなかった。あまり話をしたくなかった。それに牛のことを考えたくなかった。

「少し寂しかった」ようやくそう言った。「近くには誰も友だちがいなくて。みんなマルネスに住んでいたから。話し相手は父、そして……」

ヴェンデラは黙りこみ、小さな納屋が建っていたことを示す雑草の生えた基礎の前で立ちどまった。

そこで家を見あげた。二階のまんなかの窓を。束の間、そこからふたつの目が見つめているような気がした。窓ガラスの奥の顔。片手をあげて、低い声で笑って。

ここへ会いにきてくれよ、ヴェンデラ。

だが、窓ガラスの奥の部屋は暗く、誰もいなかった。

一九五八年、エーランド島

エルフがヤンソン先生を学年末まで仕事ができないほどの病気にしたから、代用教員のエルンスタム先生はクラスを教えつづけることになる。ヴェンデラも、クラスのみんなもこの先生が大好きだ。カルマルからやってきた彼女は、教育についてあたらしい考えをもっている。若くてモダンに見えるし、教壇を離れて教室を歩きまわることもあるし、足踏みオルガンの演奏を断固拒否する。

クラスの担任になって一週間後、エルンスタム先生が来週の金曜日にボリホルムへ春の遠足へ行くと発表する。港や城を訪れるのだが、自由に広場の近くの店を見る時間ももてるのだ。この遠足は励ましのようなもので、大事な年度末の試験の勉強を始める前のお楽しみだ。

はしゃぎ声が教室じゅうから聞こえるが、ヴェンデラは黙っている。

彼女は行けない。もちろんだ。牛の世話をしなければならないし、それに、列車の運賃の二クローナがいる。大金とは言えないけれど、そんなお金はもっていないし、もっとお金をくれと父に頼むつもりもない。父に余裕がないことはわかっている。何度もそう話しているから。

けれども、その週のうちに、遠足に必要な金の問題は解決する。火曜日に親友のダグマルから五十エーレ硬貨を二枚借りることができ、木曜日にさらなる奇跡が起きて、帰り道、マルネス教会に差しかかると、誰かが砂利道に落としたきらめく一クローナ硬貨が突然目に入る。これで運賃にはじゅうぶんなお金と、少しの余裕を手にできたのだ。

残る問題はただひとつ。ロッサ、ロッサ、ロッサだ。硬貨を握りしめて、エルフの石の前で立ちどまる。くぼみを見つめる。

もちろん、からっぽだ。

ヴェンデラはくぼみのひとつに五十エーレ硬貨を一枚置き、翌日、牛を連れ帰って乳搾りをする仕事をしないで済みますようにと願う。年に一日の休み——それなら欲張りな願いじゃないのでは？

しばらく石のところにいて、硬貨を見つめる。自分がなにを考えていたのか、その後ヴェンデラには思いだせない。なにか違うことを祈っていたようだ。

たぶん、もっといい暮らしを？　農場から離れ、父や二階の〈病人〉から離れ、エーランド島から離れることを願っていた？　なんの責任もなく、お金が問題にならない別世界へ逃げたいと？

ヴェンデラには思いだせない。くぼみに硬貨を残し、振り返ることもなく、草原を横切っていく。

帰宅して牧草地へ行くと、牛たちが頭をあげて視線をむけてくる。ロッサ、ロッサ、ロッサは一列になってとぼとぼと門へむかってきて、ヴェンデラは牛追い棒を振りあげる。けれども、今日は叩かない。考え事で頭はいっぱいだから。牛たちのうしろから歩き、自分の願いはどうやって叶えられるのかと思っている。

その夜、暗闇で牛たちが鳴く声がしてヴェンデラは目覚める。怯えているようで、鳴き声にまじっておかしなパチパチという音が聞こえる。

ヴェンデラはベッドに起きあがる。煙の臭い。ブラインド越しに、外でちらちらと揺れる光が見える。納屋のまわりの黄色い光がどんどん大きくなっていき、庭のほかの部分は暗い森とひとつに溶けあっている。表の玄関前の石段から荒々しい足音がして、叫び声がする。「納屋が火事だ！」

ヘンリの声だ。床を横切ってくる音、勢いよくドアを開ける音。「火事だ！　外へ！」

　ベッドから降りると、ヘンリに引っ張られ、引きずられるように運ばれ、石段を下ろされて寒い空気のなかへ出る。ようやく濡れた草地に降ろされ、とまどってあたりを見まわす。そのとき、納屋が炎に包まれるのが見えた。炎は力強く壁から外へ押しでて、夜空に火の粉を飛ばし、それが渦巻いている。炎はすでに切り妻屋根を舐めはじめていた。

　ヘンリはヴェンデラを見おろすように立っている。裸足で膝丈のナイトシャツしか着ていない。そして振り返る。「ヤン‐エリクを連れてこなければ！」

　ヘンリは急いで家へもどる。

「ヤン‐エリク？」

　返事はない。

　牛たちはまだ鳴いている。聞いたこともないほど大きく、長く。外へ出られないのだ。

　のたくるように地を這う炎が両側から納屋を舐めるようにあがり、屋根で赤い砕け波のようにぶつかる。ヴェンデラは脚が麻痺したように感じている。動けない。草地に座って見ていると、父が毛布にくるまった大きな荷物を抱えて家から現われる。

　ヘンリはその荷物を草地に降ろす。

　ぜいぜいという音が聞こえる。二本の腕が毛布の両側から突きでて、顔が現われる。白目がちの瞳が瞬き、続いて白い歯の並ぶ口がほほえみかける。

〈病人〉は草地に起きあがる。一メートルしか離れていない。見つめあうふたりに聞こえる音は、納屋の屋根が崩れはじめて、軋んで砕ける音だけだ。

　炎にくっきり照らされ、〈病人〉は年寄りなどではないとヴェンデラは気づく。なんとまだ少年だ。ヴェンデラよりおそらく五、六歳年上なだけ。彼の脚は長く細い。

　けれども、彼は病気だ。喉にかなり痰がからんでいる音がするし、皮膚もどこかおかしい。炎が照らさなくても、顔が赤く腫れていて、両頬と額には血のにじんだ長いひっかき傷があるのがわかる。動物にでも襲われたようだ。上半身も赤く、ただれている。それでも彼はほほえんでいる。

〈病人〉が農場で暮らすようになって、もう二年、三年になるというのに、ヴェンデラは彼が何者か知らなかった。この人は話せるのか？　スウェーデン語がわかるんだろうか？

「名前はなんていうの？」

彼は口を開けて笑うが、答えない。

「わたしはヴェンデラ。あなたは？」

「ヤン＝エリク」ようやく彼はそう言うが、声はとても静かで小さいから、炎の音で聞きとるのもやっとだ。

彼は笑いつづけている。

「あなたは誰？」

「ヤン＝エリク」

ヘンリはまだ庭を走りまわっていて、炎の手前に姿がはっきりと見えることもあれば、暗闇に完全に見えなくなることもある。火の手が広まって家の切り妻屋根をとらえたとき、ヘンリは井戸からバケツいっぱいの水を汲みあげ、火の粉が飛んでも大事に至らないように木材を湿らせようと二階へあがっていく。

ヴェンデラの身体の緊張が解け、動けるようになる。今夜、ただひとつ正しいことをする。納屋の隣の鶏小屋へむかい、ガタのきた門を開けたのだ。雌鶏もヒナたちもたがいに押しあうようにバタバタと庭へ出てきて、それに若い雄鶏が続く。鶏たちは暗闇の危険のない場所で、ぎゅっと一塊になる。

「消防団に連絡しろ！」ヘンリが叫ぶ。

ヴェンデラはキッチンへ駆けこみ、ボリホルムの消防団に電話をかける。電話はカルマルへまわされるが、担当者をつかまえて、どこで火事が起こっているのか説明できるまでかなり時間がかかる。

ヴェンデラが外へもどると、〈病人〉はまだ草地に座っていて、ヘンリも相変わらず納屋と井戸を走って往復している。

　けれども、手遅れだ。炎は上の干し草置き場までも、そして牛舎になっている壁にもごうごうと広がっていて、ついにヘンリの動きはゆっくりになる。深々と呼吸をする。長く、重いため息ひとつだ。

　ヴェンデラがただ立ちつくしていると、納屋から悲鳴がしなくなる。

　肉に火が通った。夜の空気に焦げた牛肉の臭いが充満する。

　炎の熱が感じられるほどだったが、それでも凍えるように寒い。外にいたくない。

「父さん……家へ入らないの？」

　最初はヴェンデラの声が聞こえないようだったが、やがて首を横に振り、低い声で返事をする。「炎のせいじゃない」

　ヴェンデラにはどういう意味か理解できない。


　一時間近くも過ぎてから、ボリホルムの消防団が二台の車で現われるが、彼らにも火の手がまわるのを防ぐことしかできない。納屋を救うのは不可能だ。

　真夜中をまわって数時間して消防士たちは引きあげていくが、庭には煙がいっぱいで、ヘンリはぴくりとも動かず、玄関前の石段に腰を下ろしている。すでに〈病人〉を部屋に帰していたが、室内へ入ることはこばんでいる。ヴェンデラは最後にもう一度、父のもとへ出ていく。

「ヤン－エリクって誰なの、パパ？」

「ヤン－エリク？」ヘンリはこの質問に考えこんでから答えたようだ。「そりゃ、わたしの息子だよ、もちろん……おまえの兄さんだ」

「わたしの兄さん？」

　ヘンリは振りむいてヴェンデラを見る。「話さなかったか？」

ヴェンデラは父を見つめる。訊きたいことは山ほどあるが、ひとつだけにする。「あの人はどうして学校へ行かなくていいの？」

「通学を許されないからだ」ヘンリは言う。「努力しても無駄だと言われた。あの子を教育することはできないと」

そして父は顔をそむけ、暗闇を見つめる。

ヴェンデラは家のなかへもどり、ベッドに入る。疲れきって横たわる。

きっとヘンリは一睡もしなかったのだろう。翌朝七時に娘を起こしたとき、まだ同じ服を着ていたからだ。

「学校」父はそれだけを言う。それからこうつけ足す。「今日はおまえに寝坊させたよ……もう乳搾りの必要はないからな」

父の言葉を聞いてようやく、部屋にこもる煙の臭いに気づき、続いて夜のあいだに火事になったことを思いだす。さらに、〈病人〉のことを思いだす。ヤン－エリク。

ヘンリは部屋を出ていく前に戸口で立ちどまる。「先のことは、なにも心配しなくていい。保険に入っているし、掛け金の領収証も保管してある。だから、なにも問題ない」

そのとき、ヴェンデラは最後にもうひとつ思いだす。今日は学校の遠足だ。クラスのみんなで、列車に乗ってボリホルムへ行くのだ。

一緒に行ける。運賃もあるし、結局は牛も問題にならなくなった。

一時間後、ヴェンデラは誰もいない石灰岩平原を横切っていくが、エルフの石とは大きく距離をあけるようにして、しっかりと視線を前に定めている。もう石なんか見たくもないが、それでも疑問が湧いてくる。

昨日、石の前で自分は実際にどんなことを願ってしまったのか？　自分のやったことがよく把握できないし、エルフが自分のためにやってくれたことを考えたくもない。

生徒たちが集まって、駅への出発に備えている。みんな笑顔でおしゃべりにも熱が入る。ヴェンデラはほほえんでいないし、誰にも話しかけない。鼻のなかでまた煙の臭いがする。

同級生たちと列車に乗ってボリホルムへむかい、ダグマルたち女の子と同じ車両に座るが、自分はまだ石灰岩平原にいるような気がする。完全にひとりきりで。そしてボリホルムへの遠足で覚えていることはなにもない。夜に起こったことすべての闇に、この日はあっさりと呑まれてしまう。

遠足を終え、本来ならば乳搾りをしているはずの三時間後に帰宅すると、庭にたくさんの人がいる。

警察がいる。マルネスの巡査ふたりが火災現場を調べて歩きまわっている。家の切り妻屋根の片側は炎で黒くなり、納屋は焼け落ちている。残ったのは石の基礎だけだ。灰で固めた長方形のプールのように見える。黒焦げの板や屋根瓦がいっしょくたになって灰色の山の隣に積みあげられている。灰に覆われた死骸が三体。脚はこわばって、焦げた肉の臭いが庭全体に広がっている。

ロッサ、ロッサ、ロッサ。でも、ヴェンデラはいま名前のことなど考えたくない。

隣人たちも集まっていた。ステンヴィークやもっと遠くからさえも、やもめのヘンリの納屋の残骸を見物に集まって、なかには不運な家族のために牛乳やサンドイッチをもってきてくれた人たちもいる。ヘンリはほほえみ、歯を食いしばって礼を述べている。ヴェンデラもお辞儀をする。頬が燃えるようだ。そこで彼女はそっとその場を去る。誰もいないキッチンに入って階段をあがり、〈病人〉の部屋のドアをためらいながら開けようとしてみるが、鍵がかかっている。

「ヤン＝エリク？　ヴェンデラよ」

返事はない。笑い声さえもしない。ドアの奥は静まりかえっている。

一階へもどり、キッチンの窓の外を見やる。

ステンヴィークからやってきた男たちのひとりは背が高く痩せていて、考え深げな表情であたりを見まわしている。同情の言葉を父にかけてから、納屋のそばに立つ。そこで警察が急にヘンリを呼びつける。

窓越しに見ていると、父は焼け跡を警官たちに見せて牛の死骸を指さしている。

警察は調べを続ける。ヘンリは室内のヴェンデラのもとへやってくる。ヴェンデラはまだ窓の外を見つめている。ステンヴィークのあの背の高い男が、納屋を、続いて地面のなにかを指さしている。

警官たちが耳を傾け、うなずく。

「あそこでなにをしているんだろうな」ヘンリがつぶやく。「なにか因縁をつけられるかもしれないな」彼はヴェンデラを見やる。「わたしの味方をしてくれよ。警察に質問されるようになったら」

「質問って？」

「問題があったら、そうしてくれるね？　おまえは父さんの味方をしてくれるね？」

ヴェンデラはうなずく。

三十分後の黄昏のなか、警官たちは玄関前の石段をあがってきて、煙の臭いをキッチンへ運んでくる。どさりとテーブルにむかって腰かけ、ヘンリを見つめる。

「わかっていることを話してくれ、フォシュ」ひとりが言う。

「たいしてわかっていることはない」

「どうして火事になった？」

ヘンリはキッチンテーブルに両手をつく。「わからない。ただ火事になった。わたしはいつも不運だからな、いつも。この家は呪われているんだ」

「つまり、火災で目が覚めたんだな？」

警官のひとりがしゃべり、もうひとりは無言で座っているだけで、ヘンリを見つめている。

父はうなずく。「真夜中頃だ。娘も同じだ」

ヴェンデラは警官たちのほうを見ようともしない。心臓がどきどきして、胸から飛びでそうなくらいだ。黄昏時。エルフが牧草地で円になって踊っていることだろう。

「出火は二カ所からだと考えている」しゃべっているほうの警官が言う。

「そうなのか？」

「そうだ。東と西、それぞれの切り妻屋根側だな。これが実際、おかしな話でね。ゆうべはかなり雨が降っただろう。地面は湿っているくらいだからな」

「誰かが出火箇所で蠟燭に火をつけている」もうひとりが口を開く。「泥のなかに蠟の塊を発見した」

「そうなのか？」

「それに、灯油の臭いもする」しゃべっていたほうの警官が言う。

「そのとおり」もうひとりが相づちを打つ。「臭うぞ」

「靴を見せてもらえないか、フォシュ？」

「靴？　どの靴だ？」

「全部だ。靴もブーツも全部見せてくれ」

ヘンリはためらうが、警官たちが彼をポーチへ連れていき、靴を全部調べる。ひとつずつ手に取っている。ヴェンデラにも、彼らが靴底を見ているのだとわかる。

「これかもしれない」しゃべっていた警官がブーツを見せる。「どう思う？」

もうひとりがうなずく。「そうだな、同じ模様だ」

しゃべっていた警官がそのブーツをキッチンテーブルに置き、ヘンリを見やる。「この家に燃料は置いているかね、フォシュ？」

「燃料？」

「灯油は？」

「ああ、あると思うが……」

「缶で？」

ヴェンデラは父の言うことに耳を傾け、蛇のようにのたくっていた炎について考える。地面を横切る路を探すように移動し、納屋の壁を伝って這いあがっていた。まるで、どこへむかうのか知っているかのようだった。

「瓶入りだよ」ヘンリは穏やかに言う。「どこかに使いかけの瓶入りの灯油があるはずだ」

警官たちがうなずく。

「そういうことだな」しゃべっていた警官が同僚に話しかける。

「そうだ」

短い沈黙が続くが、そこでヘンリは背筋を伸ばし、深呼吸をして、一言だけ発する。「いいや」

驚く警官たちに見つめられ、彼は話を続ける。「そうじゃない。わたしは火事とはなんの関係もない。灯油を撒くのは、誰にだってできたはずだ。わたしは一晩じゅう家のなかにいた。火事になるまで。娘が証明してくれる。正直に話してくれるさ」

突然、警官たちはヴェンデラのほうをむく。ヴェンデラは全身が冷たくなった気がしている。

「そうです」やがて彼女は言う。そしてできるだけの嘘をつきはじめる。「パパは家にいました……隣の部屋で眠ってました。外へ行けばいつも、その音が聞こえますが、ゆうべはどこにも行きませんでした」

ヘンリはキッチンテーブルのブーツを指さす。「それに、これはわたしのものじゃない」

「おたくのポーチにあったんだぞ」しゃべっていた警官が言った。「ほかに持ち主がいるはずないだろう？」

ヘンリは数秒ほど無言だったが、そこで二階を見あげた。「一緒に上へ来てくれ」彼は行った。「見せたいものがある」

40

イェルロフはそのなかで小さな船を海に出せる空瓶をできるだけたくさん集めるよう心がけていた。毎日夕食のときにワインを一杯飲んでいる。だが、復活祭からこっち、ボトルシップ作りにはほとんど手をつけていなかった。全装帆の船は作りはじめてもいない。ほとんどの時間は眠っているか、芝生の椅子で日射しを浴びているか——そしてエラの日記を読んでいるかだった。

分量を決め、一度に一ページずつ読み、そのたびに書かれている内容についてじっと考えた。

一九五七年九月十八日

自分が恥ずかしい。最近は書くことがあまりなかったから。でも、今日は書ける。たくさんのことがあった。カルマルのオスカル・スヴェンソンの葬儀に行ったし、誕生日もあった――四十二歳になった！

先週の日曜日にイェードスレーサの教会で、わたしの甥のビリエルの信仰告白式へ出かけた。とても厳かで、エーク牧師はいくつかむずかしい質問をした。

イェルロフは昨日列車を使って船までむかい、今朝ストックホルムにむけて旅立った。娘たちは自転車でロングヴィークへ行ってしまったから、わたしはコテージにひとりきり、これもたまにはいいものだ。

曇っていて、今朝は厳しい秋風がバルト海から吹いている。イェルロフは嵐でも船を進めることができるのはわかっているけれど、あの人の無事を神に祈っている。今回、二カ月は船に乗っているはずだから。

わたしはベランダに腰を下ろしてこれを書いている。娘たちが出かけるとき、見送りにきて一番下の石段におかしなものを見つけた。宝石があったのだ。バラのような形をしたブローチで、銀のように見えるけれど、まさか銀だなんて？ きっとあの小さな取りかえっ子がもってきてくれたのだろう。これをどうすればいいのか、わからない。なんだかいけないように思う。


イェルロフは読み終えると、しばらく考えこんだ。それから立ちあがって、部屋に入った。

彼はエラの黄色い宝石箱を何年も保管していた。自分の部屋のタンスの抽斗に入れ、色褪せた船の旗をかぶせてあった。宝石箱を取りだすと、蓋を開け、ブレスレット、指輪、イヤリングが重なりあう様子を見おろした。ブローチのなかには磨かねばならないものもあった。そのひとつが、バラのような形をしていて、中央に小さな赤い石がついていた。

イェルロフはそれをそっと手にとった。

エラが身につけているのを見たことがあっただろうか？　なかったように思う。

41

ジェリーとマリカは病院の廊下でぴくりとも動かずに立って、顔を見合わせていた。

ペールも隣に立っていたが、本当はどこかよそに行きたかった。カルマル海峡の向こう側あたりへ、ヴェンデラ・ラーションと長距離のランニングでもしていたい。だが、ここにいる。

彼とジェリーが五分前にエレベーターを降りると、元妻がそこにいたのだった。

「こんにちは、ジェリー」マリカが静かに言った。

「お元気？」

マリカはジェリーに一度しか会ったことがなく、それもかなりむかしのこと、双子が生まれる前の年のこだった。その頃には、ペールの母のアニタとは何度か顔を合わせていて仲が非常によく、マリカは父にも会いたいと言い張っていた。それである週末、クリスチャンスタッドからそう遠くないところにいたとき、ペールは中心街まで運転していき、ジェリーのアパートメントの呼び鈴を押したのだった。

誰も家にいないことを願いながら。

だが、ジェリーがドアを開けた。ダークブルーのシルクの部屋着に、豹柄のズボン下といういでたちで、昼食をとっていくようふたりに勧めた。キャビアを載せたトーストだった。それにもちろん、大量のスパークリング・ワイン。ふたりが帰る際は、《バビロン》と《ゴモラ》の最新号を贈り物としてもたせたが――ロマンスをぶち壊しにするだけだった。

その後のマリカは、二度とジェリーに会いたがらなかった。

そしていま十四年が過ぎて、ふたりは差しむかいで立ちつくしている。ペールはジェリーが元妻を見分けられたかどうかわからなかった。ひたすらマリカを見つめているが、最近では誰に対してもそうする。

「ジェリーはもうあまりしゃべれない」ペールは言った。「だが、そのほかは元気だよ。そうだな、ジェリー？」

父はうなずくばかりで、まだマリカを見つめている。

「ニーラに面会に来たのか？」

「ええ……今日はとても元気よ。わたしはもう行かないと――医者から話があるそうなの。あなたも一緒に来る？」

ペールは首を振った。ニーラについてのあたらしい情報はどんなものでも聞くのが怖かった。「今日はやめておく」

「重要なことかもしれないわよ」マリカが言った。

「ニーラについての話はすべて重要だよ」ペールはあわてて言った。「すぐにもどってくるが、ジェリーとわたしはこれからやることがあるんだ。そちらも重要な話で」

「それは延期できないの？」

「できない……人と会う約束がある」

警察がかかわっているとは、言いたくなかった。マリカはうなずいたが、不機嫌そうだった。

「あとで」ペールはそう言い、まずは病棟へむかった。ニーラはベッドの上であぐらを組み、グラスに入ったなにかを飲んでいた。パジャマ姿で、背筋をピンと伸ばしている。父が入っていくとうなずいてみせたが、飲むのはやめなかった。ペールはグラスに入った妙なオレンジ色の液体を見つめ、尋ねた。「なにを飲んでいるんだい？」

「人参ジュース」

「自分で買ってきたのか？」

またごくりと飲んでから、娘は首を振った。「エミールがくれたんだ……お母さんが作ってくれたやつ。エミールの体調がよくなるようにって、いろんなビタミンが入ってるんだって。でも、エミールはこれが好きじゃなくて」

「でも、おまえは好きなのか？」

「飲めないことはない……とにかく、わたしが飲んであげれば、彼が飲まなくて済むじゃない」

外から看護師の強い口調が聞こえ、ここの廊下でなにをしているのかと患者に尋ねている。答えはほとんど聞きとれなかった。

「わかりました。そういうことならば、おまるを準備しましょう」看護師がそう言い、廊下を去っていく足音が響いた。

「ずっとここにいる？」ニーラが尋ねた。「ママはすぐもどるって。先生の話があって、ちょっとはずしただけ」

ペールは首を振った。「できないんだよ。お祖父ちゃんが待ってる」

「どこへ行くの？」

「ふたりで……ふたりでちょっとカルマルをドライブするんだ」

彼は娘に嘘をついてしまった。マリカに嘘をついたのと同じように。

ペールがエレベーターの前へもどると、マリカはいなくなっていた。ジェリーは椅子に腰かけ、携帯電話を耳にあてている。ペールが近づく前に、電話を切った。

「誰と話していたんだ？」ペールはエレベーターで下へ降りながら尋ねた。「誰かが電話してきたのか？」

ジェリーは窓の外を見つめている。「ブレメル」

「彼は死んだよ、ジェリー」

「ブレメル、話したがった」

「そうか？」

ペールはジェリーの電話を自分のほうへむけ、ディスプレイを見た。またしても〝非通知〟だ。

ふたりは車へもどった。ペールは父の隣に腰かけ、エンジンをかけた。「頼みがある、ジェリー」彼は言った。「警察には、ハンス・ブレメルが電話をかけてきたことは言わないでくれ。あんたのことを疑うかもしれない」

ジェリーは返事をしなかった。カルマルを車で進むあいだ、しばらく無言のままだったが、窓を塗りつぶした小さなゲーム・ショップに差しかかると、それを目で追っていた。それから口をひらいて、ぶつぶつ言ったが、ペールにはよく聞きとれなかった。

「なんだ？　なんて言ったんだ、ジェリー？」

「ムー・レン・ノア」

「ムー・レン……それはなんだ？」

ジェリーは思いだし笑いをした。「マルメ」

「マルメのムー・レン・ノア？」

ジェリーはうなずいた。

「中華レストランみたいだな」ペールは言った。「それとも人の名前か……マルメであんたが知っていた中国人か？」

ジェリーは首を振った。

「シンディ」いきなりそうつぶやいた。「スージー、クリスティ、デビー……」

「マルメでその女たちと会った店の名前か？」

父はうなずくばかりで、思いだし笑いをしていた。町を走っていくあいだ、しゃべることはなかった。

カルマルの警察署は大きく、黄色に塗られた煉瓦造りの建物で、細い窓があった。町の中心部のすぐ北で、ブロックの半分を占めている。

ジェリーは表の〝警察〟という文字を見て、びくりとした。動こうとしない。

「大丈夫だ」ペールは穏やかに言った。「ただ話をしたいだけだそうだよ」

受付の女性に名前を告げ、ビニール張りのソファにジェリーと腰を下ろした。目の前には、未成年者にアルコール類を販売することの危険性についてのポスターが貼ってある。悲しげな目をした年若い少女がいて、こんなフレーズが書かれている。〝自分の娘が今夜なにをしているか知っていますか？〟

知っているとも。

電話で話をした警部のラーシュ・マルクルンドが、数分ほどで現われた。ジーンズと灰色のタートルネックのセーターというカジュアルないでたちだ。

「ようこそ」彼は挨拶して握手を求めた。「まずは、あなたとだけお話しさせてください、ペールさん。それから、イェルハルドさんを呼びましょう」彼はジェリーを一瞥した。「しばらくここで待ってもらいますよ、イェルハルドさん」

ジェリーはふいに不安な表情を浮かべた。そして立ちあがろうとしたが、ペールが腰をかがめた。「ここにいてくれ、ジェリー。大丈夫、すぐにもどる」

父は考えこんだ様子だったが、結局はうなずいた。

マルクルンドは壁がむきだしでさまざまなフォルダーが載ったデスクと椅子が二脚しかない狭い部屋へ、ペールを案内した。「座ってください。さて、あなたはエーランド島からいらしたんですね?」

ペールは警部のむかいに腰を下ろした。「そうです」

「あそこは美しい島ですね。エーランド島に家をもちたいといつも夢見ているんですよ。やはり高いですか?」

「そうかもしれません。よくわからなくて。コテージは相続したものなので」

「幸運ですね」マルクルンドはペンを手にして、ペールを見た。「さて……あの日、火災のあった家の外となかでなにをご覧になったか、あなたの言葉で正確にお話ししてください。細かな部分が重要なのです」


「火事について、ということですか?」

デスクをちらりと見おろすと、マルクルンドがなにかの報告書に肘をついていることがわかった。それはジェリーの家の平面図だった。矢印やバツ印が見え、〝火災は人工的に五カ所で起こっている!〟と鉛筆で書きこまれていた。

「もちろんです、火事について全部話してください」マルクルンドが言った。「どのように気づいたか、いつ気づいたか、あなたは正確に家のどこにいたのか、火災の前になにか壊されたものがなかったか、火がどのように広まったとお考えか、すべてを」

ペールは深呼吸をしてから、父を迎えに行こうと家を訪れたところ、父がナイフで襲われた直後だと発見したことから始めた。父を逃がしてからまた家へもどり、二階へあがり、煙の充満した部屋で、ベッドが燃えていたことを話した。そこに男の遺体があったと思うこと。それから、別の部屋で女の悲鳴が聞こえたこと。それから、炎がふいにいくつもの方向から迫ってきたように思えて、窓から飛び降りるしかなかったこと。

思いだせるかぎりの真実だけを話し、真実以外は話さなかった。十五分ほどかかった。

「知っているのはいまので全部です」最後に彼は言った。「わたしは家にはいましたが、出火原因とはなんの関係もありませんよ」

「誰もあなたが関係しているとは言っていませんよ」マルクルンドが言い、手帳にメモを取った。

ペールは身を乗りだした。「ですが、どんなことがわかったんですか？　きっと念入りに仕組まれたことだったんでしょう？」

マルクルンドは最初、反応しなかった。

「通常ですと、なにも言えませんが、あなたは穴の開いたガソリンの容器を目撃している。車のバッテリーも——それはなにを示すものでしょうか？」

「計画されたもの、ということです」

マルクルンドはうなずいた。「科学捜査班は火災の発生した場所の近くで紙の燃えかすを発見しています……書類の燃えかすです」

ペールはジェリーのアパートメントの扉が開いていたことを思いだした。「それは契約書かもしれませんね」彼は言った。「ジェリーとブレメルの映画や雑誌に出た人たちとの契約書です。そのなかの誰かと話はされましたか？」

「なかなか見つけづらくて」マルクルンドは言った。「これまでのところ、たいして成果はあがっていませんね」

「でしょうね、あの人たちは本名を使っていなかった」ペールが言った。「手伝いましょうか？　わたしのほうで探してみても——」

警部はすばやく首を振った。「それはわれわれの仕事ですから」

ペールはもどかしくて天井を見あげた。感謝するということを知らない男だ。

「ですが、死亡した女性は元モデルだと考えています」

警部を見つめた。「そうですか。なんという名前ですか？」

「まだ名前をあきらかにする準備はできていません」

マルクルンドがメモを取ってから、先を続けた。「お父さんのことを話してください。このお仕事を始めてどのくらいになりますか？　その前はなにをされていたのですか？」

「ジェリーはあまり語ったことがないんですよ」ペールは言った。「ですが、祖父は牧師で、父はかなり早くに家を出て、カー・ディーラーになりました。一九五〇年代の初めですね。うまくいったのはまちがいない。ほんの数年で、ポストカードの会社を買収し、エロティックな絵の印刷を始めました。これがよく売れたんです。それから六〇年代に最初の雑誌の《バビロン》を立ちあげました。デンマークで印刷して小さなモーターボートでスウェーデンへ密輸したんですよ」そこで言葉を切ってから、つけ足した。「ですが、七〇年代の初めにはスウェーデンでポルノが合法になった。そこで父は有限会社を立ちあげ、人を雇い、ヨーロッパじゅうで雑誌の販売を始めたんです」

「つまり、それがお父さんの栄光の日々の始まりだったわけですね。そんなふうに言ってよろしいでしょうかね」マルクルンドはまたメモを取ってから、顔をあげた。「お父さんが雇った人々ですが――あなたはどんなことをご存じですか？」

「なにも知りません。よくいたひとりはマルクス・ルーカスというようですが、それも偽名臭いですね」

「それからブレメルは？　ハンス・ブレメルについては、どのようなことをご存じですか」

「あまり知りません」

「会ったことはありますか？」

ペールは首を振った。「長年、父が話したことの断片しか知りません……ふたりは七〇年代の終わりに、一緒に仕事を始めました。ブレメルは当時マルメで暮らしていたそうです。ジェリーの話では、呑みこみが早くて有能な人だったそうで、一緒に働けてよかったとも」

マルクルンドはこれを書き留めてから言った。「わたしたちのほうが、ブレメルについてはあなたより詳しいようですね」

「と言われると？」

「細かいことはお話しできませんが、ブレメルはマルメでさまざまなことにかかわっていました。映画ビジネスは彼の多くの才能のひとつにすぎなかったのですよ……目下、その方面の追及に全力を挙げています」

「つまり、彼はギャングだった？」

「そうとは言っていませんよ。さて、お父さんとブレメルの仲はうまくいっていたのですね？」

「そう思います。長年一緒に働いていたんですから。ジェリーは火事になった日、ブレメルに会うためにあの家へ行ったんですよ」

マルクルンドは書類をめくっていた。「けれども、ふたりは口論になったんですよね？」

「ジェリーはそう言っています。ナイフで斬りつけたのはブレメルだと言い張っていますよ。わたしが父の言うことを正確に理解しているならですが……ただ、ブレメルが縛られて閉じこめられていたのだとしたら、ほかの誰かだったことになりますね」

「ほかに誰か見かけましたか？」

ペールはためらった。マルクス・ルーカス。ほかに誰が考えられる？

「はっきりしないのですが……森へ逃げこむ人を見たように思いました。火の手があがってすぐに。跡もありました。地面にタイヤの跡が、たぶん」ふたたびためらったが、話を続けた。「ブレメルの車が森に駐められていて、家が火事になってすぐに、何者かがそれで走り去ったのだと思いました」

「ほう？」マルクルンドはふたたび手帳を見て言った。「どうして、ハンス・ブレメルが車をもっていると思ったんです？」

ペールは警部を見やった。「もっていたはずでしょう？　彼は父をたまに送っていましたから。ブレメルが火事の前に、バス停で父を拾ったはずです……ところで、父の鍵はすべて発見されましたか？」

マルクルンドはふたたびメモをたしかめた。「お父さんの鍵ですか？　鍵をたくさんもっていた？」

「これもはっきりしませんが……でも、何者かがクリスチャンスタッドの父のアパートメントに押しいって、タンスの抽斗を壊したんですよ。父がエーランド島に滞在中のことです。あきらかになにか探した形跡がありました。ジェリーの書類はすべて探ってあった。復活祭が終わってから、それがわかって、父はブレメルがアパートメントの鍵をひと組もっていたと話していました。警察にも通報しましたよ」

「空き巣ですか？」マルクルンドはメモを取った。「それは確認を取ったほうがよさそうですね」

「お願いします」ペールは言った。

短い間が空いた。マルクルンドが部屋の時計を見て言った。「なにかもっとお話しになりたいことは？」

ペールは考えてみた。彼の一部は話を続けたがった。マルクルンドに、いまでも頭のなかであの女の悲鳴が鳴り響き、それが森でのレジーナの叫び声と混ざることを言いたかった。けれども、これは心理療法のセッションではない。

そのとき、あることがひらめいた。

「ひとつあります、たぶん。父とわたしにあの火事以来、何度か妙な電話がかかっています」

「誰からですか？」

「わかりません。非通知で」

「なるほど、ですが、それでも番号を知ることが可能な場合があります……試してみましょう」

マルクルンドはさらに少しメモを取ってから、うなずいた。「よろしいでしょう、これで終わりに」彼はペールを見た。「ご協力、感謝します。イェルハルドさんを呼んでもらえますか？」

ペールは立ちあがった。ニーラのことを考えて尋ねた。「どのくらいかかりますか？」

「長くはかかりません。二十分ほどでしょう」

「わかりました。ですがジェリーはあまり話せませんよ、お伝えしたとおり」

部屋をあとにして時計を見ると、いまの事情聴取はたっぷり三十分かかっていたことがわかった。ジェリーはまちがいなく寝ている。

だが、受付にやってくると、父はソファで眠ってはいなかった。それどころか、そこにいなかった。ソファはからっぽだった。

ペールは数秒ほどそこを見つめてから、小さな洗面所の個室まで調べた。誰もいなかった。

受付に近づくと、女性が顔をあげた。「あのご老人ですか？」彼女が答えた。「出ていかれましたよ」

「出ていった？」

「通りにいたどなたかに気づかれたらしく、出ていかれました」

「いつです？」

「それほど前ではありません。そうですね……十五分ぐらいでしょうか？」

ペールは振り返り、三歩で警察署をあとにした。歩道に立ってあたりを見まわし、日射しに瞬きをした。何台かの車がエンジンをうならせて右へ走っていったが、人の姿はまったくなかった。

ジェリーは消えてしまった。

42

カルマルは迷路だった。ペールはいつもこの街はちょうどいい規模で、目標の道もすぐに見つけられると思っていたが、いまは車道と歩道が複雑に絡みあった街に思えた。

どこにもジェリーの姿がない。

どちら側も警察の建物になっている大きな交差点を駆け足で渡り、このブロックのあらゆる方向へ走ったが、姿は見えない。携帯の電源を入れて、ジェリーにかけてみた。応答はない。

それから諦めて、受付へもどった。ラーシュ・マルクルンドはドアのすぐ内側で待っていた。時計を見て尋ねた。「問題でも？」

「父が消えました」ペールは口から心臓が飛びでそうな思いで言った。「車で探します」

また外へ出ていこうとしたが、マルクルンドが背後から呼びかけた。「待ってください！　慌てて探しまわっては効率が悪い。お父さんの人相描きを作りましょう」

ペールは立ちどまり、どうにか心を静めて引き返した。

マルクルンドが手帳を取りだし、ふたりしてジェリーの人相、身長、着ているものを確認した。

「これでよし」マルクルンドが言った。「手配を呼びかけます」

ペールは車へ急いだ。エンジンをかけたが、車は出さなかった。救命浮き輪のようにハンドルにしがみつき、頭を働かせようとした——ジェリーが行きそうな場所は？　酒場？　バス停？

考えても意味がない、でたらめにでも探すしかなさそうだ。

　車を出し、街の一区画ごとに探しはじめた。左へ曲がり、また左へ曲がって、警察署近辺の通りをつぶさに調べた。何台か車とすれちがい、帰宅途中の学童の集団や、ベビーカーを押した母親たちを見かけたが、ジェリーの姿はなかった。

　北の幹線道路へむかっていると、ポケットの携帯が鳴りだした。減速して電話に出た。「もしもし？」

「どこにいたのよ、ペール？　ずっと電話していたのに」

　マリカだった。肩におもりが載ったように罪の意識を感じたが、フロントガラスの先を見つめつづけた。

「それは……人と会う約束があったから」

　やはり警察に話を訊かれたことを言いたくなかったし、マリカもそれ以上なにも質問しなかった。「病院に来て」

「いまは時間がないんだ、マリカ」ペールは答えて、あたりを見まわした。やはりジェリーはいない。「少ししたら行けるが、いまはやることが――」

　マリカがさえぎった。「わたし、ステーンハンマルと話をしたのよ」

「ステーンハンマル？」

「ニーラの担当医よ、ペール。覚えていないの？」

「ああ、もちろん覚えているさ。なんて言われた？」

　電話の向こう側に沈黙が流れた。

「なんだったんだ、マリカ？」

「癌を」マリカは静かに言った。「めずらしい種類の癌……すぐに大きくなることはないけれど、摘出しなければならないと」

　ペールはさらに減速して、一瞬、目をつぶった。

「そうだな」彼は言った。「だが、それはもうわかっていたじゃないか？」

　マリカの声はやはり静かなままだった。「動脈の真横にあるの」

ペールには理解できなかった。「動脈の真横？」

「ええ。癌はいちばん太い動脈を包んでいるそうよ。大動脈を」

「それにどういう意味が？」

マリカはまた黙りこみ、ややあって口をひらいたとき、さらに口調は静かになっていた。「手術をしてくれる人がいないのよ」

「だが……手術しないと」ペールは言った。

マリカは返事をしなかった。

「どうしても手術しないと」ペールは言った。

「イェオリとわたしはステーンハンマルと三十分かけて話した。血管外科手術の専門医と何人も話をしたそうだけど、誰もリスクを引き受けられないそうよ」

だが、どうしても手術しないとならないんだ、とペールは思った。さもなければ、助かる見込みがない。

「マリカ。いま運転中で、ジェリーのためにしなければならないことがあるんだ。だが、すぐに電話をかけなおすから」

彼女はまたなにか言いかけたが、ペールは電話を切った。アクセルを踏みこんだ。ジェリーを見つけなければ。ほかのことはすべてあとで考える。とにかく、まずジェリーを見つけなければならない。

ニーラの助かる見込みはない。けれど、かならず希望はあるはずだ。

ぼんやりとフロントガラスの先を見つめた。ニーラ……

どうしても、手術をしてもらわないと。絶対にだ！

街のはずれまで来ていた。ガソリンスタンドの前を通りすぎ、道の両側に草地が広がり、道路に高架橋がかかったエリアに入った。このあたりはほとんど車が走っていなかった。

そろそろ幹線道路だ。引き返したほうがいい。

百メートルほど先の高架橋を見あげると、柵の向こう側に黒っぽい色の車があった。駐まっている。助手席のドアがひらき、誰かが降りてきた。

灰色のコート姿の老人。背を丸めている。ペールはふいにそれがジェリーだと気づいた。

車はバックを始めた。ジェリーはじっと立っている。あたりを見まわし、とまどい、混乱しているようだ。それから、脚を引きずりながら歩きはじめた。

ペールはブレーキを踏みこみ、停車した。ジェリーを見つけたが、たどり着くことができない。自分はあそこには通じていない車道にいる。どうしたらあの高架橋へ行ける？　このエリアはまったく不案内だった。

結局、バックすることにした。交通の規則を無視し、Uターンして高架橋の車道へ入る連絡路へ進もうとしたところで、あの車がバックをやめたことに気づいた。かわりに、前進していく。

その車はスピードをあげた。赤い車だと、ここでわかった。おそらく、フォード・エスコートだ。石切場で見た車と同じものか？　運転手は野球帽をかぶっていて、ハンドルを握る黒い影にしか見えない。

車は高架橋のジェリーの背後に迫ったが、車が走るべき中央を行かず、スピードを落とすどころか、ますますあげている。

ペールは百五十メートル、ひょっとしたら二百メートル離れたところにいた。車を駐め、ドアを開けて、叫んだ。「ジェリー！」

だが、ジェリーは風から身を守り、うつむいて歩きつづけている。

ペールは車を出て、口元に両手をあてた。「父さん！」

ジェリーに声が届いたようだ。振り返ったが、その頃には、車がもう十メートルほどに迫っていた。とまらなかった。それどころか、運転手はアクセルを踏みこんだようだ。

車に轢かれたジェリーはぬいぐるみのように見えた。車の前面が足元をすくって、ジェリーを空へ跳ねあげた。ペールが為す術もなく見ていると、ジェリーの身体はボンネットの上へ舞い、腕を伸ばし、コートをはためかせながら、にじんだ影のように放りだされた。父は空中で回転し、激しく道路に叩きつけられた。

「ジェリー！」

轢いた直後に車はスピードを緩めた。フロントガラスにヒビが入っているのが見えた。

ペールはサーブのドアを開けたまま、連絡路を駆けあがり、高架橋へむかった。靴が草の上でずるずると滑る。

ジェリーはアスファルトからゆっくりと顔をあげた。血を流しているが、意識はあった。そこで、頭がまた沈んだ。

ぶつかった車は十メートルほど先の路肩にとまった。運転手が振り返っているのが見えたが、それから車は勢いよく発進した。どんどんスピードをあげていく。轢き逃げだ。

ペールはまた草で滑った。苦労しながら連絡路をのぼり、携帯を求めてポケットで手探りした。そのとき、車に置いてきたことを思いだした。

柵を乗り越え、ジェリーから二メートル離れた場所に着地した頃、父を轢いた車は幹線道路に入っていった。

ペールはアスファルトにのびた父の上にかがみこんだ。「ジェリー？」

出血が多すぎる。鼻からも額からも、折れた歯のあいだからも流れている。

「父さん？」

父の目はひらいたが、顔全体が痛々しくすりむけて、返事はなかった。ペールは誰か助けてくれる者はいないかと必死になってあたりを見まわした。

あの赤い車は飛ぶように南へむかい、幹線道路を消えていった。最後に見えたのは、フロントガラスへ噴きでるウォッシャー液だった。

43

「ひどいものだったぞ」マックスが言った。「まったく最低だった」

「そんなふうに考えないで」ヴェンデラは言った。

マックスをアームチェアに座らせてウイスキーを注いでやると、首と肩のマッサージを始めた。身を乗りだして、穏やかに言った。「マックス、あなたよりひどい目にあっている人たちもいるのよ」

彼はウイスキーをあおり、目を閉じて、ため息をついた。「ああ、だが、どこへ行っても、同じように無能な奴らばかりだったぞ。タクシーに乗れば方向をまちがうし、ホテルの部屋のバスタブには髪の毛が落ちているし——それに、現地のラジオ局はわたしとのインタビューの約束を忘れていた。いいか、忘れていたんだぞ！」彼は首を振った。「あたらしいステージにあがるたびに、いまいましいスポットライトが目にまっすぐに当たるし。客さえ見えなかった！」

「なにかよかったことも——」ヴェンデラはそう切りだしたが、マックスにさえぎられた。まだ思う存分言い終えていないのだ。

「それに講演会の前には、干からびたリンドイッチしか出てこなかった。主催者が夕食を準備するという契約だったのに。グラス一杯のワインさえ出なかった。パンと水。それだけで、講演会をやり通せというんだからな！」

「でも、お客さんの集まりはどうだったの？」ヴェンデラは尋ねた。「たくさん来たんでしょう？」

「毎晩、三百人ぐらいだ」マックスは静かになって言った。「五百人集まればと期待していたのに。どの会場も満席にはならなかった」

「それでもたいした人数じゃないの」ヴェンデラは言った。「本が刊行されたら、もっと増えるわよ」

マックスはグラスを干し、立ちあがった。「郵便は届いていないか？」

「手紙が何通かだけ」ヴェンデラは答えて、マックスに続いてキッチンへ入った。

アロイシアスの姿を求めて見まわしたが、この家のあるじが帰還してからあの子はなかなか姿を現わそうとしなかった。アリーはマックスの機嫌が悪いと感じとれるのだ。

マックスは郵便物を手に取り、ざっと見ていった。

「ほかになにかなかったか？」

「別に」ヴェンデラは答えた。「表にまた少しツタを植えたし、ライラックの生け垣の作業も続けているわ。裏にはニセアカシアを三本植えたし」

「そうか、大きくなればいい日よけになるな」

「そう思って植えたの」

マックスはカウンターにあったメモを取りあげた。

「これはなんだ？」

彼がもっているのは、ペール・メルネルのメモだった。

「〝石の件では、本当にありがとう！　ペール〟」マックスが読みあげた。「なんの石だ？　ペールとは誰だ？」

ヴェンデラはどう答えればいいかわからず、見つめ返した。

「お隣りさんのメモよ」ようやくそう答えた。「ほら、ペール・メルネル。娘さんが幸運の石をなくしたの。わたしが手伝って見つけたのよ」

「ほう？　どこにあったんだ？」

「そのお宅の外に」ヴェンデラはマックスと目を合わさずに言った。

それは嘘だったが、本当のことは話せなかった。エルフに助けを求めたとは話せない。

「では、おまえは隣人と会っているのか」マックスが言った。「だから、おまえは電話に出なかったのか？」

ヴェンデラは瞬きをして、返事をしなかった。どう言えばいい？

「おまえとペールは会ってなにをしたんだ？」

「別に……たいしたことじゃない」ヴェンデラは慌てて言った。「でも、あの人は運動が好きだから、一緒に少し走りにいったのよ。海岸沿いを」

「なるほど」マックスは穏やかにゆっくりと言った。「一緒に運動しているのか」

「そうよ」

ヴェンデラは歯を食いしばり、緊張から笑い声をあげないようにした。

44

ジェリーと孫娘のニーラはいまやふたりともカルマルの病院にいるが、病棟は違った。ペールは週末じゅう、父と娘のあいだを行ったり来たりして、ふたりの枕元に座った。

往復する彼の足取りは重かった。途中で産科を通るのだが、親になりたての者たちや、もうじきそうなる者たちが絶えず訪れては去っていった。彼らがドアを開けると、明るい声や、姉や兄になったばかりの幼児の元気な叫び声が、新生児の弱々しい泣き声に混じって聞こえてきた。

ペールはできるだけ急いでそこを通りすぎた。

ニーラの病棟は耐えられないほど静かだった。看護師たちは音をたてずに廊下を歩き、たがいに抑えた声で会話する。

ステーンハンマル医師は週末の休みに入る前に、ペールとマリカにニーラの手術の日程を伝えた。五月一日の朝十時。医師は楽天的だった。いまのところ、手術を執刀してくれる血管外科医はいなかった。

まだ二週間近くあるじゃないか。時間はまだある。

ニーラの部屋ではブラインドが下ろされていた。ベッドに横たわり、枕元に幸運の石を置いて、イヤフォンをつけていた。

ペールは隣に腰かけ、娘の手を握った。ふたりは低い声でしゃべった。

「誰かお医者さんを見つけてくれるって」ニーラは言った。「きっと、見つけてくれるよ」

「もちろんさ」ペールも言った。「きっとすべてがうまくいく。すぐに家に帰れるよ」

自分の笑みはぎこちないと感じたが、安心させるように見えればいいと願った。

「そろそろ、お祖父ちゃんのところへ行くよ」

「わたしからよろしくって伝えて」

娘はその母親よりも親身だった。ペールが電話を一方的に切ってから、マリカはほとんど口をきかなかった。土曜日にニーラの病室の入り口で一度だけ会ったが、ペールのほうを見ようともしなかった。

「イェルハルドは気の毒に」彼女はすれちがいざまに言った。「よくなることを願っているわ」

本当にそうか？　ペールはニーラに会いにいく元妻の背を見てそう思ったが、次の瞬間、自分が恥ずかしくてたまらなくなった。

ジェリーは目を覚まさない。

病室は狭く、閉じられたブラインドは日射しを小さな輝く点々に変えていた。ペールは土曜日も日曜日も暗がりで隣に座っていたが、ほとんどなにも変化はなかった。看護師たちが入れ替わり立ち替わりやってきて、点滴を交換した。ペールを見やり、彼の手をやさしくさする同情の仕草をしてから、また去っていった。

ジェリーは金曜日の夕方にX線写真を撮影し、ギプスをはめられた。顔半分と右腕と脚は包帯で覆われた。顔の見えている部分はアザに覆われ、傷だらけだったが、どこよりも深刻な出血は脳内にあるとわかっていた。

救急救命室から集中治療室へ移され、いまでは一般病棟の個室に入っていた。これは先行きの明るいしるしと解釈されるかもしれないが、実際は逆が真実だと、看護師がはっきりとペールに伝えた。

「奇跡は期待しないでください」彼女はそれだけ言った。

ジェリーが個室へ移されたのは、手の尽くしようがないからだった。じっと横になり、時折、ひとりごとをつぶやいて、目を開けた。ほとんどは眠っていた。

ペールはベッドのかたわらに座り、十年前に母のアニタが腎臓の疾患で瀕死になったとき、ジェリーが現われなかったことを思いだしていた。電話さえかけてこなかった。息を引き取る三日前に、見舞いのカードを郵送してきた。ペールはアニタに見せずに、捨てた。

続いて、この五十年近くで父ともっとも近かったのはいつだったか、思いだそうとした。子どもの頃？いいや。大人になってからもない。親密だった頃など一時間たりとも思いだせなかった――では、おそらくそれはいまなのだろう。

父の人生についてどう思っているか言っておくべきだ。父をどう思っているか伝えるべきだ。胸のつかえをすべて取り払えば、きっと気持ちが晴れる。

だが、なにも言わなかった。ただ待っているだけだった。

土曜日に昼食をとりにいった際、小さな店の夕刊の見出しが目に留まった。

ポルノ・スタジオの二重殺人

では、ついにニュースが表に出たのか。ひとつの見出しにセックスとバイオレンスが入っている——マスコミには純金に値する事件だ。ペールはこの新聞を購入したが、めあたらしいことはなにも載っていなかった。〝悪名高いポルノ映画監督のジェリー・モーナー〟所有の家で発生した放火事件を警察が捜査中で、その家からはふたりの遺体が発見されたとあるだけだった。記事の隣には七〇年代、《バビロン》を手にカメラにむかってほほえむジェリーのモノクロの写真が掲載されていた。いま入院している事実にはふれられていなかった。ただ、コメントできる状態ではないと書かれているだけだった。

マルクルンド警部は日曜日の午後三時頃に病院に現われ、ペールはジェリーの病室の表で話をした。

「これからベクショーへむかいますよ」マルクルンドは抑えた声で言った。「お父さんの容態はどうですか？　なにかお話しになりましたか？」

「まだ意識を取りもどしていません。脳に損傷を受けたようで」

マルクルンドはうなずいただけだった。

「車を運転していた奴は見つかりましたか？」

「まだですが、幹線道路でタイヤ痕を発見しました。車は破損しているはずですから、修理工場にも確認を取っているところですよ。それに目撃者も探していますす」

ペールはジェリーの部屋を一瞥した。「きっとジェリーの知り合いです。見つけたとき、車から降りるところだったんですから。つまり、あれが誰だったにしても、父は自分の意志で一緒にいたはずなんですよ」

「運転していた者の顔は見えなかったんですね？」

ペールはうなずいた。

「ナンバー・プレートは見ましたか？」

「遠すぎて。車は高架橋の上だったんですから。色が暗い赤だったのはわかりましたが。数日前、エーランド島のうちのコテージの近くに似たような車がいたと思います」

マルクルンドは手帳を取りだした。「ほかに細かな点を覚えていませんか？」

「あまり多くは……スウェーデンのナンバー・プレートで、フォード・エスコードだったと思います。数年前の型です」もどかしい思いで警部のほうを見た。

「そんなことが役に立つでしょうか？」

マルクルンドは手帳を閉じた。「なにが役立つかは、わかりませんよ」

だが、ペールはまったく役に立たないのだと気づいた。


ジェリーは無意識へとどんどん沈んでいくばかりだったが、目蓋の下でたまに眼球が動いていた。呼吸は浅く、きれぎれの言葉をつぶやいた。スウェーデン人の名前を羅列しているように聞こえた。多くは女性の名だ。「ヨセフィン、そう……アマンダ……カルロッテ？……スサン、なにが望みだ？」

ペールの母のアニタや、レジーナの名を口にすることはなかった。

この日は時が過ぎるにつれて呼吸はどんどん弱くなっていったが、つぶやきのなかに、ペールが知っている名前や言葉が挟まれた。「ブレメル……ムー・レン・ノア……マルクス・ルーカス、とても具合が悪い……」

日曜日の夜の八時頃、ペールが眠りそうになっていると、ジェリーがふいにはっきりと見つめてきて、囁いた。「ペッレ？」

「ここにいるよ」ペールは言った。「なにも心配しなくていい、父さん」

「よかった、ペッレ、よかった」そして黙りこんだ。

ペールは身を乗りだした。「誰だったんだ？」そう尋ねた。「あの車を運転していたのは、誰だったんだ？」

「ブレメル」

「そんなはずがない」

だが、ジェリーはうなずくとまた目を閉じた。


ジェリーは日曜日の夜九時すぎに息を引き取った。かろうじて聞こえる程度のため息を漏らして。ペールが子どもの頃から聞いてきたぜいぜいいう息遣いは、その静かな吐息とともにとまり、身体は闘いをやめた。

ペールはそのとき、ベッドの隣に腰かけてジェリーの手を握っていて、部屋になんの音もしなくなるまでそのままにしていた。

数分ほど座っていた。ジェリーが死んだことを知らせる必要のある人物はいないか、連絡すべき相手がいないか考えようとしたが、ひとりとして思いつけなかった。

ようやく、医師を呼びにいった。

45

ペールは夜中の一時頃、カーサ・メルネルへもどった。父の遺体がストレッチャーに載せられて去るのを見届けてからすぐにそうした。

ジェリーが逝って夜勤の看護師のひとりが最後にやったのは、窓を大きく開けることだった。冷たい夜風が入ってカーテンがはためいた。

彼女はペールを振り返り、短く、ぎこちない笑みをむけた。「患者さんが亡くなると、いつも窓を開けるんです」そう言った。「魂を外へ出すために」

ペールはうなずいた。窓を見やると、病院の外で、かすかに光る銀色の玉のようなジェリーの魂が夜空へふわふわと流れていくのが見える気がした。地中へと沈むんだろうか、それとも星のなかへと浮かんでいくのか？

真夜中を半時間過ぎたときにカルマルをあとにして、ゆっくりとエーランド橋を渡った。島の北へと車を走らせながら絶えずバックミラーを確認した。二度ほどヘッドライトが見え、スピードをあげて迫ってきたからハンドルを握る手に力が入ったが、どちらの車も追い越していっただけだった。

石切場へたどり着く頃にはほぼまっ暗で、新築の家々を照らす外照明のライトがついているだけだった。ペールは自分の小さなコテージへ車を寄せ、降りてから耳を澄ませたが、どこもかしこも静まりかえっていた。かすかな風のざわめきがあるのみだ。

そのとき、キッチンで電話のベルが鳴り響いた。

ゆっくりと家へ近づいたが、電話はまだ鳴っている。マルクス・ルーカスか。ブレメルを殺し、いまはどこかに隠れ、父も殺すことに成功したかどうか考えているんだろう。

ドアの鍵を開け、キッチンの音のするほうへむかった。数秒ほど電話を見てから、受話器を取った。「もしもし？」

誰もしゃべらない。聞こえるのはこだまと、背景の周期的な悲鳴だけだ。

録音したものだとペールは気づいた。前にも聞いたことがある。聖木曜日の昼間に、何者かが電話をかけてきて、同じものを流していた。

そしてようやく、自分がなにを聞いているのか悟った──叫んでいる若い女。ジェリーの映画の音声が流れているのだ。

受話器をきつく握りしめた。「教えてくれ。なにが目的でこんなことをしている？」

返事はなく、映画の音は続いた。耳を傾け、目をつぶった。「そんなものを流す必要はない。ジェリーは死んだ」そしてこう続けた。「おまえが殺した」

息を呑んで、なにか反応がないかと耳を澄ませたが、さらに数秒ほど映画の音が聞こえ、それからカチリといっただけだった。通話は切れた。

ゆっくりと受話器をもどし、キッチンの窓に映る自分の青い顔を見た。

いま受けとったメッセージはいったいなんなのか？マルクス・ルーカスはこれを続けていくつもりだということか？　ジェリーのおこないがどんなものであったか知らないが、報復しようと追いつめただけではなく、メルネル家そのものを追いつめたいのか？　父の罪は子どもや孫にまで影響して……

立ちあがり、ふたたび暗い外へ出た。エルンストの古い工房へ。

壁に並んだ棚からトロールたちに見つめられながら、エルンストの工具を運びだしていった。ハンマー、ノコギリ、ノミ、大ハンマー、梶棒──優れた武器になるものがいっぱいだ。コテージ表のライトの下で、工具の多くはなまくらで磨りへっていることがわかったが、なかには鋭いものもあった。木を割る大型の斧は必殺の武器になりそうだ。それを両手で握って掲げた。

復讐したいのか？　じゃあ、ここへ来い。ここへ来て、わたしが父の罪をつぐなうつもりかどうかたしかめるといい……

武器を家へもちこみ、ドアに鍵をかけて、それぞれの部屋に武器を置いてまわった。ベッドの隣には斧だ。それから明かりを消して暗闇のなかで横たわり、天井を見あげてマルクス・ルーカスのことを考えた。顔をそむけていた男。

やがて、眠りに落ちた。

四時間後、朝日が昇って目が覚めた。頭をあげて瞬きすると、手の届く床に大きな斧が見えた。それですべてがどっと甦った。

父は殺され、娘は重病だ。

世界は冷たく、からっぽだ。

一時間ほどベッドに横たわっていたが、ふたたび寝付くことはできなかったので結局は起きあがり、朝食を少しとった。電話を見やったが、静かなまま、鳴る気配もなかった。

しばらくして受話器を手にすると、身内の死亡後に必要な電話をかけた。葬儀屋、ジェリーの取引銀行、葬儀をおこなう教会の牧師。

それから腰を下ろして窓の外を見やり、なにかが起こるのを待った。だが、そうするうちに、なにかしないではいられなくなった。仕事のアンケート表を取りだした。

もちろん、いまは仕事などできなかった。その力がなかった。それで、答えをでっちあげていった。ひとつずつ答えを自分で埋めていった。最初はゆっくり進めていったが、次第に、特定の石鹸の広告を見て購入を検討している人物像を驚くほど楽々と作りだせるようになった。なかでも〝カールスタッドのペテル〟や〝ウプサラのクリスティーナ〟といった人々は絶対に購入すると決めていた。この石鹸が自分たちの人生にあたらしい意味をもたらすと確信していた。

これほど気分が悪くなければ、ペールは声をあげて笑ったことだろう。

それに自分で答えをひねりだしたほうが、ずっと速くもあった。ほんの数時間で三日ぶんの仕事が終わった。そしてマルクス・ルーカスに対する恐れも収まりかけていた。

その後、ジェリーの寝室へむかって部屋を見まわした。父はここに長くは滞在しなかったから、ほとんど跡は残しておらず、匂いさえもなかった。みすぼらしいフランネルのパンツが椅子の背にかけられ、ブリーフケースはベッドに置かれたままになっていた。

近づいて、それを開けた。なにか重要なものが入っていることを期待したが、高血圧の薬と、脳卒中後に腕力を回復するべく与えられた小さなハンドグリップが二個しか見あたらなかった。

それにもちろん、古い《バビロン》。

雑誌をひらいて、写真をながめた。だが、若い女性たちを見つめているのではなく、マルクス・ルーカスとキャプションに記された男を見ているのだった。いっさい顔を出していない男。写真の彼は三十歳ぐらいに見える。この雑誌は十二年前のものだから、マルクス・ルーカスはいま、四十代のはずだ。

男の後頭部をにらみつけ、あの車を運転するマルクス・ルーカスを想像しようとした。この男が父を殺したんだろうか？

突然、それまでは気づいていなかったことに目がいった。写真の一枚に、腕が突きでているものがある。それはベッドの裸のカップルを指さしていて、ふたつの腕時計をはめていた。ひとつはゴールドで、もうひとつはステンレスだ。

これはジェリーの腕だ。ペールは長いことそれを見つめていた。

月曜日の夜に電話が二回鳴った。最初の電話は夕刊紙の記者からで、どうしたことかジェリーが死亡したことやペールが彼の息子であることを探りだしていた。ジェリーが〝謎めいた状況の〟交通事故で死亡したと聞いたらしく、あれこれと質問してきたが、ペールは答えることを拒否した。

「警察に電話してくれ」ただひとつの答えがそれだった。

「引き継ぐおつもりですか？」記者が尋ねた。「これからお父さんのポルノ帝国を経営するおつもりですか？」

「帝国なんかない」ペールはそう言って受話器を置いた。

次の電話はマリカからだった。

「気分はどうなの、ペール？」

本気で知りたがっている口ぶりだった。

ペールはため息をついた。「わかるだろう」黙ってから、また話を続けた。「ニーラとあまり過ごせずにすまない。今後はましになるはずだよ」

マリカはその点についてなにも言わなかった。「知らせたいことがあるの」

「いい知らせか、それとも悪い知らせ？」

「いいほうよ」彼女はそう言ったが、とくに明るい口調ではなかった。「ルンドの血管外科医が連絡をしてきてね。ステーンハンマル医師の友人。ニーラの大動脈の手術をしてくれるそうよ。〝挑戦〟しがいがあると思うから、試してみたいと」

試すのか。ペールは胃がずしりと冷たくなったように感じた。

「それはよかった」そう言った。

「約束はなにもできないそうよ。ステーンハンマル先生はそこを何度も強調していた」

アフリカの国には、子どもたちが蠅のように命を落とすところもある。新聞に死亡記事が出ることもなく。

「あなた、不安？」

「もちろん、不安だよ、マリカ」

「わたしもよ。でも、そういう意味じゃなくて、わたしにはイェオリがいるし……。しばらく、イェスペルをあなたのところへ行かせましょうか？」

「いいや」ペールは静かに言った。「あの子はきみのところにいるのが、いちばんいい」

暗いキッチンの窓に映った自分の顔を見やると、疲れきって怯えた目をしていた。イェスペルをこのコテージへ呼びもどすことなどできない。トロールの息の根をとめるまでは。

46

夏が近づいてきたとイェルロフは思った。花々が咲き乱れている。ヤブイチゲ、ヒナゲシ、白い小さなラン。すぐにライラックの時期になる。

すがすがしく穏やかな気候の春の日で、五月までたった一週間だ。この島の石灰岩を覆う薄い土壌はしばらく湿っていたが日射しであっという間に乾燥し、村周辺の沼地や湿地で淀んだ水が蒸発していく臭いが漂っていた。この二週間で、芝生も黄色から薄い緑へと変化し、生き生きと濃くなっていた。

今年の春はもうじき終わりだ。ほんの数週間で夏になる。少なくとも初夏にはなる。

〝エーランド島の春は華々しく訪れ、長くは留まらない”――誰かがそう書いていた。だが、イェルロフはありがたみを感じていた。春が訪れて去っていくのを、マルネスの高齢者ホームの三重ガラスの窓越しではなく、この芝生に座って最前列で見ることができた。

なにもかもが静かで平和だった。誰か訪ねてきてもいいように椅子を出しておいたが、この数日は誰も現われなかった。ヨン・ハーグマンはボリホルムの息子のところでキッチンの改装を手伝っているし、アストリッド・リンデルはスペインからまだもどっていない。ステンヴィーク全体が今週はどこかしらからっぽになったようだったが、ペール・メルネルの古い車が石切場へむかう砂利道へ曲がるのは見かけた。

あの男が立ち寄ってくれたらいいのに。道のむかいの金持ち連中とは別に近づきにならなくてもよかったが、ペールと話をするのは楽しかった。

一時間ほどイェルロフが芝生の椅子に座っていると、本当にペールが現われて、門を押し開けた。

だが、この水曜日の朝、隣人は疲れた様子だった。のろのろと庭を横切ってくると、短く挨拶をして腰を下ろした。

「元気かね？」イェルロフは尋ねた。

「あまり」

「なにかあったんかね？」

ペールは芝生を見おろした。「父が死にました……日曜日の夜に病院で」

「どうしてまた」

「車に轢かれました」

「車に？」

「轢き逃げです。カルマルで」

「事故か」

「そうじゃないでしょう」ペールはため息をついた。「轢き逃げでしたが、運転手はジェリーの知人だったはずなんです。その男は父を言いくるめて車に乗せ、人のいない道へ連れて行ったんですから。そして車から降ろすと始末して去っていった」

「誰がそんなことを？」

「父を殺したかったのは誰か？　わかりません……最近はちょっといろいろありました。数週間前に父のスタジオが全焼して。あれは不注意などではなく、放火だった」

イェルロフはうなずいた。「では、お父さんは好かれてなかったのかね？」

「とても好かれていたとは。わたしにさえ……自分に父はいないと思いこもうとすることも少なくありませんでしたよ。とくに子どもの頃は」ペールは苦笑した。

「こうして本当にいなくなりました」

「お父さんに、ほかに子どもは？」

「いないはずです」

「あんたはお父さんを亡くして寂しいか？」

ペールは考えこんでいるようだ。「今日、葬儀のことを相談していて、牧師にもそれを尋ねられました。答えようがなかった。ジェリーを愛するのはきわめてむずかしいことでしたが、父には愛してほしかった……どうしてだか、それはとても大切だったんです」

庭は静寂に包まれた。

「母は父を愛していました」ペールが静かに話を続けた。「あるいはそうじゃなかったのかもしれませんが……でも、わたしがジェリーと連絡を取りつづけることが母にとっては大切なことでした。年に数回は手紙を書いたり、電話をかけたりするように勧められましたよ。父の誕生日なんかに。ジェリーのほうから連絡してくることは一度もなかった。けれど、脳卒中をやってからは、どうやらわたしはとても便利な存在になったようです。あれから、父は電話をかけてくるようになった」

「お父さんの職業だが」イェルロフは言った。「服を着ておらん男や女の写真を撮るという。それで懐は豊かになったのかね？」

ペールは両手を見おろした。「むかしはそうでした が、最近はそうじゃなかったと思います。ただ、かつては次から次へと金が転がりこんでいました」

「金か」イェルロフが言った。「聖パウロが書いたように、金は人に悪しきことをさせる」

ペールは首を振った。「そうしたことは、すべて過去のものですよ。ジェリーには金を儲ける偉大な才能がありましたが、同じように使うほうでも歯止めが利かなかった。もう何年もああした雑誌にはかかわっていませんでした。脳卒中を起こす前からです。最後には、車をもつ余裕さえなくなって」

「ジェリー・モーナー」イェルロフは言った。「それは本名だったのかね？」

「いいえ、本当はイェルハルド・メルネルです。でも、ポルノ映画の監督を始めたとき、あたらしい名前が必要だと決断したんですよ。ポルノ業界ではみんな同じことをやるようで」

「名前の陰に隠れるんだな」イェルロフは言った。

「そうです、不幸なことに」ペールはそう言って、うつむいたまま芝生を見やった。「ジェリーを知っていた人たち、仕事を一緒にしていてまだ生きている人たちとどうしても話をしたいんですが、警察でさえ、誰も見つけだせないんですよ」

イェルロフは考えこみながらうなずいた。ジェリー・モーナーがパーティでテーブルに放りだした雑誌を思いだして言った。「なにかできないかやってみるよ」

ペールは顔をあげた。「なにかできないか……？」

「ちょっとばかり調べものをやろう」イェルロフは言った。「あの雑誌のタイトルはなんといったね、お父さんが作っていた雑誌は？」

その日の夜に、イェルロフはポリホルムのヨン・ハーグマンに電話をかけた。最初はいつものようにあれこれと世間話をしたが、数分で本題に入った。

「ヨン、いつか話してたじゃないか、おまえの息子がベッドの下に雑誌をどっさり隠していて、ボリホルムへ引っ越すときももっていったと。特殊なたぐいの雑誌だったと話してたな。覚えてるか？」

「ああ」ヨンが答えた。「そして、せがれときたら、これっぽっちも恥ずかしがってなかった。言ってきかせようとしたが、若い連中はみんなこれを読んどるとあいつは言った」

「アンデシュはまだその雑誌をもってるか？」

ヨンはため息をついた。息子のことでは、ため息をつく機会が多いのだ。「たぶん、どこかに隠しとるだろう」

「わたしに貸してくれると思うか？」

ヨンは数秒ほど黙っていた。「訊いてみよう」

十五分ほどしてヨンが電話をかけなおしてきた。

「ああ、まだ何冊かもっておったよ。それから、よければもっと手に入れることもできるそうだ」

「どこで？」

「カルマルのジャンク・ショップで古い雑誌を売ってるらしい。考えつくもんはなんでも売ってる店だそうだ」

「いいぞ」イェルロフは言った。「面倒でなければ、手に入れてくれたら大変ありがたいと伝えてくれんか。代金は払う。とくにほしい雑誌が二冊あるんだが」

「なんという雑誌だ？」

「《バビロン》と《ゴモラ》」

「あのジェリー・モーナーの雑誌か？」

「そうさね」

ヨンはしばらく、なにも言わなかった。

「アンデシュに言ってみよう」彼は言った。「だが、本気かい？」

「本気とは？」

「本気でああした雑誌がほしいんか？　アンデシュがもっておったのを何冊か見たが、ひどく……ひどく露出してるぞ」

目のやり場にこまる刺激の詰まった代物だ。

「ああ、そうだろうな、ヨン」彼は言った。「だが、人の日記をこっそり読むほどいけないことじゃないと思うよ」

47

ヴェンデラに声を荒らげた五分後、マックスはリビングへもどってきて、静かに、まるで囁くような声で話しかけてきた。彼女を威嚇した拳をいまでは広げ、自分の胸元にあて、理解のある心理学者ぶっていた。

「おまえに怒ったんじゃないんだ、ヴェンデラ。そんなふうに考えないでくれ」彼は長々と息を吐きだし、つけ足した。「ただ、少し失望しただけだ。さっきはそんなふうに感じたんだよ」

「わかっているわ、マックス……なにも心配しないでいいの」

十年が過ぎて、ヴェンデラは夫のいらだちと嫉妬が周期的に訪れることを学んでいた。それはいつも本の執筆が終わりに差しかかるとひどくなった。

　ヴェンデラは冷静でいようと努力していた。金曜日の夜だった。そして言い伝えによれば重要な聖マルコの日の前日でもあった。

「マックス、ランニングへ行きたいの」彼女は言った。「だから、あとで話しましょう」

「どうしてもか？　家にいてくれたら、いま話せ——」

「ええ、いま走るのがいちばんいいの」

　ヴェンデラはバスルームで着替えた。鏡に映った自分がちらりと見えた。疲れた魂、飢えた身体、額にくっきりと刻まれた不安の証の皺。もっと気分をよくしてくれる錠剤のことを考えたが、キャビネットは開けもしなかった。

　バスルームをあとにすると、マックスは窓辺のアームチェアに座り、金曜日のウイスキーを手にしていた。それは木曜日のウイスキーよりわずかに量が多い。アロイシアスはリビングの反対側に寝そべり、主人のほうへ耳をそばだてている。

　マックスがグラスを置いて彼女を見た。「ランニングには行くな」静かにそう言った。「夜を家で過ごすことはできないのか？」

「夜は家で過ごすわよ、マックス」ヴェンデラは靴ひもを結び、身体を起こした。「ランニングが終わったら。三十分しかかからないのよ」

「ここにいろ」

「いいえ、すぐにもどるから」

　マックスはウイスキーを飲み干し、アロイシアスを見やった。それから立ちあがり、ヴェンデラのほうへ二歩進んだ。「この週末、あたらしい本の構想を始めたい」

「そうなの？　もう？」ヴェンデラは言った。「今度はどんな内容に？」

「タイトルは『最高《マックス》になるための感情コントロール』

だ。ひょっとしたら、『最高になるための対人関係』のほうがいいかもしれないな」彼はほほえみかけた。「対人関係はなによりも大事なものだろう？　誰と一緒に過ごすか、その相手となにをするか。おまえとわたし。おまえとわたしとほかの者。おまえとほかの者」

「わたしとほかの者……なにが言いたいの？」

「おまえと隣人が、大草原の小さな家でなにをしているかだ」彼は北をあごで差した。「おまえとペール・メルネル。おまえたちは親密な関係になったんだろう」

「マックス、そんなの言いがかりよ！」

彼はさらに二歩近づいた。こめかみに汗が光っている。雷嵐の前に頭のなかで熱が高まっているかのようだ。雷がいつ落ちてもおかしくない。

「なにが言いがかりなんだ？」彼はそう言い、口元を手で拭った。「この目でしっかり見えているんだがな」

「でも、あの人とはなにもないのよ」

「だが、あの男と一緒に走ったんだろう」

「ええ、それは本当だけど――」

「平原の草はもう乾いたんだろう？　乾いて柔らかいんだろう？　どこかの石壁の陰で、そこに横たわれるな？」

「やめて、マックス」彼女は言った。「もうたくさん」

「たくさんだと？」

「ええ。あなたは、わたしがランニングで留守のあいだになにをしているのかとぐちぐち考えてるけれど、本当は別のことが頭にあるのよ」

「たとえばどんな？」

「わたしがなにを言いたいか、わかっているくせに。マルティンのことを考えているんでしょう」

「違う！」

マックスがすばやくむかってきたから、ヴェンデラはあとずさった。なにかまずいことを言えば、殴られる。

「外へ行くわ、マックス」彼女は静かに言った。「あなたが落ち着くまで」

夫の肩は少しだけ落ちた。「そうしろ」彼は言った。「さっさと行け」

ヴェンデラは走った。大きなストライドで、かつては夢見たおとぎ話の宮殿から走り去った。マックスから走り去った。少し考えた。メルネルのコテージのほうへ曲がって、ドアをノックし、理性ある人と話をしようかと思ったが、コテージは戸締まりされているようだった。この週はずっとペールもその父親の姿も見なかったし、クルディン一家もいなかった。

大きく西へ迂回してから、石灰岩平原へむかった。

だが、村の南の端では道を見つけるのがむずかしかった。平原へのルートは、近づくまで見えなかった石壁や、棘だらけの茂みや、有刺鉄線に阻まれることばかりで、目の前に風景がひらけてくるまでには、しばらくかかった。

陽が沈みかけた頃、平原では花がほころびはじめていると気づいた。黄色がかった茶色の土が雪どけ水を吸いこみ、ベロニカ、ワイルドタイム、オキナグサと濃い青系の色に染まり、ところどころに鮮やかな黄色のタンポポが入っていた。きれいだ。

けれども、これだけの美しさのなかに、不気味な静けさがあった。呼吸を整えようと花々にかこまれて足をとめると、目を閉じ、身のまわりのみんなが安らかで平和な聖マルコの日の前夜を過ごせるように祈った。けれども、祈りに応える温かみや慈愛といったものがまったく感じられない。なんの光景も見えなかった。ただ暗闇だけだ。

エルフはしあわせではないのだ。

48

金曜日の午後、イェルロフが日光のなかで芝生に座っていると、カリーナ・ヴァールベリ医師が訪れた。ヨン・ハーグマンが午前中に立ち寄って、雑誌を山ほど置いていったあとだった。しみができて破れた《バビロン》と《ゴモラ》の古い号で、ちょうどそれをめくっているところだった。

イェルロフは指先だけで雑誌をもっていた。どの雑誌もいい匂いがするとは言えなかったからだ。

医師が門のところで陽気に挨拶をすると、イェルロフは手を振った。「こんにちは、先生」

彼女は笑顔をむけ、さらに近づいてきたが、雑誌を見るとぴたりと足をとめた。「聴力の確認に来たんですよ」医師はそう言って、雑誌の山を見おろした。「視力のほうは、なんの問題もないようですね。出直します？」

イェルロフは首を振った。「いいから、どうぞ座ってくれ」

「お忙しそうですけど」

彼はにこりともせずに雑誌から顔をあげた。「あんたが考えてるようなことじゃないさね」

「わたしはなにも考えてませんよ」

「とにかく、そんなんじゃないんだ。わたしは八十三歳で、最後のガールフレンドはホームにいるマヤでだいたい同い年だが、もうわたしと過ごすには具合が悪くなりすぎた。若いおなごなど、二十五年は目をむけてない」イェルロフは少し考えから、つけ足した。「まあ、とにかく二十年は」

「では、どうしてその手の雑誌を見ているんです？」ヴァールベリ医師が尋ねた。

「必要があるからさ」

「どういうことです？」

「わたしは調査をしているんだ」

「もちろん、そうでしょうとも」

ヴァールベリ医師が近づいて腰を下ろした。イェルロフは次々に雑誌をめくり、話も続けた。「ここに出ている写真から、なにかわからんかと見てるんだが、自分がなにを探してるのか、よくわからないのさ。どれもこれも、ひどく下品だな」

ヴァールベリ医師は写真を見たが、その表情は陽気とはほど遠かった。「そうですね、よくないと思うことがひとつあります」やがて彼女は言った。「わたしの見地から」

「どんなことだね？」

「この人たちは、なんの防御もしていません」

「防御？」

「避妊ですよ。男はコンドームをつけなければ。でも、こういう雑誌では、そんなことはしないようですね」

イェルロフは医師を見つめた。「では、こうした雑誌を前にも読んだことがあるのかね？」

「わたしは学校医として勤務していたんです。若い男はこの手の雑誌を買って、完全に勘違いしますね。ここに描かれているファンタジーが現実だと考えるんですよ」

イェルロフは写真を見おろし、考えこんでうなずいた。「それは本当のことだな、まったく防御をしていない。だが、あんたはまちがってるよ」

「どういった点がですか？」

「ここに描かれているのはファンタジーなどじゃない」イェルロフは言った。「撮影されている女たちには、現実そのものだよ」

医師は立ちあがった。「おうちのなかで、薬の準備をしますね、イェルロフ」彼女は背をむけたが、こう言いたした。「ひとつアドバイスさせてください。できるだけ早く、そんな雑誌は捨ててしまいなさい。娘さんたちに見つかりたくないでしょう」

「わたしが死んだとき、という意味かね？」

医師はほほえまなかった。「自宅にしろ、ホームにしろ、誰かが亡くなると」彼女は言った。「その手の雑誌が見つかることもめずらしくないですよ。マットレスの下や抽斗に隠されていて。あなたが想像されるより、そういった例はずっと多いはずです。そしてお子さんやお孫さんがそれを見つけると、いつも動揺されますね」

イェルロフはうなずいた。「これはわたしのじゃないんだが」彼は言った。「持ち主にまちがいなくそう伝えておくことにしよう」

ヴァールベリ医師が帰ってからも、イェルロフは《バビロン》と《ゴモラ》をめくり続けた。変わり映えのしない、異なる体勢で性行為中のブロンドの若い女たちの写真が延々と続いた。しばらくすると、どれもがひどくつまらなく見えてきて驚いた。惨めで気がめいる。それでも、読みつづけた。

ある写真を見て、ふいに手をとめた。ほかのものと変わり映えのしないカラー写真だった。筋肉質の男が狭い教室の机にかこまれて裸になっている。男は若い女と一緒だ。短いキャプションによると、女の名前はベリンダ。〝これからレッスンを受ける淫らなスウェーデンの女学生〟と表現されている。

本名がベリンダでないことは絶対だ。それでもこの写真を長いこと見つめ、ようやく眼鏡を手にして雑誌に近づけ、虫眼鏡のように使った。

一分ほどしてから眼鏡を置くと、ゆっくりと立ちあがり、電話をかけようと家のなかへもどった。雑誌はもっていった。

ペール・メルネルと話をしたくて、エルンストの古い電話番号にかけたが誰も出ず、それでペールの携帯にかけた。

「メルネルです」まだ疲れきっている声だった。

イェルロフは咳払いをした。「イェルロフだよ――ステンヴィークのイェルロフ・ダーヴィッドソン。話せるかね？」

「少しなら。病院の娘を見舞いにいくところなんです。なにかあったんですか？」

「そうかもしれん」イェルロフは言った。「あんたのお父さんの雑誌を見ていたんだ」

「そうなんですか？　どうやって手に入れたんですか？」

「情報提供者がいてな」ヨン・ハーグマンやその息子の名を出したくはなくてそう答えた。

「それで、どう思われました？」

《バビロン》を手にして表紙を見た。「ブロンドのかつらと悲しい目ばかりだな」彼は言った。「それにとても見苦しいね。とても見苦しい写真だ」

「わかっていますよ」ペールはさらに憔悴したように言った。「でも、そういうものでしょう。そういうのを、わたしたち男は買うんですよ」

「わたしは歳を取りすぎているがな」

「わたしも好きだったことなどありませんよ」ペールが言った。「ジェリーはそういう写真や映画に夢中でしたが、わたしはそうじゃなかった。若い頃でもです。でも、そういうのを買う連中がいるんですよ、結局のところ」

「それで、写真に出ている男たちは何者なのかね？」

「男たち？」ペールは言った。「男はひとりだけですよ。名前はマルクス・ルーカス。少なくとも、その名前を使っています」

「いや、複数いるよ。最低でもふたり。顔は見えんが、身体が違う」

「そうですか？」

「それに、彼らはまったく防御をしておらん。コンドームを使っておらんね」

「ええ、そのとおりです。ジェリーはそれじゃ、格好がつかないと思ったんでしょう。ムードがぶち壊しだと。あなたはとても観察力が鋭いんですね、イェルロフ」

イェルロフはため息をついた。「この人たちは、なんでこんなことをする？　女たちは。理由を知ってるかね？」

「理由？　それはわたしには答えられません」ペールは言った。「そんなことをしていい気がしたはずはなかったとは思いますが。でも、わかりません」

ペールが黙ったので、イェルロフが先を続けた。

「とにかく、ひとり見つけたぞ」

「ひとり？」

「雑誌に出ていた女をひとり。誰か話せる相手を見つけたいと言ったろう？」

「つまり……ひとりに気づいたと？」


「セーターに気づいた」

「セーターなんか着ている写真が？」

「背景の椅子にかけてあるんだよ」イェルロフが言った。「カルマルの女じゃないかな。名前は知らんが、あんたが見つけることはできるだろう」

49

ペールはニーラの見舞いにむかっていたが、イェルロフがジェリーの雑誌で見つけたことを電話で知らせてきたときは、ボリホルムに寄って図書館へ行こうとしていた。有望な手がかりのようだったが、まずは図書館の電話帳でマルクス・ルーカスを探すつもりだった。スウェーデン南部を網羅するどの電話帳にも、マルクス・ルーカスは掲載されていなかった。だから、ジェリーが車で口にしたムー・レン・ノアという名前を探しはじめた。

中華レストランのようにアジア的な名前の響きだ。マルメの電話帳をめくったが、その名前のレストランはまったく見つからなかった。

ハンス・ブレメルはマルメに暮らしていたことを思いだした。住所つきのページを調べると、Bの項目から「ブレメル、ハンス」を見つけた。住所はテレーンガータン10Bだ。それを手帳にメモしてから、例の名についてじっと考えた。ムー・レン・ノア。

ペンを取りあげ、異なる綴りを試してみた。

ムーラン・ノール。

ムラン・オーバー。

ムー・リン・ノエル。

無駄だった。どの名前も電話帳に載っていなかった。

それともフランス人の名前だろうか？　たとえば、ムーラン・ルージュの言いかえとか？　フランス語を綴ってみた。ムーラン・ノワール——黒い風車小屋。

また電話帳を調べた。今度は運がよかった。まさに、ムーラン・ノワールの広告があったのだ。マルメのナイトクラブで、午後の二時から〝明け方の四時まで〟開店とあった。〝三十分おきにショー〟とある。

セックス・クラブ。ほかに考えられない。

ジェリーはこのクラブを所有していたのか？　その話をされたことはなかったが、なにがあっても驚かなかった。

住所を書き留めた。今日マルメへ行こう、でもまずは病院に寄らなければ。手術まであと六日だ。

ペールはすぐにニーラと会うことができなかった。さらなる検査のために、あれこれ採取する看護師たちがいた。それが終わるまで腰を下ろして待たねばならなかった。

待合室は彼ひとりではなかった。六十五歳くらいの女性がむかいのソファに座ってうつむき、たたんだ毛糸のセーターを握りしめていた。他人と一緒に待たねばならないのは初めてではないが、こんなときはいつだって気まずいものだ。おたがいに相手がどうしてここに座っているのか知っているが、どちらにも、それを口にする気力も意欲もない。

ここにいるのは患者の身内で、知らせを待っているのだ。きっとむかいの女性は病棟のあちらこちらで発生している大小さまざまな症状から休息を取っているのだろう。

ペールは看病しなければならない病気の子どもがいるのだから、休職を申請することができるはずだった。気力があれば、もうそうしているはずだった。けれども、マリカがいまは休職しているそうで、両親が同時期に申請することができるのかわからなかった。その点ではなにかしらの規則があるはずだ。しばらくは、このままアンケート回答をひねりだすしかなさそうだ。

むかいの女性がふいに顔をあげた。「ニーラのお父さんですか？」

ペールはうなずいた。

「エミールの祖母です。あの子からニーラの話は伺っています」彼女のほほえみはかすかにこわばっていた。

「とても仲良くなったようですね」

「そうですね」どんな返事か不安だったが、それでも尋ねた。「エミールの具合はいかがですか？」

女性はほほえむのをやめた。「あまり変わりがないようで……待つしかないのです」

ペールはまたうなずいたが、なにも言わなかった。誰もが待っている。そして言うべきことはなかった。

ようやく、病室へ入るのを許された。

ニーラは幸運の石を手に、暗闇で横になっていた。手をあげて、振ってくれた。想像かもしれないが、病院着から突きでた腕が前より細くなったように、そして、胸はなぜかくぼんだように見えた。

「具合はどうだい？」

「まあまあ」

「どこか痛いかい？」

ニーラは黒い石に視線を落とした。「いまはそうでも……あんまり痛くない」娘はため息をついた。「でも、全部にもう、うんざり。痛いのも、それにお医者さんや看護師さんがいつも、どんなふうに痛いのか言えってうるさくするのも。どこが痛いのか、どんなふうに感じるかって、訊いてばっかりなんだよ。うずくように痛いのか、それとも刺すように痛いのか、それとも、もっとひきつるように痛いのかって。なんか試験みたいだし、そういうの得意じゃないし」

「試験じゃないから」ペールは言った。「どんなふうに答えてもいい」

「わかってるけど、この痛みはわたしの上の黒い雲みたいで、そいつがどんどん大きくなって、腰かけてる白い雲を吸いこむみたいだって言うと、先生たちは聞かなくなるんだよ。変な話すぎて聞けないんだって」

ふたりともしばらく黙りこんだ。

「ニーラ、父さんはしばらく街を離れるからね」

「どこへ行くの？　お祖父ちゃんと関係のあるこ

と？」

ペールは首を振った。ニーラにはまだ祖父が死んだことを伝えていなかった。それはあとでもいい。

「マルメに行くんだ。やらなければならないことがある。でも、月曜には帰るからね」

50

マルメに到着すると、街ではごく普通の週末の風景が広がっていた。車が這うように交差点を走り、フェリーがデンマークへむけて出発し、人々は春の日射しを浴びて、ベビーカーを押しながら、水辺を散歩して余暇を楽しんでいた。

カルマルから運転してほぼ二時間かかった。三時頃に街の中心へやってくると、中央駅から数ブロック離れたところに車を駐めた。そこならば一時間ごとの駐車料金が安かった。続いて、ムーラン・ノワールのある裏路地への道を見つけた。

広告どおりの店ではなかった。小さくてヒビの入った看板がエントランスの上にあがっている。〈ムーラン・ノワール／セックス・ショップ&ナイトクラブ〉。

窓は黒く塗られ、鉄格子で守られていた。反ポルノの抗議活動団体がプラカードと腐った卵をもってここに集まることがあるのだろう。だが、いまは左右を見てもこの通りには誰もいなかった。

ドアまで数メートルの距離で立ちどまった。手書きで〝十八歳以上のみ!〟と警告が貼ってある。マルメには知り合いなどいないのに、誰かに見られていないか、もう一度たしかめてしまった。

エロおやじめ。そう考えながら、背筋を伸ばして店へ入った。

そこは細長い店で、表の通りと同じように静かで誰もいなかった。洗浄剤らしい鼻につくレモンに似た匂いが漂っているが、樹脂の床はそれでも汚れて見える。壁に並ぶ棚にはビニールに包まれた映画や雑誌があったが、《バビロン》も《ゴモラ》も見あたらなかった。ジェリーが雑誌を廃刊してマーケットに残した穴は、同業者たちがとっくのむかしに埋めていた。

部屋のつきあたりに、ガラスのカウンターがあって、そこに古めかしい金属製のレジが置いてあり、その奥で女がスツールに座って爪にやすりをかけていた。三十歳ぐらいで、タイトな黒いドレスにつやつやした革のロングブーツといういでたちだ。化粧で目のまわりはまっ黒、つややかな赤毛の長髪だが、カツラのようだ。この店ではほとんどのものが偽物なのだろう。

カウンター奥には、地下室へ続く階段があり、いちばん下にはビーズカーテンがかけられていた。リズムを刻む音楽や長々とうめく女の声が聞こえたが、音質は金属的で薄っぺらで、映画の音響のようだった。二度かかってきた謎の電話で聞こえた音とほぼ同じだったが、誰が電話をかけてきたのか、それがなぜなのか、いまだにわからなかった。

ペールは女に近づいた。彼女は爪やすりを置いて、ほほえみかけてきた。

「やあ」ペールは言った。

「どうも、ダーリン。放蕩の巣窟へ降りたい？」

「そうだな。いくらだい？」

「五百よ」

手持ちより三百クローナも多い。

「五百。入るだけで？」

「入るだけじゃないわ、ダーリン」女は一段と笑顔になって言った。「下ではすごい驚きが待っているの！」

「わたしが求めているのはそれだ。五百を払う価値がある？」

彼女は片目をつぶってみせた。「殿方はいつもそう思っているみたいよ」

「きみはここで働いてずいぶんと経つのか？」

「ずいぶん長いわよ。さあ、下へは……」

「いつから働いてる？」

ペールはカルマル警察のラーシュ・マルクルンド警部と同じように、きっぱりした口調で質問するように心がけた。

女は笑みを消した。「六カ月よ。あなた、お金は払うの？」

「ここのオーナーは誰だ？」

彼女は肩をすくめた。「どっかの男たち」彼女は長く赤い爪の手を差しだした。「五百よ」

ペールは女の関心を引きつけようと財布を取りだしたが、ひらかなかった。「オーナーと話をしたいんだが」

女は返事をしなかった。

ようやくペールは財布をひらいて、手持ちの百クローナ二枚と紙片を取りだした。電話番号の下に「電話をしてくれ！」と書き、「ペール・メルネル（ジェリー・モーナーの息子）」と署名した。

この紙と二百クローナを手渡した。「金はきみが取っておいてくれ。わたしを入れる必要はない。だが、メモをオーナーのひとりに渡してくれ。ここにいちばん長くいる奴に」

女は金を受けとったが、また死にそうに退屈だという顔にもどった。「わかった。今夜オーナーが来るかどうか、わかんないけどね」

「来たら、渡してくれ」ペールは言った。「頼んだよ？」

「わかったって」

女はすばやく金をしまいこみ、メモを折りたたんで、レジの横に置いた。それからスツールの上で身じろぎし、髪を直して、ペールの存在を忘れたようだった。

ペールは一歩横へずれ、音楽に耳を傾け、階段のほうを見やった。またレジーナのことを思いだし、あの地下室で彼女が自分を待っているのだと考えた。きっとジェリーとブレメルもそこに座っているんだろう。ふたつの遺体が葉巻をくわえ、レジーナの太股に手を置いている。金さえ払えば、下に降りて見ることができる。

だが、背をむけて外へもどった。

街の北の幹線道路に近い安ホテルの部屋が彼を待っていたが、まずは、テレーンガータンへ車を走らせた。それは衝動だった。ハンス・ブレメルの住んでいた場所がどうしても見たくなった。

テレーンガータンは春の日射しが照っていても薄暗い場所だった。十番地は灰色のひび割れた道と同じ灰色の、六階建てのビルだった。トレイラーつきの古いヴァンが表に駐めてあり、引っ越しの段ボール箱が半分ほど積みこまれていた。

入り口の10Bの表札にはまだブレメルという名があり、建物の扉はひらいていた。錠が壊れているらしい。

音の響く階段には不快な臭いが満ちていた。まるで誰かが腐った牛乳を床じゅうにぶちまけたようだ。ペールは三階へあがった。ブレメルの名が記されたドアは少し開いていた。なかから、ドシンという音やゴンという音がしていた。

ドアを開けると、さらに胸の悪くなる臭いに襲撃された。

「すみません？」彼は呼びかけた。

「なんの用？」倦んだ声が言った。

中年、白髪交じりの女がキッチンの戸口に立って、腕を組んで、彼を見つめていた。背後には、十代の少年が野球帽を後ろ前にかぶって、古いテレビの配線をはずし、ケーブルをたばねている。

ペールの頭は急にからっぽになった。自分はいったいなにをしたかったんだ？

「どうも。ちょっと立ち寄ろうと思って」彼は言った。「わたしは、その……ハンスの友人で」

女はさらに疲れた表情になった。「へえ？　呑み友だちのひとりね？」

「いや」ペールはそう言い、嘘はやめようと決めた。「本当は友人じゃなかった。彼は父と仕事をしていたんです。このあたりに用事があったので、ハンスが暮らしていた場所を見ようと思って」

女は説明を聞いていないようだった。招きいれることはなかったが、背をむけて奥へ消えたから、ペールもあとに続いて尋ねた。「奥さんですか？　でしたら、お悔やみを――」

「ハンスは結婚したことがなかった」女がさえぎった。「わたしはイングリッド。妹よ。今月末にあたらしい入居者が来るから、ここを片づけてるわけ」

たいして片づけるものはなさそうだとペールは思いながら、狭い廊下を歩いた。寝室にはベッドはなくマットレスだけ、黄色く塗られた壁はむきだしだった。ブレメルはすべての時間とエネルギーをジェリーとの映画や雑誌の製作に注ぎ、インテリアにはまったく無頓着だったらしい。

妹はキッチンへむかい、食器類や鍋を箱に片づけていった。ぐらぐらするテーブルと椅子二脚が窓際に置かれ、冷蔵庫に貼ってある絵葉書は日射しで色褪せている。ビデオや雑誌は見あたらなかった。ブレメルのやっていたことを思いおこさせるものはなにも。

「あんた、ここにいるんだったら」

顔をあげると、イングリッドに指さされていた。

「戸棚の荷造りを手伝って」彼女が言った。「いいでしょ?」

「いやあ、じつはそんな時間は……」

「少しなら大丈夫でしょ? あとで、シモンと箱を一階へ降ろしてね」

こういうわけで、ペールは椅子に立って、皿を集め、段ボール箱に収めていった。上から下へと作業を繰り返した。

いちばん下の棚からスープボウルのセットを手にしたところ、奥の黄ばんだ紙に目が留まった。小さなポストイットの付箋で、どうやら乾燥して物入れの扉の内側から落ちたようだ。鉛筆の走り書きで、四つの電話番号が書いてあり、それぞれ先頭に名前があった。

イングリッド

キャッシュ

ファウンテン

ダニエール

最初の番号はブレメルの妹のもので、まちがいない。残りのどれかがジェリーの番号だろうが、どれなのかわからなかった。

「終わった?」イングリッドが背後から言った。

「もう少し」

付箋をそっとポケットに滑らせ、食器の荷造りを再開した。

キッチンの作業を終えると、段ボール箱を下へ降ろしはじめた。そのときになって、このアパートメントにはたくさんの物があったのだとあきらかになった。すべてを運びだすのに一時間近くかかった。

ブレメルの妹は作業中、ほとんど口をきかなかったし、それはペールも同じだった。

「お兄さんがどうやって亡くなったか知ってますか?」作業が終わり、日の照る通りに立つとペールは尋ねた。

イングリッドは額を拭いた。「警察から火事だと聞いたわよ。怪しい奴に会いにいって、その家が火事になったって」

「喧嘩でも?」

「喧嘩? そうは思わないけど。きっと並んでタバコを吸って酒でも飲んだんでしょ。ハンスはいつもそうやっていたから」

さまざまなパイに手を出していた三流のギャング。それが警察から聞いたハンス・ブレメルの姿だった。

「だが……敵はいなかったんでしょうか?」

ブレメルの妹は首を振った。「警察から同じことを訊かれたけど。いいえ、敵はいなかった。逆に、みんな兄を利用したんだから」

「どういうふうに?」

「兄は金を貸したのよ。いつでも助けてやった。優しすぎて、本物の友だちなんかいなかった。呑み仲間だけ。友だちがひとりもいなければ、敵だってひとりも作れるはずがないでしょ?」

ペールはそこまで確信はもてなかったが、こう尋ねるだけにした。「友だちのひとりに、マルクス・ルーカスという男がいなかったですか?」

「マルクス・ルーカス? わたしは知らないけど」

「ハンスとマルクス・ルーカスは一緒に仕事をしていたと聞いた。お兄さんは働き者だったんでしょう?」

イングリッドは首を振った。「ハンスは極力働かないようにしていたよ。金ならいくらでもあるって話していたけれど、なんにもならなかった」

ペールはうなずいた。ブレメルの妹は兄がなにをしていたのか、まったく知らないことに気づいた。ブレメルは嘘をついていたのだ。

沈黙と嘘。ジェリーとかかわるときには、つきものだ。

51

マックスは顔を真っ赤にしていた。いまにも心臓発作を起こしそうに見える。

「あいつは十三歳だぞ、ヴェンデラ!」

「あの子が何歳か関係あるの、マックス?」

「十三だ! 人間で言えば、八十歳と同じだぞ!」

「だからなによ? あの子は八十歳でも健康なの!」

月曜日の夕方のマックスとヴェンデラの口論は、アロイシアスとその健康についてだった。この件については、これまでも何度か話しあったことがあるが、いつでも堂々巡りになり、どの話題も聞きあきたものになっていた。

「あいつは健康なんかじゃない!」

「健康よ、マックス。起きあがっていることが多くなったし、前よりまともに歩けてる」

「目が見えないじゃないか！」

それぞれが自分の主張の繰り返しになると、おたがいに諦め、足音の響く石の床をすれちがって反対方向へ歩いていった。マックスは考えるための部屋に閉じこもり、ヴェンデラはキッチンを選んだ。アロイシアスは喧嘩のあいだは近寄ってこなかったが、いまではヴェンデラの味方をして近づいてくると、脚に鼻をこすりつけてきた。

これは正しいことではないと、マックスには何度も言ってきた。口論のあとに、仲直りもしないで荒々しく歩き去るべきではないと。彼はこのアドバイスを著作に取りいれたほどなのに。

ヴェンデラはステンレスのカウンターからパンくずを拭きとり、ため息をついた。ふたりの意見が合うことはないと悟っていた。諦めるか、カウンセリングにかかるか。だが、問題はマックスが経験を積んだ心理学者であり、いつでも最適の対処がわかっていることだった。ほかのセラピストに診てもらうことをこばんでいた。彼らを信じていないのだ。

バスルームへむかったが、鎮静剤は飲まなかった。水を一杯飲んだら少し腹が満たされたように感じて、石灰岩平原へ行きたいと心から願った。トラックスーツに着替えることにした。

五分後に支度ができた。アロイシアスの頭をなで、玄関を開けた。「すぐ帰るわ！」そう叫んだ。

考えるための部屋から返事はなかった。

この月曜日の夕方はまっすぐにエルフの石へむかった。大きなストライドで拳をきつく握って走った。草むらの束や隠れた石に足を取られて何度かよろけたが、転びはしなかった。とうとう、たどり着いた。

硬貨も宝石ももっていなかった。エルフに捧げるものがなにもなかったが、それでもここに来たかった。

これで四日連続、ここまで走ってきたことになる。ここならば、マックスの話を聞かないで済む。

石に手をあて、リラックスしようとした。頭のなかで騒がしい声がいくつも鳴り響く。口論の記憶だ。だが、この日の夕方はなんの慰めも得られなかった。

昨日訪れてから、状況はさらに悪くなっていて、エルフの王国には悲しみがずしりと垂れこめていた。目を閉じれば、頭のなかではっきりと光景が見えた。エルフの王が王座に腰を下ろして、病気の女王のためにさめざめと泣いている。青い血が彼の目からはらはらと落ちていた。

自分のために時間を割けるエルフは誰もいないのだと、ヴェンデラは感じた。背をむけて、西へ引き返した。

帰宅すると家はまっ暗だった。アウディがなくなっていて、玄関には鍵がかかっている。マックスはどこかへ出かけたに違いないが、植木鉢の下にスペアキーがある。ドアを開けて家へ入った。

「帰ったわよ？」彼女は大声で呼びかけた。

呼びかけのこだまが薄れていったが、返事はなかった。マックスから返事があるとは期待していなかったが、アロイシアスが吠えもしないし、パタパタと床を横切ってもこないのはなぜ？

「アリー？」

返事はないが、キッチンへ行くと、冷蔵庫にメモが貼りつけてあった。

うちへ帰る。アリーを獣医に連れていき、調べてもらう。また連絡する。

愛とキスを　マックス

ヴェンデラはメモを破って捨てた。

家じゅうを歩きまわり、すべての部屋を見て、アリーがいないことをたしかめた。それから、広々としたリビングに腰を下ろし、広々とした窓の外を、誰もいない石切場を見やった。

マックスはストックホルムへもどった。犬を連れて。ヴェンデラにはなにもできることがない。

目を閉じた。

カウベルの音が聞こえる気がした。そしてヤン＝エリクのくすくす笑いも。

一九五八年、エーランド島

ヘンリ・フォシュはブーツを手に、警官たちを上へ案内する。ヴェンデラは黙ってこっそりあとをついていく。いやな気分だ。

「一緒に来れば、このブーツの持ち主が誰か教えるよ」

ヘンリはひとつだけ閉じたドアに近づき、ノックもせずに開ける。

「ここにいる……息子のヤン＝エリクだ」

ヴェンデラはヘンリに続いて警官たちが部屋に入るのを見守る。毛布の上に座って、ゆうべと同じ汚れた服を着ている人影を、三人は取りかこむ。ヤン＝エリクは頭をうしろにそらしてから、彼らを見あげる。それからくすくす笑って、次にヴェンデラへ注意をむける。ヴェンデラはなにか言いたいが、口をひらくことさえできない。

「病気なのか?」警官のひとりが尋ねる。

「まあ、そうとも言えるな。頭のほうが少しね」ヘンリは珍品でも披露しているかのように、ヤン‐エリクを指さしている。「引き取って二年になる。それまでは施設にいたが、よかれと思って自宅へ連れてきた」父は口をつぐみ、それから言いたした。「どうやら、それがまちがいだったらしい」

「では、これはこの子のブーツだと?」しゃべっていた警官が尋ねた。

「そういうわけだ。証明もできる」

ヘンリは腰をかがめ、ヤン‐エリクの脚をつかみ、引っ張ってブーツを履かせる。ぴったり合っているようだ。ヴェンデラにはこれが父のブーツだとよくわかっているのだが。

「なるほど」警官がそう言い、車椅子を見やる。「だが、この子は歩けるのか?」

「ああ、もちろんだ」ヘンリが言う。「施設の医者が、歩けるはずだと言った。ただ、こいつが歩くのは、誰も見ていないときだけなんだ」

「見せてくれ」警官が言う。

ヘンリは腰をかがめ、ヤン‐エリクを腋の下で支える。「さあ、立て」そして一度の動きで、息子を毛布から立たせる。

ヤン‐エリクはまだくすくす笑っている。まっすぐに立たせる。片方は厚手の靴下、もう片方はブーツだ。

ヘンリが彼をぐいと押す。「ほら、息子よ。歩け!」

ヤン‐エリクは数秒ほどその場に立ち、警官たちを見る。それから短く一歩、そしてもう一歩と前進する。

「だが、放火しようとした理由は?」

「理由?」ヘンリが言う。「そんなこと、わかるかね？　納得できる理由なんかないのさ。この子は自分だけの世界に生きている」

　警官たちは顔を見合わせ、どうしたらいいか迷っているようだ。

「どう思う――こうした子を裁判にかけられるのか？」

「さっぱりわからん。この子は何歳なんだね、フォシュ？」

「十七歳だ」

「それならば、可能かもしれないな。たしかめてみないと」

　ヴェンデラは気分が悪い。口をひらく。「違うの！」

　みんなぴたりと動きをとめ、彼女を見つめる。続きを話すしかない。「わたしのせい。わたしなの！　わたし、牛が大嫌いだった。平原へ行って、牛がいなくなりますようにってお祈りしたの。頼んだの……」

　エルフに。だが、敢えてそれは言わない。きっとますますいけないことになってしまうからだ。

　警官たちは最初のうち驚いた表情だったが、顔を見合わせてほほえんでいる。ひとりが片目をつぶる。

「犯罪者の血は一家に伝わるわけだ」そう言う。

　警官たちはヴェンデラの横を通って、部屋をあとにする。


　警官たちが去ると、家は静まりかえる。ヘンリはなにも言わないし、ヴェンデラは父と話をしたくない。警官たちの疑いについて、噂が広まったのだろう。なぜならば、翌日は誰もフォシュ家を訪れてこないからだ。近所の者たちは、農場を見なくてすむように、遠回りしているようにすら思える。

　火事の一週間後に、警察がさらに事情聴取をする。やがて、ヘンリ・フォシュと息子のどちらも疑わしいと決断される。ヤン＝エリクは納屋を焼失させた罪で、ヘンリは保険金を請求するために息子のおこないを黙って見ていた罪で告発される。

「ヤン-エリクじゃなかった」ヴェンデラは父に言う。「父さんだった」

ヘンリは肩をすくめる。「このほうがいいんだ。おまえの兄さんの状態だったら、罰せられないからな」

これだけのことがあったにもかかわらず、ヘンリは石工として仕事を続ける。毎朝、頭をあげて海岸まで歩き、夕方になれば帰宅する。ヴェンデラは昼間に父がなにをしているのか、敢えて訊かない。この頃には顧客などいなくなったに決まっていたからだ。

ヴェンデラは歩いて通学を続けるが、遠い距離や学校で過ごす時間はいまや、ひとつの長い責め苦だ。もはや彼女はヴェンデラ・フォシュではない。ただの〝自分のうちの納屋に放火した家族〟のひとりにすぎず、休み時間や昼食時間にダグマル・グランはクラスの別の少女たちと輪になって座り、ヴェンデラのほうを見ようともしない。

黙って待った二週間が過ぎて、ヤン-エリクもヘンリもボリホルムの裁判所へ呼ばれる。

ヘンリは一張羅の黒いスーツを着て、念入りに髪をとかす。息子のために清潔な服を出してきて、部屋へあがっていく。

父が声を荒らげる。ヤン-エリクが外出したがっていないのだと、ヴェンデラは気づく。やがて、ヘンリは息子を抱えて降りてくる。ヤン-エリクは父にしがみついている。

「よし、列車に乗ろう」ヘンリが言う。

ポーチに立ったヴェンデラは、兄があたらしいスーツを着ていることに気づくが、顔がいつもと同じように汚れている。

「ヤン-エリクは顔を洗ったら？」

「ああ、だが、このほうが同情を引きやすいだろう」

ヘンリはそう言って、外へ出る。

ヴェンデラは家に取り残される。キッチンに座り、ぼんやりと宙を見る。

夕方遅くに、ヘンリとヤン＝エリクは評決を受けて帰宅する。ヘンリは保険金詐欺の罪で、カルマルの刑務所に八ヵ月入ることになる。さらに、ヘンリの現在の財政状況から判断され、農場は家財道具込みで、すべてが競売にかけられる。

「そういうものだ」ヤン＝エリクを上へ連れて行き、ヴェンデラのいるキッチンへもどってくると、ヘンリがそう語る。「人の思惑は神の前には無効だ。慣れるしかない」

父はキッチンテーブルのむかいで暗い笑顔になっている。まるで農場の終わりがいいニュースかなにかのようだ。

「ヤン＝エリクは？」ヴェンデラは尋ねる。「やっぱり刑務所へ行くの？」

「いや」

「じゃあ、無罪？」

ヘンリは首を振る。「わたしが望んだとおりにはならなかった。あの子はノールランド地方へ行くんだ」

「ノールランド？」

「サルベルガという所へ。社会に適応できない者が入る精神病院だ」

「いつまで？」

「わからないよ。出ていいと判断されるまでだろう」

キッチンの沈黙はどんどん重たくなっていき、ついにヴェンデラは尋ねる。「じゃあ、わたしは？」

家にひとりで残れと言われると思ったが、ヘンリは告げる。「おまえもカルマルへ行くんだ。叔母さんの家で暮らして、そこから学校へ通うことになる」

「わたしが行きたくなかったら？」

「それでも行くしかないんだ」

ヴェンデラは黙りこむ。エルフの石の前に立って、こんなことを願っただろうか？　町へ行って暮らせるようにと？　こんなふうになることを願った？　思いだせない。たくさん願い事をしすぎたのだ。

小さな家族が離散する時が訪れる。これからヘンリは服役し、ヴェンデラは叔母のもとに身を寄せ、ヤン＝エリクはヴァネシュボリからやってくるケア・ワーカーふたりがカルマルで引き取ることになる。前日は五月なかばの日曜日で、曇った暗い日だった。

午前中にヘンリは自分にはスーツケース、ヤン＝エリクにはリュックサックで荷造りする。コーヒーを淹れて飲む。それからキッチンで腰を下ろし、外の長方形の灰を無言で見つめる。ヴェンデラはむかいに座り、やはり無言で自分の細い手を見ている。

父は落ち着きがない。十時頃に立ちあがってコーヒー・ポットを手に取ったところで、すでにコーヒーは飲んだことを思いだしたようだ。ヴェンデラを振り返る。「仕事をしてくるよ……休息の日でも関係ない」

「これから石切場へ行くの？」

「ああ。夕方には帰る」ヘンリは言う。「叔父さんと叔母さんが迎えに来る頃には。叔母さんたちが、わたしたち三人をカルマルへ連れていってくれるからね」

こうしてヘンリは仕事で海岸へむかう。おそらくこれが最後になるだろう。彼が門へたどり着く頃には、いつもの古いエーランド島の曲を歌いだす声が、ヴェンデラまで聞こえてくる。歌はだんだん遠くなっていく。ヴェンデラはキッチンで座ったまま、世界じゅうで誰よりも孤独な人間になった気がしている。

けれど、マルギット叔母さんとスヴェン叔父さんを待つつもりなどない。ヘンリが海の方角へ消えるとすぐに、父の部屋へむかい、物入れを開けて宝石箱を取りだす。

母の宝石で最後に残った大きなものは、細い銀の鎖につけられた金のハートだ。ヴェンデラはこれをポケットにしまう。それから二階へあがる。聞こえるのはヤン‐エリクの部屋で天気予報を読みあげるラジオの単調な声だけ。ヴェンデラはノックもしないでドアを開ける。

彼は床に敷いた血のしみのある毛布に寝そべり、ラジオを聞いている。まるでヴェンデラを待っていたかのようだ。ほほえんでいる。

彼の前に膝をつき、海のように青い瞳を見つめる。

「父さんは出かけたよ、ヤン‐エリク」ゆっくり、はっきりとそう言う。「石切場へ行ったの。仕事に」

ヤン‐エリクは瞬きをする。

「叔母さんたちがあなたとわたしを迎えにくるの。でも、待たないから。言ってること、わかる?」ヴェンデラは石灰岩平原のほうを指さす。「エルフのところへ行こう」

彼がほほえみかける。

「さあ、行こうよ」

だが、ヤン‐エリクは毛布に寝そべったまま、腕を差しだす。抱っこしてもらいたがっているのだ。彼にためらいはないが、ヴェンデラは部屋にこもる酸っぱい臭いに気づき、少し待てと手で合図する。

「まず、身体を洗わなくちゃ」

キッチンまでブリキのたらいを引きずってくると、井戸からバケツ数杯の水を汲みあげ、薪ストーブで温める。次に、兄を一階へ降ろしてくる。とても簡単だ。骨と皮しかないようなものだから。

お湯に浸からせると、ヤン‐エリクは緊張したようにくすくす笑う。ほんの数分でお湯は黒に近くなる。身体は自分で洗わせたが、顔は手伝ってやる。ふきんにたっぷりの石鹸の泡を含ませて、優しくこすり、乾いた膿や固まった血をすべて洗い流す。そうしたものの下には自分でひっかいて治った傷跡がいくつもあったが、皮膚はヴェンデラが予想したより健康のようだ。ヤン‐エリクが人間らしく見えはじめる。

身体を拭くと、爪を切ってやる。清潔な服は一枚もないようなのでヘンリの服を借りてきて、袖やズボンの裾を折って身体に合わせる。

「これでいいね、行きましょう」

ヴェンデラは兄をおぶって家を出る。肩に預けられたあごの感触。一度降ろすと、二階へあがり、車椅子をもちだす。こうして牛の道を進みだす。

兄に穏やかに話しかける。「エルフはわたしたちを助けてくれるよ、ヤン‐エリク。エルフのところへ行けば、きっと大丈夫」

ヤン‐エリクはほほえむだけで、車椅子にもたれ、脚を座面に引き上げる。ヴェンデラが車椅子を押していく。

誰にも見られないよう、森を抜ける道を選ぶ。牛のうしろから数え切れないほど歩いた道だ。

牧場を横切って家から数百メートル離れた頃になって初めて、もってきたのがエルフへの贈り物だけではまずかったと気づく。食べ物や毛布も必要だったが、もう遅い。

草の上で車椅子を押していく。地面は湿っているが車輪が大きいから、ゆっくりとだけれど着実に進んでいる。最後の門を通り、石灰岩平原に出る。

ヴェンデラは曇り空の下を兄と歩き、遠くの小川をめざす。雪どけ水の湖が点在するその合間を、沈みかけの太陽を背にしていく。葉のひとつも揺れることのないジュニパーの茂みをまっすぐめざす。

「もうすぐよ」

エルフの石が見える。ヴェンデラは身を乗りだして脚に力を入れ、速度をあげて残りの数百メートルを進もうとする。

だが、そのとき、車椅子は急にとまる。雪どけ水の湖に近づきすぎた。草がびっしょり濡れて、土壌がぬかるんでいる。車椅子は右へ傾いている。大きな車輪は泥に埋まり、動かなくなってしまう。

ヤン＝エリクは最初のうち座ったままだが、ヴェンデラがむなしく押したり引いたりしていると、自分で立ちあがって、隣に並ぶ。歩きだしてくれたらと願うが、彼は動かない。車椅子をぬかるみから出そうと苦労するヴェンデラをほほえみながら見ている。

彼女は諦めて、このまま置いていくことにする。ふたたび腕を伸ばして、ヴェンデラ自身の脚にもほとんど力は残っていないのだが、兄を背負う。

ふたりはふたたび移動を始め、ジュニパーの茂みが円になった場所をめざす。

最後の数メートルは少しずつ、ヤン＝エリクの重みを感じながらエルフの石へむかう。彼女は身体をこわばらせて、汗をかいているが、背負った身体のほうは、完全に力を抜いている。ふたたび、彼はあごを肩に預けている。

やっとのことでジュニパーの茂みのなかへ行くと、そこの地面は乾いて固くなっている。ヴェンデラは最後の力を振り絞り、ヤン＝エリクを石へ連れていく。彼は草地に足を下ろし、最後の数歩は自分で歩く。

ついに、ヤン＝エリクはごつごつした石にもたれて腰を下ろす。

ヴェンデラが石の上を見ると、すべてのくぼみはからっぽだ。

エルフがここに来たんだ。ごく最近。

ポケットに手を入れ、指にからまる銀の鎖を感じる。母の最後の宝石。それをくぼみに置く。

兄さんをなんとかしてあげてください。それにわたしのことも。わたしたちを健康にして、罪から遠ざけてください。

ヴェンデラは息を吐きだす。それからジュニパーの茂みのあいだで、兄の隣の草地に座りこむ。

風が優しくざわつく。やがて鳥たちは一羽また一羽とあたりでさえずるのをやめていき、しだいに寒くそして暗くなっていく。

なにも起こらない。誰も来ない。ヤン＝エリクは動かないが、薄い服のヴェンデラは震えはじめる。

ついに夜がやってきて、ひどい寒さとなる。これ以上、ここに座っていられない。立ちあがり、兄を見やる。「ヤン＝エリク、帰らないと。食べるものと、もっと暖かい服をもってこないとだめね」

彼はほほえんで腕を差しだすが、ヴェンデラは首を振る。「無理よ。自分で歩いて」

だが、兄は見つめるばかりで、石にもたれて座ったままだ。

ヴェンデラはじりじりとあとずさっていく。背をむける。「ここで待っていてね、ヤン＝エリク。すぐもどるから」

52

カルマルのクローナ高校は赤茶色の建物の集まりで、街の区画の半分を占めていた。ペールはマルメからもどる途中、昼休みの三十分ほど前にここに着いた。まだ授業中だった。無人の長い廊下を歩き、階段をあがって事務室へむかった。

最初の部屋には、とても十五年前にここで働いていたとは思えない若い女性がいて、ペールに気づくとすぐに声をかけてきた。「どういったご用件でしょう?」

「お願いがあります」ペールが言った。「ここの元生徒を探しているんです。八〇年代の初めに、こちらに通っていたと思うのですが」

「名前はわかりますか？」

「それがわからないんです。でも、写真があります」

ブロンドの少女の写真を見せた。イェルロフ・ダーヴィッドソンが《バビロン》で見つけたものだ。だが、全身のヌード写真ではない。顔だけを雑誌から切り抜いて、白い紙に貼っておいた。

「わたしはエーランド島の古いコテージを相続したんですが」ペールは話を続けた。「この写真が物入れの日記や手紙や書類と一緒に出てきたんですよ。この人を見つけて、そうしたものをぜひお返ししたくて」

女性の顔色を窺い、嘘をつむいだ言い訳を信じてもらえたかどうか、たしかめようとした。彼女は写真をじっと見つめてこう尋ねた。「では、この学校の生徒だったと思われたのはどうしてですか？」

嘘はできるだけ少なくしておけ。

「それは……それはほかの写真で、この人はこちらの学校のセーターを着ていたからです」

ほぼ本当のことだった。イェルロフが《バビロン》の写真の一枚で、背景にクローナ高校のセーターがあるのに気づいていたからだ。あきらかに忘れられていたようで、椅子の背もたれにかけられ、学校の名前と一九八三〜八四の年号が入っていた。ジェリーの世界で、少女たちはただのファンタジーではなかったと証明する数少ないものだった。

「なるほど」女性は言った。「うちの数学教師のカール・ハリュに尋ねるのがいちばんでしょう。七〇年代からいる先生なので」

彼女は立ちあがり、ペールを案内して無人の廊下を通り、ドアの閉まった教室の前まで連れて行った。

「こちらでお待ちください。もうじき昼休みです」

五分待ったところで、ドアがさっとひらき、さまざまな十代の子たちがどっとあふれだしてきた。大きな声で笑い、しゃべりながら、廊下の先へ消えていった。その子たちを見ていて、ほんの数年でわが子たちもああなるのだと気づいた。

どちらの子も。

緑のカーディガンを着た中年男性が教室に残り、黒板に書かれた方程式を静かに消していた。ペールは近づいて戸口でとまった。「カール・ハリュさん？」

「わたしですが」男性はフィンランドなまりで言った。

「ちょっと手を貸していただきたいことがありまして」

教室に入り、またもや嘘と真実を混ぜた説明をして、雑誌から切り抜いた写真を差しだした。

「これが誰かわかりますか？」彼は尋ねた。「この子も数学や科学を勉強していたんじゃないでしょうか」

教師は眉間に皺を寄せて、その写真を見た。そしてうなずいた。「この子の名前はリサじゃないでしょうかね」そう言った。「ここで待っていてください」

教師は立ちあがって教室をあとにしたが、十分ほどしてから、ファイルを手にもどってきた。「あの頃はまだコンピュータがなかったのですよ。むかしのデータを打ちこまないとならないんですがね、なかなか……」

彼はファイルをひらき、紙を引きだした。古い名簿だった。

「そうです、リサですね」教師は言った。「リサ・ヴェグネル。少しおとなしかったが、いい子でしたよ。それにとてもきれいでね――まあ、それは写真をご覧になればわかりますな。このクラスには仲良しグループの女の子たちがいた。リサ、ペトラ・ブロムベリ、ウルリカ・テーンマン、マデレイネ・フリック」

名簿には住所と電話番号があったが、もちろん、十五年前のものだ。

「メモを取ってもいいでしょうか？」

「コピーしてあげましょう」教師は言った。

彼はペールにコピーを手渡すと尋ねた。「リサがその後なにをしているか、ご存じですか？ この写真は雑誌の切り抜きのようですが」

「ええ、月刊誌のものですね」ペールは言った。「ですからおそらくは、モデルを、写真のモデルをしばらくされていたんじゃないでしょうか」

「それは知りませんでしたな」カール・ハリュは言った。「教師というものは、教え子がその後どうなったか、いつも関心があるのですよ」


ペールは事務室の女性のところへもどり、地元の電話帳を貸してもらえないかと頼んだ。学校で仲良しグループだったという少女たちのひとりだけが見つかった。この地域にはウルリカ・テーンマンがいる。住所はランドフルト。カルマルの南のほうにある村だ。番号をメモすると、車へもどり、携帯から電話をかけた。

「こちらは留守番電話です」男の声が言った。「おかけになった電話番号は、ウルフ、フーゴ、ハンナ、ウルリカの家です。ただいま留守にしておりますが、メッセージを――」

ペールが電話を切ろうとしたところで、女の声が割って入った。「もしもし？」

思わずハンドルに身を乗りだした。「もしもし？ウルリカ・テーンマンさんですか？」

「ええ。どちらさまでしょう？」

「ペール・メルネルといいます。はじめまして、いまリサ・ヴェグネルという女性を探しています。仲がよかったとお聞きしたのですが」

女性は黙ってしまった。その名前を記憶から呼び覚ますのに時間が必要だったかのようだ。

「リサ？　ええ、学校でしばらく仲良くしていました」しばらくして彼女は言った。「でも、もう連絡は取っていないんです。あの人は海外で暮らしています」

「では、電話番号はご存じない？」

「ええ。彼女はベルギーだったか、フランスだったかで、住みこみで働く留学生になって、現地で結婚したはずです。でも、彼女にどんな用事があるんでしょう?」

「彼女はかつて父のジェリー・モーナーと働いていたと思うんですが」

ふたたび沈黙が訪れた。

「お父さんのお名前はなんて言われましたか?」

「モーナーです。イェルハルド・モーナー。通称、ジェリーです」

ウルリカ・テーンマンは声を落とした。「あの……あの雑誌を出していた男ということですか? あれがあなたのお父さん?」

「そのとおりです。《バビロン》と《ゴモラ》。父をご存じでしたか?」

「その……」

「ご存じだったんですね?」突然、ペールはどういうことか理解した。あるいは、理解したと思い、急いで言った。「つまり、あなたもジェリーと仕事をしてらした?」

電話のむこうで沈黙が続き、カチリという音がして通話は切れた。

ペールは携帯を見つめた。十五秒待ってから、また同じ番号にかけた。

四度の呼び出し音で、あの女性が電話を取った。ペールが熟練の電話インタビュアーとして本領を発揮し、主導権を握った。「こんにちは、ウルリカ。ペール・メルネルです。通話が切れたようなので」

ため息が聞こえたように思った。「なにがしたいの?」

「いくつか質問したいだけです。そうしたら、もうおじゃまはしません。あなた、ジェリー・モーナーと仕事をしていたんですね?」

ウルリカはふたたびため息をついた。「一度だけ」彼女は言った。「週末に一度だけよ」

受話器を握る手に力がこもった。「ウルリカ、その件で、どうしてもあなたと話がしたい」

「どうして？」

「それは……父が死んだからです」

「まあ」

「交通事故で亡くなりました。それで、その、父のことでわかっていないことがいくつかあって。父のやっていたことで」

「そうなんですか？　じゃあ、あなたはまったくかかわっていなかったの？」

「ええ」ペールは言った。「けれども、ほかに関係者はいましたね。ほかの男たちが」

「ええ、そうですよ」ウルリカはうんざりした調子で言った。「でも、たいしてお話しできることはないと思いますけど」

「それでもいいので」

彼女はためらった。

「いいわ」ついに彼女は言った。「明日の夕方、こちらへ来てください。七時前までですよ」

「感謝します。わたしはエーランド島に住んでいるんですが、ランドフルトへはどう行けばいいでしょう？」

「カルマルの南へ二十五キロです」彼女は言った。「標識が出ていますよ。わたしの家は一軒しかない煉瓦造りです。隣には納屋が」

「ありがとう」


ペールはこの日の朝、マルメから帰ってきてまずニーラに会いに行ったが、娘は眠っていた。学校を訪れたあとに、ふたたび見舞いに行った。

マリカはいなかったが、今度のニーラは起きて点滴されていた。ベッドに取りつけられた点滴からビニールのチューブが腕につながっている。

「ハイ、パパ」彼女は静かに声をかけてきたが、動こうとはしなかった。

「具合は？」

「そんなに……悪くない」

「痛むかい？」

「ううん、そうでもない」

「じゃあ、どうした？　ちょっと寂しいのかい？」

ニーラはためらっているようだったが、やがてうなずいた。

ペールは学校の廊下で十代の子たちが元気に駆けていったことを思いだし、尋ねた。「友だちに見舞いに来てほしいかい？」

ニーラはなにも言わない。

「クラスメイトを何人か呼ぼうか？　おまえが電話しておけば、わたしが送り迎えをするよ」

ニーラは返事をしない。疲れたようにほほえみ、首を振るだけだった。

土曜日に会ったときより、ずいぶんおとなしくなっていた。今日はどう思っているかほほえみで伝えてくるだけだ。それも決まって疲れた笑みで。その笑みを見るたびに、ペールは息がとまりそうになった。これほど幸せというものを奪われたように見える十三歳がいていいはずがない。

「いやだ」おもむろに娘はそう言い、壁をむいた。「会いたくない」

「いやなのか？」

ニーラは咳きこんで唾を飲み、それから囁くように答えた。「こんなわたしを見られたくない」

部屋の沈黙が耐えられないほどになって、ようやくペールは娘が泣きだしていたことに気づいた。ベッドで隣に腰かけると、肩に手をまわした。「どうした、ニーラ？　話してくれ。ふたりで解決しよう」

話しはじめたニーラは涙をあふれさせた。

ペールは帰宅すると、ランニングシューズを履いてまた家を出た。行き先などどこでもよく、とにかく走りたかった。顔に風を受け、石切場沿いに海と平行して走り、次に海から離れ、どんどんスピードをあげていき、ついには肺が破裂しそうになって太股が痛くなるほどになった。

岩が露出したところで足をとめ、はあはあ言いながら呼吸を整え、風に身を乗りだした。吐いてしまいたかったが、できなかった。

ニーラのことを考えつづけていた。

もう今年度の学校は諦めないとだめなことは、数週間前に気づいていた。春の学期はうしなわれたが、あの子は秋には学校へもどれる。クラスメイトのもとへ。きっともどれる。

立ちつくすペールの頭にある想いはそれだけだった。あの子はきっとよくなって、友人たちと教室から廊下へ駆けだしていく。またバスケットボールもできるようになるし、宿題をやって、学校のダンスパーティへ行って、両親抜きのパーティを企画するようになる。高校へ進学して、あまりにも遅い時間にペールが寝たふりをしているところへ、こっそり帰ってくる。そしてヨーロッパを旅してあたらしい言葉も覚えるのだ。

ニーラは学校へもどる。未来がある。いまでこそ、あの子の人生はこのときにしか存在していないが、すぐに未来を取りもどす。そのためなら、自分はなんでもする。

子どもたちに救いを。ペールはふたたび走りだした。苔に覆われた石壁までやってくると、壁沿いに百メートルほど走ってから乗り越えた。石灰岩平原の端まで来ていた。このあたりにはもう、雪どけ水は残っていなかった。地面は乾燥して固かったから、茂みのあいだを走っていった。

しばらくしてから、誰かに尾けられていると気づいた。カサカサという音に立ちどまり、振り返った。背後から誰かが走ってくる音がはっきりと聞こえた。ほぼ同じペースだ。

ペールは息を呑んだ。マルクス・ルーカスのことを考え、しゃがんだ。この平原では身を守る術などなかった。斧などの武器はコテージにある。

やがて人影がジュニパーの茂みのあいだに現われてペールに視線を向けたが、心配することはなにもなかった。ヴェンデラ・ラーションだった。彼と同じように肩で息をして、数メートルむこうで立ちどまり、呼吸を整えた。

話しかけることもなく、たがいを見やり、どちらも激しく走ったために、荒い息遣いになっていた。だが、ヴェンデラと目を合わせると、ペールはそこに肉体的疲労だけではない疲弊を見た。

やがてペールは身体を起こし、深呼吸をした。「父が死んだ」

ヴェンデラは彼の頬へ片手をやった。「気の毒に」

ペールはうなずいた。「そして娘の友人のエミールも亡くなった」

ヴェンデラは無言だった。顔から手を離すと、説明を求めるように見つめてきた。ペールは話を続けた。

「エミールは日曜日の夜に亡くなったんだ。病院で感染症にかかり、あまりにも身体が弱っていて闘えなかった……ニーラは彼に恋をしていたから、この話をしてくれたときに泣いていた。とにかく泣くばかりで、どう声をかけたらいいかわからなかった」

ヴェンデラがさらに近づいてきて、両手を差しだした。

ペールは抱きしめてほしくはなかった。彼女はこんなに痩せているし、世界には愛など残っていない。

ふたりは草原で抱きあって、数分ほどもじっと立っていた。しばらくするとペールは、ふたりの呼吸のタイミングが同じだとわかった。長く、深い呼吸だ。

ほどなくして彼女はペールを放し、一歩下がってから、振り返った。岩と茂みの迷宮のほうをあごで差した。

「一緒に来て。見せたいものがあるの」

53

ヴェンデラは月曜の夕方に、マックスの携帯とストックホルムのアパートメントの電話とに八回電話をかけたが、彼がようやく電話に出たのは九回目だった。その頃にはもう、声を落ち着かせることができなくなっていた。海のむこうにいる相手に対して、電話にどなった。「アリーはここにいないとだめなのよ、マックス！　この島に！」

「だが、ここにいるからな」

「あの子は都会では具合が悪くなるのよ！」

「様子を見てみよう」マックスが言った。「どちらにしても、明日の朝いちばんに獣医のところへ行く。予約したからな。そうすれば、どこが悪いのかわかる」

ヴェンデラは受話器を握りしめた。「あの子はここにいれば、よくなるわ。わたしと一緒にいれば！」

「おまえがそう想像しているだけだ」

マックスは落ち着き払っているように聞こえたが、彼が有利な立場にいることをいかに楽しんでいるか耳にして、ますますヴェンデラの怒りに火がついた。声を落とした。「ここへ連れ帰って、マックス。獣医へ診せたら、まっすぐここへもどって」

「もちろん、すぐにもどる……もちろん、留守のあいだ、おまえはランニングできていいだろう」

ヴェンデラはマックスがなにをほのめかしているか気づき、ため息をついた。「わたしはここにひとりきりなのよ、マックス」彼女は静かに言った。「近所の人たちはみんな留守」

「じゃあ、おまえは隣人たちの出入りに目を光らせているのか？」

ヴェンデラは反応しなかった。まったく無意味な会話だ。「明日、アリーを連れ帰って」そう言い、電話を切った。

窓辺に立ち、からっぽの風景をながめた。なにかが外で文句を言い、悲鳴をあげている。最初は子どもだと思ったが、カモメが一羽、海岸沿いを南へ飛んでいった。

怒りと飢えで目眩がしたが、食べようとはしなかった。かわりに、ランニングへ出ることにした。

十五分後に家をあとにしたとき、ペール・メルネルの車がコテージの表に駐まっているのが見えた。

だが、立ちどまらなかった。石灰岩平原へむかって走り、日射しを背に受けてずっと遠くの一点に視線を定めた。機械になって、脚をもちあげ、腕を振り、島を横切っていった。リズム感は得られなかったが、できるだけ速く走った。

やがて自分はひとりではないと気づいた。別の人影が前方の茂みのなかを走っていた。

ペール・メルネル。上はいつもの青いトラックスーツだが、晴れた夕方だからかショートパンツで走っている。

スピードをあげると、だんだん彼に追いついていった。呼びかけなかったが、あと五十メートルほどまで詰めたとき、彼が足をとめて振り返った。

ふたりは見つめあった。足をとめる頃には、ヴェンデラは完全に息が切れてしまって、しゃべる力が残っていなかったし、ペールは憔悴しきっているように見えた。

その少しあとで彼に腕をまわしたときになって、ヴェンデラはペールをエルフの石へ連れていこうと決めた。息がつけるようになってまず言った言葉はこうだった。「一緒に来て。見せたいものがあるの」

こうしてふたりはまた走りだし、石灰岩平原をまっすぐに横切っていった。ヴェンデラはいまでは考えなくても、茂みのあいだを抜ける道がわかるようになっていて、ペールがあとから続いた。同じ足並みで寄りそって走った。たがいに助けあっているようだった。

ヴェンデラが初めて速度を落としたのは、ジュニパーの茂みが集まる場所を視界にとらえたときだった。ペールは立ちどまり、深呼吸をした。疲れているようだ。

「あそこよ」ヴェンデラがそう声をかけ、先頭に立った。

ふたりは茂みが青々と円形に生える場所へ入った。ヴェンデラはエルフの石を見た。いつものように速度を上げて近づいた。一瞬ひとりではないことを忘れていたが、ペールもすぐうしろに続いて、石までやってきた。

「大きな石だ」

「ええ、大きな石なの」ヴェンデラは言った。「ここに来たことがある?」

彼は首を振った。「でも、あなたはあるんだね?」

ヴェンデラは両手を石に置き、からっぽのくぼみをなでた。「ええ、何度も。ここはむかしからある場所よ。何百年というもの、人々は世界のことをしばらく忘れるためにここを訪れたはず」

ペールはあたりを見まわした。「いい場所のようだ。ここなら、あれこれ忘れられそうだ」

「いい場所? さあ、それはどうか。でも、ここでは時がゆっくりと流れる。ここに座って祈ることができるの」

「祈る?」

ヴェンデラはうなずいた。「助けがあるように、そして健康を祈って」

「神の癒しの力ということ?」

「そのようなものね」

彼女は草に腰を下ろし、石にもたれた。ペールはためらったが、隣に座った。

ふたりはしばらく両脚を伸ばして休み、傾いていく日射しが雲を濃い赤に染める様子を見守った。

「ご主人にはここへ来ると伝えてあるのかい?」ペールは尋ねた。

ヴェンデラはすぐには答えなかった。どのくらい打ちあければいいだろう?

「マックスは家にいなくて」ついに彼女はそう言った。「あの人、犬を連れてストックホルムへ行ったの。獣医に診せるからと。わたしたち、口喧嘩をしてしまって。わたし、口答えしたの。彼はそれに慣れていないから、頭にきたみたいで」

ペールは無言だった。

「でも、すぐにもどってくるはずよ。ゴムボールみたいに。マックスにはわたしが必要なの」

「どういう意味で?」

「わたしは本を手伝っているから」

「どんな手伝いを？　たとえば……」

「彼が本を書きあげられるようにしているのはわたしなの」

　ペールがヴェンデラを見つめた。「彼の本を書いてるのは、あなた？」

「ときどきね」ヴェンデラはため息をついた。「一緒に作業しているのよ。でも、マックスは人目を引くのは自分にしておいたほうがずっと単純でいいと思ってる。表紙には著者として彼の名前だけを載せて」

「そのほうが都合いいんだろうね、ご主人にとっては」ペールは言った。「匿名でいたい人に名前を貸すことをなんというんだったっけ？」

「さあ……でも、マックスは有名になるのをまったく嫌がらない」ヴェンデラは言った。「わたしのほうは、人に見られない存在のままでいるのが好きなの」

　夫について語るのはいつもむずかしいことに気づいていた。まるで裏切りのように思えてしまうのだが、それでも話を続けた。「マックスは物事の中心にいるのが好きで、自信に満ちあふれているの。この春は料理の本を執筆していたの。あの人はお湯の沸かしかたさえも知らないくらいなのに。あの自信のかけらでもいいからもちたいものだわ」彼女は目を閉じた。「わたしはしばらくセラピーに通っていたの。精神分析医に診てもらって。そこでマックスに出会った」

「ご主人はあなたの精神分析医だったのか？」

　ヴェンデラはうなずいた。「わたしたちは恋に落ちて結婚したけれど、あの人は精神分析医協会から警告を受けた。分析医は患者を誘ってはいけないことになっていて。倫理に反するから」彼女はつけ足した。「それでマックスは怒って、仕事を辞めて作家になることにしたの。あの人、本に人気が出ると、協会への復讐になったと思っていたわ」

　彼らはしばらく無言で座っていた。

「あなたはなぜ、セラピーを受けたんだ？」

「さあ……むずかしい子ども時代から先へ進めるように、かしら。よくある話でしょう？」

「むずかしい子ども時代だったのか」

「すばらしくはなかったわ。母とはごく幼い頃に死別して、父はほとんどの時間を夢の国で過ごしているような人だった。それから、兄がひとりいて。ヤン－エリク。同じ家で暮らしていたのに、兄はわたしに会いたがらなかった。いつもドアを閉めていた。それで、二階にはおばけでも住んでいるのだと、わたしは思っていたの」

「でも、結局はお兄さんと知りあえたんだね？」

「ええ、でも、最初は兄が怖かった。知的障害があって……あの頃は頭のほうが遅れているという言いかたをしたものよ。それに見た目もひどくて」

「ひどい？」

「ヤン－エリクにはアレルギーがあったの。わたしとまったく同じに。でも、兄のほうがずっとひどかった。アレルギーをいくつかもっていたんじゃないかしら。それに喘息で敏感肌。たぶん切ったこともないような、長い爪をしていたわ。それで肌を掻くと傷ができてしまって。そこから感染症が広がったのよ」

「凄まじい状態だったようだね」

「そのとおりだった。でも一九五〇年代の後半は、そういう人を助けようという試みなんか、なかった。そんな人たちはただ人目につかないところに隠されるだけだった」ヴェンデラはまた目を閉じた。「そんなときに、兄は納屋への放火で有罪になって、本土の精神病院へ送られることになったの。つまり、精神障害者や性犯罪者のなかに放りこまれるということよ。そんなことは問題外だった」

「問題外？」

「わたしは兄を手伝って逃がしたの」

ヴェンデラはそれ以上、なにも言わなかった。ふたりはまたもや、無言で座っていた。

傾いた日射しが海岸のほうから、木立をそっと照らしはじめた。じきにこのあたりは、まっ暗になる。

ペールは自分自身の考え事に没頭していた。しばらくして、赤い雲を見あげるとこう言った。「この世界には愛や思いやりといったものはなく、エゴしかないんだ……まだほんの子どもの頃に、彼がわたしにそう教えた。でも、わたしは大人になってから、それは本当のことじゃないと、彼に証明しようとした」

ヴェンデラはペールのほうを見た。「誰の話をしているの？」

「父だよ」

ヴェンデラが手を差しだすと、ペールはそれを握った。彼の手は冷たく、ヴェンデラの手と同じように細くて骨ばっていた。「そのジェリーも、もう死んだ。父がわたしに残したものに怯えているんだ」

「お父さんはなにを残されたの？」ヴェンデラは尋ねた。

「悪い記憶。それに山ほどの問題を」

ふたりは手を取りあったまま、石の前に座っていた。太陽は姿を消し、空が暗くなってきたが、ふたりは話を続けた。ようやく、ふたりは立ちあがった。

帰り道にかわされる言葉は少なかったが、ヴェンデラはペールのコテージの前で立ちどまった。暗闇のなかで彼を見つめた。ペールは口をひらいたが、なにを言えばいいのか、どうすればいいのか、わからないようだった。そしてヴェンデラにも、どうしたものかわからなかった。

「じゃあ、うちに着いたから」ペールは結局そう言うと、背をむけた。

ヴェンデラは一、二分ほどその場に留まり、彼と一緒に行くべきなのかと考えた。そうしたら、彼はどうするだろう？　自分はどうするだろう？　いくつもの可能性が分岐する川のように目の前に広がっていた。

「おやすみなさい、ペール」

ヴェンデラはまた走りはじめた。自分の暗い石の要塞の家へ。

54

ペールはキッチンで椅子に座っていた。電話の前で、窓の外を見ていた。海岸通りに見慣れない車の影はない。それにこの二十四時間は無言電話もかかっていなかった。それでも今朝は緊張がほどけなかった。

仕事をするつもりだったが、また石鹼についての意見をこしらえる熱意が振り絞れなかった。かわりに、別の電話をいくつかかけた。

まっさきにクリスチャンスタッドのジェリーの取引銀行に連絡して、父の財政状態がどうなっているかたしかめようとした。質問は、ペールに遺された金があるかどうか。

どうやら、そんなものはないようだった。たった二万二千クローナ。ジェリーの口座にあることを、なんとか突きとめられたのはそれだけだった。それにボルボの株が少し——これは皮肉だった。ジェリーはいつもスウェーデン製の車を拒否していたからだ。しまいこまれた貴重な芸術作品も、高価なワインも、高級な車も遺されていなかった。

すべてはなくなっていた。モーナー・アート社は中身のない会社になっていた。

「お父様はまったくの無一文というわけではありませんでしたが、それに近いものでした」ジェリーの資産を扱っていた銀行の担当者が言った。

「でも、一時期はたしかに金をもっていましたよね？」

「ええ、会社には資金がありました。けれども、お父様は近年数回にわたり多額の払いもどしをなさっていましたので。もちろん、リード郊外の家はありますが、現在では保険の問題で動かせません。わたしの見解では、現在の資産では葬儀の費用をやっとまかなえる程度でしょうね」

まあ、少なくとも父を埋葬できるじゃないか。

もともと、相続するような遺産はたいしてなさそうだと思っていた。少なくとも価値のあるものは。自分が受け継いだのは確実にほかのものだ。

「会社の資金を引き出したという話ですが。父は自分に給与を払っていたんでしょうか？」

「いえ」担当者は言った。コンピュータでなにか確認しているようだ。「給与と年金の支払いにあてられていますね。従業員の……ハンス・ブレメルさんの」

通話を終え、ペールは電話の前に座ったままでいた。まるですべてのものが、ハンス・ブレメルに通じるようだ。ジェリーはなぜ、彼にそんな大金を与えたのか？　だったらその金はどこへ行ったんだ？　ブレメルの妹はそんなものを受けとっていないわけだし。

突然、ブレメルのアパートメントで見つけた小さな付箋のことを思いだした。四つの名前が書いてあるものだ。

あのときのパンツは洗濯かごに入れていたが、付箋はまだポケットに入っていた。キッチンテーブルに置いて、名前を見つめた。イングリッド、キャッシュ、ファウンテン、ダニエール。それぞれに電話番号が書いてある。

イングリッドはブレメルの妹だから電話をかける必要はないが、ほかの三人は誰なのか、さっぱりわからなかった。最初の人物を選んだ。キャッシュと書かれている者だ。携帯の番号のようだった。

こんなことはしないほうがいいんじゃないか？

そうかもしれないが、ほかの選択肢はと言えば、ここに座って癌について考えることしかない。ペールは受話器を手にした。

三回の呼び出し音で、男の声がはっきりと答えた。

「ファル」

「おはようございます」ペールは言った。「ペール・メルネルと言います」

「それで？」

「あなたがご存じかもしれない人物の件で、電話をかけています」

「それで？」

「彼の名はハンス・ブレメルです。知り合いですか？」

数秒ほど電話のむこうで沈黙が続き、後ろから会話らしき声がかすかに聞こえてきた。会議かなにかがおこなわれているようだ。ようやく、男が返事をした。

「ブレメルは死んだよ」

「それは知っていますが」ペールは言った。「彼のことをもっと知りたいと思っていまして」

「なぜだ？」

「父のジェリーが何年も彼と仕事をしていたからです。それで、どんな人だったのか、どうしても知りたいんですよ。あなたは知り合いだったんですね」

数秒ほど、また背景の音を聞いていたが、そこで返事があった。「ああ」

「お名前はファルさん？」

「ああ。トマス・ファル」男はまだためらっているようだ。「それで、どうやってわたしの番号を知ったんだね？」

ペールは説明した。ブレメルのキッチンで見つけた付箋だと言うと、トマス・ファルはかすかに緊張を解いたようだった。

「彼はあなたの番号の横に〝キャッシュ〟と書いています」ペールは話を続けた。「この意味がわかりませんか？」

ファルは数秒ほど黙っていたが、それから声をあげて笑った。「それは、たまに彼がわたしをそう呼んでいたからだよ。ジョニー・キャッシュばかり聴いていた頃、彼と、あの〝マン・イン・ブラック〟と親しくなったから」

「あなたはブレメルの親戚なんですか？」

「いや」ファルは言った。「彼はマルメでわたしの写真の講師だったんだ。七〇年代なかばに、夜間の講座に通ったんだよ。広告業界に入りたいと思っていたからね。ブレメルがそこのカレッジで教えていた。彼は翌年辞めたが……いや、率直に言ったほうがよさそうだな。クビになったんだ」

「理由はわかりますか？」

短い間があった。

「彼は少し変わっていた。学生とはうまくやっていたが、教えかたはあまり系統だっていなくてね。それに、かなり酒を飲む人だったし。当時でさえも」

「彼がポルノにかかわっていたことも、ご存じでしたか？」ペールは言った。「毎年春と夏にはポルノ映画を撮影していたことは？」

またもや間が空いた。

「ああ、知っていたよ」ファルはついに言った。「ブレメルがしゃべったわけじゃないが、あとになってから、知った」

「でも、連絡を取りつづけたんですね？」

「ああ」ファルが言った。「だが、たまに電話をかけて元気かどうかたしかめて、単発のフリーランスの仕事を手伝う程度だった。ブレメルはとても孤独な人物だったと思う。家族はなかった。妹がひとりいるだけで」

「彼がマルクス・ルーカスという男を話題にしたことはありませんか？」

また沈黙が流れた。

「ないと思うね」しばらくしてファルは言った。「わたしは覚えていない」

ほかになにか訊けないかと考えていると、ファルが話を続けた。「だが、彼はブリーフケースをくれたよ。まだもっていると思うが」

「ブレメルがあなたにブリーフケースを？」

「ああ。彼が去年、ここに置いていったんだ。かなり酔っぱらって訪ねてきてね。預かってくれと言われた。ちょっといまは、どこにしまったか忘れたが」

「それを探してくださるお時間はありますか？」

「あるとも。屋根裏を見てこよう」

「あとでまた電話しても？」ペールは言った。

「ああ」ファルはそう言い、つけ足した。「あなたの番号も教えてもらっていいかな」

ペールは携帯とコテージの電話番号の両方を伝え、礼を述べて電話を切った。

〝ブレメルはとても孤独な人物だったと思う〟――トマス・ファルはそう言った。ペールも同感だった。

思い切り伸びをしてから、ブレメルのリストにあった三番目の番号にかけた。〝ファウンテン〟と書いてある番号だ。今度は返事があるまで、さらに長くかかった。十一回か、十二回も呼び出し音が鳴ってから、相手が電話に出た。

「もしもし?」

疲れた男の声だった。テレビ番組の効果音の笑い声も聞こえる。

「こんにちは」ペールは言った。「ファウンテンさんですか?」

「ああ。そちらはどなたかね?」

「よかった!」ペールは言った。テレビの笑い声はとても大きく、男の声はとても小さいので、気づけば自分は声を張りあげていた。「ハンス・ブレメルから番号を教わりました」

「そうか」男は言った。「なにが必要なんだ?」

「必要なものですか?」ペールは考えようとした。「その……あなたはどんなものをもっているんです?」

「いまはたいしてないよ」男は言った。「スウェーデン産のシュナップスが十リットルと、ポーランド産のウォッカが二本。それでじゅうぶんか?」

ペールはようやく悟った。泉《ファウンテン》は安い、自家蒸留の違法な酒を売っている男だった。

「わたしの考えていたものとは違いました」ペールがそう言って受話器を置こうとすると、男が言った。

「ブレメルは決着をつけるはずだったんだ――あんた、その件でなにか知らないか?」

「どういうことですか?」ペールは尋ねた。効果音の笑い声がヒステリックなほどに大きくなった。

「ブレメルは夏になる前に、借金を全部払うと言ったんだ」

「いくらです?」

「二万だ。あんたが払ってくれるのか?」

「いえ。それにブレメルにも決着はつけられないと思いますよ」

ペールは電話を切り、リストの最後の番号にかけた。これはダニエールという人物につながるはずだ。携帯の番号だったが、すぐに自動応答メッセージにつながり、この番号はもう使われていないと言われた。あたらしい番号の案内もない。

では、これで行き止まりか。テーブルにむかって、ジェリーの死んだ仕事仲間のことを考えた。

ハンス・ブレメルは二重生活を送っていた。週末にはポルノ映画の撮影にすべてのエネルギーを注ぎ、住まいのあるマルメにもどると、みじめで、酒の力でもたせる借金まみれの生活を送っていたようだ。

ペールはまた受話器を手にして、葬儀屋にかけ、ジェリーの葬儀について相談した。

「何人ぐらいが参列されるかわかりますか?」係の者に尋ねられた。「だいたいでいいのですが」

「わかりません。ただ、おそらくごく少ないと思います」

誰を葬儀に呼べばいいものか、さっぱり考えつかなかった。ジェリーの身内はずっと前にジェリーとのつきあいをいっさいやめている。あるいは、ひょっとしたらその逆だったか。結局はジェリーもブレメルと同じに孤独だったらしい。

そこであたりを見まわしたペールは、自分がこのからっぽな家で腰を下ろしていることに気づいた。家族はここにいない。それに、自分には友が何人いる?自分の葬儀に何人が足を運んでくれるだろう?

それはいま、考えるべきことではなかった。

十五分後に、車で石切場をあとにした。ヴェンデラの家を見ないではいられなかった。高窓で明かりが輝いていた。彼女はいまなにをしているのか、夫はもう帰宅したのだろうかと考えたが、車を駐めて声をかけることはしなかった。

ランドフルトはステンヴィークのような村ではなかった。農作地帯にほんの数軒の農家が点在しているだけだ。カルマルからは幹線道路沿いに南へ車で三十分。ウルリカ・テーンマンは村で一軒だけの煉瓦造りの家に住んでいると話していたが、それは簡単に見つかった。ペールは私道に車を駐めた。

車を降りるとガチャガチャいう音がして、見ると十二歳ぐらいの少年が砂利道でラジコンのジープを走らせようとしていた。少年は顔をあげてペールを見たが、すぐにラジコンへ視線をもどした。

ペールが石段をあがってベルを鳴らすと、三十五歳くらいの女性がドアを開けた。ブロンドの色気むきだしの女ではなかった。茶色のショートヘアで、色褪せたジーンズに黒いコットンのトップスを着ている。

父が復活祭の週末にレジーナのことをどう言っていたか思いだした。〝たぶん、老けた〟と。ジェリーが女をどう分類していたか、はっきりしていた。ホットな若い女と薹《とう》の立った女と。

「どうも」ペールは名乗った。

ウルリカ・テーンマンがうなずいた。「どうぞ」

彼女は振り返り、ペールも続いて廊下を歩いた。

「表にいるのは息子さん？」

「ええ、あれがフーゴ」彼女は言った。「ハンナという娘もいるわ。夫が街の体操のクラスに連れて行ってるところ。ふたりがうちにいないときが、いいと思って」

「ご主人は知っているのかい……」

ペールは適切な言葉を探したが、ウルリカ・テーンマンはうんざりした表情だった。

「わたしがふしだら女だったと、そう言いたいのね？」

「いや、そんな」

「モデルをやっていたことは、話したことがないわよ」彼女が口を挟んだ。「でも、ウルフはわたしが若い頃に愚かなことをたくさんやったことはわかっているし、それは彼のほうも一緒よ。人人になる前にはね」

ペールはジャケットを脱いだ。「それで、きみはジェリーを覚えているんだね、わたしの父を？」

彼女はうなずいた。「ちょっと変わった人で、ぬいぐるみと好きもののおじさんが混ざったような人だった。よくわからなかった」

「みんなそうだったと思う」ペールは言った。

案内されて片づいた小さなキッチンへ入ると、コーヒーを淹れてくれた。

「それで、ジェリー・モーナーは亡くなったのね？」

「数日前に」

「それであなたはもっと彼のことを知りたいと？」

「ああ。だが、むしろ父と仕事をしていた人々のことをもっと知りたいんだ」ペールは言った。「ハンス・ブレメルという仲間がいたはずだが」

「ブレメル、そうだった」ウルリカは言った。「若いほうの人ね。あの人がすべてを仕切っていた。そして写真を撮影してた」

そこで口をつぐみ、真剣な表情になって考えこんでいるようだった。それでペールは尋ねた。「きみはどうして父と働くことになったんだ？」

ウルリカは陽気な笑い声をあげた。「自分でもよくわからないのよ」彼女はそう言った。「たいして考えてなかったから。十九歳のときは、あなたもそうだったでしょう？　その場で決めちゃって、すぐに実行しちゃう。あの夏、恋人がわたしを捨てて、別の女とつきあいだしたのね。わたしはものすごく腹を立ててたから、復讐のようなものだった。雑誌を奴に送りつけてやろうと思って。でも、そんなことはしなかった。本当を言うと、雑誌を手に入れることさえなかったの。もちろん、お金はもらったけどね。現金で」

「たくさんもらえたかい？」

「千五百だったと思う。十九歳にとっては大金よ。それだけ稼ぐには養護施設で一週間はバイトしないとならなかったでしょうね」

「この仕事のことは、どうやって知ったんだい？」

「夕刊紙に写真のモデル募集の小さな広告があったの。リサ・ヴェグネルがそれを見て、わたしとペトラ・ブロムベリに話をした。どんな撮影かは、はっきりしてたわね。ヌード写真を送れと書いてあったから。それで、おたがいに写真を撮りあって、マルメへ送ったの。二週間後に、ハンスという人から電話があった」

「感じはよかったかい？」

「悪くはなかったわ。楽勝な仕事だって話をしてた。それで、ペトラとわたしは一緒にリード行きの列車に乗ったの。ほとんどはしゃいで笑って過ごしたわ。ちょっとした冒険みたいだった。サーカスと逃げてるみたいにね」彼女はペールを見てつけくわえた。「ただし、楽団はなかったけれど」

さらに彼女は話を続けた。「リードで駅を出ると、そこにはもうひとり女の子が待ってた。タイトなジーンズとタイトなトップスで、わたしたちよりずっと挑発的な格好だった。にらまれたわよ。そのとき、このブレメルという男が迎えにきた。車を降りてほほえみかけて挨拶して、車に三人とも乗せた。バックシートに座ったら、なんだか急におおごとになった気がしたわ。くすくす笑いをやめて、ペトラをみると、あの子もかなり緊張していたみたいだった」

彼女はテーブルを見おろした。

「そのとき、ブレメルはなんて言ったんだい？」

「あの人、フロントシートの女の子とばかり話していたのよ。経験者で何度か撮影したことがある子だって、はっきりわかった。シンディだかリンディだか、そんなふうに彼は呼んでいたわ」ウルリカは疲れたようにほほえんだ。「それが本名だったとは思わない。ペトラもわたしも、雑誌ではあたらしい名前を与えられたから。ペトラはキャンディ、わたしはスージー」

「そして、男たちはいつもマルクス・ルーカスと呼ばれていた？」

ウルリカがうなずいた。「きっとあの業界ではたいていのことが作り物なのね。とにかく、わたしたちは車で家へむかった。森の奥深くにあるようだったわ。ブレメルが車を駐めると、わたしたちがここにいることは、誰も知らないんだとわたしは気づいてね。いい気分じゃなかった。家は広くて暗かったわね。一階の窓には、厚手のカーテンがかかっていた。消毒薬の匂いがしたけれど、それはきっとたくさんのいやな臭いをごまかすためだと考えたのを思いだすわね。長くあそこにいると気づく臭いよ」

「それで、ジェリーもそこにいたんだね？」

「ええ、いたわ。挨拶すると、わたしとペトラに書類を渡した。ふたりとも契約書のようなものに署名をしたの。わたしたちは自分の意思でこれをおこなうものであり、未成年ではないと証明するものだった」

「父たちはきみたちの年齢をたしかめたのか？」

「いいえ。電話をかけたとき、ブレメルから何歳かと訊かれたように思うけれど、パスポートだとか、運転免許証だとか、そうしたものを見せろという人は誰もいなかった。

勉強のためかどうか知らないけれど、ペトラとわたしはシンディだかリンディだかが撮影するとき、スタジオに留まることを許された。ブレメルが彼女をけしかけてね。彼女はベッドに座って自分をさわって、カメラの前で服を脱いだのよ。ときどき、妙になることもあったわ、彼女のやっていることは。照れているのに、同時にふしだらだったりするの。彼女のなかで、戦争でも起こっているみたいだった」

ウルリカは床に視線を落とした。

「彼女を見て、自分にはこんな仕事は続けられないと気づいたし、二度目をやろうとも思わなかった。とにかく、この頃にはどうしてもうちへ帰りたくなってた。でも、自分の撮影が残っていたのよ。引き返すのは無理だった。やるしかなかった。それで、スポットライトを浴びてソファで撮影を始めたのよ。別に自分から動かなくてよかったわ。違った体勢でポーズを取るだけで」彼女は口をつぐんだ。「わたしはとても緊張していたけれど、ほかの人たちにとっては、いつものことっていう感じだったわね。ただの仕事にすぎなかった」

「その場には誰がいた？」

「ブレメルが照明と照明のあいだに立っていたわね。彼がすべてを任されていて、どうするかわたしに指示した。それから、カメラマンをやっていた若い男がいて、あとは痩せて鍛えている感じのタトゥーの男。ソファでわたしと一緒に撮影した人よ」

「じゃあ、ジェリーはそのあいだずっと、なにをしていたんだい？」

「たいしてなにも」ウルリカが言った。「たぶん隅のほうに立って〝ズボンをいじってた〟んじゃないかしら。わたしたち、学校の近くでうろついているスケベじじいのことをそんなふうに言ったものよ」

ジェリーがまさにそのとおりのことをやっている様子がありありと頭に浮かんだ。

「次がペトラの番だった。わたしのあとに、別の男と撮影したの。この男もマルクス・ルーカスと呼ばれていた」

「その男のことで、どんなことを覚えてる？」

ウルリカが考えこんだ。

「わたしの相手に比べると、背は高くて少し歳も上で、ずっと筋肉質だった」彼女は言った。「体格がよくて、それから静かで――たぶん飽きていたのね。あれは彼にとって仕事にすぎないのは見るだけでわかったもの。わたしのマルクス・ルーカスは少なくともおしゃべりしたし、おかしな冗談を言って、わたしをリラックスさせようとしてた。それにあとから、本名も教えてくれたのよ。トビアス……トビアス・イェスリン。マルメの人だって」

ペールは頭にその名を刻んだ。マルクス・ルーカスのひとりはトビアス。偽名ばかりのなかに、またひとつ本名が出てきた。

「ペトラとはまだ連絡を取っているのかい？」

ウルリカは怯えた表情になった。「連絡？」

「電話番号か住所を知らないかい？　彼女からもぜひ話を聞きたいんだ」

「ペトラは亡くなったの」ウルリカが言った。

ペールは驚いて彼女を見つめた。

「九〇年代の初めに亡くなったのよ。その頃にはもう連絡を取らなくなっていたけれど、噂でそう聞いたし、新聞の死亡告知でも見たわ」

「どうして亡くなったんだい？」

「病気だったみたい。噂でしか知らないけれど、癌だったようよ」

ペールはコーヒー・カップを見おろした。聞きたくない単語だった。「悲しいことだ」

「ええ」ウルリカが言った。「それに、マッデにも同じように悪いことが起こった。いえ、もっと悪いくらいね」

「マッデ？」

「マデレイネ・フリック。やっぱり学校時代のわたしの友だちで。卒業してからストックホルムへ引っ越したけれど、ほんの二年後に列車の前に飛びこんだの」

ペールはゆっくり呼吸をしてから静かに口をひらいた。「彼女も父と仕事をしたことがあったのかい？」

ウルリカはうなずいた。「そう思うわ……もちろん、わたしは写真や映画は見ていないけれど、あの夏に会ったとき、彼女もリードへ行って撮影をやったと話していたから。〝相手は痩せたタトゥーのほう、それとも背の高いほう？〟わたしはそう訊いた。〝背の高いほうよ〟とマッデは話してた。それ以上詳しいことは聞きたくなかった……撮影の話をしたのは、あの一度きりだった」

ペールは無言だった。ジェリーと撮影したことがある四人を見つけたが、そのうち、すでにふたりが亡くなっていた。

急に玄関のドアがひらいた。

「ママ?」少年の声が呼びかけた。

「はあい!」

ペールは彼女を見て、最後の質問をぶつけようとした。「いまは撮影のことをどう思ってるんだい?」

「別に平気」ウルリカは立ちあがって自分のコーヒー・カップを洗いはじめた。「なにをやったとしても、もう過去のことよ。若い頃にはバカなことをやってそれを後悔するし、バカなことをなにもやらなかったら、やっぱり後悔する。遅かれ早かれ。そう思うでしょう?」

そうだね。生き延びればの話だが。

そう思ったが、口には出さなかった。

農家から車で去りながら、ペールはウルリカ・テーンマンのことを、次にレジーナのことを考えた。自分はなにをやっているのか? 彼は少女たちを救いたかったが、なかには救ってほしいと思っていない少女たちもいた。父から彼女たちを救いたかった。

幹線道路に入る直前に、駐車場に車を入れて番号案内に電話した。トビアス・イェスリンという人物はふたりいた。ひとりはモーラ、もうひとりはカールスクルーナ在住だ。カールスクルーナのほうがカルマルに近いから、そちらの番号を先に試してみた。三回の呼び出し音で少女の声が軽やかに答えた。「もしもし、エミリーです!」

ペールは動揺したが、とにかくトビアスを頼んだ。

「パパはいないわ」少女は答えた。「ママと話したい?」

ペールはためらった。「ああ」

ガサガサと音がして、緊張した女性の声が聞こえてきた。「もしもし、カタリーナです」

「どうも。ペール・メルネルといいます。トビアスと話をしたいのですが」

「あの人は仕事です」

「職場はどちらですか?」

「ホノルルです」

「なんですって?」

「ホノルル・レストランです。あなた、どなた?」

「わたしは……わたしは古い友人です。長いこと連絡を取っていなかった。こちらは、むかしマルメに住んでいたトビアスのお宅ですよね?」

女性は数秒ほど無言だった。

「ええ。あの人はたしかにマルメで暮らしていました」

「よかった」ペールは言った。「では、おそらく人違いではなさそうです。彼はいつもどりますか?」

「仕事が終わるのは十一時ですが、ホノルル・レストランに電話なさってもいいですよ」

「レストランを訪ねるのもいいかもしれません。住所はどちらですか?」

ペールはメモを取って、電話を終えた。

そこで考えこんだ。そろそろ七時で、カールスクルーナまでは車で一時間ほどかかるだろう。

どうするか決めて車を出した。トビアス・イェスリンに会いに行こう。かつてマルクス・ルーカスと呼ばれた男に。

55

ヴェンデラは火曜日の朝から晩まで、あたらしい庭の作業をして過ごした。昼食前にはアイビー、ツゲ、ニワトコの苗をずらりと植え、成長したら見栄えもよく日陰も作ってくれるようにした。午後には培養土と小さな石灰岩の粒の袋を引きずってきて、小さな花壇を三つ仕上げた。心の眼で、五月に緑の葉が出てきて、六月には茎が力強く伸び、花が咲き乱れて太陽へむかってひらくところが見えた。

家の電話が何度か鳴ったが、出なかった。七時頃にうちへ入り、熱い泡風呂に浸り、数枚のクリスプブレッドを夕食にして、窓の外を見つめた。北にある小さなコテージのほうを。

今夜は石灰岩平原へ走りにいきたくなかった。お年寄りのイェルロフに会いに行こうかとも考えたが、彼のじゃまをしたくない。本当にしたいのはペール・メルネルのもとへ行き、夜更けまでおしゃべりすることだったが、彼の車はなかった。そこで広いからっぽの家で腰を下ろし、夫と犬の帰りを待った。

もどってこなかった。十時まで待って、彼女は休んだ。

ぼんやりした眠りのなかで、ヴェンデラは近づいてくる振動の音を聞いた。そして誰かが玄関の鍵を開ける音で目覚めた。目をひらくとベッドサイドの時計が見えて、十時四十五分だった。

廊下の照明が灯り、ひとすじの光がベッドに差してきた。

「いるのか?」男の声が呼びかけた。

マックスだった。

「ここよ……」彼女は静かに答え、額をなでた。

「おい、帰ったぞ！」

マックスが寝室にやってきた。まだ中綿ジャケットを着ている。

ヴェンデラは頭をもたげ、床を見まわした。「アロイシアスはどこ？」

「ここだ」マックスは言い、ベッドになにかを投げた。「これで終わりだ」

ヴェンデラはとまどって夫を見た。「なにが終わりなの？」

そのとき、ベッドを見おろすと、小さくて細いものがそばにあった。妙に見覚えのあるものだ。手を伸ばして拾いあげた。

革の紐だった。犬の首輪だ。

かすかなアロイシアスの匂いに気づいた。あの子の首輪だ。

マックスはまだベッドの隣に立っていた。「おまえがそれをほしがるだろうと思った。形見に」

「マックス、なにをしたの？」

彼はベッドに腰を下ろした。「知りたければ教えてやる。とても安らかなものだった。そのあいだわたしがずっと抱いていてやった。獣医はどうやればいいか、はっきりとわかってるからな」

ヴェンデラは夫を見つめるばかりだったが、彼は話を続けた。「まずは鎮静剤が与えられた。おまえがときどき飲んでいるようなやつだ。それから前脚に大量の麻酔を注射すると、その頃には――」

ヴェンデラは起きあがった。「聞きたくない！」

上掛けをはねのけ、ベッドから飛び降りて、マックスを押しやった。廊下へ走り、コートを着てブーツを履くと、玄関から一気に躍りでた。道に着地すると、足のまわりで砂利がはねた。

どこかへ、逃げなければ。

ふいに目の前のアウディに気づいて、ドアを手探りした。ロックされていなかった。

車に乗って固いハンドルに突っ伏した。

そこで涙があふれてきた。アロイシアスのための涙。

十年だ。彼がまだ若い犬だった頃、マックスと買った。ふたりが結婚した秋のことだった。犬を選ぼうと犬舎へ行くと、尻尾を振って駆けよってきた。ヴェンデラたちではなく、むこうが選んだかのようだった。それ以来、一日も欠かさずに一緒に過ごしてきた。

車の隣に人影が現われた。

「ヴェンデラ？」マックスが窓をコツコツと叩いていた。

「家に入れ、そうしたら話ができる」

「あっちに行って！」

ヴェンデラはいきなりドアを開け、拳を握りしめ、マックスに一歩あとずさりさせた。続いてグラヴ・コンパートメントから懐中電灯を取りだし、車を降りた。そして叫んだ。「わたしにさわらないで！」


さらに二歩下がるマックスの横を、ヴェンデラは歩いていき、砂利道へむかった。

「どこへ行くんだ、ヴェンデラ？」

答えなかった。できるだけ早く夫から離れたくて、寒い暗闇へむかっていった。

56

ひどく冷たい風がバルト海から吹くなか、ペールはホノルル・レストランの前で車を降りた。今夜の風は氷のように冷たく、まるで冬が突然心変わりしてもどってきたようだった。

このレストランはカールスクルーナの中心からすぐだが、ミシュランの星を誇っているようには見えなかった。入り口の上のネオンサインの二文字が消えていて、〝ホ ルル・レ トラン〟となっていた。

暖かい店内に入ると、ジャケットを脱いだ。テーブル席は三十ほどあったが、客がいるのは八つだけ、そうは言っても火曜日ではあった。三日後のメイデーにはもっとたくさんの客が入ることはまちがいない。

窓辺の静かなテーブルについて、メニューを手にとった。選択肢はほぼピザとハンバーガーだけだった。給仕がやってくると、水を一杯とチーズ入りホノルル・バーガーを注文した。

ウェイターがキッチンへもどっていくのを、そっと観察した。ジェリーのモデルたちのように黒髪で肩幅が広いが、二十五歳ぐらいのようで、十年前にあの仕事をしていたとは考えづらかった。

十五分後に料理をもった彼がもどってくると、ペールは尋ねた。「トビアス・イェスリンを知ってるかい？」

ウェイターはテーブルに料理を置いた。「トビアス？　シェフのトビアスですか？」

「そうだ、シェフだよ」ペールは急いで言った。「どうしても話をしたいんだが」

ウェイターは怪しむような表情になった。「料理についてですか？」

「いや、料理とはなんの関係もない」

「トビアスはいま、とても忙しいんですよ」

「だが、あとで身体が空く時間があるだろう？　メモを渡してくれないか？」

　ウェイターはためらったが、結局うなずいた。

　ペールは財布から古いレシートを取りだし、メッセージを走り書きした。ムーラン・ノワールで残してきたものと同じような内容だ。

　ウェイターはメモを受けとり、なにも言わずに消えた。ペールはバーガーを食べはじめた。脂が多くてゴムのようだった。肉を嚙みながら、暗い海を見やった。石灰岩をエーランド島から運んできた古い貨物船が通りすぎた。デンマークかノルウェーへむかうのだろう。

　料理をたいらげると、じっと座って調理場のドアを見つめた。閉じられたままだ。

　マルクス・ルーカスがあのドアの奥にいると思ったら、緊張してきた。十分ほど待って、なにかしないではいられなくなった。立ちあがって、誰もいない入り口のホールへむかい、その日の早い時間にかけた番号にふたたび電話した。すぐに相手が出た。

「ファルだが？」

「エーランド島のペール・メルネルです。今朝、ハンス・ブレメルの件で電話した者ですが」

「ああ、覚えているよ」

　トマス・ファルは疲れた声だったが、ペールは話を続けた。「もうブリーフケースを見つけられたかどうか伺いたくて。ブレメルのブリーフケースのことですが」

「ああ。ロフトにあった」

「それはよかった。中身は確認されましたか？」

　ファルはためらった。なにかとまどっているようだ。

「ああ。見たよ。ちらりと。古い雑誌と原稿のようなものがぎっしり入っていた」

「日記のような？」

「そうかもしれないな。読んでないから」

「見せていただけませんか?」

「もちろんさ」ファルはそう言って、間を置いた。

「それどころか、もっていってくれて構わない。わたしがもっていても、仕方ないからね」

「ありがとうございます。ただ、近いうちに回収に行くのはむずかしいかもしれません」

ペールはどうしたらまたマルメまでもどれるのか考えたが――いま、ニーラのそばを離れてそんなに遠くまで行くことはできなかった――トマス・ファルが問題を解決してくれた。

「わたしはメイデーを祝うためにストックホルムまで車で行くんだ。途中でエーランド島に寄って、ブリーフケースを置いていってもいいが。住所を教えてもらえれば」

ペールは住所を伝えて、ステンヴィークまでの道順を説明した。「石切場沿いの三番目の家です」彼は言った。「いちばん小さな家ですよ」

電話を切ってテーブルへもどった。ウェイターが皿を片づけていた。

九時半に調理場のドアが開いて、白いコックコートを着た男が現われた。ペールのテーブルへやってきて、メモを掲げた。警戒しているようにも、いらだっているようにも見えず、ただ好奇心をあらわにしている。

「これを書いたのはお客さんかい?」スコーネ地方のなまりがあった。

ペールがうなずくと、次の質問がやってきた。

「じゃあ、あなたはジェリー・モーナーの息子?」

「そうです。そしてきみはトビアスだね?」

「ああ。シェフになる前に、少しあなたのお父さんの仕事をしていたよ」

トビアスは額に汗をかいていた。おそらく調理場が熱いからだろう。だが、ペールを見つめるその目にはまったくつらそうな様子はなかった。

「ええ」ペールは答えた。「ジェリーはきみをマルクス・ルーカスと呼んでいた」

イェスリンはしばらくなにも答えなかった。

「ああ。だが、それはもうすべて終わったことだよ。最近じゃ、国産ポルノなんてほとんどないし。とくに映画はいまじゃ全部、アメリカ製のようなものだ。カリフォルニアで作るんだよ」

「そうかもしれないが話せないだろうか？　父がやっていたことについて、興味があって」

「いいよ。休憩室へ行こう」

イェスリンは背をむけて、調理場へむかった。ペールは代金をテーブルに置き、ついていった。

料理の匂いがコンロのあたりに残っていたが、タイル張りの床は清潔なようだった。トビアス・イェスリンは調理場の奥へ進んでいき、扉の閉まった金属製のロッカー、シャワー室、椅子とテーブルがあった。窓のむこうに海が見える。

「ウルリカ・テーンマンからよろしく伝えてくれとのことだった」イェスリンがドアを閉めると、ペールはそう言った。

「誰かな？」

イェスリンは腰を下ろし、タバコを取りだした。

「きみと撮影した女の子のひとりだよ」ペールは言った。「彼女からきみの名前を聞いたんだ」

「へえ？　覚えてないな」イェスリンはタバコに火をつけ、天井へ煙を吹いた。「何人の女と撮影したかさえ、覚えてない。百二十人か、それとも、百五十人かな」

ペールは男の自慢話として感心することを期待されていると気づいた。だが、彼が口にしたのはこれだけだった。「どんな感じがするものだろう？」

「どう思う？」イェスリンがかすかにほほえんだ。「少し妙な気分だよ。ベルト・コンベヤーの隣に立っていると、次々に女が運ばれてくる感じだ。それもずいぶん前の話だが。もう落ち着いた生活をしているよ」彼は深々とタバコを吸った。「それで、お父さんは最近は元気にしているのかい？」

「元気とは言えない」

「元気じゃない？」

「ああ。死んだよ」

「そうなのか？　どうして？」

「車の事故で」

ペールはイェスリンをじっと観察したが、その驚きは本物のようだった。

「それは気の毒に」彼は言った。「おれはジェリーが好きだったからね。あの人はいつも自分らしかった。やっていることを、けっして恥じなかった」

「父には何年くらい雇われていたんだね？」

「うーん、〝雇われていた〟というか」イェスリンはそう言い、煙を吐いた。「たまにカメラの前に出て、現金をもらっていただけだからね」

「きみはムーラン・ノワールでも働いていたのか？」

イェスリンがうなずいた。「そこでジェリーに目を留められたんだよ。踊っているおれを見て、ちょっとした仕事を見つけてやれそうだと言ってきた。頼むよと答えたね。そうしたらマルメの高級レストランへ連れて行かれて、飲んで食べて世間話をして。コーヒーが出てきた頃に、若くてきれいな女がテーブルにやってきて、ジェリーの頬にキスしたよ。ジェリーは勘定を頼んで言った。〝よし、仕事に取りかかるか？〟そのときになって初めて、その日の午後に、その女と、名前さえ知らない相手と寝ることになっているとわかったんだ」短い笑い声をあげ、彼はつけ足した。「ポルノ業界では話がトントン拍子に進む。でも、しばらくすると慣れたね」

ペールは話を聞いていたが、ほほえむことはなかった。「ほかにマルクス・ルーカスと呼ばれていた男は何人いたのかい？」

「噂ではほんの数人だと聞いた。ふたりか三人。言うことを聞かせられる男はあまり多くないからね」

「なにに言うことを聞かせるんだ？」ペールは尋ねた。

イェスリンは股間にあごをしゃくった。「ほら……カメラがまわったら、注文どおりに叩きおこさないと」

「ほかの男には会ったことがあるかい？」

「ひとりだけ。そいつもムーラン・ノワールで声をかけられたんだ。名前はダニエル」

「名字は？」

「ダニエル・ヴェルマン」

「綴ってもらえるかい？」

イェスリンが綴りを言うと、ペールはそれを書き留めた。今度こそ、マルクス・ルーカスというトロールを見つける道につながることを祈った。

「それで、一緒にたくさん撮影をしたと？」

「ああ。おれたちはスモーランドにあるジェリーのスタジオへ毎週末、通ったよ」

「もうなくなったよ」

「なくなった？」

「数週間前に全焼したんだ」

「またどうして？」

「放火だ」ペールは言った。「何者かがあの家に、時間を置いて発火する仕掛けをした」

イェスリンは少し考えこんだ。

「そいつは、ブレメルのやりそうなことだな。あいつは火薬を扱うのが好きだった。夏のあいだはたまに、森の空き地で撮影したが、ブレメルは灯油の容器を大量に引っ張ってきて、おれたちは炎や煙があがるなかで、裸で横たわるよう指示されたものだよ。ブレメルはなにかあったときのために、カメラのうしろに水のバケツを二杯置いていた。それでも、おれはむちゃくちゃ怖かったね。素っ裸でマットレスに横たわって、炎にかこまれるのは」彼はまたほほえんだ。「ブレメルに会ったことはあるのかい？」

「いいや」ペールは言った。「それに、彼も亡くなった。その火災で」

「へえ」イェスリンはタバコを吸いつづけた。

「ブレメルは好きじゃなかったのか？」

「大好きとは言えないな」

「どうして？」

イェスリンは暗い窓を見やった。いやな記憶を甦らせているようだった。「どう言ったらいいのか……馬が合わないってやつだろうな。ブレメルは仕事が速く、女たちにそりゃ厳しかった。撮影中に痛がって、やめたがっていても、まったく気にしなかった。涙が映らないように顔をそむけさせるだけで、撮影を続けさせた。映画を完成させることだけが重要だったんだな」

「きみにとっても、そうだったんじゃないか」ペールは言った。ブレメルの妹のイングリッドが、兄についていかになにも知らなかったかをまた思いだした。

〝ハンスは親切すぎて……〟

「もちろん、しばらくしたらブレメルやジェリーのように気にしなくなったよ」イェスリンが言った。「ただ、撮影を終えて、うちに帰りたいとしか考えていなかった。あの仕事は感覚を本当に鈍らせるんだ」

「それから、死んだ女の子たちについてはどうだい」

イェスリンがペールを見つめた。「イェシカ・ビョークのことかい？」

「イェシカ・ビョーク？」

「おれやダニエルと一緒に、ムーラン・ノワールで働いていた子だ」イェスリンが言った。「おれたちと何本か映画に出たよ。映画ではガブリエルかなんだかっていう名前にしていたな。だが、数週間前に家の火災で亡くなったと友人から聞いたよ。むちゃくちゃ悲しいね。きれいな子だった。それに、たいして歳でもなかった。まだ三十ぐらいだ」

「家の火事？」ペールは身を乗りだした。「そして名前はガブリエル……ひょっとして、ダニエールだったのでは？」

「そうかもしれない。ガブリエルかダニエールか、どちらかは覚えてないな」

「最後に会ったのはいつになる？」

「ああ、ずっと前だ。たぶん十年ぐらいになるかな。あまり話をする機会もなくて、おたがい、たまに電話をかけるぐらいの仲さ。イェシカとダニエル・ヴェルマンはもっと連絡を取りあっていたと思うが」

ペールは彼を見つめた。ブレメルの付箋のメモにあったのは、イェシカ・ビョークの電話番号だったんだろうか？　たぶんそうかもしれないが、だとしたら、その意味は？　疲れてきて、なにも考えが浮かばない。どこかに腫瘍ができていて、身体の養分をすべて吸いとられているようだった。

「イェシカのことは知らなかった」ペールは静かに言った。「でも、ウルリカ・テーンマンにはジェリーやブレメルと仕事をした友人がふたりいて、どちらも亡くなっている」

「へえ？」イェスリンが言った。「もっといたのか」

ペールはふたたび身を乗りだした。「トビアス。ジェリーの仕事をしていた人を、もっと探さないとならないんだ。この、もうひとりのマルクス・ルーカスの住所はわからないか？」

イェスリンはタバコをもみ消し、首を振った。「おれたちは親しい友人じゃなかったからな。名前はダニエル・ヴェルマンで、マルメに住んでいた。わかるのはそれだけだ」

「写真はないだろうか？」

「写真？　写真ならあの雑誌にいくらでも載っているだろう」

「顔は写っていない」

イェスリンが笑って立ちあがった。「ああ、顔は重要じゃなかった。男の場合は。女たちの見栄えが大切だったな、おれたちではなく」

ペールも立ちあがった。マルクス・ルーカスについては、まともな答えは得られないと予想はしていたが、それでも失望していた。

イェスリンが戸口で立ちどまった。「だが、ブレメルを消したいと思っていた奴がいるかって質問されれば」彼は言った。「正義の味方だと答えるだろうな」

「なんだって?」

「最近になって、ブレメルが何年も前に恋人を撮影したと知った男だよ。正義の味方を気取って、恋人の名誉を守ろうとしている奴」

ペールは彼を見て、イェスリンの自宅の電話に出た元気な声の主のことを考えた。

「では、きみの名誉についてはどうだい? いまは父親なんだろう?」

「問題ないさ」イェスリンはさっと答えた。「いつも、女のほうが問題になる。過去がばれたら失うものが多いのは女のほうだよ」

「それは公平なことか?」

「いいや」イェスリンは肩をすくめて言った。「だが、ポルノ業界ではすべての力をもっているのは男たちなんだよ。男が顧客で、金を払うのも男、大事なのは男の価値観。それが人生だ」

ペールはホノルル・レストランをあとにして車に乗りこみながら、名誉と価値観について考えた。ジェリーが死ぬ前の週に石切場に立って、マリー・クルディンを指さして、知っているとほのめかしていた様子も。

車のエンジンをかけて、長い家路についた。

57

ヴェンデラはエルフの石の前に立っていた。邪悪なものが集まっていることが周囲の空気から感じられた。もう真夜中近くで、ヴァルプルギスの夜まで二日しかない。暗黒の力が集まるときだ。その力はもっとも強くなろうとしていた。

小さな懐中電灯をつけて石の上に置いていた。どこまでも広がる暗闇を照らす光はそれだけだった。

精霊と悪魔、エルフの闇の同種たちが、長い冬の眠りから目覚めた。バルト海を取りかこむ古《いにしえ》の土地のどこよりも深い洞窟から現われ、海を飛び越え、カルマル海峡のブロー・ユングフルンの島の強固な御影石の上で円を描いてから、エーランド島へ舞い降り、空から春の鳥を追いやる。彼らはこのたいらで細長い島を見おろし、長い海岸線に波が押し寄せるのをながめ、眼下の地面を這うすべての小さな従属たちを見てほほえむ。

石灰岩平原のはるか頭上で、精霊たちはまた次の年も人間たちにさらなるみじめさと死をもたらそうとしている。

ヴェンデラは目を閉じた。

それに対して人間になにができる？　なにもない。ヴァルプルギスの夜、メイデーの前日に、少し火を焚く程度しか。けれども、炎の光はすぐに消えてしまうから、その後はうちに閉じこもり、窓が破れないよう、悪魔たちがほかの家を選んでくれるよう、祈るしかない。だが、けっしてそんなことにはならない。悪魔たちはいつも誰よりも弱い者を選ぶ。いちばん怯えている者、扉に鍵をしっかりかけている者、無事で、そして平和であるようにと熱心に祈っている者だ。

ヴェンデラは左手を挙げ、石の上に掲げた。懐中電灯の明かりに結婚指輪がきらめいた。これはマックスがパリで買ってくれた。外すのはむずかしかった。十年が過ぎて、まるで指と溶けあったようになっていたが、しまいには外すことができた。右手で指輪を空に一瞬掲げてから、石のくぼみに丁寧に置いた。指輪を見て、二度とこれにふれることはないとわかった。

彼になにをしてもいい、永遠に消してください。

彼女は目を閉じた。

もう一度、心臓発作を。それがいい考えだ。彼に大きな心臓発作を起こさせて。医者が近くにいない場所で。

目を開けてエルフの石に背をむけると、空腹感とじりじりするような疲れが身体を苛んでいるのがわかった。夜更けになにも考えずに家を飛びだしてきた。石に寄りかかって支えてもらい、じっと立ったまま、目眩が消えるまで遠くを見つめるしかなかった。それから懐中電灯を手にして、前方の地面を照らし、草地を歩きだした。ジュニパーの茂みを過ぎるとすぐに、歩幅を大きくした。

気分はよくなっていた。ブーツでは走ることができないが、どんどん歩く速度をあげた。足音が地面で低く響き、風が耳元で細く高く囁いていった。

自分が普段よりもさらにおかしくなってしまう夜がある、と思った。

上空で大きな翼の音がした。

平原をもどり、猫のようにそっと海岸のほうへむかった。草や茂みは彼女にふれさえしない。

石切場まで数百メートルのところで、懐中電灯のスイッチを切った。電池が切れそうになっている。ふいに、道にほかの明かりが見えた。車のヘッドライト。そのライトは彼女の家をゆっくりと通りすぎ、メルネル家のコテージの前で駐まった。車の車内灯がつくと、運転していたのがペールだと気づき、急いで近づいた。

彼が車を降りた。ぎこちない動きだった。ヴェンデラが近づいていくと、振り返った。不安そうな表情だったが、誰だかわかると安心したようだ。

「ヴェンデラ」

彼女はうなずいた。なにも考えず、まったくためらいもなく、腕を伸ばして彼の胸に飛びこんだ。

夜はふいに暖かくなった。

ペールも腕をまわしたが、長めの挨拶のハグにすぎなかった。

ヴェンデラはようやく身体を離して、深いため息をついた。「一緒に来て」穏やかに言った。

ペールはゆっくりと息を吐いた。「だめだよ」

ヴェンデラは彼の手を握った。「大丈夫」

彼女はペールをそっとドアのほうへ引っぱった。コテージが彼のものではなく、自分のものであるかのように。

58

ペールは目を開けた。朝だった。ベッドに横たわっていて、誰かが隣でぐっすり寝ていた。夢ではなかった。

だが、ヴェンデラ・ラーションが隣にいるなど、おかしな夢のような気分だった。マリカが去って以来、毎晩ひとりで眠ってきたのだ。

暗闇のなか、ヴェンデラの息遣いがようやく穏やかに落ち着き、ペールは目を開けたまま隣に横たわっていた。気分はよかったが、訪問がありそうな予感がしていた。

ジェリーの訪問だ。

過去にペールが女性の隣で眠った数少ない機会には、

かならずそれが起こった。しだいに葉巻の重たい匂いがしていると気づくか、父がベッド脇の暗がりに立って、軽蔑するように笑いながら息子を見ている感じがするかになったものだ。

だがこの夜、ジェリーの魂は近づいてこなかった。

ふたりは九時頃に起きだした。ペールはコーヒーを淹れ、トーストを焼いた。今朝は口に出すことができない話題が急に山ほどできたが、それでもキッチンテーブルまわりの沈黙は緊張してもいなかったし、気まずいものでもなかった。ヴェンデラのことをよく知っているように感じていた。

そして、病院のニーラを見舞いにいかねばならない時間になった。

「しばらくここにいてもいいかしら?」ヴェンデラが尋ねた。

「家へ帰りたくないのかい?」

彼女はうつむいた。「あそこにはいたくない……いまはマックスに会うのが耐えられない」

「でも、なにも悪いことはしていない」

「わたしたちは一緒に眠ったのよ」

「たがいに温めあっただけだ」

「わたしたちがなにをしたか、しなかったかは、マックスには関係ないの」

「またあとで」しばらくして、玄関ホールで彼女はそう言った。

「絶対にね」ペールは言った。

ペールが玄関の扉を閉めるとき、彼女はちらりとほほえんだ。

車へ歩きながら、ゆっくりと息を吐きだした。

なにが起こった? なんであったにしても、それほど悪いことだったのか? あれはヴェンデラの決めたことだし、ふたりはほとんどの時間をしゃべって、眠って過ごしただけだ。

だが、ペールの人生はさらに複雑になった。それがニーラの生き延びるチャンスになぜか影響するように感じた。

確率が高くなったように。

マルクス・ルーカスを見つけることは、確率を低くするかもしれない。

携帯を取りだし、番号案内にかけた。若い女性がどんな用件かと尋ねてきた。

「ダニエル・ヴェルマンを」ペールはそう伝え、名字の綴りを教えた。

「どの地区ですか？」

「マルメだと思います」

数秒ほど沈黙が続いてから、返答があった。「その名前で登録はないですね」

「では、国内全体ではどうでしょう？」

「ありませんね。ヴェルマンはたくさんいますが、ダニエルはいません」

ペールはヴェンデラのことをずっと考えながら、カルマルへむかった。

ニーラの病棟のエレベーターを降りると、同じ年頃のカップルに会った。その男女はゆっくりと廊下を歩いている。やつれきった様子で視線を落としている。

男は小さな青いリュックサックを手にしていた。突然、ふたりがニーラの友人エミールの両親だと気づいた。きっと身の回りの品々を引き取りに来て、からっぽの家へ帰るところなのだろう。

ヴェンデラとの温かな記憶が溶けてしまった。エミールの両親が近づくと歩く速度を緩めたが、声はかけなかった。なにも言葉が出てこない。エレベーターへむかうふたりとすれちがったとき、壁のほうをむいて目を閉じたくなった。

「やあ、ニーラ。気分はどうだい？」

「最悪」

手術の二日前で、ニーラの機嫌は悪かった。父が隣に腰かけても、笑顔にさえならなかった。

「義務だと思って、会いに来てるだけでしょ」

「違う」

「そうしなくちゃだめだから、来てるだけだよ」

「違うよ」ペールは言った。「どんなときでも会いにいかない人は大勢いる。だが、おまえには会いたいんだ」

「病気の人間に会いたがる人なんかいないよ」ニーラが言った。

「そんなことはない」ペールは言った。

しばらくふたりは黙りこんだ。

「今日は気分が悪いのか?」

「ゆうべ、吐いたんだよ。二回も」

「今日は少しいいのか?」

「少しだよ」ニーラは言った。「でも、看護師から早く起こされたんだ。いつも七時に起こすの。なにもすることないのに。朝食と薬は七時半だもん」

「でも、七時はそれほど早くないだろう?」ペールは言った。「だって、学校に行くときと同じ時間じゃないか。パパが中学生の頃は、バスに乗るために毎朝六時十五分に起きたぞ」

ニーラは聞いていないようだった。

「今朝、ママの叔母さんが来たんだ」

「ウッラ叔母さん?」

「そう。わたしのために祈るって言った」娘の視線はペールを通り越し、天井にすえられた。「パパにはニルヴァーナの〈オール・アポロジーズ〉を流してほしい」そう言った。「アンプラグドのバージョンだよ」

「流す? どういう意味だい、流すって?」

「教会で」娘は静かに言った。

ようやくどういうことか理解して、ペールは首を振った。「なにも流さない」言葉でもそう伝えた。「なぜって……なぜって、必要なんかないからだ」

「でも、本当にお葬式になったら」ニーラが言った。「流してくれるよね？」

ペールはうなずいた。

「ダンスフロアでおまえの心臓がとまったらね。八十年先に。そのときはニルヴァーナを流すと約束しよう」彼は時計を見た。「すぐにママが来る。おまえの執刀医と会うんだ。おまえはもう会ったのかい？」

ニーラは腕組みをした。「うん。ゆうべ、ここに来たよ。タバコの匂いがした」

十五分後に、ペールとマリカはデスクの前に黙って並んで座った。かすかなタバコの匂いがした。ルンドからやってきた血管外科医のトマス・フリッシュはペールと同年代だった。フリッシュはドイツ語で〝健康〟という意味だ。これはいいしるしなのでは？　疲れた目をした医者だが、日焼けしていて、これだけリスクが高いというのに、手術については楽観しているようだった。ペールともマリカとも握手をかわした。

「けっして、通常の手術ではありません」彼は言った。「ですが、お任せください。わたしたちは経験を積んだ者ばかりです。すばらしいチームですよ」

ドクター・フリッシュはラップトップをひらき、電源を入れた。次々にクリックして写真を何枚も見せ、手術中にどのようなことをおこなうか説明した。

ペールはこれを見つめ、耳を傾けたが、どう言えばいいのかわからなかった。座ったまま身をかがめ、両手で頭を抱えていたかった。

トマス・フリッシュはすべてを無事に着陸させるパイロットの役目だった。だが、飛行機には乗らない。ドクター・フリッシュはニーラががんばれなかった場合だけ、評判を危険にさらすことになる。

そういう意味では、外科医はパイロットというより、神のようなものじゃないのか。

「先生が最善を尽くしてくださると、わかっています」外科医の説明が終わると、マリカが言った。

「つねに最善を尽くしていますよ」フリッシュが言った。

彼はほほえみ、またふたりと握手をかわした。だが、マリカと部屋をあとにするとき、ペールはエミールの両親は医師たちからどのような慰めの言葉をかけられたのかと考えていた。

ペールはニーラが昼食をとるまでいたが、どちらもふた口ぐらいしか食べなかった。娘に別れを告げると、マリカがエレベーターまで送ってきた。以前にはけっしてこんなことはなかった。これだけ絶望しながら待っていることで、たがいに少し近づいた気持ちになったのかもしれない。まだこれから先が長いのだが。

「手術の日は早く来るの？」マリカが尋ねた。

「もちろんだ」

「何時頃に来る？」

「できるだけ早く」

マリカが彼を見つめた。「ここへ来たくなんかないんでしょう？」

「そうだ。病院に来たい人間なんかいるか？」彼はしっかりと目を合わせた。「だが、来るよ」

エレベーターの扉が開いて、元妻と友好的に抱擁をかわそうと近づくと彼女は黙ってこれを受けいれた。

香水が変わったことに気づいた。マリカの身体は疲れて華奢になっているようで、数秒ほどしたら震えはじめた。ペールは彼女が泣きやむまで抱きしめていたが、どう声をかけたらいいのか、わからなかった。ふたりのあいだにはもう愛がない。優しさがあるだけだった。

マリカを抱きしめながら、ヴェンデラのことを思った。

にじむ視界のなかペールが病院のロビーを歩いていると、黒いジャケット姿で黒いリュックサックをもつ少年がバス停から近づいてきた。うつむいている。疲れてうんざりした様子だ。

少年がさらに近づいてきて初めて、それがわが子だと気づいた。

「やあ、イェスペル」ペールは咳払いして、涙をこぼさないように努めた。「学校は終わったのか？」

イェスペルがうなずいた。「ニーラに会いに来た」

「そうか。きっと喜ぶぞ。手術は明後日だ。ちょうど執刀医に会ってきたところだよ。ニーラを治してくれるはずだ。とても優秀な医者だ」

イェスペルは無言でうなずいた。数歩通りすぎてから、立ちどまって尋ねてきた。「パパとお祖父ちゃんは階段を作りつづけていたの？」

「階段？」ペールは言った。そのとき、ふたりで石切場に階段を作る計画を思いだした。「ああ――もう少しで終わりだ」

「よかった」イェスペルが言った。ためらっていたが、こうつけ足した。

「壊したの、ぼくだったんだ」

「それは……階段が崩れ落ちていたあれか？」

イェスペルは地面を見つめた。「ひとりで続きを作って仕上げようと思ったんだ。パパがお祖父ちゃんを迎えにいっているあいだに……でも、全部崩れちゃってさ」

「そうか。気にするな。だが、石の下敷きにならなくて幸運だったぞ」笑って話を続けた。「階段を壊したのはトロールだと思っていたよ。なんと言っても、石切場に彼らは住んでいるんだからね。うらの隣人のイェルロフの話では」

イェスペルは父の頭がおかしくなったと言いたげに見つめてきた。

「ジョークだよ」ペールは言った。そしてジェリーがまだ生きているかのように、急いでこう言った。「だが、おまえが次にエーランド島へ来たら、ふたりで仕上げよう。ニーラも帰ってきて、手伝えるようになってるさ」

〝帰ってきて〟という部分を強調し、目を見つめて、自分がまだ感じている希望を分け与えようとした。

「いいよ」

イェスペルはおとなしく抱擁させてくれたが、ニーラが回復するかしないか、どう思っているのかは悟らせなかった。それから息子はリュックサックを背負いなおして、病院へむかっていった。

車に乗りこもうとしたとき、ペールの携帯が鳴った。明るく、愛想のよい女性の声が告げた。「もしもし。こちら葬儀社のレベッカです。セレモニーの可能な日付が二日ございまして」

「セレモニー？　なんのセレモニーですか？」

「イェルハルド・メルネルさんのご葬儀です」女性はそう言った。「五月十二日の火曜日か、五月十四日の木曜日。春のご葬儀ですね。両日とも午後二時からで。どちらがご都合いいでしょう？」

「さあ」ペールは懸命に集中しようとした。「木曜ですかね」

「わかりました」女性は言った。「そういうことでしたら、十四日で予約しておきます。よい週末をお過ごしくださいね」

59

ヴェンデラは夫を裏切った。肉体的にも精神的にも。どちらもよくないことだ。

ペール・メルネルと夜を過ごして帰宅すると、庭に出て少し作業をおこない、あたらしい区画を整えた。なにが起こったのか、絶えず考えていた。自分はなにをしたんだろう？　ペールと夜を過ごし、隣に横たわり、たがいにふれあい、秘密を囁いた。

マックスがずっと疑っていた、そのとおりのことをしてしまった。

だが、口論のあげくにアリーを連れ去ったのは自分のほうじゃない。ヴェンデラはいつもマックスのためにそばにいた。本の執筆でも、ほかのすべてについてもだ。今回だけヴェンデラは身勝手なことをした。計画していたことでもないし、これからどうなるかも、わからない。けれども、罪悪感を覚えるつもりなどなかった。ペールと眠りに落ちた記憶さえなかったが、そうしたに違いないのだ。なぜならば、朝になって安らぎに満ちた暗闇から目覚め、目を開けてペールの瞳を覗きこんだからだ。自分がどこにいるか、はっきりと自覚したが、これっぽっちも後悔していなかった。

朝食までいても、まったく気まずさはなかったし、ぎこちない沈黙もなかった。ペールは娘について静かに話をして、命を救ってくれる手術についても聞かせてくれた。ペールは娘が助かるとわかっていた。とにかくわかっていた。ヴェンデラは真剣にうなずいた。もちろんだ。もちろん、すべてはうまくいく。

「カルマルに行かないとならない」ペールは朝食が終わると言った。「病院へ」

ヴェンデラは事情はわかったが、家に帰りたくなかった。「しばらくここにいてもいいかしら？」

「家へ帰りたくないのかい？」

彼女は床を見おろし、エルフの石のくぼみに置いた結婚指輪のことを思った。「あそこにはいたくない……いまはマックスに会うのが耐えられない」

「でも、なにも悪いことはしていない」

「わたしたちは一緒に眠ったのよ」

「たがいに温めあっただけだ」

だが、ヴェンデラにはそれが関係ないことがわかっていた。

ペールが出かけるとリビングへむかい、ソファに腰を下ろした。部屋のつきあたりのテレビの隣に、古い木製の櫃があった。人を小馬鹿にしたように笑っているトロール、騎士、泣きじゃくる妖精の姫が前面に彫ってある。ヴェンデラはこれを長いこと見つめた。

時折立ちあがって自分の家のほうを見やった。昼時になる頃、マックスが玄関に現われたのが見えた。この距離では彼の機嫌がわからなかったが、彼はまっすぐに車へむかい、走り去った。

では、あの人の心臓はまだ動いているということだ。

ヴェンデラはまだ家へ帰らなかった。メルネル家のパティオで春の日射しを浴びて、なにもない海のほうをむいて座っていた。

一時間ほどして、車のエンジンの音がした。彼女の自宅のほうで駐まったようだ。マックスがもどってきたのだろうか？　たぶんそうだろうが、風よけが視界をさえぎっているし、わざわざ立ちあがって場所を変えて確認するつもりもなかった。

ランチとして質素なサラダを作って食べたときにようやく、窓越しにまた南へ視線を送った。

自宅前に車はなかった。先ほどマックスがもどったのならば、また出かけたらしい。

突然キッチンの電話が鳴ってヴェンデラはびくりとした。ペールかもしれないが、出ようとはしなかった。

六回の呼び出し音で鳴りやんだ。

マックスはなにを考えているんだろう？　どうしてもどってきて、また出かけたの？

彼がまだ健康であることに驚いていた。きっと結婚指輪はまだ石に載ったままなのだ。

そのときになって、自分がようするに夫の死を願ったのだと気づいた。昨夜、石を前にして、エルフに彼を殺してくれと頼んだのだ。

二時になっていた。彼女は帰宅することにした。マックスと話をして、なにをしていたのか探りだしたかった。

玄関を開けても、歓迎して吠える声はしなかった。家は静まりかえっていた。けれども、ヴェンデラはいつもと異なる匂いに気づいた。強い花の香り。メインのリビングへ行くと、床がまさに花で埋めつくされていた。バラ、チューリップ、白百合の花束に、ヤブイチゲやワイルドタイムといった地元の春の花。マックスは家じゅうの花瓶をひとつ残らず、さらにはグラスやカップまで引っぱりだしたようだ。暗い灰色の石造りの部屋は、赤、黄、緑、紫のしぶきでいっぱいだ。

ヴェンデラは香り高い部屋をゆっくりとさまよった。一分ほどで鼻がむずむずしてきて、鼻水が出てきた。アレルギーがまたぶり返した。マックスのせいだ。アリーを死なせたことで、自分なりのやりかたで許しを請いたかったのだろうが、ヴェンデラの気分をさらに損ねただけだった。気分どころか、身体の面でも損ねてくれた。

この家は霊廟のようだった。欠けているのは小さな柩だけ。長さほんの一メートルの。

マックス。どうしていつも大げさにしないと気が済まないの？

料理本の校正刷りがカウンターで彼女を待っていたが、見たくもなかった。

腰を下ろしてマックスのこと、そしてペール・メルネルのことを考えた。どちらにも電話することはできないが、ふいに連絡できる男のことを思いだした。

番号を探すのにしばらくかかったが、見つかるとすぐに電話をかけた。五回か六回、呼び出し音が鳴ってから、彼が出た。しっかりした声だ。

「アダム・ルフトです」

「こんにちは、ヴェンデラです」

「どなたです？」

「ヴェンデラ・ラーションです。あなたの講座を受けたことがあります。〝エルフと会おう〟を」

「ああ、あれか」アダムが言った。「あれは結構、前のことだから」

「五年前です」ヴェンデラは言った。「質問してもいいでしょうか？」

「あの講座はもうやってないんだよ」彼が口を挟んだ。「受講者がじゅうぶん集まらなくてね。最近では、魂を求める幽界の旅をやってる」

「幽界……？」

「ぜひ、試してみるといい。すばらしいよ」アダムは熱を込めた口調になって話を続けた。「わたしたちは、身体から魂を離す方法を学んでいる。時空を超えて旅して。今年の夏の講座にはまだ空きがある。あなたの名前を入れておこうかね？」

「結構です」ヴェンデラは受話器を置いた。これでもう、誰も話せる相手がいなくなり、落ち着かなくて家でじっとしていられなくなった。

六時を少しまわった頃、パンツを重ね着し、ウールの上着、厚手の中綿ジャケットを身につけて、バスルームへ行った。薬のある棚へ。

家をあとにするとき、値打ちのあるものはいっさい身につけていかなかった。携帯電話さえも、置いていった。

砂利道へ出ると、村道を車のライトが近づいてくるのが見えた。マックスがもどってきたのだろうか？

　ヴェンデラは歩調を速めた。何度もそうしてきたように、石切場から北へむかい、石灰岩平原のほうへ曲がった。結婚指輪のことを考えた。エルフへこの贈り物をしたのは、早まった行動だった。マックスがアリーになにをしたにしろ、死んでほしいなどと願えるはずがなかった。だから、指輪を取り返さなくてはならない。

　走りはしなかった。あまりにも疲れていて空腹だった。だが、長い歩幅で北西からまわって進むと、ジュニパーの鬱蒼とした茂みが視界に入ってきた。

　ここからゆっくりと歩いてエルフの石へむかい、てっぺんを見た。古い硬貨はまだあったが、ほかにはなにもない。

　結婚指輪がなくなっていた。

　エルフはここに来たのね。

　石を前に身動きせずに立ち、うなだれた。春の夕方は寒く、暗闇がそこまで近づいていたが、動く気力がなかった。

一九五八年、エーランド島

ヴェンデラは石灰岩平原を駆けていく。沈む夕陽と競っている。けれども、なんの希望もないと感じてしまう。まず、誰か信用できる大人を見つけないとならないし、その人を説得してエルフの王国まで一緒に行き、ヤン‐エリクを連れ帰る手伝いをしてもらわないといけない。誰も見つけられなかったら、農場から食べ物と毛布をとってきて、兄とふたりで夜を石灰岩平原で過ごすことになるだろう。兄を説得して、立ちあがって歩いて帰らせることができなければ。

急がなくちゃ――すべてがそこにかかっている。

農場へ引き返す道中は、水のせいでじゃまされてばかりだ。雪どけ水の湖が平原のあちらこちらに広がっていて、空を映している。ヴェンデラはこれを迂回していかないとならない。ときには左へ、ときには右へ、そして太陽が厚い雲の奥へ隠れると、自分がどこにいるのか正確に思いだすのがむずかしくなる。

それに時間の感覚もうしなっていた。時計をもっていなかった。

耳のなかで、血がどくどくと流れる音がする。茂みや小さな岩に脚がこすれ、水がしみてくる長靴が草地に沈みこんで水を吸いあげるが、速度は落とさない。

どこまでも走っていくが、大きな丸石でできた壁が前方にぬっと現われる。胸の高さほどもあって、左右どちらを見ても、終わりが見えない。初めて見る壁だ。ここはどこ？　空は曇りで、どちらに行けばいいのか、もはやわからない。

ついに、壁に背をむけて引き返して走っていくが、今度はエルフの石へもどる道がわからない。いくつもの湖のあいだの道はさながら迷宮で、この水の世界で完全に方向感覚をなくしている。

ヴェンデラの春の服は汗で湿っている。寒いし、空腹も感じてくる。小さな手を、大人の安心できる手のなかに滑りこませたいが、誰もいない。なにもかもが静寂に包まれている。移動を続け、雪どけ水を迂回するのにうんざりしてくると、湖をバシャバシャと突っ切るようになる。ほとんどはたいして深くないし、長靴はどのみちぐっしょり濡れている。

やがて、二百メートルほど先に石壁が見える。ゆっくりと近づいて、自分の身体で高さを測ってみる。少し前に行き着いたのと同じ壁だと確信する。彼女はぐるりと石灰岩平原をまわってもとにもどってしまった。

もう一歩も動けなくて、壁の隣にしゃがみこむ。目をつぶり、できるだけ長いことそのままでいてから、ひらく。

自分のまわりに影が見える。青白い影だ。彼らはそこにいるはずがないが、彼女には見える。影がこちらへ揺れる。エルフが来てくれたのだと気づく。彼らはヤン＝エリクを石まで迎えにいき、今度は自分を迎えに来てくれたのだ。

自分も連れていってほしい。彼らに手を差しだす。

「来て」彼女は囁く。

だが、霧のような影はそっと去っていく。彼女とは遊びたくないのだ。徐々に姿も色褪せていく。やがて完全に消えてしまう。

「おーい？」

暗闇で声が聞こえる。

「おーい？　おおーい？」

ヴェンデラは目を開ける。石壁の隣に横たわっていて、とても、とても寒い。

「ここよ！」ヴェンデラは叫ぶ。

声が届いたかどうかわからないが、呼び声が近づいてくる。草をかすめる足音、黒い影が姿になる。ヴェンデラはマント姿の女性と、帽子とコート姿の男性を見る。誰かわかる。

「ヴェンデラ、ここでなにをしているの？　ずっと探していたのよ！」マルギット叔母さんが凍えた両手をつかんで、立たせる。

ヴェンデラはあたりを見まわす。この頃には、石灰岩平原はほとんどまっ暗になっている。

「家へ帰って、温かい飲み物を作ってあげよう」マルギットが言う。「それからカルマルへ行くよ」

彼女とスヴェン叔父さんは歩きはじめるが、ヴェンデラはふたりと行くことはできない。「だめ」彼女は言う。「行けない！」

スヴェンは歩きつづけるが、マルギット叔母さんは立ちどまる。「どういうことだい？」

ヴェンデラは指さす。「石のところに、ヤン－エリクを置いてきたの」

叔母さんはヴェンデラを見つめるだけなので、説明しなければならない。ヘンリが石切場へ行ったこと、兄を引きずって石灰岩平原へ連れだしたこと。叔母に駆けより、手をつかむ。「迎えにいかないとだめ。ねえ！」

叔母と叔父はゆっくりとついてくる。今度はなぜか、銀の鏡のような湖を抜ける道がはっきりと見つかる。

黄昏が濃い灰色に変わる頃、ジュニパーの茂みにかこまれた石にたどり着く。

だが、手遅れだ。ヤン－エリクの姿はないし、ヴェンデラがエルフの石に置いた銀の鎖もなくなっている。

車椅子だけが泥にのめりこんで残っている。

三人はしばらく、石灰岩平原の四方にむかって大声で呼びかけるが、返事はない。そしてもうまっ暗だ。

「もう帰ろう」スヴェン叔父さんが言う。

マルギットもうなずく。ヴェンデラはひどい焦りを感じるが、反論できない。

叔母と叔父は車椅子を農場へもちかえる。庭を押していき、道具小屋にしまう。ヴェンデラがキッチンで座っていると、ふたりがもどってくる。家はとても寒い。

キッチンの時計がチクタクと鳴る。

突然、表の階段に重たいブーツの音が響く。

玄関のドアが開いて、ヘンリが小さなポーチへ入ってくる。息遣いは荒く、とても疲れているようだ。戸口で立ちどまり、キッチンの妹と義理の弟を見る。挨拶もしないいし、ひさし帽も脱がない。

マルギットとスヴェンもなにも言わない。まず口をひらくのはヴェンデラだ。

「パパ。ヤン゠エリクはどこ？　見かけた？」

「ヤン゠エリク？」その名前を覚えてもいないかのような口調だ。「あの子は行ってしまった」

「行った？」ヴェンデラは尋ねる。「どこへ？」

キッチンに短い沈黙が降りるが、そこで叔母が声をあげる。「あの子は駅へ行ったの？」

ヘンリは娘のほうを見ようとしない。床を見つめてうなずく。「そのとおりだ。ヤン゠エリクは列車で行ってしまった。ボリホルムへ、それから本土へ」

「つまり……彼は逃げたということかね？」スヴェンが尋ねた。

「ああ。わたしにはとめられなかった。あの子は十七歳だからね」ヘンリが顔をあげた。「さて、わたしたちも移動しようか？」

誰もなにも言わなかった。誰もがヘンリの行き先のことを考えているようだ。刑務所。

ヘンリは部屋へ行って、かばんを手にもどってくる。

「さて、家の戸締まりを始めたほうがいいわね」マルギット叔母さんが言う。

ヴェンデラは自分の部屋へ行き、無言でバッグに荷物を詰める。

突然、悲鳴が聞こえる。叔母が声をかぎりに叫んでいる。「からっぽよ！　全部ない、ひとつ残らず！」

ヴェンデラがキッチンへむかうと、母の宝石箱が蓋の開いた状態でテーブルにあり、マルギット叔母さんは真っ青になっている。声は落とすが、とにかく怒っている。「ヤン‐エリクが母親の宝石をすべて盗んだんだね」彼女は言う。「盗んでいるところを見なかったかい、ヴェンデラ？」

ヴェンデラは無言で首を振る。父は叔母の隣に立って、さらに暗い表情になっている。「鍵をかけておくべきだった」

父はぼんやりとヴェンデラを見やる。ヴェンデラは視線を下げ、バッグを取りに部屋へもどる。ヤン‐エリクが宝石を盗んでいないことはわかっているし、列車で逃げたのも信じていない。兄を置いていったのは自分であって、逆じゃない。

兄は草地に座ってじっと待ち、ヴェンデラがもどってこないと気づいた。それで立ちあがって石から去っていったのだ。

ヤン‐エリクはエルフのもとへ行った。そのはずだ。霧のむこうの世界、太陽がいつも輝いている場所へ。

一同が一時間後にカルマルへ到着すると、ヘンリはかばんを手に、煌々と照らされた刑務所の入り口で車を降りる。

「送ってくれてありがとう」彼はそれだけ言う。

父は襟を立て、かばんをしっかりとつかむと、一言も声をかけず、ヴェンデラを置いて去る。門番のところへ歩いていき、振り返らない。

時は流れる。ヤン‐エリクは精神病院へ移送されるはずが駅に姿を現わさなかったので警察に通報されるが、障害をもつ若者の逃亡は重要な問題ではない。警察にはほかに優先事項があり、ヤン‐エリクが見つかることはない。まるでヴェンデラの兄は地面に呑みこまれたかのようだ。

時は流れるが、フォシュ一家のものだった小さな農場はその年の夏に売却される。

時は流れるが、ヴェンデラは刑務所へ面会に行くことはない。一度として。


ついに服役を終えて出てきた父は、かなりおとなしい男になっている。晩秋にエーランド島へもどってきてボリホルムに落ち着く。故郷の村よりは、彼のことが知られていない町だ。日雇い労働者となり、一部屋きり、調理の設備もないアパートメントに暮らし、なんとか生活していく。

この頃にはヴェンデラはカルマルになじんでいて、エーランド島へもどりたいとは思わない。彼女にはマルギットやスヴェンとのまったくあたらしい生活がある。学校のクラスの子たちもすぐに彼女がエーランド島からやってきたことは忘れ、からかわなくなる。叔母と叔父には子どもがないし、ヴェンデラをとても気に入ってくれている。


なにもかも、もっとも望ましい形で収まる。

ヴェンデラはあたらしい服も、赤い自転車も、レコード・プレーヤーももらえる。

頼んだものはたいていなんでももらえるし、もうなにか願い事をする必要はない。

大人になって、試験に合格し、レスーラン・オーナーのすてきな男性と出会う。娘が生まれる。

エーランド島の記憶はゆっくりと色褪せていき、ヴェンデラがフェリーで海峡を渡って父に会いに行くこともめったにない。父の狭い部屋はいつもからっぽの酒瓶で散らかっていて、訪ねていってもしゃべる話題もない。

六〇年代の終わりにヘンリが死ぬと、島へもどる理由がまったくなくなる。島に置いてきた家族はもうひとりもいなくなった。教会にいくつか墓があるだけだ。自分の部屋に、父の遺した美しく磨きあげた石灰岩で作った飾りがいくつかある。それにからっぽの宝石箱。

四十代になってマルティンとの結婚生活が終わり、マックス・ラーションと結婚して初めて、エーランド島での子ども時代について考えるようになり、もどりたいという渇望を覚える。

そして、兄を追ってエルフのもとへ行きたいという衝動も膨らむ。

60

もう宝石はほしくないの！　エラはそう書いていた。

イェルロフは五〇年代の妻の日記の最後の日付までたどり着いていた。あと四ページ半しか残っていない。日記は一九五八年の春で終わっていて、最後のページはびっしりと書きこまれていた。エラの筆跡はおぼつかなく乱雑になっていて、イェルロフは眼鏡をかける前にためらった。だが、結局は読みはじめた。

今日は一九五八年四月二十一日だ。でも、どこから書きはじめたらいいのか、わからない。恐ろしいことが起こったけれど、イェルロフはここにいない。北へ旅立った。一昨日、貨物船でストックホルムへむかったのだけど、今日にはもどるはずだった。でも、ゆうべ電話をかけてきて、彼とヨンは強風のために首都から離れることができず、市庁舎の先の埠頭に係留していると言った。本土の沿岸では突風が吹いていて、嵐のように強いらしいが、エーランド島までは届いていない。ここは曇っていて寒いだけだ。電気ヒーターを一日じゅうつけている。

娘たちは昨日の夕方近く、公民館で上映される映画へ自転車で出かけた。それで、わたしはコテージにひとり残った。村全体から人がいなくなった気がした。

太陽が沈んでいき、腰を下ろして縫い物をしていると、ベランダからかすかな物音がした。近所の人が訪ねてきたような、ノックではなくて、ドアをひっかくような音だ。それで縫い物を置いて見に行った。人の姿はなかったけれど、よく見ると、玄関前の石段に宝石が置いてあった。

それは銀色の鎖につながった黄金のハートで、拾いあげてはみたけれど……らっとも嬉しくなかった。どこからやってきたものか、わかったから。それにもう、これにはうんざりだ。頼んでもいない贈り物にはうんざり。

「もう宝石はほしくないの！」わたしは牧草地のほうへ叫んだ。「全部、もってかえって！」

返事はなかったけれど、しばらくして、うちの土地の先にあるジュニパーの茂みが揺れた。そこで、あの取りかえっ子が背の高い草のなかへ進みでて、突っ立った。すぐには誰かわからなかった。顔がきれいになっていて、髪は櫛でとかれ、とてもこざっぱりとして見えたから。にここにこして、くすくすと笑い、わたしと目を合わせた。

わたしはネックレスを差しだしたが、どう声をかけたらいいか、わからなかった。とにかく、いらなかっただけだ。それで口をひらいたけれど、取りかえっ子はいきなり背をむけて、茂みのあいだの暗闇へさっと消えていった。

わたしは靴を履いて、彼を追いかけた。

取りかえっ子は、追われているとわかっていた？ 呼びかけはしなかったけれど、わたしが追いつくのを待っていたようだ。走っているというより、どしどしと歩いていると言ったほうが当っていたし、色の薄いシャツと赤い皮膚が茂みのあいだにちらちらと見えていた。彼は猫のようにすばやく道路を渡り、石壁近くの暗闇へ歩いていった。はっきりわかった、彼は身を隠すのに慣れている。できるだけ急いで、北へむかっていた。でも、あたりの草はまだそれほど長くも密にも伸びていないし、彼にそれほど遅れずついていけた。

しばらくして、彼が石切場へむかっていることに気づいた。どうしてわたしに、石切場へ来てほしいの？ とにかく、速度をあげる彼を追っていくと、岩肌の上の砂利敷きの道に出た。

海岸から歌が聞こえた。歌詞が聞きとれた。エーランド島に伝わる船出のはやし唄を朗々と歌う男の声が、積まれた石に反響していた。

ここで取りかえっ子は足をとめてから振り返り、わたしを見た。わたしは腕を突きあげて銀の鎖を掲げたけれど、無視された。彼は海から聞こえる歌に耳を澄ませてから、また全速力で進みはじめた。

石切場は無人のようなもので、坑の上に男がひとりいるだけだった。歌っていたのは彼だった。その石工は、風よけの小さな仕切りのようなもの、北の岩肌の上に半円の壁を自分のまわりに作っていた。上からは、頭と肩だけが見えた。

取りかえっ子がそこへまっすぐに走っていった。男はヘンリ・フォシュだった。わたしは驚いた。

彼はこまったことになっていて、もう働く気力はないだろうと思っていたから。でも、彼はそこに立って、風をさえぎりながら、何事もなかったみたいに、彫刻のようなものを磨いていた。

　そのとき、なにもかもがいちどきに起こって、わたしにはついていけなくなった。取りかえっ子は坑の縁を走っていき、ヘンリは彼を目にして、歌うのをやめた。なにかを叫んだけれど、わたしには聞きとれなかった。

　取りかえっ子は両手を差しだし、全速力でヘンリの小さな壁にむかって走りつづけた。まっすぐに駆けていって、壁にぶつかった。石がガタガタと揺れて、まわりに崩れた。

　ヘンリがまた叫んだ。「やめろ！」そして名前を、ハンス‐エリクかヤン‐エリクと叫んだ。取りかえっ子も叫んだけれど、こちらは喜んで叫んでいるようだった。

　わたしは立ちどまって視線を下げた。ヘンリは叫びつづけ、石はまだガタガタと揺れて崩れていた。

　ふたりは喧嘩をしたのだと思う。あの男と少年は。そして、最後に起こったのは、ひとりが石切場へ突きおとされたか、落ちたかしたのだと思うけれど、もうなにも見たくなかった。

　わたしは振り返って、駆けだした。

　村道を走りながら思ったのは、ヘンリが取りかえっ子の名前を知っていたことだけだった。ふたりは知り合いだった。

　取りかえっ子は北から現われていた。ヘンリの農場から来ていた？　ヘンリには問題のある息子がいて、納屋に放火した――最近の噂でそう聞いていた。

　家へもどると、ネックレスを手にしたまま石段に座って泣いた。自分がとても怖がりで、どうしてもあの少年を助けることができなかったいくじなしだから。

それから涙を拭いて、家のなかへもどり、娘たちとイェルロフの帰りを待った。

なにがあったか誰にも言うつもりはない。あれはヘンリの重荷、彼の息子の重荷。わたしが愚かだった。取りかえっ子の贈り物を受けとって、ずっともっていたなんて。自分のものでもないし、この先もそうなることはない宝石を。


エラの日記はここで終わっていて、最後のページはほんの数行しか空白がなかった。イェルロフは日記を置いて、自分がこれをひらいてしまったことを恥ずかしく思った。

芝生に座って、あれから数日後、嵐が収まってから帰宅したときのことを思いだそうとした。なにがあったか、自分は気づいただろうか？　いや。自分が留守のあいだに村でなにがあったのか、エラはたいして語らなかったし、自分のほうからたくさん尋ねることもなかったようだ。次にストックホルムへむかう前に、艀を使って貨物船に荷を積みこまなくてはと、そればかり考えていた。

エラの取りかえっ子はヘンリ・フォシュと喧嘩になった。きっと息子だったに違いない。イェルロフは一度も見たことはなかったが、エラと同じ話を聞いたことがあった。ヘンリには生まれつき問題のある息子がいて、その子が納屋に火をつけたんだと言っていると。おそらく、正当な理由もなく。

とにかく、その最後の夕方に石切場で出会ったとき、親子にはケリのついていない問題があったのだ。感情の爆発から少年が跡形もなく消えることになり、ヘンリは結果的に身を滅した。彼が復活することはなかった。

それはイェルロフの落ち度でもあった。警察に話をするのではなかった。

61

ペールはコテージで腰を下ろし、石切場に射す夕陽をながめていた。ニーラの手術まであと一日半だ。

夕方の早い時間に鋤と金てこで武装して、石切場の階段を作ろうとしたが、階段のてっぺんまで石のブロックを引きずっていく力が残っていなかった。イェスペルはひとりでは階段を仕上げることができなかったし、ペールにもできなかった。どうにかさらに二段、足しただけだった。三段目にするつもりだったブロックが坑へ転がり落ち、諦めて家へもどった。

リビングで座ると、どうしようもなく疲れた気分だった。

三十六時間はつまり、二千百六十分だと計算した。

それだけの時間、なにをして過ごしたらいい？　ランニングに行くか？　最後にヴェンデラと走って以来ランニングをしていなかったが、この夕方はそれだけの気力を振り絞れなかった。テレビをつけたが、子ども番組をやっていたので、すぐに消した。

静寂。陽が沈んでいき、影が伸びていく。

ふいにキッチンの電話が鳴って、ペールは飛びあがった。悪い知らせか？　誰が電話してきたにしてもきっとそうだと思ったが、ともあれ電話に出た。

しゃがれた男の声が言った。「ペール・メルネル？」

「はい？」

初めて聞く声だったし、男は名乗らなかった。

「ニーナから、あんたがおれとしゃべりたがってると聞いた」相手は言った。「ムーラン・ノワールのオーナーだ」

ペールはマルメのクラブに残してきたメモを思いだした。「ああ、話をしたかったんだ」彼は考えをまとめようとした。「電話をどうも。父について尋ねたかった。ジェリー・モーナーのことで」

「ああ、ジェリーは最近どうしてる？」

ペールはまたもや説明するしかなかった。父を亡くしたと。

「なんてことだ、そりゃ、気の毒に」男は言った。「そういえば、スタジオが焼け落ちたんじゃなかったか？」

「ああ、復活祭の週に」ペールは急いで話を続けた。「だが、ジェリーは死ぬ前に、何度かムーラン・ノワールのことを口にしていたんだ。それで、どんな場所かとちょっと興味があってね」

電話の男はあきれたようだった。「〝ちょっと興味があって〟ね……あんた、先週わざわざここへ来たんだろう？　どう思った？」

「いや、下へは行ってないから」ペールは言った。

「だが受付の女性から、下では大きな驚きが待っていると言われたよ。それは本当なのか？」

男は笑った。「大きな驚きっていうのは、驚くことがないってことさ。夜更けにビジネスマンたちがやってきて、何人ものブロンドとやれると思って、クレジットカードを見せびらかすが、ムーラン・ノワールは売春宿じゃないからな」

「じゃあ、どんな場所なんだ？」

「ここはダンス・クラブだよ。といっても、ダンサーは全員女だがな。服はひとつも身につけていない。男たちは腰を下ろして、ながめる。それで興奮するってわけさ」

男たちはそりゃあそうなるだろう。

「父はむかしムーラン・ノワールのオーナーだったのか？」

「いいや」

「だが、クラブにかかわっていたんだろう？」

「いいや、そうじゃない。おれたちは、ある程度はジェリーと仕事をしたさ。雑誌に広告を載せてもらったし、ジェリーもよくここへやってきては、うちの女や男をチェックしてた。そのなかには、やっぱりジェリーと仕事をした者もいる」

「男も？　じゃあ、クラブには男性ダンサーもいたのか？」

「しばらくのあいだな。身体にベビーオイルを塗って女たちと踊ったり、セックスする真似をしたりで盛りあげるボディビルダーたちだよ。だが、もう男は使ってない。最近、スウェーデンではステージでやれることについて、ずっと厳しい規則があるからな。それで、女しか使ってないのさ」

「だが、その男性ダンサーだが、そのひとりはダニエル・ヴェルマンだったかい？」

「ああ」男は言った。「うちで働いてたよ」

「父の映画にも出ていた男だろうか？」

「それだ。ダニエル・ヴェルマン。うちには半年しかいなかったが、ジェリーとは何年も仕事をしていたな」

「あたらしい名前でね」ペールはペンとメモ用紙に手を伸ばして言った。「マルクス・ルーカスという名前だろう？」

「そう名乗っていたな」男が言った。

「名づけたのはジェリーだった」ペールは言った。

「男は全員、マルクス・ルーカスと呼ばれた」

「みんなあたらしい名前をつけるものだからな」男が言った。「自分を守るために」

短い間が空いた。

「ダニエルと連絡を取れないだろうか？　電話できないか？」

男はまた笑った。疲れた笑いだ。「それは普通に考えたら無理だな」

「どうしてだ？」

「あいつは、ジェリーと同じ場所にいるからさ」

ペールはメモ用紙の上に構えたペンを見つめた。

「マルクス・ルーカスが死んだ？　本当に？」

「残念ながら。ダニエルを最後に見かけたときは、かなりしんどそうだった。それから、去年は何度か電話をしてきて、金の無心をされたよ。だが、しゃべるのもやっとだった。落ちこんでいたし、怒っていたね。誰かのせいにしたがっていた。ハンス・ブレメルのことをしきりにしゃべっていたよ。ブレメルはダニエルに騒ぐなと言ったらしい」

またブレメルか。「マルクス・ルーカスは、父のことも非難していたと思う」

「だとしても、驚かないな。最後のほうは、会ったやつみんなに金をせびっていた。それから、ぴたりと電話してこなくなった」

「それで、マルクス・ルーカスはどうして亡くなったんだ？」ペールは〝癌〟という言葉を予期して尋ねた。

「誰も知らなかったんだよ。みんなヘロインのせいだと思っていた。だが、去年たまたま、むかしクラブでダニエルと働いていて、ジェリーとも仕事をしていた女に会った。そうしたら、ダニエルが数ヵ月前にくたばったと教えてくれた。それで彼女も調べたが、彼女は大丈夫だったとね」

「調べた？」ペールは尋ねた。「なにを調べたんだ？」

「彼女は自分がクリーンなことを確認したかったのさ」男は間を置いてから、話を続けた。「ダニエルがどこで感染症をもらったのか知らないが、あいつはジェリーとブレメルのところだと信じていたようだな。訴えてやると言っていたよ」

「感染症？」

「血液で感染したんだよ。この業界ではときどき起こることだ。ダニエルはエイズで死んだ」

62

ペールは四月三十日の朝九時まで寝ていたが、目覚めると頭はまだ重かった。キッチンの壁掛け時計の音が聞こえ、窓の外を見やると、広大な空の下に閉じこめられたという感覚があった。

あと二十四時間。

エーランド島では風のある曇った朝になった。今日一日をどう乗りきったらいいのか、どうしたらできるだけ時間が速く過ぎるかを考えた。ニーラの手術が終わるところまで、早送りしたかった。

もうひとつ重要な電話をかけなければならなかった。相手はラーシュ・マルクルンドだ。十時頃にかけた。

ジェリーの死の捜査についてなんの進展もなかった

が、ペールは〝マルクス・ルーカス〟を見つけ、その名がダニエル・ヴェルマンだと知らせることはできた。それに、ヴェルマンがＨＩＶに感染して、去年亡くなったことも。

マルクルンドは少し無言だった。「では、ヴェルマンは映画の撮影でＨＩＶ陽性になったとお考えですか？　そして女性たちも感染したと？」

「わかりませんが」ペールは言った。頭のなかでは、若い女性たちが列をなして暗い森へ消えていくのが見えた。「ですが、まちがいなくリスクは大きかったはずです。数日前、ジェリーの下で男性モデルをやっていた別の人間に話を聞きましたが、父やハンス・ブレメルとの撮影で、百人を超える女性と関係したと豪語してましたよ。ダニエル・ヴェルマンも同じくらいの数と関係していたはずです。それも、つねに安全対策なしで」

マルクルンドはふたたび黙りこんだようだった。

「リスクの高い人物」彼はやがてそう言った。「女性たちのその後を追う必要がありますね」

「数人の名はわかります」ペールは言った。「生きている女性もいれば、亡くなっているのもいます」

「お父さんとブレメルはこのことを知っていたんでしょうか。ヴェルマンが撮影中に感染したことを？」

「わかりません。ジェリーは一度もその話をしたことはなかった」

「それに、いまではお父さんに尋ねるには手遅れだ」

彼はずっとコンピュータになにかを打ちこんでいるようだった。

「マルメのダニエル・ヴェルマンを見つけましたよ」マルクルンドはそう言い、つけ足した。「だが、おっしゃるとおりだ。去年の二月に死亡している」

ペールはブレメルの黄色い付箋のメモに目を留めた。電話の横に置いていたものだ。ダニエール。「いまはつながらなくなった電話番号を調べることはできますか？」

「もちろんです」

ペールはダニエールの名の隣にある番号を読みあげて尋ねた。「これが誰の番号だったか、調べてもらえますか？」

電話のむこう側には長い間があった。

「調べる必要はありませんね。もう捜査のなかで浮上している番号だ」

「では、誰の番号ですか？」

「イェシカ・ビョークという女性です」

「それは火事で亡くなった女性ではないですか？」ペールは尋ねた。「ブレメルと一緒に」

「どうしてそれを知っているのですか」間があってから、マルクルンドは質問を重ねた。「どうして彼女の名前に心当たりが？」

「ブレメルのアパートメントで、この番号を書いたメモを見つけました」ペールは言った。「イェシカはブレメルやジェリーのところで、仕事をしていたに違いありません。ふたりは彼女をダニエールと呼んでいたんですよ」

「最近のことではないです」マルクルンドが言った。「こちらでは、彼女の友人たちと話をしましてね。その手の仕事は、七、八年前にやめたということでした」

「では、なぜブレメルは彼女の携帯の番号をメモしていたんでしょう？　それに、ジェリーの家でブレメルとなにをしていたんでしょうか？」

「そうですね……そのあたりは捜査中です」マルクルンドが言った。「ご協力に感謝します。なにかまたわかりましたら、ご連絡します。ですが、ここから先は警察がこの件を仕切りますよ。あなたはくつろいで、エーランド島の春を楽しんでください。そうしてくださいね、ペール？」

「そうしますとも」

あと二十三時間。

ペールは昼食をとってから、新鮮な空気を吸いに外へ出た。村を覆う雲に細い切れ目があり、青の断片が覗いていた。

ゆっくりと歩いてヴェンデラの家にさしかかったが、アウディはそこになく、大きな窓のカーテンは閉められていた。ひさしぶりに、もう一軒に車が駐まっていた。クルディン一家がどうやらもどってきたようだ。

マルクス・ルーカス、イェシカ、ジェリー、ハンス・ブレメル……

死者の名が彼の頭から離れようとしなかった。海岸沿いに南へ長距離の散歩に出た。しばらく歩くとアスファルト舗装の道は途切れて、舗装されていない路になった。このあたりにある建物は、海岸のすぐ上にある小さな石造りのボートハウスだけだ。海は穏やかで、あたりには誰もいない。

ジェリーはなにを知っていたんだ？

ペールはその問いを本気で考えたくはなかった。父はダニエル・ヴェルマンの状態について、知っていたんだろうか。それでも女性たちとの撮影を続けさせたのか？　ブレメルは知っていたのか？

一時間ほど海岸沿いを歩くと、時計を見て、ニーラのことを考えた。

一時十分。残り二十一時間を切った。

回れ右して村へ引き返した。キャンプ場で、ヴァルプルギスの夜には海辺でかがり火を焚き歌って祝う、と宣伝しているポスターを見た。すでにかなりの量の大小の枝が海辺に積みあげられ、準備がされていた。

石切場へたどり着く直前に、右へ曲がって村道へ入り、イェルロフ・ダーヴィッドソンの庭の門を開けた。前回会ってからほんの一週間だったが、あれからいろいろなことが起こった。

イェルロフは芝生の椅子に座って、膝に毛布をかけ、目の前のテーブルにはトレイを置いていた。テーブルには古いノートもある。芝生は刈る必要があったが、あまりにも疲れていて、作業をやろうと申してることができなかった。

イェルロフは顔をあげ、うなずいてみせた。「これはようこそ」彼は言った。「またあんたが来てくれんかと思っていたところだよ」

ペールは腰を下ろした。「留守が多かったので。でも、この週末はみんなもどってきたようですね」

「そうさね」イェルロフは言った。「今夜、かがり火があるのか?」

「らしいですよ」ペールは言った。「地元の議会が海辺に枝を少し置いて、かがり火の準備をしていて、歌の会もあるようです」

「枝を少し?」イェルロフは言った。「この村がどんなことをしていたか、聞かせよう。冬のあいだに割れた古いタールの樽をみんな集めておいて、そりゃあでっかく積みあげた。てっぺんには、あたらしいタールが満タンに入った樽を置いてな。それから、全部燃やした! てっぺんの樽のタールが溶け、ほかの薪に流れだして、最後には炎が白い柱のように空へあがるほどになった。本土からも見えるほどで、あれですべての邪悪な精霊を追いはらったんだ」

「昔はよかったですね」ペールが言った。イェルロフがなにも言わないので、ペールは尋ねた。「すべてうまくいっていますか、イェルロフ?」

「というわけでもない。あんたはどうだね?」

ペールは首を振った。「でも、うまくいくかもしれません。明日の朝、医師たちが娘を治してくれるはずです」

「そいつはいい」イェルロフは言った。「それは娘さんが手術を受けるということかね?」

ペールは無言でうなずいた。喉元でどくどくと血が流れる気分だ。どうして自分はここに座っているんならなかったのは誰だ？　どうして病院のニーラのもとにいない？　臆病者だからだ。

「マルクス・ルーカスは死にました」ペールは言った。

「なんだって？　誰が死んだんだね？」イェルロフが言った。

ペールが語りはじめると、すべてがあふれだすように出てきた。イェルロフにマルクス・ルーカスのことを話した。本名はダニエル・ヴェルマンであり、男性モデルであり、HIV陽性になって、ジェリーやブレメルに金の無心の電話をしてきた。ペールはジェリーのマルクス・ルーカスに対する不安を誤解していた。危険人物ではなく、ただ感染症にかかっていただけだった。そして亡くなった。

では、撮影スタジオに発火装置をしかけてハンス・ブレメルとイェシカ・ビョークを殺害したのは誰なのか？　ブレメルの鍵を奪い、ジェリーのアパートメントへ侵入したのは誰だ？　ジェリーを殺害しなければならなかったのは誰だ？

イェルロフは耳を傾けていたが、しばらくすると、両手を掲げた。「その件ではわたしに言えることはなにもないよ」

「言えることがない？」ペールは言った。

イェルロフはためらったが、話を続けた。「わたしには謎解きや秘密の答えを見つけようとする癖がある……そうしたものを解こうとしてしまう。だが、いい結果になったことなど一度もない」

「どういうことですか？」ペールは言った。「なにかの謎を解いて、悪い結果になるはずがないでしょう？」

イェルロフはテーブルの日記を見おろした。「ここからそう遠くない場所で、四十年前に謎の火事があってな」彼は言った。「ステンヴィークの北の農場でだよ。牛のいた納屋が全焼した。そのとき、このコテージにいたわたしは、村のみんなと同じように、見に行った。そして怪しいと思った。納屋のまわりに灯油の臭いがぷんぷんしておったからさ。それでしゃがんでみると、泥には妙な足跡が残っていた。かかとの部分が大きくへこんでおるのさ。釘を下手くそに打ったせいで。それで、この足跡を残したブーツは、靴屋のポールソンが修理したに違いないと気づいた」

「靴屋のポールソン？」

「村に住んでいた極めつけに下手くそな靴職人さね」イェルロフは言った。「だから、わたしはそれを警察に伝えた。そして、ブーツの持ち主が見つかって、その男は逮捕された」

「それは誰だったんです？」ペールは尋ねた。

「その家の持ち主だった農夫だよ」イェルロフは石切場のほうへあごをしゃくった。「ヘンリ・フォシュ。わたしたちの隣人、ヴェンデラ・ラーションの父親さ」

「ヴェンデラの父親？」

「ああ。あいつはすべてを息子のせいにしたが、わたしはヘンリがやったと考えている。おかしなもので、放火する奴というのは、決まって自分のうちに火をつける。知っている場所に火をつけると思って、まずまちがいない」

ペールは数週間前に、ヴェンデラが子ども時代の家を見せてくれたとき、悲しげな表情だったことを思いだした。

「でも、それを警察に言ったことを、どうして後悔するんですか、イェルロフ？」ペールは言った。「だって、放火犯人はとめないといけないでしょう」

「ああ、そうなんだが。だが、あれであの一家は崩壊した。ヘンリは完全に打ちのめされた」

ペールはなにも言わずにうなずいた。理解はできた。だが、またもや惨めさと死の話になってしまった。彼は立ちあがった。「そろそろ、病院へ行きます」

それはふいに覚えた衝動だったが、正しいことだと感じた。車を飛ばして、夕方と夜はずっとニーラといよう。マリカやあたらしい夫がいても構わない。もう恐れたりしない。

「明日はあんたのことを考えるよ」イェルロフが言った。「もちろん、娘さんのこともな」

「ありがとうございます」

ペールは背をむけて、庭をあとにした。

自宅へむかうつもりだったが、石切場の砂利道から数メートルのところで、クリステル・クルディンに出くわした。彼は木を植えているところだった。芝生に穴を掘り、根の周囲に忙しく土を埋めていた。

彼は立ちあがると、ペールに数歩近づいてきた。

「イェルハルドのことを聞きましたよ、お父さんのこと。亡くなったそうですね。車の事故だったんですか？」

ペールは立ちどまった。「ええ、カルマルで。それはリンゴの木ですか？」

「いえ、プラムです」

「なるほど」

ペールは立ち去ろうとしたが、クルディンは視線を外さなかった。「ちょっと寄っていかれませんか？」

ペールは考えてからうなずいた。クルディンに続いて小径を歩きながら、時計をちらりと見た。二時五十五分。針は動きつづけている。チクタクと。

「それで、祝日の週末をこちらで過ごされるんですね？」ペールは家までたどり着くと、そう言った。

「ええ」クリステル・クルディンは言った。「日曜に家へ帰ります。夏前にここへ来るのは、これが最後になりますね」

ふたりは狭い廊下から、広いリビングへ入った。

ペールはあたりを見まわした。家具や飾りは多くはないのだが、電子機器、電話、スピーカーが山ほど置いてあった。黒と灰色のケーブルがくねくねと床を這って壁へ続いている。ひとつのテーブルには、大きなコンピュータのディスプレイが二台ある。クルディンか彼の妻か、どちらかが音楽にもかなり入れこんでいるようだ。というのは、窓のひとつの下に、長方形の台があって、それにはダイアルやスイッチがずらりと並んでいたからだ。音楽編集用のミキサーだ。

「コーヒーはどうです？」

「いや、結構。どうも」

石で作ったローテーブルを前に、窓から石切場を見渡せる場所に黒い革張りのソファがあった。ペールは腰を下ろした。

「では、ビールはいかがですか」

「では、せっかくですので、いただきます」

ペールは夕方のうちに病院まで車で行くと決めたことを思いだしたが、ビール一杯ならたいしたことはないだろう。

クリステルはキッチンに去ってから、ラガーを注いだグラスをふたつ運んできた。

「乾杯」

「乾杯」

ペールは二口ほど飲んでから、グラスを置き、どんな世間話をしたものかとまどった。「結婚されてもう長いんですか？」

「マリーとぼくですか？　いえ、それほど長くは。二年ぐらいですよ。でも、つきあってからは五年になりますね」

「それで、普段はどこで暮らしているんですか？　ストックホルム？」

「いいえ、ヨーテボリです。そこの大学に行ったんですよ。チャルマース工科大学です。勤めている会社もそこにあります。でも、出身はヴァールベリです」

「奥さまのほうは？」

「彼女はマルメ出身ですね」

ふたりは無言でラガーを飲んだ。ペールはぐいっとあおった。アルコールはかなり強くて、明日を不安に思う気持ちを暖かな毛布のようにくるんでくれた。

「マックス・ラーションのことをどう思いますか？」

彼は尋ねた。「ここだけの話」

クリステル・クルディンはしかめ面をした。「ラーションですか？　いつでも正しくないと気が済まないたちの男でしょうね。みんなが賛成するまで、諦めようとしない。彼の奥さんがどれだけ威圧されているか気づきましたか？」

ペールはそれには答えなかった。かわりにこう尋ねた。「彼の本を読んだことはありますか？」

「いいえ」クリステルは言った。「でも、あの男が何冊も本をひねりだしているのは知っていますよ。だから、どんなアドバイスが書かれているのか想像できますね」

「悪いアドバイスということですか？」

「とにかく単純、ということですよ」クリステルは言った。「心理学の本を読んでも、いい人間にはなれませんね。それには人生経験が必要です。たくさんの試行錯誤が」

ペールがうなずいたときに玄関のドアが開いた。マリー・クルディンがだっこひもで赤ん坊を胸に抱いて廊下へやってきた。

「ただいま？」彼女は呼びかけた。「いるの？」

彼女はペールに気づいていないようだったが、クリステル・クルディンがすぐに立ちあがり、彼女に近づいた。「やあダーリン。お客さんだよ」クリステルは彼女を見て安堵したようだった。困難な会話をさえぎってくれるものを待っていたかのようだった。だが、ペールのことが好きでないのならば、どうしてわざわざ招いたのか？「隣人のペール・メルネルだ」

「まあ？」

ペールははっきりと見た。マリー・クルディンの笑顔は一瞬消えた。

クリステルは妻にキスし、彼女もキスを返した。だが、ペールの目には、どちらもぎこちないように見えた。自分の前だから、それぞれの役割を果たしているような印象を受けた。

「全部見つかったのかい、ダーリン？」

「たぶん。キャンドルも買った」

「よかった」

ペールはグラスを手にして、ふたりを見た。マリーとクリステル・クルディンと赤ん坊。贅沢な家に住むしあわせな家族。自分はこの人たちがうらやましいだろうか？

マリーは通りすぎるときにペールに会釈し、赤ん坊を抱いて寝室のひとつへ消えた。

ジェリーはマリーを指さしていた。彼女を撮影したと、言っていた。

クリステル・クルディンがふたたび腰を下ろし、テーブルのむかいのペールにほほえんだ。

ペールは笑顔にならなかった。ふさわしい言葉を探していたからだ。「父を知っていたんですか？」

クルディンは首を振った。「なぜそんなことを訊くんです？」

ペールはグラスを見おろした。ほとんどからっぽになっている。「父はジェリー・チーナーの名で通していました。でも、先ほど会ったとき、あなたは父のことを本名のイェルハルドと呼んだ」

「そうでしたか？」

ペールは彼を見つめた。「わたしに電話をかけていたのは、あなたですか？」

クリステル・クルディンは返事をしない。

「何者かがずっと電話をかけてきた」ペールはのろのろと言った。「あのパーティのあとからだ。電話をかけてきて、ジェリーの映画の音声のようなものを流していた」

クルディンはやはり無言だった。彼は数秒ほどペールを見つめてから、振りむいて呼びかけた。「ダーリン?」

「なあに?」彼の妻が答えた。

「ちょっと、こちらへ来てくれないか?」

マリー・クルディンがヒールの音を響かせて、リビングへやってきた。「なんなの?」

「彼、知ってるよ」クリステル・クルディンが言った。

妻は無言だったが、ペールの目を見つめた。

「あなたは、ジェリーやマルクス・ルーカスと撮影をしたんですか?」ペールは尋ねた。

マリーは首を振った。「そんなことしてないわ」

彼女はそれ以上、なにも言わなかったが、クリステル・クルディンがあごをあげた。「妻の妹だよ」

「サラ」マリーが静かに言った。「あの子は映画に出演したとき、まだ十八歳だった。抗レトロウイルスの薬で闘ったけれど、三年前に死んだわ。撮影中に感染したとわたしには打ちあけたけれど、ほかの人には言わなかった。あまりにも恥ずかしいと思って」

ペールはどういうことか悟った。「それで、あなたは父に電話したのか。思いださせるために」

「パーティで気づいた」マリーが言った。「あの雑誌を出したときに、彼が誰かわかった」

ペールは彼女の目を見ることができなかった。視線を下げた。「父もじつはあなたが誰かわかったと言っていたよ。きっと似ていたんだね……あなたと妹さんは」

マリーは返事をしなかった。

ペールはグラスを見つめた。ビールにはなにが入っていたんだ? 濁って見える。クルディンはキッチンでビールを注ぐとき、なにか入れたのか?

クリステル・クルディンは赤いフォードをもっているのか?

彼がジェリーをカルマルのあの人影のない道路へ誘ったのか?

ペールはテーブルにグラスをそっと置き、立ちあがった。とてもゆっくりと。もっと質問したかったが、頭がぐらぐらしていた。

「帰るんですか？」クリステル・クルディンが言った。ペールはうなずいた。頭の奥で若い女性たちの声がこだましたように思った。「ええ。帰らなくては」

ふたりに見つめられた。おかしなことだが、今度は女性たちが頭のなかで叫んでいて、ジェリーもそこにいて、ペールに帰れと囁いていた。

ソファから廊下へ一歩、また一歩進んだ。大丈夫、歩ける。ジェリーの撮影スタジオへもどったようだった。煙が充満して、人の肉が焼ける臭いのなかにいるようだ。

〝放火する奴というのは、決まって自分のうちに火をつける〟――イェルロフがそう話していた。では、自分のスタジオに火をつけたのはジェリーだったに違いない。あるいはハンス・ブレメル。あるいは、道に迷った息子、ペール自身かもしれない。

最後にペールがやったのは、廊下で振り返って声をあげることだった。「ジェリーがなにか知っていたとは思いません。マルクス・ルーカスが感染しているとは知らなかったんです。わたしも申し訳ないが知らなかった。でも、もうみんな死んでしまって……」

とりとめがなくなっていたから、口を閉じた。クリステルとマリー・クルディンは並んで立ってまだペールを見つめていたが、彼にはふたりと目を合わせることができなかった。どうにか一言だけ振り絞った。

「すみません」

彼は玄関のドアをおぼつかない手つきで探り、やっとのことで外へ出た。

63

エルフたちは彼らの石にもどってこなかった。

ヴェンデラが石灰岩平原に出たのは寒い夜だったが、重ね着した冬服のなかで身体を丸めると、なんとかしのぐことができた。数時間ほど眠ることさえできて、柔らかな草の上に横たわって、エルフの石で風を防いだ。空腹で胃が縮まるようだったが、それもなんとか耐えられた。

マックスについての状況のほうがずっといけなかった。

エルフたちは石から結婚指輪をもっていったから、願いを取りやめにするのは手遅れだった。マックスはもう死んでいると確信していた。心の眼で石灰岩平原からも見えた。心臓発作がハンマーの一撃のように、彼の胸を襲う。もしかしたら彼がゆうべ帰宅して、あの葬式の花にかこまれた考えるための机にむかっているとき、すでに起こったかもしれない。

ドカーン。そして彼の心臓はあっけなくとまる。身体は机にだらりと覆いかぶさり、頭が片側へねじれる。今頃はもう打つ手はないが、それでもまだ家へ帰りたくなかった。考えるための部屋にいる夫を発見したくなかった。

エルフたちは行ってしまった。けれど、彼女はまだ石のところで待っていた。何時間も。

昼間のあるとき、正確には何時かわからないが、数メートル先の茂みが揺れる音がして、野ウサギが跳ねながら石の横を通っていった。それは振り返ってヴェンデラを一瞬見てから、消えた。

二時間ほどして、少し距離のあるところを西へむかうふたりを見かけた。男と女。並んで草地を横切っていく。赤い風よけのジャケットとがっしりしたブーツという服装だった。どちらも彼女のほうを見なかった。

たぶん、ヴェンデラは目に見えないのだ。もう空腹でもないし、喉が渇いてもいないし、必要なものなどなかった。

いや、それは違う。ひとつだけ必要なものがあった。ポケットに手を入れ、錠剤のボトルの感触をたしかめた。

デンマークの錠剤で、あの強い薬だ。気持ちが穏やかになって体重がなくなったように感じられる薬。島へやってきてからは、三、四錠しか飲んでいないから、ボトルはほぼいっぱいだった。

小さな錠剤をひとつ手に取り、目をつぶって、口に入れた。水はなかったが、簡単に飲みこめた。

十五分ほどしてもなんの効果も感じられないから、また一粒飲んだ。それからさらに、二粒同時に飲んだ。

十四粒飲んだところで、やめたほうがいいと思った。別に自殺したくはないから。リラックスしてエルフを見たいだけだった。そしてどうやら、彼らはここへむかっている途中のようだった。白い霧が茂みのあたりへ這うように垂れこめてきたからだ。

ボトルに蓋をして、ポケットにしまった。

三時五十分。この石のところにほぼ一日座っていたことになる。じきに夕方になる。

ヴェンデラは石にもたれ、脈がどんどんゆっくりになっていくのを感じていた。

ふいに、今日はヴァルプルギスの夜だと思いだした。邪悪な精霊たちは石灰岩平原から去っている。少なくとも、しばらくのあいだは。けれど、エルフたちはまだここにいる。

白い霧があっという間に彼女を包んだ。日射しも遮断されたが、突然、小さな人影がジュニパーの茂みから現われた。

それは少年だった。草地に流れてくる霧のベールのあいだを、歩いてくる。彼がどこからやってきたか、ヴェンデラにはわかった。

少年はジュニパーの茂みの前で立ちどまり、彼女を見つめる。ヴェンデラはほほえみ、両手を差しだす。いまでは、彼が誰かわかっているからだ。

「こっちに来て、ヤン＝エリク」

少年は一瞬ためらうが、やがて近づいてくる。石の前に立ち、冷たい手をヴェンデラの肩に置く。彼女は目を閉じ、身体の力を抜く。ふたたび顔をあげると、まばゆく暖かい門が、目の前の草地に口を開けていた。鳥の姿はまったくないが、空の下に響くさえずりが聞こえる。

立ちあがり、ヤン＝エリクと手をつないで門をくぐった。

ヴェンデラは振り返らなかった。最後の霧が消えると、黄色い日射しがもどってきて、この世の灰色の俗事はすべて消え去っていた。

64

「メルネル！」石切場のほうから、大声が聞こえた。

ペールがそちらを見ると、マックス・ラーションだった。家から出てきたばかりらしい。玄関のドアが大きくひらいていたからだ。勢いよく庭の小径を歩いてくると、ペールに手を振った。

ペールは立ちどまった。本当は家に帰りたかった。クリステル・クルディンと飲んだビールの影響がまだ感じられて、足がふらつかねばいいがと思っていた。

「わたしの妻はどこだ？」マックス・ラーションが尋ねた。彼は一メートルほどまで迫ってきてようやく足をとめた。

「あなたの妻？」

「ヴェンデラだ。見かけてないか？」

ペールは首を振った。「今日は見てない」

マックス・ラーションなどどうでもよかった。気にかけるべきもっと大事なことがある。だが、マックスがじっと見つめてくる。ペールの答えを頭のなかの秤にかけているかのようだ。「妻と一緒に過ごしただろう」マックスが言った。「そうだろ？」

「ああ」ペールは言った。「昨日、会った」

マックスに自分たちがなにを話したか、なにをしたかを教えるつもりなどなかった。それはヴェンデラが決めることだ。

マックスはまだペールを見つめているが、自信の揺らいだ表情になっていた。「じゃあ、あいつはどこかよそへ行ったに違いない」彼はそう言って、あたりを見まわした。「町から電話をかけたが、出なかった。携帯はキッチンのテーブルに置いたままだ」

「買い物じゃないか」ペールは言った。

「そんなはずがない」ラーションが言った。「あいつは車をもってないんだ」

ペールは自宅へ一歩踏みだした。「散歩に出たのかもしれない」彼は言った。「彼女がいないか、気をつけて見ておくよ」

「頼む」ラーションが言った。「わたしは海岸沿いを車で見てみよう。探してみる」そして彼はつけ足した。「ありがとう」

ペールはうなずき、その場を去った。この頃にはしらふにもどっていた。ビールの酔いは収まり、クルディンがビールに薬のようなものを入れたという考えは、突然、まったくばかげたものに思えた。考えすぎだ。それはジェリーのせいだった。ジェリーは人がいつも自分に悪いことをしようとしていると思っていた。それはどうやら息子にも遺伝したらしい。

急いで誰もいないコテージへ引き返し、鍵を開けた。家に入ると、照明のスイッチを入れて、影を追いはらった。

四時十五分。ニーラの手術まであと十八時間。

深呼吸をしてキッチンの椅子にかけて、娘に電話した。

「やあ、パパだよ」

「うん」

抑えた声だったが、穏やかだった。背景で音楽が流れていた。どうやら、ニルヴァーナらしい。

「気分はどうだい」

「いいよ」

「なにをしていたんだ?」

「読書」彼女は言った。「そして待ってる」

「うん。終わってしまえばもう大丈夫だからな」

「そうだね」

十五分ほどおしゃべりすると、ニーラの気分は少しよくなったようだった。ペールも、もっと穏やかになれた気がした。ニーラから、マリカが病院にいて、一日じゅういる予定だと聞かされた。

「パパも夜に行くよ」

「何時頃?」

「すぐに。あと数時間で」

「その頃には寝てるかもしれない」ニーラは疲れたように笑った。「わたしを朝早くに起こすんだって。アルコールみたいなので、身体を拭かないとならないの。全身を殺虫するんだって」

〝殺菌〟だったが、訂正しないでおいた。

「またあとで」彼は言った。

電話を切り、コンロに近づいて夕食を作ろうとして、床を黒いものが這っているのに気づいた。大きな黒蠅だった。春になって初めての。少なくとも、ペールが見かけたのはこの春初めてだった。目覚めたばかりのようだった。とてもゆっくり、気乗りしない様子で動いていた。

簡単に殺せたはずだが、だからこそ、この蠅を紙切れですくいあげ、キッチンの窓から外へ出した。蠅はなんとか羽を広げ、礼も言わずに石切場のほうへ消えていった。

夕食を済ませるとキッチンに座ったまま時計のチクタクいう音を聞きながら、ヴェンデラ・ラーションのことを考えた。

どこにいるんだ？

もちろん、ヴェンデラが行きそうな場所には心当たりがあった。子ども時代へもどったのだ。あの小さな農場まで走っていったのかもしれないし、石灰岩平原の大きな石まで行ったのかもしれない。たぶん、マックス・ラーションもそのあたりを探しているだろう。あの場所を知っているならば。知っているだろうか？

ペールはラーションの家に電話してみたが、誰も出なかった。

五時十五分になっていた。カルマルへ行く前に農場へ行ってみてもいい。まだ明るいうちに。ランニングするといつでも気分がよくなるし。

立ちあがり、ランニングシューズとトラックスーツのジャケットを身につけて外へ出た。空気はさわやかでひんやりしていて、酔いが完全にさめたように感じた。実際、そのとおりだろう。

南のラーション家を見た。大きなアウディはなくなっていて、家に明かりは見えなかった。

明かりはクルディン家には灯っていたが、いまはあの家族について考えたくなかった。

遠くでパーンという音がした。銃声のような。海岸のほうでどこかの子どもたちが爆竹で遊んでいるのだろう。

ペールは走りはしなかったが、速足で砂利道を北東へむかった。最初は海岸から離れていくルートを進み、それからさらに細い砂利道へ曲がり、農場へ到着した。緑はさらに濃くなっていて、この場所全体がスウェーデンの夏の牧歌のようになっていた。だが、小径を進んでいくと、左手に石の基礎の輪郭が見えた。いまでは、ヴェンデラが案内してくれたとき、なぜあれを見て立ちどまったのかわかる。地面のあの長方形は焼け落ちた納屋の跡だ。

そこだけ草がわずかに短く、黄色っぽい。あるいは、想像にすぎないかもしれないが。

〝放火する奴というのは、決まって自分のうちに火をつける〟

ペールはハンス・ブレメルのことを考えた。火薬を扱うのに慣れていて、リード郊外の撮影スタジオのことをジェリー以外では誰よりもよく知っていた人物。あの家で放火の仕掛けをする時間と機会がある者がいたとすれば、それはブレメルだった。だが、ブレメルの両手は警察によると後ろ手に縛られていたという。そしてあの火事で亡くなった――いくらジェリーが仕事仲間がまだ生きているようにずっと話しつづけていたとしてもだ。ブレメルから連絡があった、カルマルで轢いた車を運転していたのもブレメルだ、とジェリーは主張していた。

ペールは父の言うことを真に受けなかった。結局は父は病気だし混乱してたからだ。けれど、スタジオの焼け跡から発見されたのは本当にブレメルの遺体だったのか？

そのはずだ。妹が身元を確認しているし、警察がそんなまちがいをするとは考えにくい。歯科治療の記録や、指紋や、最近ではDNA鑑定もある。

家へ近づき、ドアをノックした。ここを所有している家族が在宅で、ドアを開けた女性はヴェンデラを覚えていた。

「ええ、その人は数週間前に来ました。子どもの頃、ここで暮らしていたと話していましたよ。でも、わたしが会ったのはそのときだけです」

ペールはうなずき、次へむかった。苔に覆われた石壁を乗り越え、石灰岩平原へ。もう完全に雪どけ水は蒸発していた。ずっと雪や水の下で耐えていた小さなハーブや、薄い土壌でも根を張ることのできる花々に地面は覆われている。

春が島にやってきていたのに、自分は気づいてさえいなかったのだ。

晴れているのに、誰ひとりとして散歩していなかった。きっとみんな自宅でメイデーを祝っているのだろう。聞こえるのは風のかすかなざわめきと、遠くの鳥のさえずりだけだ。ノドジロムシクイか、それともズグロムシクイ？　鳥の声となると、ペールはお手上げだった。

スピードをあげた。道を訊ける人もなく、自分が正しい方向へ、エルフのものであるあの大きな石へむかっているると期待するしかなかった。

65

ペールは自分がいま細長い島のちょうど中心あたりにいるに違いないと考えた。一キロほど藪のなかの道を急いで移動してから、地平線にちょっとした木立が見えると、走りだした。

十分ほどで暑くなって息切れした。エルフの石は見あたらなかったが、北をむくとジュニパーの茂みが固まっているのが目についた。見覚えがある。円形になった茂みは数百メートルむこうで、そちらをめざした。たどり着いてみると、大きな石のてっぺんだけが見えたが、その角張った形は覚えていた。ヴェンデラが案内してくれた場所へたどり着いたのだ。

雲の奥から顔を出した夕陽が西から照っていた。それで茂みの影が草原に長く黒いリボンのように伸びていた。ペールは茂みを抜けて立ちどまった。

石は目の前の空き地にそびえたち、その隣の草地に誰かが立っていた。ほっそりした人影は石のてっぺんにも届かない身長だ。

少年だった。ジーンズと青いジャケット姿。その子が振り返ってペールとむきあった。ほほえんでいるようだった。

ペールはその子を見て何度か瞬きをしたが、幻ではなくまだそこにいて、その子が小さな木箱を手にしているのが見えた。おそらく九歳か十歳ぐらいだろう。

「やあ」ペールは声をかけた。

少年は返事をしない。

ペールはさらに近づいた。「名前はなんていうんだい?」

少年はこれにも答えなかった。

「ここでなにをしているの?」

少年は口をひらき、横を見た。「あっちに住んでるんだよ」

彼はうしろのほうを指さした。北東を。家らしきものや、それどころか人間の住んでいそうな形跡はまったく見あたらないが、家があるとすればたぶん木立に隠れているのだろう。

「ここへはひとりで来たのかい?」

少年はうなずき、石から一歩離れた。「この人を横向きにしたんだ」そう言った。「そうしないといけないんだよ」

そのとき、ペールはヴェンデラに気づいた。

少年のうしろで、目を閉じて横たわっている。石になかば隠れるようにして、顔の前で両手を合わせている。帽子と分厚い中綿のジャケットを着て、ただ眠っているように見えた。

ペールは急いで近づき、隣に膝をついた。「ヴェンデラ?」

肩を揺すって、眠っているのではないと気づいた。意識がない。草のなかでどろどろしたものが光って、彼女の口からは酸っぱい臭いがしていた。吐いたのだ。

「ヴェンデラ?」

返事がない。

少年はまだ数メートル離れたところに立って、興味津々でペールが彼女を起こそうとするのを見守っている。うまくいかなかった。

ペールは身体を起こした。携帯はもっているが、救急車はここまでの道を見つけられないだろう。彼は少年を見た。「ヴェンデラを助けなければ。この人は具合が悪いんだよ。この近くに道があるかどうか、知らないかい?」

少年はうなずき、背をむけた。ペールは腰をかがめ、ヴェンデラの背中へ手をまわし、抱えた。彼女の身体は細くてぐにゃりとしていた。大丈夫、抱えていける。

彼らは石から離れ、日射しを背中に受けて黙って東へ進んだ。少年はまだ木箱をもっていたが、五十メートルほど進んだところにあったジュニパーの茂みの前で立ちどまり、一番低い枝の下に箱を押しこんだ。

「ここがぼくの隠し場所なんだ」

ペールはうなずき、その茂みの下には雑誌も押しこんであることに気づいた。ありがたいことに、マンガだけだった。

「行こう」ペールは言った。

腕が痛くなってきたが、ヴェンデラを抱えて歩くリズムを崩さないよう、とまらずに歩きつづけた。少年も追いついて、藪を抜けて東へ案内していった。

数百メートル進んで、シューッという音に気づいた。車が走り去っていく音だ。幹線道路に近い。思っていたより、ずっとそばだった。

木立や茂みがまばらになっていくと、ほんの五十メートル先をヘッドライトが去っていくのが見えた。ヴェンデラを抱え、足はふらついていた。あとどのくらい抱えていけるかわからなかった。

「ヴェンデラ？」

まだ息をしていて、一瞬だけ目を開けたが、彼のことはわからなかったようだ。応えるようになにかつぶやくと、また意識をうしなった。

ペールは抱える手にさらに力を込めて、道路まで最後の数メートルを進んだ。

見える範囲に車は通らなかったが、百メートルほど先にバス停があった。なんとかそこにたどり着くと、屋根つきの木のベンチにヴェンデラを横たえ、携帯を取りだして救急車を呼んだ。状況を説明し、通話を終えて顔をあげると、彼とヴェンデラのふたりになっていた。

少年はいなくなっていた。

バス停に救急車がやってくるまで三十分かかった。待ち時間にペールはヴェンデラを温め、意識を取りもどそうとした。トラックスーツのジャケットを彼女にかけて、ついに救急車がバス停にやってきた頃には、ふたたび眠ってしまうにせよ彼女は数分ほどは目を開けていられるようになっていた。冷える夕方の屋外で、息遣いは浅いがしっかりしていた。

救急隊員たちは救命キットを手にして降り、ヴェンデラに覆いかぶさるようにして調べた。ジャケットを脱がせて血圧をたしかめた。ペールはあとずさった。

「カルマルへ運びますね」ひとりが言った。

ヴェンデラも患者になってしまったのだとペールは気づいた。ニーラと同じだ。

「よくなりますか？」

「大丈夫ですよ。ご主人ですか？」

「いえ、ただの友人です。ご主人には連絡してみます」

十分後に救急車は本土へ通じる橋めざして去ってい

き、ペールは安堵のため息をついた。ヴェンデラの中綿ジャケットを手に、幹線道路を引き返し、それから石灰岩平原に通じる小道へ入った。

小道のつきあたりで、あの少年がペールを待っていた。茂みから木箱を取りだしてそれに座っている。

ペールはジュニパーの茂みの前で立ちどまった。

「あの人は救急車で病院へ運ばれたよ。助けてくれてありがとう」

少年は返事をしなかった。石灰岩平原はほぼ黄昏に包まれていた。「家への帰り道はわかるかい？」

少年はうなずいた。

「よかった」ペールは帰ろうとしたときに、ふと思いついて尋ねた。「その箱にはなにが入っているんだい？」

少年は最初は無言だった。じっと考えているようだったが、やがてペールを信頼できると判断した。

「見せるよ」

立ちあがって箱をもちあげた。底がなかった。箱に隠されて草のなかに置いてあったのは、古くて錆びたビスケットの缶だった。少年は蓋を開けて、ペールに中身を見せた。

「木箱は石のてっぺんを見るのにいるんだ」少年は言った。「そこを見ると、だいたいいつもあたらしいものがあるんだよ」

缶は硬貨や小さな銀のアクセサリーで半分くらい埋まっていた。

一番上には、輝く結婚指輪があった。

66

その日の夕方、イェルロフは膝に毛布をかけて庭に座っていた。遠くの幹線道路からサイレンの音が聞こえたように思った。救急車、消防車、それともパトカーか？

きっと救急車だ。マルネスの高齢者ホームの誰かが心臓発作を起こしたのかもしれない。遅かれ早かれ、新聞で読むことになるのはまちがいなさそうだ。

夕食を終えてから芝生の椅子にまたもどった。家には入りたくなかった。なにしろ、ヴァルプルギスの夜だ。春もたけなわ、スウェーデンじゅうのすべての学生が出かけて、五月を歓迎する夜だ。うちのなかでじっと座ってなどいられない。

空は暗くなってきていて、頭上の梢が風でざわざわと音をたてた。庭の鳥は一羽また一羽と口をつぐんでいった。陽が沈めば、寒い夜になりそうだ。深夜には霜さえ降りるかもしれない。本当は外で座っている天候じゃない。そろそろうちへ入ってテレビのニュースでも見よう。

イェルロフは最近では謎や秘密について考えるのはやめていた。ペール・メルネルに話したように。だが、それでも考えは浮かんできた。子どもの頃から謎を解かないではいられなかった。いまも日記を前に座り、エラの取りかえっ子のことを考えていた。ヘンリ・フォシュの息子に違いない少年。

だが、彼はどこへ消えたのか？　あの最後の夕方にエラが見かけたときは、北の海へむかって走っていたというが、石切場の端でヘンリに出会ってなにが起こった？

喧嘩、続いて殺人？　それとも事故か？　どちらにしても、少年が亡くなったのであれば、屑石の山のどれかの下に埋まっているんだろう。

　脚が健康で、十歳若ければ、すぐにでも椅子から立ちあがってまっすぐに石切場へむかい、探しはじめたことだろう。だが、身体はあまりにも老いてこわばっているし、結局のところ、ヘンリが息子の遺体をそこに隠したかどうか、絶対の自信があるわけでもない。

　それにどこから探しはじめればいい？　屑石の山があれだけたくさんあるのに。

　イェルロフはふいに、自身の死について思い悩まなくなった自分に気づいた。復活祭以来、迫った死期について考えていなかった。忙しすぎた。エラの日記がその点では助けてくれたわけだ。あるいは、あたらしい隣人たちと彼らの問題があって、自分自身の問題を忘れられたのか。

　毛布はかけていたが、椅子の上でぶるりと震えた。夕方から夜へと変わっていくなかで、あきらかに寒くなってきていた。彼は立ちあがった。

　村道から車の音がした。この数週間はだんだん車の通りが多くなっていて、そのほとんどは、狭い路なのにあまりにもスピードを出しすぎていた。だが、この車はとてもゆっくりと走っているようだった。ブレーキをかけてとまったのが音からわかったが、妙なことにエンジンはかけっぱなしだった。

　イェルロフは庭の門に客が現われるかと思ったが、誰も姿を見せなかった。

　さらに数分待ってから、杖に寄りかかりながらエンジンの音のほうへ近づいた。草地では少しよろめいたが、バランスを保った。

　門までやってくると、道で車が駐まっていた。帽子をかぶった男が運転席にいて、なにかを手にもっていた。

　イェルロフの知らない顔だった。早い時期に訪れた観光客か？　イェルロフは門の支柱をつかみ、道からほんの数メートルの場所に立っていたが、車の男はこちらに気づいていないようだった。しまいにはイェルロフは口のまわりに手をあてて言った。「どうされたね？」

大声では叫ばなかったが、男はこちらをむいてイェルロフの姿を目で確認した。驚いた様子で、なぜか慌てたようにも見えた。

イェルロフは突然、男が手にもっているのがペットボトルだと気づいた。一リットル容器で赤い液体のようなものが入っていて、小さなガラス容器の液体と混ぜているところだった。ペットボトルにはなにか紐のようなものがつながっていた。

「道に迷われたかね？」イェルロフは呼びかけた。

車の男は首を振り、それからペットボトルを置いて、ハンドルを左手でつかんだ。イェルロフは男の手首になにか光るものを見た。

男は右手で急いで車のギアを入れ、走り去った。

イェルロフはその場に立ったまま、海のほうへ去っていく車を見ていた。海岸通りまで行くと、減速して右へ曲がり、北の石切場のほうへむかった。

イェルロフは支柱を離して、杖に寄りかかり、なんとか転ばずにむきを変えた。椅子へもどりかけたが、数メートルで立ちどまり、車の男がなにをするつもりか考えた。

なにかよからぬものを見た気がしていた。それどころか、状況はひどく悪いようで、夕方がさらに冷えこんだように感じるほどだった。

ふたたび歩きだしたが、今度はコテージへもどっていった。鉄の手すりをつかんで、なんとか玄関前の階段をあがると、リビングへむかった。エルンストのコテージの電話番号はいまでも覚えていた。震える指でその番号を押した。

呼び出し音が十二回鳴ったが、ペール・メルネルもほかの誰も電話に出なかった。

イェルロフは受話器を置いた。瞬きをして、状況を見極めようとした。

八十三歳で、リウマチもちで、耳も遠い。それに今年最初の蝶は黄色いのと黒いのだった。

うまくいくかもしれないし、同じように簡単にひどく悪くなるかもしれない。

自分にやれるかどうかわからなかったが、とにかく石切場まで行って、ペールが助けを必要としていないか、たしかめなければ。

67

ペールが海岸のほうへもどりはじめた頃、石灰岩平原に落ちた影はさらに長く伸びていた。地平線と雲のあいだの青く細い空に、太陽は黄金の円盤のように浮かんでいた。

疲れきっていた。路上では最後にマックス・ラーションに電話をかけ、石灰岩平原で意識のないヴェンデラを見つけたこと、だが命に別状はなさそうで、カルマルの病院へ運ばれるところだと説明した。その後、自宅へむかって西へ歩きはじめた。

あと十四時間たらず。

ヴェンデラと、彼女をかたわらで見守っていた少年に出会った場所までもどってきた。あたりには鬱蒼としたジュニパーの茂みがあり、中央にあの大きな石だ。エルフの石。

彼はしばらく留まった。数日前の夕方にヴェンデラとふたりで腰を下ろし、秘密を教えあった場所。彼は誰にも話したことのなかった自分や父についての事柄をしゃべり、彼女はマックスの本を書いているのは自分だと話した。

〝マックスは有名になるのをまったく嫌がらない。わたしのほうは、人に見られない存在のままでいるのが好きなの〟ヴェンデラはそう言った。

ペールは数分ほど石の前にいて、表面のからっぽのくぼみを見つめた。それから財布を取りだし、札を一枚くぼみに置いて、数枚の硬貨を重しにした。

願い事だ。

自分がなにをしているかは自覚していたが、硬貨を置くとき、脳裏にニーラの顔を浮かべずにはいられなかった。この石の前に立っていると、願い事をしないではいられない。捧げ物をして、奇跡を祈る。

茂みからカサカサという音がした。

あたりを見まわし、ふいに自分は観察されているのではないかと不安になった。気のせいではなかった。あごの尖ったうす茶色の顔が、こちらをじっと見ていた。最初は耳の大きな犬かと思ったが、狐だった。数秒ほどじっとしていたが、くるりと背をむけ、消えていった。

ペールはふたたび歩きはじめた。石から離れて。

ステンヴィークに帰ってくる頃には、太陽はほとんど沈んでいた。海からそよ風が吹いていて、遠く、村の南端から音が聞こえてくる。笑い声と陽気な叫び声。人々が海岸に集まりはじめ、かがり火をたき、冬の終わりと春の到来を祝うのだ。

参加するにはあまりにも疲れていた。コテージに続く小道を通り、鍵を取りだしてドアを開けた。ヴェンデラの香りが残る彼女のジャケットを玄関にかけた。キッチンへ入り、水をコンロにかけて、ニーラに会いに行く前に野菜スープを作ろうと思った。

ハンス・ブレメルのキッチンにあったメモはまだ電話の横に置いていた。人参を刻みながら見やった。最後の名前を見る。ダニエール。本名はイェシカ・ビョークだとわかった人物。

イェシカとハンス・ブレメルは連絡を取りあっていた。イェシカはもう何年も仕事をしていなかったのに。なぜだ？　そして何者かが彼らを殺害した理由は？

湯が沸騰した。スープの素、ハーブ、野菜を入れた。できあがったスープをキッチンのテーブルで食べながら、まだ考えていた。

放火する奴というのは、決まって自分のうちに火をつける。イェルロフはそう言った。

ジェリーとブレメルは誰よりもリードのスタジオのことを知っていた。だが、どちらもあの家に放火することはできなかったはずだ。ジェリーは歳がいきすぎているし、身体も悪い。ブレメルは両手を後ろ手に縛られて二階に横たわっていた。

スープボウルを脇へ押しやり、窓を見やった。もう太陽は沈んでいたが、まばゆいライトがふいにコテージを照らした。

黒っぽい色の車が海岸通りを走ってくる。

あれはフォードか？

電話に手を伸ばしたとき、車はブレーキを踏みながら、石切場の暗い坑へ曲がってきた。ライトをつけたままゆっくりと下っていき、底の砂利の上で駐まった。そして、そのまま動かない。

ペールは受話器を手にして、本土の番号にかけた。

男の声が答えた。「ウルフだ」

「ウルリカをお願いできますか？」

「どちらさまで？」

「ペール・メルネルです」

「ちょっと待ってくれ」

電話のむこうでガサガサいう音がして、同時に、坑で車のドアが開く音がした。ウルリカ・テーンマンの声が耳元でした。

「もしもし？」

「どうも、前にもかけたペール・メルネルです。覚えているかい？」

短い沈黙に続いて、彼女は静かに答えた。「あなたとはしゃべりたくないの」

「わかってる」彼は急いで言った。「ひとつ質問したいだけなんだ」

「どんなこと？」ウルリカ・テーンマンはやはり、とても低い声でしゃべった。

「ハンス・ブレメルの人相が知りたいんだよ」

「ブレメル？　そうね、彼は……静かな感じよ。そういえば、あなたによく似た雰囲気」

「へえ？　でも彼はわたしより年上なんだよね？」

「年下よ」

「ずいぶん年下かい？」

「撮影のとき彼は年寄りだと思ったけれど、わたしは十代だったからそんな気がしたのね。きっと三十歳ぐらいだったと思う」

「三十歳？」

ドライバーが車を降りた。ペールには彼の顔が見えなかった。遠すぎる。それに男はキャップをかぶっている。石切場全体を見まわし、隣の家のほうを見てから、また車へもどった。なにかを待っているようだ。

「きみがスタジオで会ったとき、ハンス・ブレメルが三十歳だったら」ペールは話を続けた。「火事で死亡したとき、四十五歳ぐらいだったはずだ。だが、そんなことはありえない。ハンス・ブレメルには妹がいた。彼女はわたしより年上だった」

「あら？　ねえ、もう本当に切らないと」

「待ってくれ、ウルリカ。ひとつ言わせてくれ。やっとわかったよ。きみや友人の撮影をした監督はハンス・ブレメルなんかではなかったんだ」

「でも、彼はそう名乗ったのよ」

「ああ」ペールは言った。「だが、最近聞いたのは、性産業で本名を使う人などいない、ということさ。誰もが名を伏せたがるだろう？　父でさえ名前を変えた。イェルハルド・メルネルからジェリー・モーナーへ」

ウルリカが返事をしないので、ペールは話を続けた。

「何者かが単純にハンス・ブレメルの名前を借りた。そして金を支払った。ハンス・ブレメルと名乗ることで、自分の本当の名前を汚さないですむよう」

「じゃあ、わたしも汚れてるのね。あなたはそう言いたいの？」ウルリカ・テーンマンが嚙みつくように言った。

「いや、そんな意味じゃ――」

だが、彼女はすでに電話を切っていた。

ペールはため息をつき、受話器を見つめたが、かけなおすのはやめておいた。最後に一度、石切場の車を一瞥した。それから、キッチンをあとにした。

玄関へむかう途中で、寝室に古い斧が置いてあるのを見て、それを取りに行った。ジャケットを着て、一段と寒くなった表へ出た。右手に斧をもってコテージの横手へ歩いたが、突然、誰かが暗がりでぜいぜいという音が聞こえたと思った。

「ジェリー？」

急いでそちらをむいたが、もちろん気のせいだった。コテージの周囲には誰の姿もなかった。

車はまだ坑に駐まっている。七、八十メートル離れた位置、石を積みあげた山ふたつのあいだだ。フォードだった。だが、ジェリーを轢き殺した車と同じものだとしても、事故の跡はなかった。車体は最近きれいにされたように見える。

ドライバーが車にまだ座っている理由がわかる気がした。闇が降りてくるのを待っているのだ。

トロールは夜に現われる。

ペールが坑の岩肌のてっぺんで立ちどまると、エンジンのスイッチが切られる音がした。静寂に包まれたところで、窓が下りて、ドライバーが顔を突きだした。

「やあ」

「どうも」ペールは言った。

「ここはステンヴィークか」自信のない声だった。

「そうです！」ペールはますますしっかりと斧を握りしめて答えた。

運転手側のドアがふたたび開いて、男が砂利に降りたった。「あんたがペール・メルネル？」彼が呼びかけてきた。

「そうだ、それであなたは？」

「マルメのトマス・ファルだ！」男が答えた。手にしていた大きなものを差しだした。「ストックホルムへ行く途中なんだが、こいつを渡しにきた。ほしいと言っただろう」

ペールはうなずいた。「それはわざわざどうも。だが、道を少しまちがえましたね、トマス」

「そうか？　だが、石切場に住んでいると言ったじゃないか」

「それは正しいですが、道がまちがっている」ペールは背後のコテージのほうを指さした。「石切場の上に住んでいるんですよ」

「なるほど。まあ、とにかく、こいつがブレメルのブリーフケースだ！」

ペールは階段を指さして、叫んだ。「いま行きます！」

用心しながらぐらつく石の階段を下りていき、底の砂利に降りたった。坑はいつものように、数度ほど気温が低かった。

車はまだ同じ場所で、ヘッドライトをつけていた。まぶしくて、トマス・ファルはキャップをかぶった黒い影に見えた。左手にブリーフケースを、右手に鍵束をもって歩いてくる。神経質に鍵をガチャガチャいわせていたが、ブリーフケースを差しだした。「これだよ」

ペールは彼を見て、斧の柄を握りしめた。「下に置いてくれ」

「なに？」

「砂利の上に置いてくれ」

ファルがペールを見つめた。「なにをもっているる？」

「斧だ」

トマス・ファルはさらに二歩近づいたが、ブリーフケースを置かなかった。それに鍵束も。

「それもブレメルの鍵なのか？」ペールは尋ねた。

ファルは返事をしなかった。十歩ほど離れた場所で立ちどまっている。顔はまだはっきりと見えなかった。

ペールはブリーフケースを指さした。「それはブレメルのものじゃないだろう。おまえのじゃないか。どちらにしても、同じことだと思うが。おまえがハンス・ブレメルだったんだろう？　父と仕事をするとき、名前を借りたんだ」

ファルは耳を傾けているようだった。身じろぎしない。

「イェシカ・ビョークはおまえのことを突きとめたんだろう。彼女はハンス・ブレメルのアパートメントを見つけて、友人のダニエルのことを話そうとしたんだ。マルクス・ルーカスの名前で撮影中にＨＩＶに感染した男だよ。だが、ブレメルがドアを開けても、イェシカはそれが誰かわからなかった。まったく違う、もっと年上のブレメルがそこにいた。撮影のときのブレメルとは別人だった。そして父はそのハンス・ブレメルのことは知らなかったし、仕事をしたこともなかった」

ファルは無言だったから、ペールは話を続けた。

「それで本物のブレメルはイェシカに、金と引きかえに他人に名前を貸していたこと、その男がポルノ業界で仕事を始めたことを打ちあけた。本物のブレメルは、おまえについての真実を語った。それからマルクス・ルーカスの具合が本格的に悪くなると、イェシカ・ビョークはついにおまえを見つけだして、口止め料を要求した。おまえは永遠にふたりを黙らせるため、スタジオを焼くしかなかった。〝ブレメル〟を消して、ふたたびトマス・ファルになれるように」

ファルはしばらく無言だった。それから、ブリーフケースのストラップをはずし、静かな声で答えた。

「あんたの言うとおりだ。わたしはあんたの父親と何年も働き、彼にはハンス・ブレメルとして知られていた。あんたの父親が脳卒中で倒れてから、彼の口座から金をすべて引きだした。だが、わたしにはその金を手にする権利があった」彼はペールを見やった。「彼はわたしの父親でもあった。わたしたちは兄弟なんだよ、あんたとわたしは」

ペールは瞬きをして、斧を降ろした。「兄弟？」彼はファルを見つめた。ブリーフケースにゆっくりと手を入れている。

「そうさ。とにかく父親は同じだ。ジェリーは五〇年代の終わりに、わたしの母とひと夏だけ過ごしたが、それでじゅうぶんだったわけだ。彼はわたしのことがわからなかったし、わたしもなにも言わなかったが、ペール、あんたといるよりわたしといるほうを楽しんでいたな。わたしに憎まれているとは知らなかった」

ペールは話を聞きながらトマス・ファルを見つめ、キャップの下の顔を見分けようとしていた。似ているだろうか？

そのとき、攻撃された。

あっという間だった。ヘッドライトで目が眩んでいたペールは、ファルが本当はなにをやっていたのか見えていなかった。ブリーフケースを開けて、なにかを手元でひねったことしかわからなかった。

そのとき突然ガチャリと音がして、ファルはブリーフケースをペールに投げた。それはくるくると回転し、黄色い炎を漏らしながら、あたり一面に炎を広めた。ペールはあとずさったが、遅かった。液体のようなものがブリーフケースからこぼれ、腕にまとわりついて、熱く焦がすようなまぶしさとともに激しく燃えあがった。

左腕が燃え、手も燃えていた。透きとおった白い炎で、熱は感じたが、痛くはなかった。

ペールは斧を落とし、背後へよろめいた。同時に砂利を走る足音を耳にし、続いてドアがバタンと閉まる音がした。車のエンジンがかかった。

砂利にまき散らされた液体が、長く赤い腕となってペールのほうへ伸びてきたが、背をむけて走り、つかまらないようにした。

トマス・ファルはアクセルをいっぱいに踏みこみ、ペールは皮膚にまとわりつく炎を必死になって消そうとしていた。

坑にはもう雪どけ水もなく、乾燥した石しかない。それで地面を転がり、炎を弱めようとした。右手を砂利に突っこみ、腕に砂利をかけ、揺れる黄色い炎を消そうとした。だが火は燃えつづけて、服地を焼き尽くし、その奥へ入ってきた。

そして、痛みが来た。

気絶するな、とペールは思った。だが、腕がずきずきして、熱も、悪臭も感じた。皮膚が焼ける酸っぱい臭いだ。薄い暗闇が周囲に漂ってきたように思った。だが、それでも砂利をすくって腕にかけつづけた。ようやく炎も、強くなっていた熱も収まった。

突然、車の音がかなり大きくなっていることに気づいた。すぐそこに迫っている。

顔をあげると、ファルの車がまっすぐに突っこんでくるところだった。立ちあがって避けようとしたが、なにもかもがあっという間の出来事だった。完全に逃れることはできなかった。

車の前面右側に引っかけられ、ペールは空へ放りあげられた。顔がフロントガラスにぶつかった。ドサッという音、バリバリという音がしてから、車の横手の地面に着地した。左足と脇腹にどこよりもひどい衝撃を受けたが、頭部もまた叩きつけられたから、数秒ほどは静まりかえった闇で意識をうしなった。

ふと、また意識がもどると、固い岩の上で身体を丸めていた。ゆっくりと膝立ちになり、身体に吹きつける冷たい風や、血があふれて顔を伝う温かさを感じた。眉が切れ、おそらく鼻が折れた。

車は暗闇をバックし、続いてドアが開いてバタンと閉まった。

砂利の上を足音がむかってきて、トマス・ファルが立ちどまり、宙になにかを掲げた。見あげると、それはガソリン容器だった。

驚きっていうのは、驚くことがないってことさ。

ペールは動けなかった。肋骨が折れて膝をついていたところ、生ぬるいガソリンをかけられてハッとなった。冷たい夕方の空気と比べると、この液体は熱く思えるほどで、顔の傷にかかってずきずきした。

静かなゴボゴボというリズミカルな音がして、プラスチック容器はからっぽになった。音がとまると、容器は放り投げられた。

ペールはガソリンの大きな水たまりの中央で、びっしょり濡れていた。頭をぶつけたからぼんやりするし、ガソリンの蒸気で世界がぼやけて不透明に見える。

両手で身体を支え、地面から膝をもちあげようとした。だが、集中するのがむずかしく、トマス・ファルは暗く赤い夕方の空を背にした影にしか見えなかった。

トロール。腹違いの兄弟は、まさしくトロールだ。

「ヴァルプルギスの夜だ」彼が言った。「今夜は島じゅうで炎があがる」

そこでジャケットのポケットからなにかを取りだし

た。小さくてかすかにカタカタと音の鳴るものだ。

マッチ箱。

ペールはふいに、できることを思いついた。慈悲を請うのだ。血をわけた兄弟として。

それともニーラのためにと命乞いするか。あと何時間になっただろう？

彼は口をひらいた。「おまえの秘密は守る」そう囁いた。

腹違いの兄弟は返事をしなかった。マッチ箱の蓋を開け、一本取りだした。そして蓋を閉めて、マッチを擦った。

小さくシュッと音がしてマッチはペールの目の前のわずか一メートル先で燃えていた。石切場の暗闇のなかでそれはとてもまぶしく、ほかのものはすべて消えたように思えた。

ペールは目をつぶって待った。

68

石切場の坑の上にあるペール・メルネルのコテージまでは、どのくらいある？　七百五十メートル、あるいは八百メートルだろう。イェルロフは友人のエルンストが美しく磨きあげた石の看板を道に出していたのを覚えていた。〝石の工芸品、1キロ〟。だが、そう遠くはない。そう思って自分を慰め、なんとか道を無事に渡り終えた。

結局、そう遠くなかった。

イェルロフはこの狭くてごつごつした道のことは隅々まで知っていた。数え切れないほどここを行き来してエルンストへ会いに行った。だが、エルンストの家まで最後に歩いていったのは六、七年前のことだ。

その頃は七十五歳くらいで、多少は健康だったたし、若いといってもいいほどだった。

痛む脚と腰では、小さく、慎重な一歩しか踏みだせなかったし、この道は永遠に続くように思えた。道は石切場でカーブし、遠くに、エルンストのコテージ前の砂利の空地が見えた。

本当にあそこまで歩けるだろうか？　最初の百メートルはなんとか進めたが、身体が痛んで脚がふらついた。ただひとつの慰めは、出発前に冬のコートを着たことだった。一番上までボタンを留め、背中と肩の保温を怠らなかった。

何時かわからなかったが、太陽がもう海峡の低い位置にある。すぐに陽は沈むだろう。風が強まってきて、目がずきずきした。瞬きして涙を追いはらい、懸命に進みつづけた。

数分で、最初の贅沢な家が見えた。クルディン、それがこの家族の名前だった。誰も見あたらないが、高窓ふたつに明かりが灯っていた。呼び鈴を鳴らそうかとも思ったが、歯を食いしばり、歩きつづけた。

杖を頼りにまだバランスをとりつづけていたが、膝が固くなってきた。

石切場の坑を見おろせる縁はまだずっと遠くで、先ほど目撃した車が底に駐まっているかどうか確認するのは無理だった。だが、あの運転手はペール・メルネルに会いにきたに違いないと強く疑っていた。

着いても、イェルロフになにができるだろう？　車に杖を振ってみせて、あの男を脅して帰らせる？

わからなかった。自分でペールを探しにくるよりは、警察に通報すべきだったのかもしれない。だが、根拠としてあげられるのは、いやな予感がするということだけだ。エーランド島北部に警官がやってくる理由になるとは思えない。

ようやく、二番目のあたらしい家にさしかかった。ヴェンデラ・ラーションが復活祭に近所の集まりを企画した家。どこにも明かりがついていなかった。

ラーションの私道で立ちどまり、呼吸を整えた。車椅子があればと願った。ペールのコテージまではまだ三百メートルある。あるいは四百か。

一度に一歩ずつ。

やはり石切場の周辺には誰の姿もないが、コテージの前に古いサーブが駐まっていた。では、ペールは家にいる。散歩にさえ出ていなければ。

がっしりした木のベンチがあれば、ここで役立つことだろうが、このあたりの道には腰を下ろせる石すらなかった。苦労しながら進みつづけるしかなかった。

耳元で風の音がした。ひょっとしたら、ほかのなにかだったかもしれない。車のエンジンのアイドリングの音？

ペール・メルネルのコテージまで二百メートルになったとき、太陽が海峡に沈みはじめた。ぎらつく輝きが音もなく水平線に呑みこまれていく。西に燃える空が残ったが、それもしだいに暗くなっていった。

陽が沈むとすぐに、夜が海岸に忍び寄ってきた。石切場は灰色の薄闇に包まれている。

イェルロフは急ぎたかったが、力尽きそうになっていた。

百メートル進んだところで立ちどまり、ふたたび杖にもたれて休まなければならなかった。そのとき、鈍い響きが聞こえた。

石切場の坑から聞こえた。数歩近づくと、下でまばゆい輝きが見えた。

あたらしい太陽が石切場の底の暗闇で一瞬燃えあがった。もとのよりずっと明るい黄色がかった白で、ゴロゴロと低い音が反響して岩肌をあがってきた。積まれた石のあいだで、なにかが爆発した。

イェルロフは冷たい空気を吸いこみ、できるだけ急いで縁へ近づいていった。車のエンジンがうなる。誰かが下で叫ぶ声がして、すぐあとに、ガソリンの燃える刺激臭がした。

69

ペールは瞬きをして、トマス・ファルがマッチをきらめくガソリンの池へ投げるのを待った。親指と人差し指で放り投げ、大きく火が燃えあがるのを見物するだけでいい。

だが、ファルはもっとずっと用心深かった。そっと身を乗りだし、池にマッチを近づけた。

炎が揺らいで大きくなった。あわやというその瞬間、海からの少し強い風が火を消した。つかのま、マッチ棒の先が輝いていたが、それも消えた。

立ちあがって逃げなければ。それとも、あいつを殴り、押し倒すか。柔道ができるのだ。倒さなければ。

だが、立ちあがることができなかった。怪我があまりにもひどかった。腕に重い火傷を負い、身体のほかの部分も感覚がない。折れた肋骨の痛みは感じなかった。なにも感じなかったのだ。

ファルは炎が消えたことにむっとしている様子はなかった。即座にマッチを捨て、あたらしいのを取りだした。いや、今度は三本だ。三本まとめて擦っている。またシュッという音がした。今度はもっと大きな音だ。炎が先ほどのマッチよりも三倍力強くあがって、さらにまぶしく燃えた。ペールは地面に座り、うずく頭でまだ柔道のことを考えていた。カルマルの道場で、膝を薄くて柔らかなマットに立てて、この体勢で座ったものだ。どうやって身体の力を抜き、集中して空間を移動するか学んだことを思いだしていた。流れるような動き。身体を前に投げだすか、横手へ転がるか、うしろへ倒れる。

うしろ。うしろへ倒れるのをやってみよう。

ファルがガソリンの池の端で身をかがめると同時に、ペールはありったけの力で、うしろに身を投げ出した。倒れながら身体の力を抜き、背中をそらせ、顔を片方へむけ、身体が柔らかな弧を描くようにして、炎とガソリンから逃げた。

ファルがマッチを落とした。最初に火の落ちた地面の上で炎が踊ってから、続いて、ガソリンの池全体が鈍いボン！　という音とともに燃えだし、あたり一面の岩肌が照らしだされた。

そのときペールは炎の池の端で仰向けになり、つま先を空へむけていた。次の瞬間、後転を成し遂げていた。地面に両足が着地すると、肋骨が刺すように痛んだ。

だが、炎からは逃げられた。炎の池から後方へ後転をして、ガソリンの染みこんだ服は濡れてはいるが、燃えてはいなかった。

よし、この調子だ。逃げろ。

肋骨がずきずきして痛んだが、それでも立ちあがろうとした。右手を砂利に突いて、なんとか立ちあがった。

背後で炎が踊りつづけている。逃げなければならないが、どこへ行けばいい？　巨大なパンチボウルに落ちたようなものだ。どこを見ても、岩肌の壁は高さ何メートルもある。彼と坑の外へ出る道のあいだには、トマス・ファルと車がある。

幅広でぎざぎざした影が、炎のむこうの暗がりにそびえたっている。四十、あるいは五十メートル離れたところだ。一番近くにある屑石の山だ。彼とイェスペルが階段作りの長方形の石材を見つけた山。おそらく高さは二メートルで、石切場の底にあるちょっとした要塞のようになっている。あそこへ隠れよう。

身体を引きずるようにして、そちらへむかっていった。二十メートルほど進んで背後を振り返ると、燃えさかる炎でもはやトマス・ファルは見えなかった。燃えるガソリンの勢いは鎮まりはじめていたが、まだ地面で燃えているし、くすぶっていた。風がたなびく煙を広げて、石切場の中央で灰色のカーテンを形づくった。そのむこうのどこかで、車のエンジンがかかる音がした。ヘッドライトがさっと振れる。まるで車が彼を探しているようだ。

ペールはスピードをあげ、ヘッドライトにとらえられる直前に、石の山の陰に身を隠した。

乾いた石灰岩のブロックにしがみつき、頭を低くしようとした。

ヘッドライトがさっと通りすぎていく。車はペールを見つけようと、円を描いて走りまわっているようだ。ギアをローに入れたエンジンの音は、古代の怪物の咆哮のように岩肌に反響した。

冷たい空気を深々と吸いこんだところで、ペールは南の海岸のかすかな明かりに目を留めた。最初はなんなのかわからなかったが、かがり火なのだとわかった。このヴァルプルギスの夜、島じゅうで火が燃やされている。石切場で炎があがっているのを誰かが見ても、まったく気に留めないだろう。助けをあてにすることはできない。

トマス・ファルはさらにぐるぐると輪を描きながら車を運転している。遅かれ早かれ、見つかってしまうだろう。

斧はどこだ？　暗闇に消えていた。

ペールは岩肌と、コテージへ通じる階段を見あげた。あの先には電話も、エルンストの工具も全部ある。おそらく、百メートルほどだ。そう遠くないが、途中、身を隠す場所はまったくない。

ヘッドライトが急にペールを照らし、そこでとまった。エンジンが轟音をあげたから、見つかったと悟った。

車は数秒後に勢いよく前進してきた。すぐにブレーキが踏まれるかと思ったが、そうはならずに、スピードをあげて石の山へ突進してくる。ペールはしっかりと石につかまり、さらに上へよじ登ろうとしたが、手が滑った。脇腹をなにかにぶつけ、歯を食いしばった。

ファルは最後の瞬間にブレーキを踏んだが、バンパーがペールの足のすぐ下の石にぶつかった。衝撃で石の山全体がぐらつき、ペールの周囲でガタガタと石が緩んで転がり落ちていった。

車は十メートルほどバックした。すぐにまた全速力で突進してくる。

ペールにそれを待つ気はなかった。石の山から飛び降りて、駆けだした。隠れ場所もないひらけた場所へ、石の階段をまっすぐめざした。生き延びたければ、肋骨の痛みは無視するしかない。できるだけ急いで足を引きずって走ったが、ヘッドライトに照らされた。自分の影が伸びて、地面で踊っているのが見えた。

背後でエンジンがふかされる。

階段まではまだ五十メートルあって、間に合うはずがなかった。ルートをそれて、手近の岩肌のほうへむかった。切り立った壁は高さ三メートルか四メートルある。ここを登ることなど無理だが、壁際に留まれば、少しは身を守れる見込みがある。ファルもこの岩肌にむかって車を激突させるつもりはないだろう。

ヘッドライトに照らされて、岩の赤い塊が見えた。

〝血の場所〟だ。

岩肌にたどり着いたペールは身体を押しつけ、息を整えようとした。車はまだ背後でエンジンをふかしているが、ファルはためらっているようだ。そこで、半円を描いて車を移動させ、できるだけ岩肌近くに寄ってから、二十メートルほどの距離に詰め、それからまっすぐにペールめざしてやってきた。

ペールが身を守るものはなくなった。あとはもう、石の階段にむかって走るしかなかった。

エンジンに混じって叫び声が聞こえ、走りながら見あげた。

誰かが石切場のてっぺんに立っている。背が高く、前かがみになって杖をついている。イェルロフじいさん。彼が縁のところで杖を掲げた。

ペールは走りつづけた。車が背後からスピードをあげて迫ってくる。どのくらい近づいているのかわからなかったが、岩肌にぴたりとつけているはずで、ペールに逃げ場はなかった。走りつづけるしかなかった。

上空でなにか動きがあるのに気づいた。イェルロフが手を振っているようだが、見あげている暇がなかった。心臓は激しく鼓動し、胸が痛み、いまにも倒れてしまいそうだった。

車が背後で大きな音をあげ、ペールはあと十メートルまで迫った階段へ必死で走ったが、間に合わないと気づき、大きく二歩進んでから、暗がりへ横飛びした。転がって膝を抱えようとした。

間髪入れず、車が岩肌のすぐ隣を通りすぎていった。左の車輪があと数センチで足を轢くところだった。

目を閉じた。激しくブレーキを踏む車の音が響いた。

砂利がタイヤの周辺で舞いあがり、車体の右側は岩肌をこすり、続いて、耳をつんざくような衝撃音、金属の軋む音がした。石が次々と車体に降ってきたのだ。

ペールは目を開けた。

トマス・ファルは石の階段に突っこんでいた。片方のヘッドライトは衝撃でなくなっていたが、テールランプがまだ光っていた。暗闇のふたつの赤い目のようだ。

石の階段全体が、崩れてきた。ペールがあれほど丁寧に積んだ石材が、ものの数秒で長い煉瓦のようにガラガラと崩れてきて、車をつぶし、ボンネットやフロントガラスを砕いた。

ペールの足元の地面が揺れ、ペールと車のあいだに、上のほうのブロックが落ちてきた。また目をつぶり、すべてが鎮まるのを待った。

かよわい音を立てていたエンジンはプシュッという音とともにとまり、突然、なんの音もしなくなった。

ペールは息を吐きだし、目を開けた。一番近い石材は脚からほんの五十センチのところに落ちていた。

ゆっくりと立ちあがり、めちゃめちゃになった車を見た。屋根はつぶれ、横の窓は割れている。車内に動くものはなかった。

70

ペールが石切場のてっぺんへあがると、冷たい風が吹いていた。

「あの男はブレーキを踏まんとわかった」イェルロフが言った。「あんたを轢くつもりだった。それで、わたしは車に杖を投げたんだよ」

ペールは切れた眉の血を拭きとり、暗闇でイェルロフを見やった。ふたりは石切場の縁でわずか一メートルの間隔を置いて、微動だにせず立っていた。

「杖を投げたんですか?」ペールは尋ねた。

「フロントガラスにぶつかったようだよ。それで、あの男の注意がそれたのかもしれんな。車は階段にぶつかった」

ペールはなにも言わずにうなずき、振り返って坑を見おろした。テールランプと片方のヘッドライトはまだ灯っている。車の前半分は砂利と石でどうしようもなく埋まり、運転席の様子は見えない。

南の海岸ではちらちらと揺れる炎が見え、風が歌声や音楽や楽しげな笑い声を運んでくる。

階段が崩壊した直後、ペールは車から石をどけようとしたが、その力がなかった。肋骨の痛みも激しかった。底から石切場の上へ続く砂利道をゆっくりと登り、それから縁をぐるりと歩いて、イェルロフが立ったまま待つ場所へむかったのだった。

イェルロフはペールを見て、静かに尋ねた。「具合はどうだね?」

ペールは怪我の程度を測ろうとした。そして、火傷した手をあげた。「大丈夫ですよ、この手以外は。たぶん肋骨も二本ほど折れて、切り傷やアザはあると思いますが。それに脳震盪も。でも、そのほかは大丈夫です」

「もっとひどいことになったかもしれんかったな」

「ええ」ペールは車を見おろした。ライトの光が弱まってきている。「あの男は自家製の焼夷弾のようなものをもっていました。スタジオを燃やしたときと同じですよ。最初はわたしに火をつけるつもりだった。次に、車で轢こうとした」

「あれがハンス・ブレメルだったんだな」イェルロフが言った。

「いや、あれはブレメルではありませんでした。ブレメルを殺した男です。名前はファル、トマス・ファルです。ブレメルの名前を借りていたんですよ。父は本物のハンス・ブレメルを知らなかった。スタジオで亡くなった男を」

ペールはトマス・ファルが言ったことを思いだそうとした。広告業界にいると話していたか？　どの業界だったにしても、表立ってポルノとかかわりたくなかったんだろう。金はほしかったが、ポルノにまつわる悪評はほしがらなかった。その後、ジェリーが病気になって、マルクス・ルーカスが死亡すると、知りすぎていたイェシカと本物のハンス・ブレメルはもっと金を要求するようになった。ジェリー、ブレメル、イェシカをスタジオへおびき寄せ、燃やして、すべてを一掃する頃合いだった。

ペールはイェルロフを見た。「あなたは彼が怪しいと思ったんですね」

「道に駐めた車のなかにいるのを見たんだよ」イェルロフが言った。「ボトルになにか液体を注いでいた。それから時計のようなものもあった」

「時計？」

「同じ手首に時計をふたつはめていた。ステンレスとゴールドの。あんたの父さんと同じように。妙だと思ってな。どこへ行くのか突きとめたかった」

ペールは長々と息を吐いた。「一度もはっきりと姿は見えませんでした。わたしたちは似ていましたか？　トマス・ファルとわたしは」

「似ている？　どういう意味かね？」

「あの男は、わたしたちが腹違いの兄弟だと言ったんです」

　ペールは石切場に背をむけた。もう車を見おろしていたくなかった。ペールは血だらけで、汚れていて、火傷も負って、よれよれで、服はガソリンの臭いがしていた。病院へ行くのは彼の番だ。

「電話をして助けを呼びましょう」ペールは言った。「家に入ったほうがいいですね」

　ペールはゆっくりとコテージへむかいはじめた。だが、ふと見れば、イェルロフはまだ石切場の縁に立って、うつむいていた。彼はペールと目を合わせ、ゆっくり瞬きをした。とまどった表情で、ようやく口をひらいたとき、声はとても弱々しかった。

「杖なしでやっていけるかわからない。気分が少し…

…」イェルロフは黙りこみ、ぐらりと揺れた。

　ペールは駆けよった。肋骨同士がなかで擦れているのか、胸全体が痛んだが、それでもためらわなかった。三歩でたどり着き、イェルロフが縁から落ちる前に抱きとめた。

71

人生はヴェンデラにとって夢のようなものだったが、それも短いあいだのことだった。ほとんどは、イメージも記憶もないずるずると引き延ばされた感覚のない状態で、周囲で声がこだましていたり、彼女の身体をもちあげたり、腕を引っ張ったりする影があった。好きなようにさせて、ひたすら眠った。

ようやく目覚めると、アロイシアスを求めて手を伸ばした。けれど、手をとめて、瞬きした。ここはどこだろう？

病院のベッドに横たわり、白い天井を見つめていた。見たことのない場所だった。

部屋の壁はむきだしで、黄色に塗ってあり、日射しの筋がブラインドの隙間から射していた。数分ほどしてあたりを見まわした彼女は、自分がひとりだと気づいた。晴れた春の日に、病室でひとり。真昼のようだった。かなり長いこと眠っていたに違いないが、まだ信じられないほど疲れていた。

「あの？」彼女は呼びかけた。

返事はない。

小さな透明のビニールの袋がベッドの隣の金属のスタンドにぶらさがっていた。袋の底にチューブがついていて、ヴェンデラがそれを目で追うと、左腕に射された針につながっていた。

点滴。点滴中だった。

錠剤のことを思いだした。悲しくて凍りつくような魂を抱えて、最後にエルフの石へむかった。錠剤をもちだした。石の前に座って、ボトルの蓋を開けて……

心の平和がほしかったのだが、きっと錠剤を飲みすぎたのだろう。

わたしは本当に具合が悪かったのね。具合が悪くて悲しくて。では、いまはもう平気になったのだろうか、しあわせだろうか？

ゆっくりとベッドに起きあがったが、少し目眩がして、それが落ち着くのを待ってから、横へ脚をおろした。そこで、さらに一分ほど待ってから、ようやく立ちあがった。

じっと立って、深呼吸をした。鼻は詰まっていなかった。春のアレルギーはなくなった。

壁際にスリッパが置いてあり、その上に赤いコットンのガウンがあった。身につけ、点滴のスタンドをもって、そろそろと床を歩きだした。少し開いていた部屋のドアを押し開けた。

また呼びかけたかったが、誰もいなかった。

廊下は長く、照明が明るく灯って、まったく人影がなかった。〝非常口〟と書かれたガラス戸があったが、とても重そうに見え、開けられるとは思わなかった。

それで反対方向へ歩き、病棟の奥へ進んだ。

長い廊下の先に小さな待合室があった。壁にテレビがかけてあった。番組はやっていたが、音は低かった。なにかの競争のようなものがおこなわれていて、人々が迷路のなかをたがいに叫びながら走っていた。

ここにいるのはひとりだけ、テレビ画面を見つめていた。がっしりした体格の男で、茶色のタートルネックのセーターを着ている。ふいにヴェンデラはそれがマックスだと気づいた。

彼は振り返り、妻の姿を認めた。立ちあがった。

「やあ、おまえ……おまえ、歩けるんだな」

ヴェンデラは彼を見つめた。「ここはどこ？」

「カルマルの病院だ」

彼女はうなずき、まだマックスを見つめていた。

マックスも疲れた表情だったが、生きていた。ヴェンデラは彼が確実に死んだと考えたことを思いだした。エルフの石の前に立って、彼の心臓が諦めてとまるようにと祈った。その祈りが成就するよう、結婚指輪を捧げた。

どうして叶わなかったの？

人の祈りを叶えるエルフは存在しないからだろう。点滴スタンドもろとも立ちどまった。夫とは五メートルほど距離がある。十メートルたらずしか歩いていないが、脚が震えていた。

「マックス、今日は何日なの？」

「今日？　金曜日だ。五月一日だ」

「ほかの人たちはどこ？」ヴェンデラは言った。「看護師はひとりもいないの？」

「たくさんはいない。祝日だからな」

マックスは五月一日という日が嬉しくないようだった。彼がこの日をつねに嫌ってきたことをヴェンデラは思いだした。

「だが、呼んでくることはできるぞ」彼は慌てて言った。「なにか必要なものがあるのか？」

「いいえ」

ふたりは無言で立ちつくし、見つめあった。

「なにがあったの？」彼女は言った。「石灰岩平原へ行ったことは覚えているの。誰かが見つけてくれたの？」

マックスがうなずいた。「コテージに住んでいる隣人だ。ペール・メルネル。あの男が救急車を呼んだ」

間を置いてから、マックスは続けた。「あいつも、治療が必要になった。村で車の事故があった。どうやら、何者かがあの男を轢こうとしたらしい」

「誰が？」ヴェンデラは言った。「ペールが轢かれたの？」

マックスがふたたびうなずいた。「それで、あの男もここに入院している。だが、看護師の話では回復するらしい。それに、あいつの娘もここに入院している。今朝、手術があった」

「お嬢さんはよくなるの？」ヴェンデラは尋ねた。

「さあな……それはなんとも言えないだろう？　むずかしい手術だったらしいが、どうやらうまくいったそうだ」マックスはためらってから、言いたした。「それでおまえは……おまえの気分はどうなんだ？」

「大丈夫。少し疲れているけれど、大丈夫」

　マックスが信用していないことがわかったが、それも無理はない。結局自分は、彼が心配していたとおりのことをしてしまい、何粒錠剤を飲んだかわからないのだから。

　そう、病気だったが、ヴェンデラは暗闇が去ったとわかっていた。いまのところは。

「もう行かなくては」彼女は言った。

　点滴スタンドをもって、振り返った。ゆっくりと、注意して。

「座りたいのか？　わたしが……」

「いいえ、マックス。病室へもどって、また横になりたいの」

　そして彼女は歩きはじめた。病室のドアはずいぶんと遠いところに見える。

「話しあえるか？」マックスが背後から呼びかけた。

「いまはだめよ」

「おまえの指輪はどこだ？」彼が尋ねた。「病院に運びこまれたとき、おまえは結婚指輪をはめていなかった」

　ヴェンデラは立ちどまった。ゆっくりと身体をねじり、四分の一ほど振り返った。「ごめんなさい。でも、捨ててしまったの」

「どうしてそんなことをした？」

「もう価値がないからよ」

　ヴェンデラはそれ以上はなにも言わず、また廊下を歩きはじめた。マックスが大声を出したり、追いかけたりしてこないかと心配になったが、彼はそうしなかった。

　もうすぐ部屋へもどれるというときに立ちどまって、

最後に一度振り返った。

　マックスはまだ待合室にいた。椅子でがっくりと肩を落とし、膝に両手を置いて、うなだれていた。

　ヴェンデラはその場に立って、ちらりと夫を見つめ、そのまま部屋へ入った。ベッドに横たわり、天井を見つめる。

　もうエルフの力は信じていなかった。でも、エルフは彼らなりの方法で、マックスの心臓について、彼女の願いを叶えてくれたようだ。

エピローグ

　内陸から吹く風が、なにか花の香りを運んでいた。たぶん桜――それとも桜はもう終わっただろうか？　ペールにはわからなかった。

　いまがエーランド島の夏なのか春なのかも、わからなかった。きっと初夏だ。とにかく、今日は五月二十三日で、村はどこもかしこも青々としていた。石切場は相変わらず灰色でほぼ不毛だったが、それでも砂利に混じって細い葉が顔を出すようになっている。積みあげた石をかこむ小さな藪から、あたらしい葉が生えていた。

　あたりを見まわし、ときには生命が永遠にうしなわれるかと思えるのに、いつでも最後にはもどってくることに想いを馳せた。

石の階段は作りなおさなかった。取り外されて、跡形もなかった。五月の初めに、トマス・ファルの遺体とつぶれた車が警察に回収されたとき、ペールは海岸へ降りる近道は必要ないと判断し、イェスペルと週末に石材をもとの場所へもどして、砂利を広げて過ごした。

今日、イェスペルとヨン・ハーグマンは砂利をシャベルで掘り、石材をまた動かしているが、それはあたらしい階段を作るためではなかった。

「そこだったよ」イェスペルはイェルロフから復活祭の週末に骨のかけらを正確にはどこで見つけたのか訊かれて、答えた。石切場の底にある、一番大きな屑石の山を指さした。トマス・ファルに追われてペールがしがみついた山だ。それでふたりはそこを掘っていた。

ペールはふたりの頭上で庭に立ち、自分自身の作業を忙しく進めていた。古い三本脚の金属製のバーベキューコンロを石切場の縁へ引きずって、古い枯葉や紙類を燃やしていた。腕に包帯を巻いていても、うまくいっていた。

枯葉は庭から出たもの、紙類は父のものだ。トマス・ファルがクリスチャンスタッドのジェリーのアパートメントに押しいって盗んだ雇用契約書があった。二百近い数で、これをファルはもちかえってなにかの理由で保管していた。警察が家宅捜索でそれを発見し、すべての名前と住所を控えた。その後、正式な手続きでペールのもとへ返却された。法的にはペールが現在の所有者となるからだ。

火のそばに立ち、最後に書類をめくっていった。なんてたくさんの偽名だ。

ダニエール、シンディ、サヴァンナ、アンバー、ジェンナ、ヴァイオレット、クリッシー、マリリン、タミー……

どこまでも続く夢の女たち。だが、本名と住所もここにはある。点線の上にきれいに印字され、自分の意思によって撮影に同意したと認める書類に記載されている。前夜、古い契約書をめくっていると、ある名前を見つけた。レジーナ。この書類を長いこと探していた。

レジーナの本名はマリア・スヴェンソンだった。もちろん、とてもありふれた名前であるし、住所も古くなっているに違いないが、個人識別番号も書き添えてあった。探そうと思えば、簡単に見つかるだろう。

「なに考えてるの、パパ？」

ペールが振り返ると、ニーラが車椅子に座ってパティオにいた。「あててごらん」

「無理。頭がからっぽ」

「あたったみたいだね」ペールはほほえんだ。「パパの頭もからっぽさ」

イェルロフがニーラの隣に座っていた。ふたりには七十の年齢差があるが、それぞれ車椅子で並んで座っていて楽しげなようだった。ふたりとも疲れて少し華奢になっているが、夏が訪れたらきっと元気になる。

ニーラとイェスペルはいまでは祖父が亡くなったことを知っているが、ふたりとも先週の葬儀には出席しなかった。メルネル家で参列したのはペールだけだった。

ジェリーの柩には数えるほどしか花が投げこまれず、礼拝堂にもほぼ人がいなかった。従兄が数人現われ、あとは牧師と教区委員――そして黒い装いの六十五歳くらいの女性がひとりでうしろの席に座り、葬儀が終わるとすぐに帰っていった。だが、帰る前に礼拝堂の訪問者リストに名前を残した。ペールは柩とともに残されると、リストのところへ行って確認した。

スザンナ・ファル。あの女性はそう書いていた。

トマスの母親が、別れを告げに来たのだろうか？

ジェリーがトマス・ファルの父親だったとしても、ジェリーはそれを知らなかった。スザンナが教えなかったのだが、きっと自分の息子には告げたのだ。それでトマスは悪名高い父の陰で成長したが、ペールと違って、父に近づいて一緒に働くことを選んだ。ジェリーに知られることなく、トマスは酒の問題を抱えた写真講師のハンス・ブレメルの名前と身元を借りて、モーナー・アートにカメラマン兼監督として応募した。そして、父の作った愛なき世界でとてもよくやった。トマスはペールがそうなることを拒否した息子になった。だが、それもスタジオへの放火と父親殺しで終わった。

ジェリーはもう亡くなって埋葬されたが、孫娘のニーラは元気になり、これから長い人生が待っている——こんな晴れた日にはそう信じるしかなかった。

「それで、体調はどんなかね？」イェルロフがふいに尋ね、じっと見つめてきた。「もう仕事は再開したのか？」

ペールは首を振った。「仕事を探しているところです」

「ほう？　市場調査は辞めたと？」

「クビになったんですよ。わたしが回答を作りあげていると言われて」

彼はラーション夫妻の家のほうをながめた。ヴェンデラが家にいることはわかっていた。一週間前に彼女が退院してからは会っていなかったが、娘は訪ねていったし、ペールもヴェンデラがあたらしい犬を連れているのを何度か見かけていた。テリアだった。

クルディン家はすっかり戸締まりされていた。五月一日以来会っていないが、夏至にはもどってくるはずだ。

そしてマックス・ラーションは？　料理本は八月の刊行予定だが、彼はすでに宣伝活動を始めていた。ペールは先週彼をさまざまな料理番組で見かけた。自分の食の習慣についてあれこれしゃべっていたが、石切場の家では彼の姿はまったく見なかった。彼とヴェンデラは別れることにしたようだ。

ヨン・ハーグマンが手を振って叫んだ。積んだ山でなにかが見つかったのだ。

「なにかありましたか？」ペールは叫んだ。

「骨だ」ヨンが答えた。

ヨンとイェスペルは掘った穴に手を伸ばし、人の遺体らしきものを見せた。

ペールはふたりがいる場所へ駆けおり、急いでイェスペルを離れさせた。イェルロフがゆっくりと車椅子で降りてきてくわわった。

「これは誰だと思いますか？」ペールは尋ねた。

「ヘンリ・フォシュの息子さね」イェルロフが答えた。

「ヘンリは息子が病院へやられずにすむように、殺した」

「そうなんですか？　どうしてわかります？」

「恥ずかしながら、女房の日記を読んだんだよ」

ペールは亡骸をふたたびそっと石で覆いはじめた。

「彼がエルフと一緒に去ったのでなければ、ですね」

そう答え、石灰岩平原で出会った少年のことを考えた。

「可能性はいつだってある」イェルロフが言った。

「そういうことにしておこう。この世界のなにもかもを知る必要はない」

ペールは目を閉じ、まわりの石に反射する空からの熱を感じた。即席の墓からなめらかな石を拾いあげると、石切場に背をむけた。

そしてイェルロフの車椅子を押してコテージへもどり、最後の契約書――レジーナのものも含めて――を石炭の火にくべた。ほかの書類と同じように燃えあがって、焼けていった。

火が弱まると、イェルロフとニーラを振り返った。

「すぐもどりますよ」彼は言った。「この石をヴェンデラ・ラーションに渡してきます」

「そういうことなら、わたしにも彼女に渡すものがある」イェルロフがそう言って、膝に置いていたものを手に取った。

それは大きな白い封筒だった。ペールが受けとると、なかでカチャカチャと音がした。

「これはなんです？」

「宝石だよ」イェルロフが言った。「ヴェンデラに渡してくれ」

ペールはそれ以上質問はしなかった。コテージから砂利道へ出ると、ラーション家へむかい、玄関へ近づいた。チャイムを鳴らし、封筒と磨かれた石を手に待った。

この家の分厚い壁がそびえたっている。チャイムの音が消えて、興奮した犬が室内で吠えているのは聞こえたが、ドアを開ける人はいなかった。

ふたたびチャイムを鳴らした。それから一歩下がって、うなじに暖かさとよそ風を感じながら日射しの下に立っていた。

五月の日射しはトロールもエルフも、石鹸の泡のように弾けさせ、消し去る。そう考えた。人間だけが残される。少しのあいだは。自分たち人間は空の下に流れる短い歌、風に乗った笑い声——最後にはそれもため息にかわる。それから、人間も消えていく。

ペールの前でかんぬきが突然まわされ、ドアがひらいた。

著者覚え書き

エーランド島の海岸沿いには多くの石切場があり、そうした場所ではかつてなにかが壊れたり、盗まれたりすると、トロール（大叔父のアクセル・イェルロフソンはトルールンと呼んでいた）が責められたものだった。石灰岩平原には青銅器時代のエルフの石もあり、そこではいまでも人々がエルフに硬貨などの贈り物を置いていく。こうした超自然の存在に出会うための講座はスウェーデンじゅうでひらかれているが、わたしの知るかぎりにおいては、エーランド島やゴットランド島にはなく、本書で石切場やエルフの石の場所としたのは、すべての登場人物や団体と同じく、わたしが自由に創造したものである。

本書の執筆に際して参考にした優れたノンフィクションが二冊ある。カタリーナ・ヴァンスタムの***Flickan och skulden***（罪と少女）は性的なモラルとダブル・スタンダードを扱ったもの、マティアス・アンデションの***Porr – en bästsäljande historia***（ポルノ――ベストセラーとなった歴史）はスウェーデンの性産業を詳しく分析したものだ。

ヨハン・テオリン

訳者あとがき

黄昏、枯葉、霧、雪と、セピアやモノトーンのイメージだったエーランド島シリーズに、鮮やかな花の咲き乱れる春がついに訪れました。第三弾となる本書は*Blodläge*（二〇一〇年）の英訳版、*The Quarry*（二〇一一年）の全訳です。スウェーデン語版のタイトルは〝血の場所〟、英訳版は〝石切場〟。色がついたといっても、そこはテオリン、不穏で、あくまでもつきまとう薄曇り感があります。

舞台はスウェーデン南東にあるエーランド島。中心となるのはかつて貨物船の船長だったイェルロフ。八十歳を超え、シェーグレン症候群という持病があって歩くのもつらいのですが、これが自分にとって最後の春になる——そう感じた彼は高齢者ホームを出ることを決意、愛する村へ帰って一人暮らしを始めます。かつて漁で栄えた村も、いまでは通年で暮らす者がいないほどの寂れた場所になっていますが、イェルロフが求めるのは静けさだけ、望むところです。

ところが、祝日や暖かい時期だけを過ごす別荘地としてのニーズが村では高まっていて、復活祭を前に、彼の家のすぐ近くの石切場エリアにもあたらしい人々がやってきます。イェルロフと並んで語り手となるのが、病気の子どもといくつになっても〝問題児〟の父親がいるシングルファーザー、そして威圧的な夫に縛られている、島に深いゆかりをもつ不安定な女性です。

彼らに巻きこまれて、イェルロフの生活も平穏無事にとはいきません。

このシリーズはそれぞれの巻で描かれる事件につながりはありませんが、イェルロフを中心とした島の住民の生活においてゆるやかな関連性をもち、本書には第一作『黄昏に眠る秋』に顔を出した人々がちらほらと登場します。読者のみなさんには、懐かしい名前もあることでしょう。

これもまたシリーズの構成の特徴で、現在（一九九〇年代）の語りに過去のエピソードが織りこまれています。本作で綴られるのは一九五〇年代、貧しく厳しい生活から現実ではないものに逃避したがった親子の物語。宇宙への憧れが描かれていますが、これは当時スプートニク計画でスウェーデンでも多くの人々が星空に関心を寄せたことを反映したもの。現代パートでも過去パートでも、著者テオリンの世相を切り取るジャーナリストの目が随所に感じられます。今回は過去篇が二本立てで、イェルロフが亡き妻の日記を読み進めます。エルフやトロールといった民話が身近な島の雰囲気を伝える内容になっていて、篝火の夜にむけて見事に収束していきます。

ここに描かれる短い春は灰色のトーンがかかったほろ苦いものです。登場人物それぞれの悩みに無条件でハッピーエンドが用意されているわけでもない。そして毎回思うのですが、無常の感覚がつきまとっている。このあたり、わたしたち日本人は意識していなくても腑に落ちるところがあるのかもしれません。とはいえ、今回のラストにはたしかに春を感じました。

テオリンの作品も少しずつ増えてきましたので、一度まとめておきましょう（年号は本国刊行）。

〈エーランド島シリーズ〉
黄昏に眠る秋 *Skumtimmen*　（二〇〇七年）
冬の灯台が語るとき *Nattfåk*　（二〇〇八年）
赤く微笑む春 *Blodläge*　（二〇一〇年）
番外篇
På stort alvar　（二〇一二年）短篇集。イェルロフの登場するものが数篇あり。

〈ノン・シリーズ〉
Sankta Psyko　（二〇一一年）精神病棟を舞台にしたサスペンス。

そして、嬉しいニュースが飛びこんできました。シリーズ一作目の『黄昏に眠る秋』が映画化されました。今年十月にスウェーデンで公開予定、監督はダニエル・アルフレッドソン（《ミレニアム2》《ミレニアム3》）、イェルロフ役に本国で多数の映画、テレビ出演のあるトルド・ペッテション（渋いおじいちゃん！）、ユリア役にレナ・エンドレ（《ミレニアム》シリーズ、《不実の愛、かくも燃え》）。日本公開の情報は現時点では耳に入っておりませんが、ぜひ映画館で観たいものです。

エーランド島シリーズは四部完結の予定、いよいよ次は完結作の夏篇 *Rörgast*（仮題）です。本国でもまだ刊行されていないので内容については不明ですが、イェルロフはどうなるのか、訳者も気を揉みながら心待ちにしているところです。

二〇一三年三月

HAYAKAWA POCKET MYSTERY BOOKS No. 1870

三《み》 角《すみ》 和《かず》 代《よ》

1965年福岡県生，西南学院大学文学部卒，
英米文学翻訳家
訳書
『聖なる暗号』ビル・ネイピア
『ザ・ホークス』クリフォード・アーヴィング
『黄昏に眠る秋』『冬の灯台が語るとき』ヨハン・テオリン
（以上早川書房刊）他多数

この本の型は，縦18.4センチ，横10.6センチのポケット・ブック判です．

〔赤《あか》く微笑《ほほえ》む春《はる》〕

2013年4月10日印刷　　2013年4月15日発行

著　　者　ヨハン・テオリン
訳　　者　三　角　和　代
発 行 者　早　川　浩
印 刷 所　星野精版印刷株式会社
表紙印刷　大平舎美術印刷
製 本 所　株式会社川島製本所

発 行 所　株式会社　早 川 書 房
東京都千代田区神田多町2－2
電話　03-3252-3111（大代表）
振替　00160 3 47799
http://www.hayakawa-online.co.jp

（乱丁・落丁本は小社制作部宛お送り下さい
送料小社負担にてお取りかえいたします）

ISBN978-4-15-001870-2 C0297
Printed and bound in Japan

ハヤカワ・ミステリ〈話題作〉

1843
午前零時のフーガ
レジナルド・ヒル
松下祥子訳

〈ダルジール警視シリーズ〉ダルジールの非公式捜査は背後の巨悪に迫る！　二十四時間でスピーディーに展開。本格の巨匠の新傑作

1844
寅《いん》申《しん》の刻
R・V・ヒューリック
和爾桃子訳

〈ディー判事シリーズ〉テナガザルの残した指輪を手掛かりに快刀乱麻の推理を披露する「通臂猿の朝」他一篇収録のシリーズ最終作

1845
二流小説家
デイヴィッド・ゴードン
青木千鶴訳

冴えない中年作家は収監中の殺人鬼より告白本の執筆を依頼される。作家は周囲を見返すため、一発逆転のチャンスに飛びつくが……

1846
黄昏に眠る秋
ヨハン・テオリン
三角和代訳

各紙誌絶賛！　スウェーデン推理作家アカデミー賞最優秀新人賞、英国推理作家協会賞最優秀新人賞ダブル受賞に輝く北欧ミステリ。

1847
逃亡のガルヴェストン
ニック・ピゾラット
東野さやか訳

すべてを失くしたギャングと、すべてを捨てようとした娼婦の危険な逃亡劇。二人の旅路の哀切に満ちた最後とは？　感動のミステリ

ハヤカワ・ミステリ〈話題作〉

1848
特捜部Q ―檻の中の女―
ユッシ・エーズラ・オールスン
吉田奈保子訳
未解決の重大事件を専門に扱うコペンハーゲン警察の新部署「特捜部Q」の活躍を描く、デンマーク発の警察小説シリーズ、第一弾。

1849
記者魂
ブルース・ダシルヴァ
青木千鶴訳
正義なき町で起こった謎の連続放火事件。ベテラン記者は執念の取材を続けるが……。アメリカ探偵作家クラブ賞最優秀新人賞受賞作

1850
謝罪代行社
ゾラン・ドヴェンカー
小津　薫訳
ひたすら車を走らせる「わたし」とは？　女を殺した「おまえ」の正体は？　謎めいた「彼」とは？　ドイツ推理作家協会賞受賞作。

1851
ねじれた文字、ねじれた路
トム・フランクリン
伏見威蕃訳
自動車整備士ラリーは、ある事件を契機に少年時代の親友サイラスと再会するが……。英国推理作家協会賞ゴールド・ダガー賞受賞作

1852
ローラ・フェイとの最後の会話
トマス・H・クック
村松　潔訳
歴史家ルークは、講演に訪れた街で、昔の知人ローラ・フェイと二十年ぶりに再会する。一晩の会話は、予想外の方向に。名手の傑作

ハヤカワ・ミステリ〈話題作〉

1853
特捜部Q ―キジ殺し―
ユッシ・エーズラ・オールスン
吉田 薫・福原美穂子訳

カール・マーク警部補と奇人アサドの珍コンビは、二十年前に無残に殺害された十代の兄妹の事件に挑む！ 大人気シリーズの第二弾

1854
解 錠 師
スティーヴ・ハミルトン
越前敏弥訳

少年は17歳でプロ犯罪者になった。アメリカ探偵作家クラブ賞最優秀長篇賞と英国推理作家協会賞スティール・ダガー賞を制した傑作

1855
アイアン・ハウス
ジョン・ハート
東野さやか訳

凄腕の殺し屋マイケルは、ガールフレンドの妊娠を機に、組織を抜けようと誓うが……。ミステリ界の新帝王が放つ、緊迫のスリラー

1856
冬の灯台が語るとき
ヨハン・テオリン
三角和代訳

島に移り住んだ一家を待ちうける悲劇とは。英国推理作家協会賞、「ガラスの鍵」賞、スウェーデン推理作家アカデミー賞受賞の傑作

1857
ミステリアス・ショーケース
早川書房編集部・編

『二流小説家』のデイヴィッド・ゴードン他ベニオフ、フランクリン、ハミルトンなど、人気作家が勢ぞろい！ オールスター短篇集

ハヤカワ・ミステリ〈話題作〉

1858 アイ・コレクター セバスチャン・フィツェック 小津　薫訳
子供を誘拐し、制限時間内に父親が探し出せなければ、その子供を殺す――連続殺人鬼を新聞記者が追う。『治療島』の著者の衝撃作

1859 死せる獣 ―殺人捜査課シモンスン― ロデ&セーアン・ハマ 松永りえ訳
学校の体育館で首を吊られた五人の男性の遺体が見つかり、殺人捜査課課長は休暇から呼び戻される。デンマークの大型警察小説登場

1860 特捜部Q ―Pからのメッセージ― ユッシ・エーズラ・オールスン 吉田　薫・福原美穂子訳
海辺に流れ着いた瓶から見つかった手紙には「助けて」と悲痛な叫びが。「ガラスの鍵」賞を受賞した最高傑作。人気シリーズ第三弾

1861 The 500 マシュー・クワーク 田村義進訳
首都最高のロビイスト事務所に採用された青年を待っていたのは華麗なる生活だった。だが彼は次第に巨大な陰謀に巻き込まれてゆく

1862 フリント船長がまだいい人だったころ ニック・ダイベック 田中　文訳
漁業会社売却の噂に揺れる半島の町。十四歳の少年は、父が犯罪に関わったのではと疑いはじめる。苦い青春を描く新鋭のデビュー作

ハヤカワ・ミステリ〈話題作〉

1863 **ルパン、最後の恋** モーリス・ルブラン 平岡 敦訳

父を亡くした娘を襲う怪事件。陰ながら見守るルパンは見えない敵に苦戦する。未発表のまま封印されたシリーズ最終作、ついに解禁

1864 **首斬り人の娘** オリヴァー・ペチュ 猪股和夫訳

一六五九年ドイツ。産婆が子供殺しの魔女として捕らえられた。処刑吏クィズルらは、ひそかに事件の真相を探る。歴史ミステリ大作

1865 **高慢と偏見、そして殺人** P・D・ジェイムズ 羽田詩津子訳

エリザベスとダーシーが平和に暮らすペンバリー館で殺人が！　ロマンス小説の古典『高慢と偏見』の続篇に、ミステリの巨匠が挑む！

1866 **喪失** モー・ヘイダー 北野寿美枝訳

〈アメリカ探偵作家クラブ賞最優秀長篇賞受賞〉駐車場から車ごと誘拐された少女。狡猾な犯人を追うキャフェリー警部の苦悩と焦燥

1867 **六人目の少女** ドナート・カッリージ 清水由貴子訳

森で発見された六本の片腕。それは誘拐された少女たちのものだった。フランス国鉄ミステリ大賞に輝くイタリア発サイコサスペンス